한국문학과 대중문화

Korean Literature and Popular Culture

한국문학과 대중문화

오홍진│고영진│김정숙│김현정│김화선│남기택
박현이│서혜지│오현희│유경수│이강록

푸른사상
PRUNSASANG

나라 안팎으로 어수선한 2009년에, 우리는 또 한 권의 책을 세상에 내놓는다. 문학의 시대적 의미를 생각할 겨를도 없이 우리는 바쁘게 일상적인 삶을 살아왔다. 비평적 글쓰기가 일상의 삶과 어긋날 때마다 우리는 글쓰기의 어려움을 새삼 실감해야 했고, 혼란스런 시대적 상황과 마주할 때마다 우리는 비평하는 일의 소중함을 가슴 깊이 새겨보기도 했다. 한국문학에 나타난 대중문화적 요소를 살피는 데 초점을 맞춘 이번 공저에는 이처럼 일상성과 시대성을 아우르는 문학을 향한 우리의 희망이 담겨 있다. 하지만 여전히 문학으로 가는 길은 멀고, 우리가 소망하는 시대로 향해 가는 길 역시 저 멀리서 반짝, 빛나고만 있을 뿐이다. 사회가 문학을 낳고, 문학은 그 시대와 더불어 가야 한다는 믿음으로 문학(비평)을 하기에는, 우리의 몸이 혹은 우리가 살고 있는 시대가 쉽게 해독될 수 없는 암호처럼 낯설게 느껴진다.

일상은, 살아 있는 존재라면 벗어날 수 없는 삶의 운명이다. 일상을 즐기고, 일상에 절망하며 사람들은 살아가고, 그러한 삶이 모여 문학의 성채가 만들어진다. 문학의 성채에서 우리는 무엇을 생각하고, 무엇을 위해 글쓰기라는 '중노동'에 스스로 빠져들었을까? 쉽게 대답할 수 없는 물음을 끊임없이 되새기며, 우리는 한국문학의 현실과 그 미래를 고민하고 또 고민했다. 이 책은 그 고민의 한 고리로 세상에 제출된 것이지만, 그 고민의 진정성에 대해서는 책을 내는 우리도 두고두고 곱씹어봐야 할 과제로 남겨 두었다. 문학(비평)을 통해 세상과 소통하고 싶은 우리의 소망이 이 책을 읽는 이들의 마음에 작은 울림으로나마 전달되었으면 좋겠다.

이 책은 전체 2부로 구성되어 있다. 1부에는 한국문학의 현실을 문화산업과 대중성의 관점에서 분석한 글들을 모았다. 우선 고영진은 「괴물에 대한 기록 : 지괴의 교육학」을 통해 한국문학에 나타난 괴물의 의미를 천착하며, 괴물의 기록과 전달에 대한 작가의 책임 있는 서술(윤리)을 요구하고 있다. 김화선의 「'완득이표' 성장의 함의」는 2008년 출판계를 뜨겁게 달구었던 청소년소설 『완득이』에 담긴 성장의 의미를 문체와 캐릭터를 중심으로 살펴보고 있다. 남기택의 「불편한 동거」는 문화산업 내에서 시의 위상과 역할을 진지하게 묻고 있는 글인데, 그는 이 글에서 시적 상상력의 시대적 역할에 관한 하나의 입장을 제시하고 있다. 오연희는 「「대장금」 신화와 한류의 서사구조」에서 드라마 「대장금」이 아시아권에서 선풍적인 인기를 끈 이유를 다각적인 시각에서 파헤치고 있으며, 오홍진의 「대중성과 허무주의」는 김훈의 역사소설에 나타난 대중성의 맥락을 허무주의와의 연관 아래 비판적으로 읽어내고 있다. 이강록의 「'결여'를 읽는 두 개의 관점」은 라캉과 크리스테바의 정신분석 이론을 전유하여 그 이론적 양상을 문학작품을 통해 검승해

내고 있다.

　2부에는 일상과 환상의 문제를 다양한 맥락으로 다룬 글들을 실었다. 우선 박현이의 「원반식탁을 둘러싼 새로운 식구의 탄생」과 오홍진의 「가족의 굴레, 그 '바깥'을 향한 소설적 사유」는 한국사회의 가족문제를 '근대적 가족'의 바깥에서 살펴보고 있는 글들이다. 김정숙의 「일상과 전쟁, 그리고 (청춘) 세대의 지형도」는 강신재의 『청춘의 불문율』을 중심으로 일상성의 형상화 방식과 작중인물의 삶에 투영된 전쟁의 기억을 분석하고 있으며, 김현정은 「일탈과 전복, 소통의 한 양식」에서는 최명익 소설에 등장하는 식민지 시대 지식인들의 분열양상과 양가성을 '소통'의 관점에서 탐색하고 있다. 유경수의 문학과 현실의 소통 가능성은 문학작품, 특히 소설에 재현된 이주노동자의 모습을 통해서 문학과 현실의 소통 가능성을 점검해보고 있는 글이다. 서혜지의 「기억을 통한 오늘의 '일상'과 '소외'의 두 방식」은 정이현의 『오늘의 거짓말』에 드러나는 도시적 일상의 허위성에 초점을 맞추고 있는데, 2000년대 소설의 '사랑 서사'를 정치적인 관점에서 분석한 오연희의 「(사랑을 담론화하는 세 가지 방식을 통해 본) 2000년대 소설의 정치학」과 비교하며 읽으면 좋을 것이다. 남기택의 「판타지와 욕망」은 김만중과 최인훈의 「구운몽」을 판타지적 관점에서 조망한 글로, 이들 작품에 스며있는 당대의 이데올로기와 그 재구의 욕망을 살펴보고 있다.

　이상에서 살펴본 바, 이 책에는 공저자들의 다양한 관심이 반영되어 있다. '한국문학과 대중문화'라는 큰 주제로 기획을 했고 그에 근거하여 쓴 글들이지만, 기획 의도에 정확히 맞는 책이 되지 않은 것은 공저자 모두가 반성해야 할 문제라고 생각한다. 지금 이 책에 반영된 수준이 공저자들이 감당해야 할 문학적 한계라는 점도 아울러 인정해야 할 듯싶다.

　문학(비평)적 글쓰기는 자신의 한계 지점을 인식하고, 그것을 돌파하는 과정을 수없이 겪으며 성장한다. 국내외적으로 어수선한 시대적 상황 속에서 문학의 의미를 성찰하는 일은 그래서 필요하다. 문학(인)은 시대의 한계에 갇혀 있지만, 동시에 시대의 한계를 넘어서기 위해 끊임없이 노력해야 한다. 문학은 유용하지 않지만, 유용하지 않기 때문에 행복한 꿈을 간직할 수 있다는, 지금은 작고한 한 비평가의 말을 천천히 되새겨봐야 하는 까닭도 이러한 맥락에서 찾을 수 있다. (근대)문학의 종말이 운위되는 시대에 우리는 왜 문학을, 그것도 비평적 글쓰기를 하는가? 책을 내면서 되묻고, 또 되물어 본다.

2009년 6월

공저자 일동

제2장 일상과 환상, 경계와 담론

제1부

문화산업과 대중성

괴물에 대한 기록

— 지괴의 교육학

고영진

환상은 실제 현실에 대한 강렬한 동경이나 향수가 아니라 오히려 여러 가지 가능한 유형의 현실을 선택하고 구성하는 능동적 행위이자 유희이다. "자신이 누구인지 알고 싶다면 가끔씩은 고향을 잊어버리고 유목민이 되어야 한다"는 미미의 제언처럼, 낯선 것을 받아들이는 것 이상, 낯선 세계로의 자발적 노마드는 언제나 환상이 반복하는 첫 번째 교육방침이다.

1. 알파포식자에 대한 철학적 접근

> 한 남자가 죽었을 때 그의 아내는 임신 중이었다. 남자는 다음과 같은 유언을 남겼다. "아이가 태어나면 내 모든 재산을 상속 받을 것이다. 그러나 만일 사산을 하게 되면 재산은 나의 가족들에게 갈 것이다." 그런데 만일 괴물이 태어난다면 재산은 누구에게로 갈 것인가? 아이가 태어났다고 볼 것인가, 아니면 태어나지 않았다고 볼 것인가?
>
> — 미셸 푸코, 『비정상인들』, 동문선, 2001, 85쪽

푸코는 이처럼 태생적인 잡종雜種(hybrid)의 상태가 시각적 가상의 형태뿐만 아니라 인식의 차원까지 영역을 넓히게 되면, 어김없이 괴물에 대한 이야기가 시작된다는 점에 주목해왔다. 환상에 관한 논의를 시작할 때, 언제나 일차적으로 관심을 두는 중세에서부터 지금까지 괴물의 가장 대표적인 특질로 여겨졌던 "잡종1)"이 문제가 되는 것은

---

1) 괴물은 대개 잡종, 하이브리드Hybrid는 원래 Hibrida(두 가지의 다른 인종, 혹은 두 가지의 이민족으로부터 태어난)에서 변종, 이종의 교배에 의해 초래된 개체를 가리키는 말로, 그리스어의 'hyvris(모든 과잉, 오만, 모욕, 학대, 능욕과 같은 의미를 파생시킨 도에서 벗어남=계측 불가능이라는 관념, 절도=측정한도 안에서 대립한다)'와 관련된다.(최정은, 『동물·괴물지·엠블럼 중세의 지식과 상징』, 휴머니스트,

그것이 일종의 "오염"으로 읽혀져 왔기 때문이다. 존재의 열등성을 증명하기도 하는 이 성질을 전제로, 괴물은 문화의 모든 영역에서 작은 탈선들의 비정상인 확대, 존재하는 모든 법들의 위반, 불가능과 금기의 결합을 이해하는 원칙으로 기능해왔다. 이러한 현상은 괴물을 일시적인 증상으로 인식하는 태도에서 "연속적인 인과관계의 첫 번째 결과", 즉 "나타났다"에서 "태어났다"로 인식이 진행되면서 더욱 강렬해진 것이 사실이다. 정의되어 있지 않던 "뒤틀린 섞임" 자체가 개체와 형태, 또는 법과 윤리를 가로지며 발전하는 특징 때문에, 잡종은 인간의 법과 신의 법을 동시에 위반하는 불편함을 노골적으로 상징해 왔다.

하지만, 단죄해야 할 대상으로서만 등장하는 괴물들은 항상 과정이 생략된 일회용이기 때문에, 이 때 주체가 갖는 감정의 층위는 일시적이고 단편적인 단계에 머무른다. 서사의 관습에 동의한 괴물은 약속된 평화에 이르면, 다시 등장할 일이 없기 때문에, 유희의 캐릭터인 것이다. 하지만 "태어난" 괴물의 문제는 조금 다르다. 특히 괴물의 탄생은 포유류의 출산과 생물학적 이미지가 겹쳐지면서 "기묘한 낯설음"을 형성하게 된다. 그것은 고대부터 친숙한 낯섦, 위협적 경이, 그리고 은밀한 불안의 중압감을 동물의 세계에 부여[2]해 온 오랜 광기와 결합하여 괴물을 "알파포식자(man-eater[3])"로 인식하는 결과를 가져오게

2005, 참조.)
2) 미셸 푸코, 이규현 역, 『광기의 역사』, 나남출판, 2004, 271쪽.
3) 데이비드 쾀멘, 이충호 역, 『신의 괴물』, 푸른숲, 2004, 27쪽.
　데이비드 쾀멘은 알파포식자가 인간에게 불러일으킨 반응은 단순한 생존투쟁이라는 물리적 차원을 초월하여 신화, 예술, 서사문학, 종교 속으로 깊숙이 파고들었다는 점을 강조한다. 특히 알파포식자에게 부여된 신화적 속성은 교훈적인 의도와 결합되어 알파포식자를 신성한 환상의 영역에 위치지우는 동시에 오랜 서사의 영역에 관여하는 계기가 된다.

되었다. 알파포식자는 인류의 역사가 애써 부정해왔던 자연계(먹이사슬)에서의 인간의 위치를 절감하게 하는 존재로, 인간이 진화의 최종 단계가 아니라는 점을 다시 한 번 각인시켜준다는 점에서 공포의 원형이다. 알파포식자는 오랜 시간 역사가 깊고, 은밀하게 활동하고, 지혜로우며, 인간에 대해 알고 있으며, 멸종위기에 처해 있어도 절대 사라지지는 않는다는 이미지를 완성해왔다. 그들은 존재자체로 현실 불가능한 결합들의 낯설음과 충격을 던져주고, 사라진 뒤 인간으로 하여금 한동안 소외감과 혼란에 빠져들게 한다. 이러한 전설과 도덕의 예시에서 벗어난 뜻밖의 전도 때문에, 인간을 숨어서 노리고, 인간을 엄습하며, 인간의 진실을 인간에게 드러내는 "광란의 상상작용 속에서 만들어진 있음직하지 않은 동물(괴물)4)"들은 인간의 비밀스러운 본성과 본격적으로 관계 맺기 시작한다.

때문에 괴물에 대한 서사에 있어서 공포라는 감정의 장치는 외연에 대한 묘사보다 더 중요한 역할을 담당해왔다. 미리 정의해두지 못한 존재가 등장했을 때, 인간이 느끼는 당혹감은 정직하다. 이러한 정직한 공포는 혐오에서 출발하는 효과적인 설득력을 가지고 있기 때문에, 중요한 것은 "무엇" 때문에 두려웠는가보다는 "얼마나" 두려웠는가의 문제가 되었다. 게다가 언어로 형상화된 괴물의 외연은 언제나 서사를 지연시킬 위험에 있고, 현재 급증한 영상으로 재현되는 괴물들은 늘 생태, 생물학적인 증명에 대한 요구와 표절의 시비 사이에 있었기 때문에 그 외연을 "창조"하기란 더욱 어려운 작업이 되고 말았다. 괴물에 대한 시각적 인식이 알파포식자의 공통적 외연에 기대어 게을러진 것은 이 때문이다.

---

4) 푸코, 『광기의 역사』, 71쪽.

이러한 괴물의 외연과 성질은 서사의 영역에 따라 코드화 되었는데, 기존 괴물에 대한 연구를 짚어보면 그것은 크게 세 가지 유형으로 요약될 수 있다. 우선, 환상성에 대한 전제가 부연되는 동화형 괴물은 내포독자들에게 일정한 반응을 얻을 수 있도록 자세한 외연은 생략된 채 등장하게 된다. 문학에 기반한 커리큘럼에 대한 관심 집중되고 있는 현 동화 교육에서 괴물은 문제 해결과 교훈적인 장치를 위해 존재하기 때문에 어른들의 주제를 전달하는 일종의 소재에 불과한 경우5)가 많다. 괴물을 반드시 처리해야 할 악으로 상징화하는 영화에서 온갖 불편한 상상들이 덧붙여진 외연을 가진 알파포식자는 영웅이 거쳐가는 일종의 관문으로 등장하게 된다. 특히 현재에 와서는 내용과는 무관하게 기술적인 부분에서 재현 가능성을 실험하기 때문에 일종의 키치Kitsch로 읽혀지기도 한다. 마지막으로 영화나 동화에 괴물 캐릭터의 원형을 제공하는 소설형 괴물은 우선 고전의 영역에서 쉽게 그 원형을 찾을 수 있다. 신화나 민담에 등장하는 괴물들은 물론 각종 동물 중 강력한 힘을 상징하는 몸의 일부를 뒤섞거나, 비정상적으로 큰 신체를 가진 존재들이지만, 인간 생활의 외부 즉 주변으로부터 와서 인간의 잘못된 행태를 상징하거나 반대로 징벌하는 존재로 등장하기 때문에 신의 위치와 가깝게 인식되곤 했다.

　하지만 근대에 모든 서사가 다시 "인간"에게 집중되면서 현대 소

---

5) 김성진, 「동화교육에서 환상성의 역할에 대한 연구」, 『국어교육』 제117호, 한국어교육학회, 2005. 6, 418쪽.
　역동성이 강한 애니메이션과 같은 경우엔 아이들의 놀이 문화를 대변하는 경우가 많다. 괴물이 애니메이션으로 자주 등장하는 이유는 허구적 내용의 표현을 강화하여 마법과 함께 한타지 SF 등 다양한 장르에 두루 활용이 가능하기 때문이다. 대표적인 것이 포켓몬스터인데 여기엔 하이브리드형 괴물과 농눌석 힘에 대힌 묘사가 제법 구체적이지만, 오로지 대결에서만 발휘되는 유희적 성격이 강하다.

설의 괴물들은 인간 내부의 가장 근원적 욕망에 대한 폭력적 발현을 상징하는 어떤 성질적인 부분을 대표하는 것으로 유형화6)되었다. 현대의 서사가 모호한 중간대의 공간에 숨어있던 은밀한 존재로서의 괴물에 주목하는 이유는 이를 범죄성이나 광기의 증폭을 의미하는 "내밀한 타자"로 인식하기 때문이다. 내밀한 타자는 즉시 괴물monstrosity로 치환되고, 이야 말로 주어진 경계를 넘어서서 전복적 일탈을 감행하는 가장 중요한 원동력으로 해석되어7) 왔다. 때문에 현대의 서사 안에서 인간들은 모두 "잠재적 괴물"로 정의되곤 한다. 이러한 인식은 괴물을 관리하고 치유해야 할 문제로 변화시켰고, 19세기 이후 초자연과 환상, 초월적 존재의 등장은 인간의 무의식과 내면이라는 근대적 학문 체계로 흡수, 설명되고 해석되기 위해서만 존재하기 시작했다. 그 안에서 괴물의 외연은 더욱 불투명하게 처리 될 수밖에 없었던 것이다.

다시 푸코가 던진 질문으로 돌아가 보면, "태어난 아이"의 결정적인 문제는 "유산의 향방"과 결부되어 있다. 이 때 아이의 어머니와 남편의 가족들 사이에 간극이 생기고 그 사이에서 이 아이는 괴물로 "정의"되는 것이다. 푸코는 광기가 문제가 되는 것은 이성의 절대적인 한계와 인간조건의 "추문scandal"을 형성하는 동물적 비이성의 경험에 연결되어 있기 때문이라고 했다. 이것이 괴물의 문제이다. 괴물은 이처

---

6) 특히 범죄와 관련된 모든 것들은 괴물성과 연관되었는데, 괴물이 자연의 법을 위반한 존재로 정의되면서 모든 법을 어긴 존재들을 설명하는 데 괴물의 캐릭터가 도용되었다. 하지만, 괴물적 범죄성은 또는 그 효과(또는 파급의 영역)는 자연이나 종의 교란이 아니라 행동 그 자체에 두는 그러한 괴물성의 영역이다 미셸 푸코, 『비정상인』, 101쪽.

7) 홍성주, 「『프랑켄슈타인』과 <메리 셸리의 프랑켄슈타인>에 나타난 출산의 괴물성」, 『문학과 영상』, 2003, 131쪽.

럼 괴물과 처음 만난 인간이 만들어낸 "첫 번째 추문"이 소문과 기록으로 진행되면서 태어나게 된다. 이러한 추문은 괴물 자체의 서사를 끊임없이 방해하면서 괴물을 인간의 어떤 성질로 한정짓게 하는 일종의 장애로, 이 연구가 현대 소설에서 재현된 괴물을 통해 가장 주목하고자 하는 부분이다. 비이성의 저장소로 유형화된 "괴물스러운 인간"이 주인공인 기존 논의에서 벗어나 괴물 자체에 집중하는 것은 과거 비유와 상징의 도구로만 인용되던 환상의 원형을 복원[8]하는 작업이 될 것이다.

2. 과잉외연의 여백과 재현의 개연성

성서의 주변에서 모든 괴물의 모성母性이자, 이브 이전의 여성인 "릴리트"에 대한 기록에서 가장 흥미로운 점은 그녀가 잉태된 존재들을 "생긴 그대로" 낳았기 때문에 세상에 그토록 다양한 괴물들이 존재할 수 있었다는 부분이다. 유전의 법칙을 위반한 채 카니발리즘을 부연하는 괴물의 외연은 이성적으로 처리되지 않은 힘과 의지에 의해 지배되지 않는 힘을 의미하기 때문에 위험으로 요약되어 왔다. 이러

---

8) 괴물에 대한 참고문헌으로는 아마 두 개의 텍스트가 추천될 것이다. 하나는 한대漢代(B.C. 202~A.D. 220) 초에 이미 작성되어 있었다는 『산해경山海經』이며, 또 다른 하나는 중세에서 19세기까지 감금되어온 비이성의 역사에 대한 미셸 푸코의 『광기의 역사』이다. 이 두 작품을 소설의 틀 안에서 재현한 것이 바로 김탁환의 『부여현감 귀신체포기』(이가서, 2005)와 김언수의 『캐비닛』(문학동네, 2006)이다. 이 두 작품은 이미 익숙한 신화적 괴물의 외연에 대해 동시대적 감각을 발휘해 적극적인 재현의 태도를 보여주거나, 현대적 병리현상의 징후적 괴물에 대해 강도 높은 플롯을 통해 괴물의 실재 여부에 대하여 십중하면서도, 괴물의 의도를 읽을 수 있는 선택받은 기록자들의 증언이다.

한 괴물의 외연에는 몇 가지 구성의 법칙이 있는데, 우선 가장 흔한 경우는 인간의 신체와 동물의 육체가 결합하는 경우로 주로 날개나 비늘 등이 인간의 신체에 결합되는 형태로 나타난다. 다음으로 동물의 육체가 서로 결합하거나 각 기관에 위반이 나타나는 경우인데, 이때 결합하거나 변형되는 부분은 각 동물들이 가진 가장 강력한 힘의 근원들이다. 마지막 실제 동물과 상상의 동물이 결합하는 경우는 주로 신화의 영역에서 이루어지며, 이 때 분절된 신체는 각각 고유한 속성을 나타낸다. 이때 괴물들은 상반된 것들을 그대로 공존시키고 어느 한 영역으로 다른 것을 흡수해 넣지 않는 성질을 전제한다. 이러한 외연은 그를 둘러싸고 있는 문화와 역사나 이데올로기나 신앙과 밀접하게 관련되어 있기 때문에, 단순한 표피 그 이상의 의미가 있다고 할 수 있다.

> 어른 주먹보다 조금 작다. 몸은 자루처럼 둥글고 날개가 다섯, 다리가 일곱이다. 누런 피부를 가졌지만 감정 변화가 심하면 불꽃처럼 붉게 변한다. 몸이 부풀어 오르기도 하는데 그 크기를 잴 수 없다. 날개를 파닥거릴 때는 네 개가 서로 엇갈린다. 나머지 하나는 돛대처럼 곤두서서 꼼짝도 않는다. 바람의 방향과 세기를 가늠하기 위함이다. 다리는 짧고 굵어 무릎과 발목을 구분하기 힘들다. 머리가 없기 때문에, 앞뒤도 없다. 온몸을 떨어 말을 하는데 그 소리는 흔들리다가 지친 갈대를 닮았다. 가슴에서 가슴으로 소리가 전해지기 때문에 잼잼의 소리를 접할 때는 크게 심호흡을 하는 것이 좋다. 음악을 좋아하고 춤추기를 즐긴다. 우정을 나누면 백 년 이상 벗을 따라다니며 지킨다.
> — 『부여현감 귀신체포기』 1권, 33~34쪽

『부여현감 귀신체포기』의 주인공 아신(탁환)의 어깨위에 앉아 있다는 "잼잼"에 대한 묘사이다. 사실, 이 잼잼은 제강帝江이라는 신령스러운 새를 원형으로 한 것으로, 『산해경山海經』에 따르면, 마음이 열리지 않은 상태 또는 도리를 분별치 못하는 혼돈渾敦의 신9)이다. 위에 드러난 것처럼 잼잼은 머리와 꼬리가 없어 앞뒤를 구분할 수 없거나, 입이라는 기관이 없음에도 말을 할 수 있거나, 볼 수 있는 자의 눈에만 보이는 등 위반의 외연을 가지고 있다. 때문에 잼잼은 존재한다고도 존재하지 않는다고도 말할 수 없는 모호한 영역에 있다. 여기서 주목할 것은 작가가 제강을 그대로 재현한 데에서 멈추는 것이 아니라, 다시 한 번 위반의 요소를 덧붙여 새로운 제강을 그려냈다는 점이다. 원래 "네 개의 날개와 여섯 개의 다리"를 가지고 있는 제강은 "날개가 다섯이고 다리가 일곱"인 짝수의 법칙에서 어긋난 이중적 위반의 존재 잼잼으로 재창조된 것이다. 잼잼은 제강이기도 하면서 제강이 아니기도 한 새로운 괴물이다.

사실 제강에게는 뒤따르는 또 다른 서사들이 있는데, 『산해경』보다 늦게 지어진 것으로 추정되는 『장자莊子』에 따르면, 평소 혼돈(제강)에게 "구멍"이 없는 것을 걱정하던 남해제南海帝 "숙儵"과 북해제北海帝 "홀忽"이 인위적으로 혼돈에게 구멍을 뚫어 주었지만, 7개의 구멍을 모두 뚫은 날10) 그만 혼돈이 죽고 말았다고 한다. 그리고 『장자』 훨씬 뒤에 지어진 『신이경神異經』11)이라는 고대소설에서 죽었던 혼돈은 완전히 다른 형태로 다시 등장하는데, "그 모습은 개와 같고, 긴 털에

---

9) 최형주 역, 『산해경』, 자유문고, 1996, 98~99쪽.
10) 『장자』는 전구 시대 무렵 도가 학파의 장주가 지은 철학책으로 노자 철학을 계승하여 자연의 도리를 따르면서 개성을 잘 지킬 것을 주장한다. 이 우언寓言은 인위적인 조작에 대한 경계를 드러내는 동시에 "괴물"을 규격화에 맞게 "치유"하려는 과정을 은연중에 드러낸다.
11) 『신이경神異經』은 3~4세기 경 지어진 작자 미상의 고내 소실로 『산해경』을 모방하여 중국 변방의 기이한 신들과 괴상한 사물들을 환상적인 필치로 그려냈다.

다리가 넷이며, 곰 같기도 한데 발톱은 없으며, 눈이 있어도 보지 못하고, 걸어도 나아가질 못하며 두 귀가 있으나 듣지 못한다. 배가 있으나 오장이 없고 창자가 있으나 구불구불하지 않아 음식이 곧바로 내려갔다"로 묘사[2])되어 있다. 이러한 외연의 변화를 통해 우리는 인간들이 괴물의 외연을 과잉묘사하는 과정을 알 수 있다. 인간은 세계의 중심을 자처하면서 태초의 정렬되지 않는 혼돈에 대해 묵인하기가 점점 어려웠을 것이고, 결국 혼돈의 신 제강은 춤과 노래를 즐기던 자연 그대로의 외연에서 인간들이 덕지덕지 붙여준 흉측하고 무의미한 "잡종"의 존재로 전락하고 만 것이다. 하지만 작가는 부여현의 잼잼을 통해 "제강"의 원형을 바탕으로 하되, 그 위반적 성격을 강조하며, 인간의 서사에 오염되지 않는 재현의 가능성을 실험하고 있는 것으로 보인다. 그 증거로 이 작품에서 잼잼은 완벽한 주체적 존재이며, 현자賢者의 어깨 위에서 경쾌한 춤을 추는 신으로 읽혀진다.

그 밖에도 이 작품에는 다양하고 신뢰성이 있는 괴물들이 서사의 "중심"을 구축하고 있다. 이 작품은 크게 열 개의 에피소드로 구성되어 있는데, 매 에피소드마다 등장하는 괴물들은 모두 저마다의 견고한 서사가 있으며, 주인공인 아신은 그들의 이야기를 들어주는 존재에 불과하다. 사람을 말을 알아듣고, 그 마음을 헤아리지만, 세 머리가 서로 다른 소리를 내게 되면 죽는다는 삼두견三頭犬 첩첩이(1권, 42쪽), 네 개의 머리와 여덟 개의 꼬리를 가지고 있는 사두조四頭鳥 시시視視(1권, 100쪽), 서국에서 온 곰인간 "아득한 동쪽(1권, 83쪽)", 천마天馬의 삶을 선택한 백마강의 용왕(1권, 161쪽), 혐오스러운 외연과 우둔한 성격에 엄청난 식욕을 가진 야차夜叉(2권, 17쪽), 둔갑술을 하는 여덟 여우

---

12) 정재서, 『이야기 동양신화』, 황금부엉이, 2004, 23~32쪽.

자매(2권, 151쪽) 등 이 부여현의 괴물들은 추상적인 위반과 섞임, 변형의 증명을 설득력 있게 제시한다. 다만, 이때 괴물의 몸에는 특별히 부각되어 묘사되는 부분이 있기 마련이다. 이럴 경우 과잉묘사된 신체의 기관에 대해서 인간은 그것이 인간의 어떤 문제와 연결된다고 인식하게 된다. 예를 들어 입이나, 머리 등의 기관의 경우 특히 과잉 외연일 경우 의미를 부여하고 해석하면서 어떤 교육적 메시지가 있다고 생각하는 것이다. 이때 괴물의 신체는 사회적인 것이 되고, 환상은 지배이데올로기의 수사학으로 전락하고 만다.

하지만 이 작품에 드러난 괴물들은 인간들의 법칙에 대해 아무런 관심이 없거나, 인간들의 법에 의해 주변으로 인식되는 것을 거부하기 때문에 주목된다. 인간은 그들의 서사에 적극적으로 개입하거나 인간의 법을 주장할 수 없다. 다만, 예외는 있는 법이어서 가끔 영역을 가로지르는 것이 허락된 존재들이 있고, 그 중에 영향을 주고받을 재능을 연마한 자가 있기에 물음이 있다면 답을 해줄 뿐이고, 어려움이 있다면 "약간의" 도움을 청할 뿐이다. 이러한 개체별 독립성은 늘 인간을 전제로 삼았던 기존의 괴물 서사에서는 보기 드문 경우에 해당한다.

이 작품이 괴물을 논의함에 있어 "문학적 믿음"의 영역을 확보한 것은 괴물의 외연을 등장인물에 한정시킨 것이 아니라 텍스트 자체로 확대했기 때문이다. 그것은 활자의 배열과 삽화에 관한 장치이다. 이 작품의 글자들은 순간순간, 우리가 지켜온 읽기의 순서를 위반한다. 하늘로 치솟거나, 알파벳이나 별자리, 도형의 형태로 나타나기도 하는 활자 배열의 어긋남은 읽기를 방해하는 불편한 요소로 일단 작용하지만, 해석을 즐기는 사람들에게 일종의 암호나, 경고나 징후에 대한 안

내문과 같은 역할을 하기도 한다. 그리고 백범영의 삽화 역시 괴물의 외연에 대한 심리적 설득력을 튼튼히 하는데 기여한다. 삽화와 서사가 서로에게 기대어 생략하거나 부연하는 균형이 어긋나게 됐을 경우, 글과 그림은 모두 위험해지기 마련인데, 결과적으로 이 작품에 한해서는 삽화는 서사를, 서사는 삽화를 서로 견고하게 해주는 균형의 합을 찾았다고 할 수 있을 것이다. 이처럼 작품 전체가 모두 괴물을 부연하고 있기 때문에, 괴물들의 서사의 영역이 충분하게 확보되는 것이다.

> 변화된 종의 징후를 보여주는 사람들이 있다. 마땅한 정의가 학계에 나와 있지 않아 우리는 그들을 '징후를 가진 사람들' 혹은 '심토머 Symtomer'라고 부른다. 심토머들은 생물학과 인류학이 규정한 인간의 정의에서 조금씩 벗어나 있다. 그들은 현재의 인간과 새로 태어날 미래의 인간 사이, 즉 종의 중간지에 있는 사람들이다. 그러므로 그들은 최후의 인간일수도 있고 어쩌면 최초의 인간일 수도 있다.
>
> ─ 『캐비닛』, 30쪽

현재로 무대를 옮겨온 『캐비닛』에서 심토머Symtomer는 괴물에 대한 새로운 정의이다. 이들 중에는 손가락에서 선인장이나 은행나무가 자라나는 사람도 있고, 몸의 일부에서 도마뱀의 형질이 드러나기도 하며, 남녀의 성기를 모두 완벽하게 갖춘 이도 있고, 손가락 끝에 후각, 시각, 미각을 느낄 수 있는 감각기관이 생겨나서 손가락으로 사물을 보거나 냄새를 맡을 수 있는 사람들도 있다. 이들은 진화의 준비가 되지 않는 세계에 "미리" 또는 "이미" 등장했다는 한계와 가능성을 동시에 가진 자들이다. 때문에 진화에 대한 전조현상이나, 후유증을 앓을 운명을 가진 존재들이다.

이 작품은 연구소 관련 공기업에 힘들게 취직한 주인공 공덕근씨가 "지루하고 무료"하게 진행되던 어느 날을 견디지 못하고 연구소를 방황하다가 찾아낸 13호 캐비닛 안에서 "공문서"의 형태로 보관되어 있던 심토머들에 대한 자료를 발견하게 되고, 그 자료를 연구하던 권박사에게 "기록의 보관자"로 임명되어, 심토머들에 대한 인터뷰와 기록을 맡게 된다는 단순한 구성을 가지고 있다. 하지만 이 작품은 심리학자나 정신의학자가 "오로지" 과중한 스트레스에서 발병한 일종의 정신병으로 치부해 왔던 현상들이 부정할 수 없는 "확인"의 절차를 통해 물리적으로 드러나면서 문제가 제기 된다. 이 때 공대리가 인터뷰한 심토머들은 크게 세 층위로 분류될 수 있는데, 그것은 현실 세계와의 조화 가능성에 초점을 두고 있다. 가장 안전한 심토머들이 신문 같은 것을 먹거나, 고양이가 되고 싶다는 등의 "겉"으로 드러나지 않는 징후들을 가지고 있어 사람들 사이에서 "표 나지 않게" 살아갈 수 있다면, 두 번째 심토머들 경우 겉으로 확연하게 드러나는 물리적 "이상"을 보이기 때문에 다르게 분류된다. 즉 때때로 괴물로써 인식되는 것이다. 아주 긴 시간 동안 잠을 자는 토포러Torporer, 또 다른 나를 만나는 도플갱어double gore, 어린 시절 죽은 샴쌍둥이를 반복해서 만나는 여인, 만들어 붙인 나무 손가락이 완벽하게 육질화된 이쑤시개 공장의 피노키오, 시간을 잃어버리는 타임스키퍼Timesikpper, 남녀 성기를 완벽하게 모두 갖추고 있는 네오헤르마프로디토스neo-hermaphroditus, 서로 영혼과 육체를 바꿔 사용할 수 있는 다중소속자들이 여기에 속한다.

하지만 역시 문제는 가장 위험한 상태의 세 번째 "괴물"들이다. 캐비닛에 보관되어 있는 괴물들의 가장 큰 특징은 이러한 위험이 외부를 겨냥하는 것이 아니라, 괴물 자신을 향해있다는 점이다. 과거의 불행한 기억을 완전하게 지우거나 조작함으로써 상실과 폐허로부터 벗어나는 메모리 모자이커Memory mosaicer나, 특별에 대상에 대해 극도의 불안감을 가지고 있는 블러퍼Bluffer는 그 대표적인 예이다. 메모리 모자이커는 우울증 치료와 과거에 대한 새로운 인식으로 시작되었던 기억변형 기술을 변형, 발전시켜 인위적인 기억조작이 가능하게 된 사람들이지만, 자주 반복되는 모자이크 때문에 결국 자신의 기억에 대한 신뢰를 잃는다는 한계로 괴로워하는 존재들이다. 그리고 블러퍼[13] 역시 그 공포의 대상을 물리적으로 재현하는 능력을 가지고 있기 때문에 문제가 되는 것은 블러퍼 자신들이다. 예를 들어 악어공포증에 시달리던 남자가 문이 잠겨 있던 방에서 "흡사" 악어에게 물어뜯긴 모양으로 죽은 채 발견된다거나, 거미공포증의 여자가 실수로 베인 귀에서는 거미들이 쏟아져 나온다는 식이다. 실제와 환상의 경계가 무너진 이들이 "상상하면 실재가 된다"는 것은 내면에서 증폭된 힘의 위력에 대한 가시적 확인이라는 점에서 현재의 괴물에 대한 인식과 통하는 부분이 있다. 이때 신체는 환상의 원리로 각각 순환되기 때문에, 사회정치적인 신체들은 파괴되고 그 자리에 새롭고도 이상한 "무엇"이 창조되는 것이다.

작가는 이와 같은 심토머에 주목하는 이유로 그들이 "다수"로 분류될 외부적 요소와는 달리 내면으로는 얼마든지 가공할만한 낯선 징후를 가진 완벽한 중간지의 인류라는 점을 강조한다. 우리는 그들이 "비밀"을 공개하기 전까지는 일단 이들을 경계하지 않는다. 때문에 이들

---

13) Bluffer를 굳이 해석하면 이는 허세나 속임수를 부리는 사람을 뜻한다. 하지만 이 것이 징후로서 의도되지 않는 것 또는 의도 할 수 없는 것이라면 Bluffphobia 정도의 조어가 더 어울리지 않을까 싶다. 허세공포증 말이다. 환상을 촉진觸診할 수 있는 사람이야 말로 공포이다.

은 다수 속에 섞여 살면서 그 어떤 괴물보다 강력한 영향력을 행사할 수 있다. 그들의 괴물성은 내부의 외연으로 자리를 옮겼고, 여기엔 또 다른 여백이 들어서게 된다. 때문에 외연을 통해 "일단" 구분되던 기존 괴물, 그 이후의 서사에 대해 진행할 수 있게 된 것이다. 캐비닛 안의 많은 심토머들이 자신의 징후를 세련된 태도로 받아들이는 것은 "차이"를 부각시키는 것이 "차별"을 가져올 수 있다는 것에 대해 너무도 잘 알고 있기 때문이다.

고전에 등장하던 환상적 타자들 중 괴물은 대부분 동물의 영역에 분류되어 왔으며, 주제를 강화하거나 인간의 악한 본성의 타자적 발현을 위해 등장해왔다. 그저 주변에서 존재하는 것만으로도 강렬한 환상성이나 가상의 공간 또는 위험이나 도전, 저항을 형성하는 것이 괴물이다. 문명화된 사회일수록 이러한 외연을 바탕으로 괴물을 즉시 처벌해야 할 악으로 처리하고, 추방된 것들을 기준으로 하여 단일하게 합의된 의미를 형성하여 "희생양"의 논리로 종합하는 것은 공식적인 메커니즘이다. 르네 지라르는 사회가 무차별적 위기에 처했을 때 모든 문화의 근저에는 그 위기의 책임자로 한 사람을 지목하는 집단 구성원의 만장일치적 폭력인 박해와 살해가 있었던 점을 들면서 이 집단 살해를 전해주는 박해의 텍스트가 역사적인 기록이나 민담이나 신화라고 설명14)한다.

부여현의 괴물들이 인간의 외부에서 인간의 위치를 확인시키는 역할을 가지고 있다면, 캐비닛의 괴물들은 인간 내부에서 등장한 변화의 징후들이 인간 자체를 구성한다는 특징을 가지고 있다. 우리는 그동안 괴물의 외연을 "비정상"이나 "질병"으로 코드화해 왔기 때문에

---

14) 르네 지라르, 박무호 역, 『폭력과 성스러움』, 민음사, 1997, 참조.

괴물의 외연에서 무질서, 오류, 불법, 착각에 대한 경계를 교훈으로 읽어내고자 노력해왔다. 덕분에 우리는 괴물을 병리학적으로 관리 할 수 있게 되었으며, 불가능해보였던 그들의 의도를 "해석"했다고 믿을 수 있었다. 중요한 것은 이러한 믿음 자체가 괴물의 과잉외연의 여백이며 진짜 괴물들은 이 여백 속에 존재한다는 점이다. 하지만 다행스러운 것은 블러퍼나 잼잼이 여백을 통해 인간과 관계 맺기를 멈추지 않는다는 사실이다. 자신에게 주어진 이 세계의 조건을 묵묵히 받아들이는 우리는 정상이 아니라 다수일 뿐이다. 판단의 기준이 자신이 아니라 외부에 있는 경우, 우리는 항상 사실 여부를 떠나 가능성의 개연을 믿어야 한다.

3. 괴물에 대한 기록자가 획득한 서사적 위치

신이 인간에게 결행했던 "시험"에 대한 집대성이라고 할 수 있는 "욥Job"에 관한 기록에는 "레비아탄"이라는 괴물이 등장하는데, 그 묘사가 다음과 같다. "줄지어 선 무서운 이빨, 방패 사이사이로 고랑진 등가죽에 단단한 돌인장으로 봉인한 것 같은 등, 재채기 소리에 불이 번쩍하고, 아가리에서 내뿜는 횃불, 목구멍에서 이글이글 타는 숯불(욥기, 41장)"을 가지고 있는 레비아탄은 그 밖에도 종말을 논하는 문서들에서 악마, 뱀, 거대하고 무시무시한 바다 괴물 등으로 등장하며, 때로는 지옥의 문 그 자체로 간주되기도 한다. 여기서 중요한 것은 이 괴물이 신의 권능을 증명하는 도구로써 등장했다는 점이다. 신은 "하늘 아래 (레비아탄을 창조한 나와) 누가 맞서려 하겠느냐"는 메시지를 욥을 통해 전달했고, 욥은 신과 레비아탄의 사이에서 자신의 성실성·

과 신의 권능에 대한 믿음을 무사히 유지시킴으로써 시험을 통과하게 된다. 때문에 실제 하나의 문화가 알파포식자를 신성시 하게 한 좋은 예인 레비아탄의 역할은 "존재" 그 자체였으며, 그 때 경계에 위치하던 욥은 형성된 의미망을 "기록"함으로써 독자 각각의 상상력과 개별적으로 접속하여 서사적으로 우위를 차지하게 된다. 이처럼 "기록"은 괴물과 같이 불확실한 외연과 혼종의 역사를 가진 환상적 캐릭터에게 있어서는 정체성을 결정지을 수 있는 매우 중요한 요소이다. 들뢰즈와 가타리는 카프카[5]를 지속적으로 연구하면서 동물−변신 즉 괴물−되기가 모든 형태, 의미화, 기호, 기의를 와해시켜 비형태와 비영토화, 무의미의 기호에 자리를 내주는 것으로 해석했다. 내용이 형태를 벗어버리고 표현 자체에 집중하는 것은 낯선 것을 수용하는 자세를 부연하는 것이다. 심리학자 융 역시 무의식의 보다 깊은 탐구를 위해 실시한 첫 작업은 바로 그 자신의 꿈과 환상을 집중적으로 관찰하고 기록하고 생각해 보는 작업이었다. 때문에 모든 "뚜렷하게" 드러나지 않는 것, 또는 "보고 싶어도" 볼 수 없는 것, 그리고 보고도 "믿을 수 없는" 것에 대해 기록하는 자는 때로는 서사의 주인공보다 가장 중요한 화자로서 독점적 지위를 누린다.

　이 때 작가는 "기록"을 허락받은 화자에 대해서 어느 정도의 특이한 경력을 붙여주기 마련인데, 그들은 주로 환상과 현실, 거짓과 진실 사이의 경계에 대해 늘 고민하면서 유연한 사고를 하는 인물로 설정된다. 괴물을 기록하는 자들은 몇 가지 특징들로 나누어 살펴 볼 수 있는데, 우선 이들은 인간사人間事에 어느 정도 거리를 두고는 있지만,

---

15) 들뢰즈·가타리, 조한경 역, 『소수 집단의 문학을 위하여 : 카프카론』, 문학과시성사, 1992.

늘 일탈적 호기심을 유지해 온 인물로 설정되는 경우가 대부분이다. 이들은 괴물을 어떠한 사건의 전조로서 읽고 해석하기를 즐기기 때문에, 괴물을 만난 뒤에 "공포" 다음의 서사를 진전시킬 수 있는 존재들이다. 두 번째는 괴물을 기록하는 자 주변에 그들 대신에 괴물에 대한 심리적 충격을 완화해줄 장치가 있는 경우이다. 조력자들은 환상과 현실에 모두 영향력과 조율의 능력까지 갖추고 있으며, 화자가 안전하게 "기록"에만 열중할 수 있도록 도울 뿐 아니라, 때로는 기록자와 독자가 동시에 갖는 의문에 "답"을 해주면서 서사를 절약하는 역할도 담당한다. 세 번째는 기록 자체에 특별한 의무감을 가지고 있는 경우이다. 이들은 괴물 역시 의도된 피조물임을 엄격하게 인식하고 있으며, 존재 자체에서 오는 충격보다 견고한 가치체계와 논리를 가지고 있는 경우가 대부분이지만, 괴물과 조우한 것과는 비교할 수 없는 비극적 상처가 있는 경우도 있다. 기록과 증언에 대한 소명의식을 갖고 있는 화자는 대부분 자신에게 일어난 일들을 일종의 계시라고 받아들이며, 진실에 대한 산문정신을 바탕으로 "대중"을 계도하고자 하는 목적을 가지고 있다. 마지막으로는 물론 화자 자신이 괴물인 경우이다.

『부여현감 귀신체포기』의 작가가 선택한 "지괴"라는 형식은 괴이[怪]한 일들을 기록[志]16)하는 것으로 신화, 민담, 전설 등의 환상적 소재들과 소설이 만나는 장場으로서 적합해 보인다. 특히 화자이자 주인

---

16) 그가 차용한 지괴소설은 『산해경山海經』의 맥을 이어 중국 육조시대六朝時代(3~6세기)에 크게 유행했으며, 간보干寶의 『수신기搜神記』와 유의경劉義慶의 『유명록幽明錄』 등 청나라 초기 포송령에 의해 창작된 문언단편소설집 『요재지이聊齋志異』로 이어졌다. 『삼국유사三國遺事』의 <기이편紀異篇>이나 김시습의 『금오신화金鰲新話』, 작자미상의 『전우치전田禹治傳』, 『금령전金鈴傳』, 또는 일본의 『음양사陰陽士』 등에도 지괴담의 여러 모티브들이 차용되고 있다.

공인 아신(탁환)에게 혼종되어 있는 여러 성질들은 그 자체를 경계적 인물로 위치시키는 역할을 하기 때문에, 독자로 하여금 괴물을 만나는 자세를 적극적으로 조언하는 당당함을 부여했다. 또한, 이 작품은 현재의 주인공 탁환이 "미래에서 가져온 회고록"이라는 아이러니한 기록을 열람하고자하는 욕망으로 러시아 무용수이자 흡혈귀 "나탈리야"에게 허혈許血하는 장면에서 시작한다는 점에서 "기록에 대한 열망"에 집중하는 태도를 미리 보여준다. 이처럼 자신이 앞으로 "쓰게될" 소설의 등장인물이자 화자로 변신하는 작가의 서사적 위치는 흔히 기괴스러운 일에 대한 기록에서 외면당하기 마련인 "문학적 믿음"에 대한 복원을 위한 일차적인 장치로서 유용하다. 이러한 장치는 몽유록계 소설의 입몽入夢과정과 유사한 역할을 담당하면서, 독자로 하여금 부여현의 괴물과 기괴스러운 사건에 대한 "개별적 신뢰"를 형성하게끔 유도하는 것이다.

"소설가 탁환"이 미래에 쓰게 될 소설의 주인공이자, 그의 전생이며, 부여현의 모든 괴물들과 기괴에 대한 기록자인 현감 아신(맥아더+이순신)은 사건이 일어날 때마다 용감히 사건 해결에 나서지만, 초동수사 단계에서 번번이 부상을 당하거나 목숨을 잃을 위기에 처한다. 그가 직면한 사건이 매번 괴물들의 해원解寃과 밀접한 연관을 맺고 있기 때문이다. 그러한 아신이 괴물들에 대한 적극적인 기록자가 될 수 있었던 것은 그 자신이 "경계"의 인물형이기 때문이다. 우선 그는 부여현감이라는 조선시대 유교 사상의 틀에 빈틈없이 들어맞는 관리의 대표적 성질을 가지고 있는 인물이지만, 이계異界적 존재들과의 만남에 있어 낭만주의적 영웅의 기질을 드러내 그들을 멋대로 "처리"하지는 않는다. 덧붙여 아신은 어린 시절 진우치외의 각별한 우정을 넘어서 용양龍陽(남자 동성애)을 경험했으며, 불제자이자 이국의 여승인 미미를 평생 흠모하며 괴로워하지만, 인간의 법을 완벽하게 외면할 수 있는 처지가 아니라는 점에 대해서는 언제나 분명히 한다. 때문에 아신이 한 고을의 현감으로서 고을에 속한 모든 (인간 이외의) 존재들에게도 골고루 애정을 가지고 있으며, 사건에 대한 기록 역시 공정을 기한다는 점은 그가 지괴에 대한 기록을 허락받은 결정적인 이유일 것이다.

유교적 신념과 학자와 관리로서의 이해를 뛰어넘는 모든 현상을 일단 "쓸데읍는 소리"로 일축하는 아신이지만, 그는 희대의 도술사 전우치와 신비한 이국의 여승女僧 미미가 인정한 기록자이다. 왕에게 황금들보를 해내라는 요구를 당당히 하는 과격한 전우치와 야차도, 아득한 동쪽도, 늑대인간도 "상처"를 입히지 않고 돌려 달라는 포용과 이해를 멈추지 않는 불제자로서의 미미는 독자가 쉽게 동의할 수 없는 사고방식의 이인異人들이기 때문에 기록자로는 부적합했던 것이다. 그런 의미에서 아신은 부여현의 괴물들의 독립적 세계를 기록하는 자신의 서사적 위치에 대해서 인지하고 있는 "적당한" 기록자이다. 주변의 조력자들은 모든 이치를 깨우친 상태이지만, 아신을 훌륭한 기록자[17]로 성장시키기 위해 수수께끼를 되풀이 하여 그를 단련시킨다. 때문에 아신은 사건의 해결하는 것이 아니라 전우치와 미미에 대한 사랑과 신뢰로 서사를 해결하는 존재이다. 이 때 독자는 아신이 "이해할 때까지" 끈기 있게 기다리면서, 괴물에 대한 이해의 폭을 맞춰 나가는 경험을 통해 작가가 의도한 의미망으로 자연스럽게 빠져들게 된다.

---

17) 홈즈가 훌륭한 탐정에다 예지자, 천재, 병적 낭만주의자 등 다양한 피사체가 될 수 있었던 것은 코난 도일이 아니라 와트슨 덕분이었다. 와트슨이라는 성실한 기록자가 작품 안에 함께 등장하기 때문에 우리는 기록자가 서술한 것을 작가의 서술보다 신빙성 있게 받아들이고, 기록자의 시선이 여과하는 부분에 대해 미리 암묵적으로 동의하게 된다.

피할수록 가까이 다가서는 존재가 있다. 이틀 동안 일기를 싼 보자기를 풀지 않았다. 서안에서 가장 먼 책장 구석에 놓고 헌옷으로 덮어두기까지 했다. 그런데 잠시 밖에 나갔다 오면 일기가 서안에 놓여 있었다. 아랫사람들을 불러 꾸짖었으나 자신들이 한 일이 아니라고 했다.

― 『부여현감 귀신체포기』 2권, 136쪽

그 밤 내내 일기에 대해 생각했다. 일기란 무엇일까? 그 일기를 쓰는 나 자신을 포함해서 누군가 다시 읽어주기를 바라는 글이 아닐까. 내가 쓴 글로 나 자신을 위로하는 것이 바로 일기다. 그 만큼 은밀하면서도 타인을 의식하는 지독한 글쓰기

― 『부여현감 귀신체포기』 2권, 138쪽

괴물을 기록하는 자세에 대한 작가의 생각은 열 번째 마지막 에피소드에 더욱 구체적으로 부연된다. 부여에 이웃한 연기현감 제갈룡은 열두 권의 일기를 남기고 이른 나이에 세상을 뜬다. 그리고 평소에 "안면"만 있을 뿐이었던 부여현감 아신에게 그 일기들을 남긴다. 그 일기에는 아신의 인상에 대한 비판에 가까운 독설도 솔직하게 기록되어 있었는데, 그보다 더 아신을 놀라게 한 것은 제갈룡이 꼬리가 "하나" 이상 달린 여덟 여우들과 2년 동안 동침해왔다는 사실을 여과 없이 기록해 놓았기 때문이다. 그녀들을 "팔선녀"라 칭하며 성격과 외모에 대해 자세히 기록했을 뿐만 아니라 "벼룩의 등을 타고 이동하거나 먹구름을 이용해 하늘 위로 날았다는" 여행록에 드러나는 기행奇行들은 지괴가 부여현에 국한된 것이 아니라는 점을 확실하게 한다. 연기현감은 수명이 줄어드는 것을 알면서도 여우와 잠자리를 거듭하는 것을 멈추지 못한 것과, 조선 시대 관리로서의 명예 모두를 전복시킨 위험이 있는 기록細筆을 남긴 것에 대해 "공허함을 메우기 위함"이었

다고 설명한다. 제갈륭은 공허하고 명예롭게 천년을 사는 것보다 은밀한 욕망에 정직해지고, 그것을 기록하여 남기고자 하는 욕망 또한 거절하지 않으면서 생을 채워나갔다. 여기에 우리가 괴물을 기록하는 진짜 이유가 있다하겠다.

아신이 다층적인 경계에 위치했기 때문에 지괴를 기록한 것과는 달리, 『캐비닛』의 공덕근씨는 좀 더 단순, 명확하고도 공적인 경위로 괴물의 기록자이자 보관 담당자로 선택된다. 그것은 무료함과 무료함이 겹치는 시간과, 정체모를 캐비닛이 덩그러니 놓여있던 공간과, 캐비닛을 "관리"할 사람이 필요했던 권박사라는 인물이, 서로를 알아보았을 때 이뤄지게 된다. 흥미로운 사실은 부여현의 괴물들에 대한 기록이 "허혈許血"을 통해, 독자를 준비시켰던 것처럼 『캐비닛』 역시 비슷한 입몽의 에피소드가 준비되어 있다는 점이다. 오로지 경계의 상징으로서 불분명한 죄를 햇볕이 잘 드는 첨탑에 "넣어 두었던" 상피에르의 루저 실바리스는 "우연히" 일어난 화산의 재해를 비켜간 유일한 인물이다. 죄를 지었기 때문에 살아남은 아이러니한 생존자인 루저는 죽기 전에 30년 전의 상피에르를 회고하는 글을 남겼는데, 문제는 이 "기록"에서 시작된다. 그에 따르면 상피에르에 살고 있던 사람들은 모두 동물의 신체와 결합되어 있던 일종의 괴물들이었다는 것이다. 실명을 직접 거론하면서 더욱 논란의 대상이 되었던 루저의 기록은 처음에는 자신을 가두었던 사람들에 대한 일종의 복수나 "날조"된 거짓으로 읽혔으나, 상피에르 사람들이 모두 죽었다는 점과 이 기록이 30년이나 지난 뒤에 이뤄졌다는 지적 때문에 그 진실은 점차 모호한 것이 되어갔다. 그리고 시간이 흐르면서 이 기록은 루저가 상피에르의 유일한 기록자이자, 동시에 괴물의 유일한 목격자라는 부정할 수 없는 사실 때문에 믿을 수도 없지만, 믿지 않을 수도 없는 서사적 위치를 확보하게 된다.

『캐비닛』의 작가가 선택한 이러한 입몽의 과정이 노리는 바는 역시 캐비닛 속 공문서 형태로 보관되어 있는 괴물들에 대한 신뢰성을 기록자에게 전적으로 부여하는 전제로 보인다. 작가는 처음부터 "13호 캐비닛에 대해 굉장한 상상을 할 필요는 없다. 혹시라도 이 책을 끝까지 읽어볼 생각이라면 13호 캐비닛에 대해 우아하고 낭만적인 상상을 떠올리는 짓은 일찌감치 집어치우기를 권한다. 그런 상상을 한다면 당신은 무엇을 상상하든 그 이하를 보게 될 것이다.(6쪽)"라고 미리 서사의 진실성을 해체하는 것을 전제함으로써, 오히려 서사의 우위를 확보하고 있다. 그리고 이것은 기록자의 공덕근 대리가 캐비닛을 대하는 태도를 통해 더욱 구체적으로 드러난다. 공대리가 캐비닛을 연 진짜 사연은 "무료함"에 있다. 그는 지독한 무료함 때문에 연구실을 어슬렁거리다가 그 캐비닛에 관심을 보였으며, 무료함 때문에 캐비닛 자물쇠의 비밀번호를 맞춰 열고, 그러고서도 무료함이 가시질 않아 그 안의 파일들을 엿보기 시작[18]한다. 처음에는 역거움과 낯설음에 몸서리치던 그는 역시 달리 할 일이 없었던 무료함 때문에 그 파일들에서 눈이 떼지 못했고, 때문에 그 파일들을 만든 권박사와 또 다른 기록자 손정은씨를 만나게 된 것이다. 중요한 것은 공대리가 괴물들이나 권박사에 대해서 처음에는 냉소冷笑에 가까운 객관적인 태도를 유지한다는 점이다. 그가 보이는 이러한 태도는 괴물들에 대한 독자들의 감정을 대변하는 것으로, 이렇게 한 번 일치된 심리적 상태는 공대

---

18) 훔쳐보기는 이야기 가운데 가장 중요한 위치를 점유한다. 그러나 어떠한 이야기이건 하나의 핵심 모티브만으로 전체 이야기가 진행되기는 어렵고 다른 모티브와 함께 교차 상태로 나타난다.

리의 서사 속도에 적극적으로 독자들을 참여시키는 효과를 갖고 있다.

여기서 또 하나 주목해야 할 것은 인간이라는 종을 수치스러워 하는 "괴팍한 노인네" 권박사 역시 연구실에 설치되어 있는 감시카메라로 공대리가 캐비닛에 접근하는 순간부터 파일을 읽어가는 과정을 모두 훔쳐보았다는 점이다. 그가 공대리를 신고하거나 해고하지 않고 캐비닛의 관리를 맡긴 것은 아마도 공대리가 캐비닛의 비밀번호를 "0000부터 맞춰 7863"에서 캐비닛을 열었을 때로 짐작된다. 호기심과 끈기 그리고 기억력은 괴물을 기록할 자가 반드시 갖춰야 할 요소인 것이다. 권박사는 무료함을 있는 그대로 받아들일 줄 알고, 호기심이 있으며, 거기에 끈기까지 있는 공대리를 선택19)했고, 허영의 산물, 이기심의 총체라는 자신의 캐비닛을 맡겼으며, 작가 역시 같은 계산으로 그러한 우리 같은 독자들을 선택한 것이다.

> "우리는 단지 기록을 보관하는 사람들이야. 그들에게 무언가를 해줄 수 있다면 좋겠지만 우리에겐 그런 능력이 없지. 게다가 허튼 희망은 이 지독한 현실을 견디는 데 도움은 커녕 오히려 독이 돼. 우리는 그냥 보관자야. 파일을 캐비닛에 집어 넣고 자물쇠를 잠그는 사람들, 그 이상도 그 이하도 아니지. 나는 자네가 그걸 명심했으면 좋겠어." … "자넨 단지 그들을 기록하고 보관하기만 하면 돼. 그들은 위험하거나 불결한 괴물이 아니라 우리들의 새로운 후손이며, 결국 우리가 받아들여야 할 새로운 운명임을 사람들이 알아볼 수 있도록 말이야."
>
> ─ 『캐비닛』, 158~161쪽(권박사의 유언)

13호 캐비닛의 괴물들이 위험한 이유는 그들이 금기를 위반하기 때

---

19) 이것은 공대리가 "권박사"에 대해서 이야기하는 방식에 있어서도 비슷한 방식으로 나타난다. 독자는 심토머에 대한 모든 책임과 모호함을 권박사에게 위임하면서 "억울하다거나 책임이 없다"는 식의 공대리의 화법에 쉽게 동의하게 된다.

문이 아니라, 금기를 엄격하게 지킬수록 더욱 자주 나타나기 때문이다. 기존의 서사가 시간을 잘 지키지 않는 사람에게 나타난 괴물이 그 불행한 버릇을 고쳐주기 위해 남은 시간을 모두 먹어버린다면, 캐비닛에 와서는 시간을 잘 지키면 지킬수록 타임스키퍼가 되어서 시간을 잃어버리게 된다는 식이다. 하지만 이들의 문제를 "해결" 또는 "치유"하지 않는다는 것은 권박사의 철칙이며, 공대리와 손정은씨 역시 그러한 이유로 선택된 것이다. 대신 이 세 사람은 심토머 "반대편"의 사람들을 모습을 여실하게 보여주는 존재인 동시에, 심토머를 "읽고, 대화화고, 만나고, 들으면서" 퇴화하는 종으로써의 자신의 위치를 확인하게 된다. 독자들은 그들이 괴물과 만나면서 겪는 과정 즉 역거워하고, 신기해하고, 믿지 않다가, 차츰 이해하고, 감동하고, 안타까위하고, 아파하다가 마지막 단계에서는 일상으로 받아들이게 되는 일련의 순서에 동참하면서 그들의 기록에 "동의"하게 된다.

"루저"의 예에서 볼 수 있듯, 모든 기록은 가짜일 수 있다. 하지만 상피에르에 대해서만큼은 그가 갖고 있는 서사적 위치를 부정하기 어렵다. 13호 캐비닛에 대해 우리는 공대리와 권박사와 손정은씨를 믿을 수밖에 없다. 항공기 사고가 나면 남는 블랙박스처럼 모든 진짜는 사라지고 진짜로 추정되는 기록만 남는 것이다. 이러한 메커니즘은 사실 캐비닛의 메모리모자이크의 과정과 동일하다. "일기를 읽는다－일기를 고친다－고쳤다는 사실을 잊는다－다시 읽는다－수정된 과거가 기억을 지배한다"와 같은 과정을 거쳐 "조작된" 기억을 가지고 사는 것처럼, 괴물을 기록하는 과정 속에서 발생하는 "모호한 진실" 또는 "확연한 거짓"을 모두 믿을 수밖에 없는 것은 기록자의 서사적 위치를 무의식적으로 인징하기 때문이다.

괴물에 대해 기록을 남겨두고자 하는 이들은 그것이 이미 존재하고 있는 과거의 문제이든, 앞으로 나타나게 될 미래의 전조이든, "새로움"에 대해 갈망하는 존재들이다. 우리는 늘 "몰랐던 것, 모르는 것, 모르겠는" 것에 대해 "알아야만" 하는 것으로 요약하는 버릇이 있다. 물론 "확실하게 믿는다"와 "믿지 않을 수 없다" 사이의 거리는 남아 있지만, 최초의 기록이 가지는 서사적 지위는 이미 결정적이다. 때문에 부여현감 아신과 캐비닛 관리자 공대리는 자신들이 이미 특별한 공간인 (특별한 괴물이 존재하는) 경계지역Twilight zone에 진입했다는 사실에 대해서 유연하게 받아들인다. 아신은 괴물들을 만나면서 인생의 맹우盟友 전우치와 우정을 유지할 수 있었고, 괴물들을 기록하면서 평생의 연인 미미와의 만남을 진행할 수 있었다. 더불어 아신은 다음 생에 쓸 소설의 원형까지도 얻을 수 있었다. 공대리는 괴물들에 대해 읽고, 그들을 기록하고, 관찰하고, 인터뷰하면서 "무료함"에서 벗어날 수 있었다. 그가 권박사의 마지막 유언을 거절하지 않은 이유는 소명 의식이나 책임감이나 연민 따위가 아니라 죽기보다 싫은 무료함을 다시 마주하고 싶지 않았기 때문이다. 때문에 이 두 작품의 기록자들은 괴물을 만나고 소통한 사건을 통해 괴물이 자신의 인생에 미친 영향에 대해 부정하지 않는다. 기존의 기록자들이 기괴의 미학을 현실의 법칙 안에서 인식하고, 괴물들의 원한을 대신 해결해 주면서, 괴물을 안전한 영역으로 되돌리는 봉합자로서의 역할을 담당했다면, 괴물을 통해 현실과의 소통을 하는데 주저하지 않으며 괴물과의 만남을 지속적으로 열망하고, 환상의 세계와의 통로를 늘 열어두길 원하는 것이 현대의 기록자들이다. 괴물을 만나고, 그것을 기록으로 남기고자 했으며, 기록하되 그 이상은 "관여"하지 않는 규칙을 철저하게 유지함으로써 이들은 모두 괴물을 통해 자신을 구원했다. 무섭고, 어렵고, 역겹고, 낡은 것보다 재미없는 것에 대해 보다 냉정한 현대의 기록자들이 모든 서사와 기록에 있어 이기적일 수밖에 없는 이유가 여기에 있는 것이다.

4. 괴물, 환상을 해석하는 습관

레바논 출신 철학자이면서 금융전문가인 나심 니콜라스 탈레브 Nassim Nicholas Taleb는 그의 저서 『블랙 스완The Black Swan』에서 "모든 백조가 흰 새임을 믿어 의심치 않았던 사람들 앞에 나타난 검은 백조는 조류학적 발견 이상의 의미가 있으며 이것은 관찰과 경험에 근거한 학습이 얼마나 제한적인 것인지, 우리의 지식이 얼마나 허약한 것인지를 극명하게 보여 준다"고 강조했다. 그는 이처럼 개연성이 희박한 사건을 가리켜 "검은 백조"라고 정의했는데, 그것은 첫째 예측이 불가능하고, 둘째 엄청난 충격을 동반하며, 셋째 일단 현실로 나타나면 사람들은 뒤늦게 설명을 시도하여 마치 검은 백조가 설명 가능하고 예견 가능했던 것처럼 여기게 만든다는 것이다. 요컨대 희귀성, 극도의 충격, 예견의 소급 적용, 이 세 가지가 이 검은 백조의 속성[20]이다.

사실 이 검은 백조의 존재에서 찾아낸 원리는 세계의 거의 모든 것을 설명할 수 있게 한다. 우리가 낯선 것을 익숙한 것으로 만들어 가는 과정과 그 효과는 언제나 비슷한 패턴을 통해 이루어지기 때문이다. 그동안 괴물에 대한 묘사와 기록은 "의도"가 분명한 글쓰기였다.

---

20) 나심 니콜라스 탈레브, 차익종 역, 『블랙 스완The Black swan』, 동녘사이언스, 2008, 21~23쪽.

"낯선 자를 경계하되, 그가 남긴 전언傳言에 귀를 기울여라"는 것이다. 예를 들어 매 여름마다 반복되는 일회용에 가까운 공포영화의 공식 — 필요 이상으로 말이 많거나, 범죄에 대한 전력이 있거나, 금지된 섹스를 하거나, 비밀을 들춰내려고 한다거나 무리에서 이탈하려고 하는 사람들에게 약속된 죽음 — 에도 이러한 음모는 숨어있다. 이 때 마지막 남은 주인공이나 괴물을 물리친 영웅들에게는 모두 "괴물"에 대한 서사가 강하게 남기 마련이며, 그것을 생생하게 기록하고자 하면 할수록 생존자는 괴물을 신성시하게 되고, 금기에 대한 전언의 의미망에 집중하기 마련이다. 때문에 생존자들의 기록은 그들을 기다리고 있는 독자들의 심리적 충격과 기대 때문에 "순수"하게 진행되기가 어렵다.

환상을 "상징"의 방법 안에서 "해석"하려는 오랜 노력도 여기에서 시작된다. 괴물이 범죄성의 발현으로, 유령이 근원적인 생사生死나 죄책감, 마녀가 섹스에 대한 비정상적인 욕망, 원더랜드나 무릉도원이 이상향으로 "해석"되어 상징으로 기능하기 시작하면서, 모든 환상성은 인간의 틀에서 축소화되고, 각각의 개별적 역사를 반납해야만 했다. 예컨대 환상이라는 범주는 결코 현실 혹은 리얼리티와 무관한 어떤 것이 아니라 "삶의 세계가 특정한 현실 개념에 의해 고정화되는 것을 저지하는 항체 역할"을 담당해왔다는21) 인식이 환상의 모든 텍스트를 읽는 방법으로 전용되어 온 것이다. 특히 현대 서사의 영역에서 환상은 인간 내면의 비윤적인 측면이라든지, 텍스트 전체의 모호한 분위기, 처리하지 못한 결말을 책임지는 "두 번째" 차원에서만 이야기되곤 한다. 본격 "판타지"를 키치의 영역으로 독립시켜 놓고, 아예 논외로

---

21) 장세진, 「90년대 환상 문학의 또 다른 가능성」, 『상허학보』 제10집, 2003. 2.

하는 것도 같은 맥락이다. 엄격하게 말하면 의도된 "윤리적" 기능을 다한 괴물들은 언제나 "추방"되기 마련이다. 사람들은 만일을 위해서 "그 다음"의 서사를 봉합하기를 잊지 않기 때문이다. 덕분에 괴물의 외연은 외소해지고 기록만 비대해졌다. 하지만 이제 환상은 더 이상 모티브 수준에 머무는 하위요소22)도, 외래적 장르관습도 아니다.

과거 위기를 총체적으로 책임지는 위치에 있던 이방인은 존중하고 환대받을 가치가 있는 경우에는 "타자", 그 외에는 차별과 의혹, 희생의 에어리언23)이었다. 이들에 대한 공포는 기실 '다름'에 있는 것보다 우리와 더 닮은 데 있다. 인간의 상상력은 자연의 이종교배적인 왜곡을 창조하는 경향이 있다. 때문에 괴물은 주로 대체된 트라우마로 인식되기 마련이었다. 그리고 신 역시 공포라는 경외스러운 타자에 대한 혼란스러운 경험이 일치한다는 점에서 괴물과 다를 바 없다. 신화는 언제나 악의 기괴함을 형상화하는 플롯을 제공해 왔고, 재현으로부터 얻는 즐거움이 있다. 이것이 이방인과 괴물과 신에게 공평하게 제공된 것이다. 문제는 여기에 대한 기록에 있었다. 처음 발견되었 때

---

22) 이런 과정을 바탕으로 덧붙여 『부여현감 귀신체포기』가 처음 출간되었을 때 "동아시아 판타지의 진수"라는 "해석" 역시 재고되어야 한다. 인간의 땅에 금을 그어 놓고 환상적 존재들에게까지 적용시키는 것이야 말로 인간의 오만함이며, 이기주의이다. 이 작품에는 러시아에서 만난 흡혈귀와 북극에서 걸어 온 "아득한 동쪽"과 늑대인간 "들소리"가 등장하며, 아신의 가장 큰 조력자인 미미 역시 이국에서 온 "눈이 파란" 여승이다. 그리고 다른 괴물들도 어디에서 오고, 어디로 가는지 인간에게는 알려주는 않는, 다만 부여현에서 잠시 쉬어가는 존재들이다. 환상을 해석하려는 의무감은 이러한 억지스러움을 만들어낸다. 때문에 『캐비닛』의 공대리가 덧붙인 "이 소설에 나오는 대부분은 정보들은 창작되었거나, 변형되었거나, 오염된 것으로 권위 있는 학술지를 비롯하여 논쟁에 이르는 모든 곳에서 정당한 논거로 사용될 수 없으며 그래서 망신당하는 일이 없도록 하라(354쪽)"는 주의사항은 해석에 대한 원천적인 거부를 의미하는 것일 수 있다.
23) 리차드 커니, 이지영 역, 『이방인, 신, 괴물』, 개마고원, 2004.

의 추문은 그 기록에 따라 과거의 이방인과 현재의 괴물과 미래의 신이 되어 남는다. 괴물은 기록자를 잘 만나야 하는 것이다.

　다시 한 번 질문은 처음으로 돌아간다. "괴물은 태어났는가"하는 것이다. 아신이라면 하늘의 섭리로 설명할 것이며, 공대리라면 "태어나지 않았다"는 증거가 없으므로 태어났다고 인정할 수도 있다. 이렇게 태어난 괴물이 안전하게 살아갈 수 있는 방법에는 두 가지가 있다. 첫 번째는 괴물을 더 이상 인간들 곁에 올 수 없을 만큼 완벽한 추문에 가두어 놓는 것이고, 두 번째는 괴물에 대한 해석을 모두 끝냈다고 생각하는 것이다. 이것이 가면이 벗겨진 모든 괴물이 안전했던 이유이다. 탈레브가 검은 백조는 "단 한 마리면 된다"고 했던 것은 인간이 만나게 되는 괴물은 여타의 무리들을 대표하는 개체로 인식되기 때문이다. 이 때 우리는 "대표"를 만나 획득한 해석을 여타의 괴물 무리에게 일반화하여 안정감을 획득하고, 그것으로 만족한다. 그럼에도 불구하고 우리는 괴물의 탄생에 대해 이야기할 때 은밀하게도 한 가지 입장을 선택해야 하는 경우를 만나게 될 것이다. 그것은 다음과 같은 명제이다.

　　1. 괴물은 환상이다.
　　　단, 괴물 뒤에 붙여진 역사와 해석에 대한 기록은 사실이다.
　　2. 괴물은 사실이다.
　　　단, 괴물 위에 씌워진 외연과 추문에 대한 기록은 환상이다.

　물론 환상과 현실, 괴물과 인간이 규격화된 법전에 의해 해석되지 않도록 하기 위해서는 답을 최대한 미뤄두는 것이 좋을 수도 있다. 이 밀고 당김의 변증법 때문에 환상의 패턴은 유보되고, 괴물이 가진

"진짜" 서사를 들을 수 있는 기회를 얻을지도 모르기 때문이다. 이것이 괴물을 만나는 자세의 핵심이다.

소설의 주제는 기본적으로 인간형의 탐구라는 루카치의 제언은 모든 것을 인간 "중심"으로 해석하는 것이 아니라, 모든 것을 인간을 "위해" 해석하라는 의미였어야 한다. 우리는 이미 소문을 주체하지 못하는 인간의 본능에 대해서 알고 있고, 영혼을 좀먹는 정형화된 기록 중에 어떤 부분이 전설로 남을 것인가에 대해 관심을 가지고 있다. 소수자들에게는 언제나 소문의 연좌제가 따라붙고, 하나의 기록에 다른 기록들이 덧붙여지면서 원형은 오염되기 마련이다. 소문의 근원 속에서 괴물은 탄생하지만, 괴물은 탄생과 더불어 수십 만 개의 단어로 분열된다. 환원되는 환상이 타락하는 방식도 마찬가지이다.

괴물을 잉태하고, 괴물을 진정한 괴물로 만드는 유일한 존재는 최초의 목격자와 기록자가 일치했을 때 등장한다. 때문에 우리는 늘 괴물에 대한 기록을 즐겨 쓰고 읽되, 전달에 대해서만큼은 책임감을 가지고 있어야 한다. 중간에 덧붙인 서사는 또 다른 괴물을 탄생시키고 그 전언을 해석하기 위해서는 복잡한 노정을 다시 되풀이해야 하기 때문이다. 환상은 실제 현실에 대한 강렬한 동경이나 향수가 아니라 오히려 여러 가지 가능한 유형의 현실을 선택하고 구성하는 능동적 행위이자 유희이다. "자신이 누구인지 알고 싶다면 가끔씩은 고향을 잊어버리고 유목민이 되어야 한다"는 미미의 제언처럼, 낯선 것을 받아들이는 것 이상, 낯선 세계로의 자발적 노마드는 언제나 환상이 반복하는 첫 번째 교육방침이다.

◆ 『비평문학』 30호(2008.12)에 수록

'완득이'표 성장의 함의

중요한 것은 청소년들이 기존의 제도에 편입해야만 하는 인간의 숙명을 받아들여야 한다는 계몽적 가르침이 아니라 그들이 세상을 알아가고 자신을 탐색해가는 과정에서 얼마나 진지하게 주체적으로 성숙해가는 가를 깊이 사고하는 자세이다. 그것이야말로 청소년 문학이 성장의 문제를 다루는 진정성이기 때문이다.

1. 성장 – 코드의 확산과 청소년문학의 부상

칙릿Chick-lit 문학과 더불어 『완득이』(김려령, 창비, 2008)로 대표되는 청소년문학의 부상은 2007~2008년 침체된 출판계에 새로운 현상을 선도하며 바야흐로 "한국문학이라는 범주 안에 접경지대적이고 장르 변종적으로 다채로운 세계"[1]를 펼쳐 보이고 있다. 일종의 문학적 변종 지대라 일컬을 수 있는 그 세계는 1318 세대인 현재의 '완득이'들뿐만 아니라 그 세대를 이미 지난 왕년의 '완득이'들까지 독자층으로 불러 모으는데 성공을 거두었다. 『완득이』는 3월 출간 이후 20만부 이상 판매되었는데, 출판 분야에서의 이 같은 성공은 아동문학장場에도 영향을 미치게 되었다. 그리하여 일반문학과 아동문학의 영역 구분은 청소년문학이 첨가되어 세분화되는 양상을 보였고, 결과적으로 청소년문학상 제정과 청소년문고의 출간이라는 실질적인 변화까지 이끌어 냈다. 작가 박상률은 이러한 현실을 목도하면서 "사방 여기저기서 작

---

1) 소영현, 「북 쇼핑 시대의 문학, <완득이>라는 낯선 영토」, 『작가세계』 2008년 가을 호, 323쪽.

가들의 응모를 받는 청소년문학상이 생기고, 글줄이나 쓴다는 글쟁이는 이제 청소년소설을 써야겠노라 벼른다. 게다가 독자층까지 형성되고 있다. 그러니 내가 어찌 감개무량하지 않을 수 있으랴!"고 벅찬 심회를 밝히기까지 하였다.[2]

그러나 『완득이』가 소위 베스트셀러의 반열에 오르면서 1318의 대표적인 캐릭터로 자리하게 된 배경에는 사회 전반에 걸친 성장−코드의 확산 현상이 있었다. 황석영의 『개밥바라기별』(문학동네, 2008), 최인호의 『머저리 클럽』(랜덤하우스코리아, 2008) 등의 성장소설은 『완득이』와 함께 성장소설 붐을 이루었고, 칙릿 문학을 여성 주체의 성장서사로 평가하는 견해가 설득력을 얻는 한편, 평생학습사회에서 쉼없는 자기계발에의 강박이 수많은 처세술과 자기계발 서적의 출간을 견인하였다. 또한 사회 전반에 만연한 '어림을 향한 숭배' 현상, 동안童顏 신드롬, 키덜트Ki-dult 족의 확대는 반−성장을 향한 욕망의 발현으로서 성장 담론 안에서 추동된 극단적 양상으로 볼 수 있는 바, 성장에 대한 관심을 유발하기에 충분한 자양분이 되었다. 성장−코드는 이와 같이 다양한 분야로 확산되면서 문학장을 넘어 문화 전반을 휩쓸었다 해도 과언이 아니다. 바로 이 지점에 『완득이』가 위치한다. 다시 말해, 『완득이』의 성공은 문학장에서 촉발된 현상이 아니라 문화 전반에 펴져있던 성장−코드가 이루어낸 하나의 사건이라는 것이다.

이 글은 이러한 문제의식에서 출발하여, 2007년 제1회 창비 청소년문학상 수상작인 『완득이』에 나타난 성장의 의미를 아동문학장과 사회문화 현실을 고려하면서 살펴보고자 한다. 나아가 성장−코드에 담

---

2) 박상률, 「경계에 서 있는 인간들과 소통하기」, 『어린이책이야기』 2008년 가을호, 120쪽.

긴 무의식적 층위를 분석하면서 청소년문학과 성장의 관계를 재고하는 것이 이 글의 목적임을 밝힌다.

2. 청소년문학과 성장의 역학 관계

청소년기는 신체적·인지적·사회적 변화를 거치며 아동기에서 성인기로 전이되어 가는 시기로,[3] 아동기는 떠났으되 기존의 사회제도에는 편입되지 못해 주변적 위치에서 방황하고 갈등하는 단계이다. 따라서 이 시기의 청소년은 정체성의 혼란을 겪으며 정서적 불안과 성적 호기심의 증가, 기성세대에 대한 반항 등을 경험한다. 어린이에서 어른으로 '되어가는' 그 과정에서 청소년은 이데올로기로부터 호명되며 제도로의 편입을 강력히 요구받는다. 주체를 호명하는 대타자의 권력이 강한만큼 청소년이 체험하는 갈등과 방황의 궤적 역시 커질 수밖에 없다. 어른이 되기 위해 강력한 규율 권력의 영향 아래 놓이지만 끊임없이 그로부터 벗어나려는 시도를 멈추지 않는 것, 혹은 그러한 제도로의 편입을 의문시하는 것, 그것이 바로 청소년의 삶을 규정짓는 특징이라 할 수 있다.

"수용자와 생산자 모두를 포함하는 관점에서 청소년들의 경험이나 생활을 형상화한 문학작품들"을 의미하는[4] 청소년문학이 시작되는 자리가 여기이다. 어른이 되기 위해 겪어야 하는 성숙의 과정과 자각의 양상, 그로 인한 갈등과 방황, 성적 고민과 호기심은 청소년문학의 주요한 소재가 된다. 최근 들어 청소년문학이 다루기 시작한 민감한 사

---

3) 권일남·정철상·김진호, 『청소년 활동지도론』, 학지사, 2003, 13쪽.
4) 황광수 외, 「좌담 : 청소년문학, 시작이 반이다」, 『창비어린이』 2004년 봄호, 217쪽.

안들이라 할 수 있는 10대 임신이나 낙태, 자살과 같은 문제도 이에 포함된다고 할 수 있다. 청소년들의 다양한 갈등과 고통스런 체험의 양상은 성장서사로 수렴되며 청소년문학의 주요한 특성이 된다.

여기서 성숙의 개념에 주목할 필요가 있을 듯하다. 특정한 시기의 구분 없이 연속적인 것으로 인식되던 생애의 주기는 근대적 시간 인식의 개입으로 아동기, 청소년기, 성인기, 노년기와 같은 특정한 생애의 주기로 분절된다.[5] 그러므로 통과제의를 거치고 한 순간에 어른이 되는 것이 아니라 성숙이라는 이행 과정을 거치며 어른이 된다. 따라서 전근대적 사회에서 아이와 어른을 구별짓는 것이 통과의례였다면 근대에 와서 아이와 어른을 구별해주는 지표는 성숙이란 개념으로 대체되었다고 볼 수 있다. 물론 통과의례에서 아이와 어른이 완전히 구별되는 것은 사실이다. 그러나 그것은 아동과 어른의 분할과는 다른 것이다. 분할은 아이에서 어른으로의 연속성을 가져다주는 것으로 거기에서는 통과의례에서 나타나는 '변신' 대신에 서서히 발전하고 성숙해가는 자기가 있다.[6] 청소년문학의 성장서사가 성숙이란 개념과 관련하여 고려되어야 하는 이유가 여기에 있다.

청소년문학의 성장서사는 성숙의 과정에서 겪는 다양한 성장통들을 형상화한다. 그 성장통들은 성추행(임태희의 『나는 누구의 아바타일까』)이나 임신과 낙태(임태희의 『쥐를 잡자』와 신여랑의 「화란이」), 자살(임태희의 『쥐를 잡자』와 배유안의 『스프링 벅』)과 제도 교육과의 마찰(이현의 『우리들의 스캔들』, 김해원의 『열일곱 살의 털』), 미혼모 엄마를 비롯한 가족 구조에서의 갈등(김혜정의 『하이킹 걸즈』) 등에서 기인한다.

---

5) 졸고, 「한국 근대 아동문학의 형성과정 연구」, 충남대 박사학위 논문, 2002, 47~53
   쪽 참고
6) 가라타니 고진, 박유하 역, 『일본 근대문학의 기원』, 민음사, 1999, 165쪽 참고.

그럼에도 불구하고 청소년문학의 성장서사는 다분히 계몽적 관점을 노정하는 한계를 지닌다. 사실 성장소설이라는 장르 자체가 서구의 근대화 과정 속에서 자아의 정체성을 정립하려는 근대적 주체의 욕망으로부터 비롯하는 소설 유형이기 때문에7) 낯선 세계와 만난 주체의 변화 과정을 서사화할 수밖에 없다. 따라서 성장소설의 서사는 결핍의 상황이나 불완전하고 미숙한 상태에서 충족이나 완전, 성숙을 지향하기 마련이다. 성장을 다룬 청소년문학 작품들의 결말이 도식적으로 제시되는 이유가 바로 이 때문이다. 다시 말해 미성숙에서 성숙을 지향하는 성장서사는 주인공이 미성숙에서 성숙의 단계로 나아갔는지를 판가름할 수 있는 소설의 결말이 매우 중요하게 인식된다. 청소년 주인공의 정체성 탐색과정이 성공적으로 끝날 때 비로소 청소년 주인공은 무사히 어른이 될 수 있는 법, 그럴 때 청소년이 겪은 육체적·정신적 고통은 기존 제도로 편입하기 위해 반드시 겪어야 하는 의미있는 성장통으로 가치부여된다. 문제아의 방황 뒤에 깨달음이 기다리고 있거나, 일탈이나 반항이 화해와 이해로 급반전하는 까닭도 여기에서 찾을 수 있다. 성장서사를 완성하려는 작가들의 강박은 계몽적 태도로 서사를 끌어가는 원인이 된다.

그렇다고 그 한계를 인정하자는 것은 아니다. 성장 소설의 서사가 지닌 구조, 예컨대 결핍과 미성숙의 상태에 놓인 문제아 혹은 반항아인 주인공을 조력자 또는 조력자에 상응하는 그 무엇—때론 글쓰기(임태희의 『나는 누구의 아바타일까』)나 춤(신여랑의 『몽구스 크루』), 연극(배유정의 『스프링 벅』) 등 작중인물이 현실을 잊고 몰입할 수 있는 어떤 것 혹은 행위—이 주인공의 상태를 충족과 성숙의 과정으로 설득력 있게 이끌

---

7) 최현주, 『한국 현대 성장소설의 세계』, 박이정, 2002, 36쪽.

어 주기 위해서는 성장서사가 담아내는 '성장'의 함의를 어떻게 채우는 가가 중요하다.

소재의 확장이나 다양성뿐 아니라 그를 통해 전달하려는 성장의 의미가 계몽적 외피를 벗고 당대성을 확보할 때 성장의 함의는 보다 풍부해질 것이다. 작가의 체험에서 비롯된 추억담으로서의 성격에서 탈피하여 세상과 만나는 청소년만의 방식을 그릴 때 청소년문학의 성장서사는 독자들에게 감동을 전해줄 수 있을 것이다. "성장이란 기실 가난과, 미래에 대한 불안, 정체성 혼란에 대해 좀 더 깊이 고민하는 과정, 그 자체에 담겨있다. 굳이 작품이 화해와 해결의 서사로 마무리되지 않더라도 독자들은 작중인물들이 진지하게 고민하는 모습과 과정을 지켜보며 동지의식을 느끼고, 그러면서 '성장'의 의미를 되새길 것이다. 현대사회에서 십대의 성장은 완료형이라기보다 현재진행형이기 때문이"[8])라는 언급은, 이러한 맥락에서 시사하는 바가 크다 하겠다.

성숙을 지향하는 성장서사가 목적지향적인 방향에서 탈피하여 성숙해가는 과정에 비중을 두어야 하는 이유는 작중인물들이 진지하게, 그리고 주체적으로 고민하는 과정이 텍스트에 재현될 때 독자들은 비로소 성장의 의미에 공감을 하기 때문이다. 독자들이 공유할 수 있는 성장의 함의는 성장을 마친 작중인물들을 통해 전달하는 깨달음의 기의들로만 채워져서는 안 될 것이다. 정체성을 탐색하는 과정, 낯선 세상과 맞서고 현실을 알아가는 과정에서 보여주는 태도의 진지함과 리얼함이 생산자와 수용자를 모두 포용할 수 있는 청소년문학이 가능한 지점이다. 성숙의 과정을 담아내는 방식은 『굿바이 미스터 하필』(김진경, 문학동네, 2008)처럼 때로는 환상적인 기법으로, 연극 대본의 삽입과

---

8) 오세란, 「비행을 꿈꾸다」, 『창비어린이』 2007년 겨울호, 105쪽.

같은 서사장치의 활용(배유안, 『스프링 벅』, 창비, 2008) 등으로 다채로워지면서 지평을 넓혀가고 있다.[9] 이와 더불어 중요한 문제는 현재를 살아가는 청소년들의 생생한 고민들에 대한 깊이 있는 천착이 바탕이 되어야 성장의 의미를 독자들에게 고스란히 전달해줄 수 있다는 사실이다.

이미 지나온 청소년기에 대한 향수와 끝내 이루지 못하고 잊고 있던 꿈을 향한 어른의 그리움이 성장서사를 교훈을 강조하는 방향으로 이끌어가서는 안 된다. 생존 문제가 절박할수록 주체의 내면에서 복고적 향수는 강렬해지고 곤혹스러운 '지금'의 현실에서 탈피하여 지나온 순수한 과거로 회귀하려 하지만 그로 인해 현실의 구체적 맥락이 생략된 채 아름다운 과거를 추억하는 행위로만 성장 문제를 이해해서는 안 될 것이기 때문이다. 사회 전반에 확대된 성장-코드의 확산을 경계하며 지켜봐야 하는 것도 실은 그러한 현상이 근대적 주체의 내밀한 욕망의 대리 만족에서 비롯될 수 있기 때문이다. 청소년문학과 성장의 역학 관계는 이와 같은 관점에서 고려되어야 하리라.

3. 『완득이』에 담긴 성장의 의미

3.1. 유동적인 문체와 매력적인 캐릭터로 전하는 성장 메시지

청소년문학의 부상을 알리는 하나의 기호로 자리잡은 김려령의 『완득이』는 세상이 자신을 알아보는 것이 싫어 싸움마저 피하려고 했던

---

9) 이들 작품들을 대상으로 구체적 서사전략을 분석하는 것은 다음 기회로 미루기로 한다. 이 글에서는 김려령의 『완득이』를 중심으로 청소년문학과 성장의 관계를 숙고해 보고자 한다.

열일곱 살 소년 완득이가 담임교사 이동주의 도움으로 자기 자신과 마주하고 세상과 화해하기까지의 여정을 그린 전형적인 성장소설이다. 만화가 변기현의 일러스트가 적절히 배치된 『완득이』가 문학의 경계를 넘어 문화의 영역을 가로지르며 웰-메이드 문화상품으로서 그 영향력을 발휘하게 된 근간에는 독특한 문체와 매력적인 캐릭터의 창출이라는 두 가지 요소를 지적할 수 있을 것이다.

『완득이』의 작가 김려령은 가볍고 유쾌하게 주인공 완득이의 삶을 보여준다. 문체는 가볍게 톡톡 튀며, 마치 속도감 있게 전개되는 한 편의 영상물을 보는 것처럼 서사는 짧은 호흡으로 빠르게 전개된다. 작중인물들의 대화는 살아서 꿈틀대며 1인칭 시점의 서술과 리드미컬하게 교차되어 생생하게 스토리를 구성한다.

> ① "야, 야, 도완득! 야자 땡 까는 건 좋은데, 내가 복도에서 사라지면 까셔."
> "……."
> "나온 김에 따라와. 앞 반에 어떤 놈이 쪽팔리다고 수급품 안 가져간 모양이야. 너나 가져가라."
> "……."
> "왜? 너도 쪽팔려? 새끼야, 가난한 게 쪽팔린 게 아니라, 굶어서 죽는 게 쪽팔린 거야."
> 나는 당신이 담임이라는 게 쪽팔려.
> "잔말 말고 가져가. 그리고 잡곡밥은 좀 남겨라."
> 똥주는 앞장서서 걸었다. 건들건들 걷는 모습이 동네 양아치 저리 가라다. 수급품. 내 체면을 생각해서 조금 조용히 줄 수 없을까. 우리 집 앞에 몰래 놓고 가주는 자비는 바라지도 않는다. 이건 뭐, 자기가 먹으려고 수급대상자인 제자한테 배달시키니, 천하의 야비한…….[10]

---

10) 김려령, 『완득이』, 창비, 2008, 11~12쪽. 앞으로 이 책에서의 인용은 쪽수만 밝힘.

② 정윤하가 나를 뭐 하러 좋아해 아이, 자꾸 신경 쓰이네. 하여간 똥주. 오는 길에 보니까 구름이 다 찢어져 있던데. 괜히 우습네. 무슨 구름이 찢어져 있냐. 구름은 원래 뭉쳐있는 거야. 이히히. 원 투, 원 투 쓰리, 투 원 투, 원 투 원 투, 원 투 쓰리 포. 원 투, 차차차. 쓰리 투 차차차.

퍼퍽! 관장님이 내 머리에 원 투를 날렸다.

"샌드백이 여자친구로 보이냐? 갑자기 춤은 추고 난리야."

아…… 나도 모르게 그만.11)

예문 ①은 완득이와 담임교사 똥주의 대화 장면을 인용한 것이다. 인물들간의 대화는 서술자의 매개 없이 빠른 호흡으로 진행된다. 대화가 끝나도 그에 대한 설명이 없이 바로 다음 대화로 이어지거나 1인칭 서술자인 완득이가 중얼거리는 듯한 독백체의 말투는 작중인물들의 행위에 대한 보고와 그에 대한 서술자의 매개적 묘사, 그리고 서술자의 심리의 고백 사이의 경계를 지우고 독자들로 하여금 일상의 대화와 사건을 눈앞에서 지켜보는 듯한 환상을 경험하도록 한다. 작가는 짧은 문장과 과감한 생략, 생생한 구어체 문장으로 고등학생 완득이의 삶을 말 그대로 사실적으로 재현하는 데 성공한 셈이다. 인터넷 소설의 문체보다는 분명 진지하고 본격 문학의 텍스트에 비해 상당히 가벼운 『완득이』의 문체적 특성은 청소년문학의 장르적 속성을 형성하는 하나의 요인이 되었음을 부정할 수 없다. 대중문학 코드와 친연성을 이루는 이러한 문체적 특성은 『완득이』가 독자들에게 친근하게 다가갈 수 있었던 중요한 요소인 것이다.

모범생인 윤하가 자신을 좋아한다는 말을 담임 똥주로부터 듣고 기분이 들떠있는 완득의 심리가 잘 드러나 있는 예문 ②는 청소년문학

11) 『완득이』, 138~139쪽.

을 대표하는 키워드로 부상한 『완득이』의 문체가 지니는 묘미를 보여주고 있다. 윤하가 자신을 좋아한다는 똥주의 말을 무시하려는 마음 한켠에는 첫사랑에 설레이는 사춘기 소년의 순수한 마음이 자리한다. 작가는 완득이의 내면이 그대로 묻어나는 문체를 통해 이를 성공적으로 재현하고 있다. 경쾌하고 가볍게 '완득이'만의 방식으로 완득이의 내면은 언어화에 성공하고 있다. 특히 킥복싱의 스텝이 춤을 추는 난쟁이 아버지의 스텝으로 바뀌는 이 부분, "원 투, 원 투 쓰리, 투 원 투, 원 투 원 투, 원 투 쓰리 포. 원 투, 차차차. 쓰리 투 차차차"가 압권이다. 가볍게 툭툭 잽을 날리듯 자연스럽게 경계를 넘나드는 『완득이』의 문체가 갖는 힘은 이렇게 킥복싱과 춤의 스텝을 넘나들며 독자들에게 재미를 선사한다.

그런데 무엇보다 『완득이』를 재미의 키워드로 연결짓는 것은 작중 인물들의 캐릭터가 지니는 유머감각 때문이라고 할 수 있다. 주인공 완득이와 담임교사 이동주(똥주), 난쟁이 아버지와 민구 삼촌은 희화화된 캐릭터로 설정되어 있다. 완득이는 마음에 들지 않는 담임선생 똥주가 다니는 교회에 찾아가 "제발 똥주 좀 죽여주세요"라는 기도를 한다. 기도라기보다 말도 안 되는 협박을 한다고 하는 것이 더 적절할 정도인데도 완득이의 태도는 자못 진지하다. 교회까지 찾아가 기도 아닌 기도를 하는 완득이는 성깔 있지만 순진한 고등학생의 이중적 면모를 유감없이 드러낸다. 게다가 완득이의 담임교사인 이동주는 "스스로 조폭 스승이라고" 말할 정도로 쿨하다 못해 시니컬한 태도를 지니고 있다. "새끼야"를 입버릇처럼 말하는 거친 말투의 소유자 똥주는 사회비판의식이 강한 인물이지만 타인과 소통하는 방식은 일반적으로 상상하는 교사의 그것을 뛰어넘는다. 혈연관계는 아니지만 완득이와 함께 살아가는 삼촌 남민구는 "몸은 짱인데, 말은 꽝"인 인물이다. 더듬거리며 자신을 "저, 저는, 나, 나, 남밍굽니다."라고 소개하자 이동주가 "난닝구요? 어우, 이름이 편안하시네."라고 받아치는 장면 등은 남민구의 특성이 희화화되면서 독자들에게 웃음을 전달하는 예가 되겠다. 뿐만 아니라 똥주와 완득이의 대화에 어김없이 끼어드는 앞집 아저씨는 서사의 진행에 감초역할을 톡톡히 하는 조연배우라고 불러야 할 인물이다.

> 옥상에서 옥상으로 고성이 오갔다.
> "어떤 씨불놈이 밤만 되면 완득인지 만득인지를 찾고 지랄이야! 야 이 씨불놈들아! 니들은 전화도 없냐!"
> 좁은 골목을 사이에 둔 앞집 아저씨가 창문으로 머리를 쑥 빼고 소리쳤다. 깜깜한 밤을 가르는 욕설이었다.
> "완득이네 집에 전화 없다잖아, 이 양반아!"
> 똥주는 크게 소리치고 얼른 집으로 들어갔다.
> 우리 집에 전화 있다. 하나님, 이번 주 안에 똥주 꼭 죽여주셔야 합니다.12)

이 예문은 마치 시트콤의 한 장면을 연상시킨다. 완득이와 똥주 두 주인공의 대화가 오고가는 가운데 갑자기 끼어들어 웃음을 유발하는 조연 배우의 코믹한 연기처럼 앞집 아저씨의 외침은 일정한 간격을 두고 반복되면서 독자들에게 폭소를 자아내게 한다. 물론 앞집 아저씨의 불만에 대항하는 똥주의 대답이 하나의 세트처럼 뒤따를 때 비로소 웃음의 공식은 완성된다. 앞집 아저씨의 갑작스러운 등장과 이에 대항하는 똥주의 방어적 외침은 호흡이 잘 맞는 배우들이 서로 주

---

12) 『완득이』, 20~21쪽.

고받는 대사처럼 서사가 진행되는 동안 주기적으로 반복된다. 심지어 앞집 아저씨는 자신이 등장하지 않을 때조차 자신의 존재를 상기시킨다. 가령 "오늘, 앞집 아저씨 안 나왔다. 다행이다."라는 완득이의 안심하는 말투는 웃음이나 재미를 고려하여 작가가 철저하게 의도한 설정으로 보인다. 이와 같이 희화화된 캐릭터들의 구도에서 작가는 유머를 발산하는 장면을 기획하고 독자들은 그 장면을 지켜보며 마음껏 폭소를 터뜨린다. 장애를 가진 아버지와 베트남인인 어머니, 가난한 집안 형편 등 완득이를 둘러싼 현실은 소설의 분위기와 대조적으로 무겁지만 작가는 작중인물들의 독창적인 캐릭터와 유머 감각으로 그 무거움을 가볍게 들어올린다. 문자 언어보다 영상 언어의 문법에 익숙한 독자들에게 친숙하게 다가가는 『완득이』의 서사전략은 바로 이러한 문체의 특성과 캐릭터의 성격화에서 기인한다.

그러나 『완득이』의 인물들은 모두 상식을 벗어나지만 역설적으로 상식적이라는 사실에 주목할 필요가 있다. 춤을 추는 난쟁이 아버지와 말더듬이 삼촌, 베트남 출신의 어머니, 똥주 등은 얼핏 보면 장애인과 이주 여성, 교사 같지 않은 교사 등 평범하지 않은 캐릭터로 재현된 듯하나, 겉으로 보이는 성격 이면을 파고 들어가면 그들은 똥주의 말대로 "아주 정직하"다. 다문화시대의 변화된 현실을 반영하고 있는 완득이의 가계도와 가난이라는 경제적 조건은 주인공 완득이가 극복하고 넘어야 할 현실적 어려움을 구체적으로 상징한다. 하지만 소수자라는 외피 안에 감춰진 인물들의 내면을 살펴보면 실은 너무도 "정직"하다는 것을 알 수 있다. 특별한 성장담의 표면 구조에 숨어있는 익숙함이란 삐딱한 시선을 지닌 마음 따뜻한 선한 인물에서 오는 친근감에 다름 아니다.

난쟁이 아버지를 무시하는 말에는 참지 못하고 폭력을 행사하던 문제아 완득이는 춤으로 세상과 소통을 시도했던 아버지를 이해하는 따뜻한 마음의 소유자이다. 뿐만 아니라 자신을 버리고 집을 나간 어머니를 사랑으로 감싸고 친구들로부터 따돌림을 당하는 모범생 윤하의 고민까지 참고 들어주는 너그러움을 지닌 인물이다. 그리고 이상적인 교사상과는 거리가 멀어도 한참 멀던 똥주도 알고 보니 사회운동을 하는 의식 있는 훌륭한 교사이기 때문이다. 거기에 완득이를 좋아하는 모범생 정윤하와 순진하기만한 마음 착한 민구 삼촌, 아들의 장래를 위해 희생하는 아버지는 선한 캐릭터의 전형이라고 할 수 있다. 그래서 『완득이』는 가볍게, 유쾌하게 완득이의 일상을 다루다 후반부에 이르면 화해와 용서라는 결말을 향해 정직하게 나아갈 수밖에 없었던 것이다.

3.2. 삐딱한 영웅, 조력자 똥주의 탄생과 성장의 관계

완득이표 성장의 함의는 완득이를 세상 밖으로 끌어낸 담임교사 똥주와의 관계 속에서 찾아야 할 것이다. 실로 『완득이』의 성공은 똥주라는 인물의 탄생에서 비롯되었다고 해도 과언이 아니다. 바로 이 점은 완득이표 성장에 담긴 빛과 그늘이다. 반항아에 가까웠던 완득이가 킥복싱을 배우며 자신이 원하는 것이 무엇인지를 깨닫고, 어머니를 만나 자신의 정체성을 확인하고 아버지를 이해하기까지 똥주는 결정적인 조력자의 역할을 자처한다. 다시 말해 결핍의 상태에 놓여있던 미성숙한 소년 주인공 완득이 성숙의 단계로 나아가도록 이끌어주는 인물이 바로 똥주인 것이다.

그러나 그 조력자 똥주는 기존의 청소년 문학작품에 재현된 어른 상과는 상당한 거리가 있다. 똥주는 청소년들에게 억압을 가하는 적대적 인물로 제시되는 어른도 아니고 가르침을 주며 바른 길로 인도하려는 긍정적 인물도 아니다. 거친 막말은 그에게 일상적 언어이고 학생에게 모범을 보이는 것에는 관심이 없다. 심지어 형편이 어려운 학생에게 지급되는 수급품까지 뺏아먹고 "수업 시간에 만날 딴소리나 하고 야자도 잘 챙기지 않"다. 이처럼 똥주라는 인물은 제도권에 편입된 어른의 이미지를 전복시킨다.

그렇지만 작가가 시도한 전복의 전략 속에는 기존의 교훈적 메시지를 전하는 것과는 다른 방식으로 말하는 똥주다움이 숨어있다. 즉, 똥주는 기존의 어른 이미지를 전복시키는 것이 아니라 어른들이 청소년과 소통하는 방식을 전복시키고 있는 것이다. 일반적으로 어른들은 미성숙한 청소년들을 가르치려 들지만 똥주는 자신만의 방식으로 청소년들의 가치와 삶의 방식을 비웃으며 솔직하게 자신의 의견을 거침없이 쏟아놓는다. "쪽팔린 줄 아는 가난이 가난이냐? 햇반 하나라도 더 챙겨 가는 걸 기뻐해야 하는 게 진짜 가난이야. 햇반 하나 푹 끓여서 서너 명이 저녁으로 먹는 집도 있어! 문병 오면서 복숭아 하나 안 사 오는 싸가지 없는 새끼. 아이고, 나 죽네."라고 말하는 똥주의 표현 방식에 유념해보면 알 수 있듯, 어른이 아이를 대상으로 가르침을 전하는 방식이 아니라 자신의 생각을 거침없이 말해버리는 방식을 취하고 있다. 진짜 가난이 무엇인지 말해주는 진지한 부분은 문병을 오면서 아무 것도 사오지 않은 제자에 대한 푸념과 바로 연결되고, 이어지는 엄살은 직설적인 똥주의 화법에 유머감각을 더해주는 역할을 한다. 어느 누가 이보다 더 솔직할 수 있으랴. 녹지들은 "동급 레

벨 대비 최저 능력을 보유한 망한 캐릭터들" 가운데 가장 대표적인 캐릭터라 할 수 있는 똥주의 매력에 이끌려 속도감 있게 전개되는 서사에 빠져든다.

가난한 완득이가 당당하게 세상에 나와 자신의 자리를 차지할 수 있도록 든든한 후원자의 역을 자처한 똥주는 선생님 같지 않지만 기실 가장 훌륭한 선생님이라는 사실이 밝혀진다. 물론 서사의 초반부터 이는 이미 드러나기 시작한 사실이다. 법대 출신 사회선생답게 "체벌 99대 집행유예 12개월"이라는 선고를 학생들에게 내린 똥주는 이미 학생들 편에 서 있었던 것이다.

교사이지만 교사 같지 않은 똥주는 분명 매력적인 인물이다. 전형성을 탈피한 입체적 캐릭터로 살아난 똥주는 상징계적 질서에 충실하지만 결코 자신만의 한계에 갇히지 않으려 노력하는 인물이기 때문이다. 이토록 훌륭하고 매력적인 조력자의 탄생을 『완득이』를 통해 지켜볼 수 있게 된 것은 분명 하나의 소득이라 할 수 있다. 그러나 작가는 똥주를 지나치게 영웅적인 면모를 지닌 인물로 묘사하고 있어 작위적인 설정이라는 비난을 면하기 어렵다. 특히 똥주가 외국인노동자를 위해 사회운동을 하는 저변에 외국인 노동자를 착취한 악덕 자본가인 아버지가 존재한다는 설정은 오히려 똥주의 설득력 있는 캐릭터를 도식적으로 전락시키는 대목이다.

완득이가 똥주를 향해 "가난 체험"을 하고 있다고 말하는 부분은 그래서 많은 의미를 함축하고 있다. 경험론적 관점에서 가난을 몸소 겪어보지 않은 사람은 말할 자격이 없다는 식의 논리를 펼치고자 하는 것은 물론 아니다. 완득이의 비판에는 똥주가 이념가이며 동시에 실천하는 운동가로서 영웅적인 인물의 면모를 지니고 있는 데서 오는 위험을 경계해야 한다는 메시지가 담겨 있다. 부유한 자본가를 아버지로 둔 똥주가 가난을 체험하며 살고 있다 하더라도 그는 생계를 위협하는 진짜 가난을 겪고 있는 것이 아니라 아버지의 삶과 대립하는 방식을 살고 있는 것이므로, 애초부터 완득이와는 다른 세계에 속한 인물이다. 하지만 똥주는 자신만의 세계에서 벗어나와 사회에서 소외받은 사람들의 삶의 공간으로 들어가 그 안에서 자신의 공간을 만든다. 그 공간은 바로 교회를 가장한 외국인 노동자를 위한 쉼터이다. 비록 "순 사이비"일지라도 그 안에서 똥주는 아버지를 부정하고, 아버지와 정면 대립하는 방식으로 자신의 정체성을 확립해간다.

이와 대조적으로 성장기의 청소년인 완득이는 "굳이 꺼내 보이고 싶지 않은" 난쟁이 아버지를 인정하고서 비로소 자신의 정체성을 확인한다. 자신을 안다는 것은 자신의 기원을 이해하고 외면했던 자기 자신과 마주하는 일인 바, 그 탐색의 여정에서 완득이는 숨기고 싶었던 장애인 아버지와 비-존재였던 어머니와 만나고 그들의 존재를 가슴으로 받아들인다. 성장소설이 가족의 기원을 탐색하는 이유가 바로 여기에 있다. 성장소설에서 자기 정체성에 대한 확인은 일반적으로 가족이라는 기원의 문제를 동반한다. "'가족됨의 비참과 영광'이라는 보편적인 주제는 성장통을 겪는 과정에서 누구나 맞닥뜨리게 되는, 동시에 개인으로서는 어떻게든 해결하지 않으면 안 되는 지난한 과제"[13]이기 때문이다. 완득이의 경우, 장애와 외국인 노동자라는 소수자의 정체성을 지닌 부모를 인정하면서 비로소 성숙의 단계로 나아가게 되는데 "자신을 알아보기 위해 길을 나서는 영혼"[14] 완득이의 탐

---

13) 이도연, 「2000년대 성장소설의 몇 가지 맥락들-『개밥바라기별』, 『완득이』, 『굿바이 미스터 하필』을 중심으로」, 『실천문학』 2008년 겨울호, 264쪽.
14) 최현주, 앞의 책, 51쪽.

색에서 결정적인 역할을 하는 인물이 바로 똥주이다.

완득이는 똥주가 "겉으로 드러난 몇 가지만 가지고 내 모든 것을 다 아는 것처럼 떠"든다는 이유로 똥주를 죽이고 싶어하지만 똥주는 완득이의 어머니를 찾아서 만날 수 있는 기회를 제공하고, "이상한 막을 씌워놓고, 가끔 번개처럼 나왔다가 다시 들어가 버"리는 완득이에게 귀찮을 정도로 말을 걸며 그가 자기만의 세계에 칩거하지 않고 세상을 향해 걸어 나올 것을 집요하게 요구한다.

> 하―. 이 동네 집들 진짜 따닥따닥 붙어 있다. 내가 세상으로부터 숨어 있기에 딱 좋은 동네였다. 왜 숨어야 하는지 잘 모르겠고, 사실은 너무 오래 숨어서 두렵기 시작했는데, 그저 숨는 것밖에 몰라 계속 숨어 있었다. 그런 나를 똥주가 찾아냈다. 어떤 때는 아직 숨지도 못했는데 "거기, 도완득!"하고 외쳤다. 술래에 재미를 붙였는지 오밤중에도 찾아냈다. 그래도 똥주가 순진하기는 하다……. 나를 찾았으면 자기가 숨을 차례인데, 내가 또 숨어도 꼬박꼬박 찾아줬다. 좋다. 숨었다 걸렸으니 이제는 내가 술래다. 그렇다고 무리해서 찾을 생각은 없다. 그것이 무엇이든 찾다 힘들면 '못 찾겠다, 꾀고리'를 외쳐 쉬엄쉬엄 찾고 싶다. 흘려보낸 내 하루들. 대단한 거 하나 없는 내 인생, 그렇게 대충 살면 되는 줄 알았다. 하지만 이제 거창하고 대단하지 않아도 좋다. 작은 하루가 모여 큰 하루가 된다. 평범하지만 단단하고 꽉 찬 하루하루를 꿰어 훗날 근사한 인생 목걸이로 완성할 것이다.[15]

제시한 예문은 『완득이』의 결말 부분으로, "숨는 것밖에 몰라 계속 숨어 있었"던 완득이를 찾아낸 존재가 바로 똥주이며, 그로 인해 완득이는 "근사한 인생 목걸이"를 완성할 수 있게 되었음을 말해주고 있다. 이렇듯 『완득이』는 성장서사의 문법을 충실히 따르면서 자아각성

---

15) 『완득이』, 233~234쪽.

에 이른 주인공이 세상과 화해하고 자아를 확인하는 여정을 대중문화적 코드로 보여준다. 물론 자신의 인생이 대단하지 않고 평범하지만, 그것이 바로 자신의 인생이며 그런 인생을 성실히 살아가려 다짐하면서 주인공 완득이는 성숙의 단계로 진입하게 된다.

『완득이』에서 작가가 보여주려는 것이 완득이의 주체적 성장이라면 그 부분에서 『완득이』는 실패한 셈이다. 완득이와 똥주의 관계 설정에서 똥주에 많은 비중이 놓이면서 완득이가 수동적 인물로 전락했기 때문이다. 성장소설의 서사전략이 앞서 살펴본 바와 같이 이분법적인 구조를 통해 결핍이나 미성숙의 상황에서 충족이나 성숙의 상황으로 진전되고, 결말 부분에서 주인공의 성장이 어떻게 이루어졌는가가 밝혀진다 하더라도 그것의 주도권이 주인공의 몫으로 부여되어야 성장소설의 서사는 도식성을 벗어날 수 있을 것이다. 그러나 『완득이』는 똥주와 같은 의식 있는 어른의 절대적 도움으로 완득이가 삶의 의미를 자각하고 있다는 점에서 다분히 문제적이라 할 수 있다. 『완득이』의 서사에 있어 처음과 끝이 모두 완득이가 똥주를 언급하는 대목이라는 점은 이를 뒷받침해주는 중요한 근거가 된다. 완득이가 진정 주체적인 성장을 하려면 똥주의 그늘에서 벗어나 자신의 시각으로 세상을 보고, 자신의 힘으로 세상 밖으로 걸어나와야 할 것이다.

4. 성장의 동력 찾기 : 성장서사의 의의와 한계

바야흐로 청소년문학은 전성기를 맞이하고 있다. 그 중심에 영-어덜트 문학의 출판 시장 확대를 견인한 『완득이』가 있음을 부정할 수 없다. 『완득이』는 쉽고 재미있게 읽을 수 있는 문학 텍스트인 동시에,

독자층의 욕구를 파악하고 이를 바탕으로 철저하게 기획·포장된 성공적인 문학 상품이기도 하다. IMF 이후 최대의 경제 위기라 일컬어지는 현실을 버텨야만 하는 어른들은 유년기와 청소년기를 그리워하는 복고적 취향을 성장소설에 대한 지지로 드러냈으며, 인터넷 소설과 판타지 소설에 열광하던 청소년 독자층은 『완득이』의 '통속적' 재미에 환호를 보냈다. 이처럼 『완득이』의 양면성은 문학장場과 텍스트가 소비 유통된 자본주의적 현실의 장에 중첩되어 있다. 그런 면에서 『완득이』는 본격 문학과 대중문학의 경계에 서 있다고 할 수 있다. '완득이 현상'을 둘러싼 가벼움과 무거움의 이중성을 결코 쉽게 넘길 수 없는 이유가 바로 여기에 있다.

표지 뒷장에 기재된 유명 가수 윤도현의 서평처럼 『완득이』는 "유쾌, 상쾌, 통쾌"하다. 그러나 이러한 쾌감의 내면에는 여전히 계몽적인 성장에 대한 메시지가 강하게 담겨있음을 확인할 수 있었다. 그것은 청소년문학의 대표주자로서 『완득이』가 충실한 성장서사의 임무를 다하고 있기 때문이다. 작가 김려령은 독특한 캐릭터와 짧고 경쾌한 문체를 통해 영상 문법에 익숙한 독자들을 흡인력 있게 끌어당긴다. 게다가 장애인이나 외국인 노동자, 가난하게 살아가는 사회적 약자들을 배치하여 변화된 다문화사회를 성공적으로 재현하였다. 그럼에도 불구하고 『완득이』는 똥주라는 인물을 통해 성장의 메시지를 강하게 드러내고 있다. 열일곱 살의 청소년 '도완득'이 자아정체성을 추구하는 탐색의 여정은 똥주라는 다소 삐딱하지만 매력적인 인물의 의도대로 진행된다. 똥주는 전형성에서 벗어난 입체적 인물이긴 하나 똥주가 주도해가는 성장서사는 완득이의 주체적 성장을 방해하고 예견된 결말로 이끌어 가고 있어 한계를 지닌다고 볼 수 있다. 요컨대 자아정체성을 찾으려는 탐색의 과정에서 『완득이』는 완득이보다 똥주에게로 기운 무게감으로 인해 우리 시대가 요구하는 성장의 함의를 제대로 찾지 못하고 있다. 결국 텍스트는 담임교사 똥주의 절대적 도움으로 삶의 의미를 깨닫고 성숙의 단계로 나아간 완득이의 성장통을 서사화하지만 완득이의 내면을 면밀히 천착하는 데에는 성공하지 못했다.

성장의 참된 동력은 청소년 주체의 철저한 내면을 파고드는 데서 시작해야 한다. 청소년문학이 성황을 이루고 있는 즈음, 절실히 요구되는 것은 내면적 성숙에 대한 점검이다. 기실 어른들이 생각하는 청소년들이 추구해야 하는 성장의 목적은 사회제도로의 편입일 것이다. 일반적으로 청소년들에게는 그들이 어떠한 성장통을 겪고 또 어떤 방식으로 방황을 하던지 기어코 제도로 귀속되어야 하는 사명이 있다. 중요한 것은 청소년들이 기존의 제도에 편입해야만 하는 인간의 숙명을 받아들여야 한다는 계몽적 가르침이 아니라 그들이 세상을 알아가고 자신을 탐색해가는 과정에서 얼마나 진지하게 주체적으로 성숙해가는 가를 깊이 사고하는 자세이다. 그것이야말로 청소년문학이 성장의 문제를 다루는 진정성이기 때문이다.

◆ 『아동청소년문학연구』 3호(2008.12)에 수록

불편한 동거

— 문화산업시대의 시

남기택

사실 시에게 문명은, 컴퓨터라는 신문명을 대하는 인문학의 초기 반응이 그러했듯이, 지극히 배타적인 대상이었다. 이 거북한 심정을 많은 시인들이 노래한 바 있다. 하지만 그런 불평이 단지 소재주의에 그친 사례 역시 빈번하다. 시인들은 문명을 거부하면서도 문명에 적극 결합함으로써 한 시대를 풍미하고도 있다. 아이러니 자체가 근대사회의 특징임을 상기하게 되는 대목이다.

1. 멋진 신세계

　문화산업cultural industry이라는 용어가 아도르노와 호르크하이머의 비판이론적 관점에서 비롯된 부정적 개념이었음은 익히 알려진 사실이다. 그러한 입장에는 문화의 산업화가 파생하는 물신화나 자본의 논리를 경계하려는 의도가 내재되어 있다. 그럼에도 불구하고 오늘날에 있어 문화산업은 국가경쟁력에 비견되는 기간산업으로 성장하였음을 부정할 수 없다. 정보화사회에 이어 문화에 대한 집중 현상은 역설적으로 무한경쟁이라는 속악한 자본의 꿈을 고급스럽게 포장해주고 있는 듯도 하다. 내적으로는 지극한 자본논리요 상징권력 다툼에 불과한 것이 문화라는 이름으로 통용되는 경우가 비근한 것이다. 이제 누구도 임노동의 물리적 투쟁을 고운 눈으로 보지 않는다. 바야흐로 성숙한 문화의 시대가 본격화되고 있다.

　오늘날 통용되고 있는 '문화산업'이라는 용어에 대해 국내법에서는 "문화예술의 창작물 또는 문화예술용품을 산업의 수단에 의하여 제작·공연·전시·판매를 하는 업"(문화예술진흥기본법 제2조 2항)이나, "문화상품의 기획·개발·제작·생산·유통·소비 등과 이에 관련된 서비스를 행하는 산업"(문화산업진흥기본법 제2조 1항) 등으로 규정하고 있다. 구체적으로는 공연, 게임, 디지털콘텐츠, 방송, 애니메이션, 영화, 음반, 캐릭터, 출판 등의 산업형태가 포함되고 있다. 그렇다 할 때 문화산업의 문학부문, 소위 문학산업과 관련해서는 출판산업의 양상이 우선 주목된다. 주지하는 바와 같이 활자문화로 대표되던 문학의 존재 방식이 CD-ROM, 인터넷 출판 등 첨단 디지털 매체의 활용과 온라인 문화콘텐츠 산업으로 변모된 지 오래다. 나아가 다양한 방식으로 오프라인 문화콘텐츠를 형성하여 이들을 활용한 유비쿼터스ubiquitous 산업으로까지 출판산업은 변신을 꾀하고 있다.

문학의 산업화 양상은 출판산업뿐만 아니라 창작의 메커니즘이나 문학제도 역시 바꿔놓고 있다. 많은 작가들이 작품집을 내기 전후에 출판지원금 수혜를 위한 기안 과정을 의례적으로 거치고 있으며, 우수도서나 우수잡지 선정 여부가 문학관계자들의 주요 관심사가 되었다. 지차체마다 문학관 건립이 붐처럼 추진되는 모습도 문학산업시대를 알리는 특징적 현상이라 하겠다. 무엇보다도 유비쿼터스적인 문학의 새 모습이 흥미롭다. 언제 어디서라도 마음만 먹으면 나타나는 매체, 시청각적 이미지를 실제 감각으로 재현하는 작품, 준비된 자에게 수혜되는 원고료 및 출판비 등이 문화산업시대를 맞은 분학의 배경들이다. 모든 아방가르드는 시대를 반복해왔지만, 적어도 문학에 있어, 이 경이로운 신세계의 풍경이 역사 속에 존재했는지는 의문이다.

2. 시의 문화콘텐츠 – 되기

시대적 이데올로기의 변화는 전통 예술인 문학, 특히 이 글의 관심 장르인 시가 존재하는 방식에도 변모를 가져왔다. 오늘날 시는 오래된 문자언어로서의 예술이라는 자리를 내놓은 지 오래다. 사실 '시'가 소설, 수필, 희곡 등과 함께 '문학'의 하위 장르로 통용되는 것 자체가 근대적인 현상인바 최근 시의 변모는 '전통예술'의 변화가 아닌 100여 년에 불과한 '근대시'의 변화라 함이 정확한 표현일 것이다. 예술의 기원 이래 계속해서 시는 변화해왔던 것이다. 수천 년 동안 자기 지양의 과정을 지속해왔다는 사실은 오늘날 시의 위상 변화가 남다른 게 아님을 새삼 일깨워준다. 그럼에도 불구하고 최근의 변화에서 주목해야 하는 것은 시라는 본체substance의 양태mode가 '언어'의 범위를 넘어서고 있다는 점일 것이다. 말과 글의 예술이었던 시는 오래된 틀을 벗어나 다양한 첨단매체와 결합하는 등 발본적 혁신을 통해 문화산업시대를 대응해나가고 있다. 이에 대한 대표적 사례 몇 가지를 들어보기로 한다.

우선적으로 떠올릴 수 있는 사례는 매체의 발달에 따른 출판형태의 변화에 있다. 예컨대 CD-ROM, e-Book, 인터넷 출판, 웹진, 멀티포엠 등의 형식이 그것이다. 시를 기타 장르와 결합시키고 디지털 매체를 활용하려는 노력은 이미 오래 전부터 시도되어 왔다.

> 신의 지상명령이었어.
> 어머니의 자궁 속에서 꿈을 꾸었네.
> 화려한 결합은 분열의 시작이었지.

찢어지고 갈라지는 불민
불민의 생장
어머니는 더 이상 날 가둘 수 없었네.
알고 있었지. 탯줄이 끊기면
더욱 빠른 분열을 위해 어머니를 버려야 한다는 것을.
내 몸이 다 자라기 전에 내 꿈에서 잉태한
몽상의 자식들이 내 꿈의 탯줄을 끊었네.
난 자궁을 빠져나와 거리를 헤매었지.
필로폰 본드 환각으로 볼라보게 변했어.
컴퓨터 포르노에 내 자식이 잡혔어.
플러그와 콘센트로 나의 목을 조르고
분열로 둔감해진 나는 죽어가네.
전지전능 분열의 신 분열하라 말하네.
어지러운 내 죽음도 분열을 시작해.
내 주검을 찢어 물고 내 자식도 분열해.
뼈 위에 뒹구는 나의 두 눈동자.
어둠이 찢어지네. 어둠이 찢어져.

눈부신 태양 아래 나는 살아 있어.
눈부신 태양 아래 나는 살아 있어.
　　　　－ 위승희, 「정신측정」(위승희·김정란, 『사이렌 사이키』) 전문

　　이 작품은 김만중에 의해 작곡되고 위승희 스스로가 노래하여 CD 타이틀(신나라뮤직, 1999)로 제작, 배포된 바 있다. 간단히 말하자면 시가 노래화된 형식인데, 기존의 노랫말과 다른 점이라면 창작 단계부터 소위 '엔터테인먼트'의 양식으로 기획되었다는 것이다. 즉 이 작품은 월간 『현대시』의 기획 아래 제작되었고 일부 지역에서 실제 공연되었다. 당시 기획의 변을 들어보면 다음과 같다.

시의 앞날을 진지하게 모색해 온 월간 <현대시>는 새로운 세기를 맞이하여 음반, 영상, 방송, 인터넷, 출판, 홍보 등을 동시에 할 수 있는 종합 프로덕션인 <현대시 엔터테인먼트>를 설립합니다. 시는 그동안 일반대중들과 격리되어 상업성을 잃고 시인들 자구의 노력으로 연명해왔다 해도 과언이 아닙니다. 그러나, 오늘의 첨단 멀티미디어 기술은 시와 노래의 장벽을 허물고, 시의 영역을 예술 전반으로 확대할 수 있는 환경을 제공해 주고 있습니다.

오늘에 대비하여 <현대시>는 수년 전부터 꾸준히 이 분야에 투자해 왔으며, 시인들 자체의 종합 프로덕션을 설립해야 한다는 필요성을 역설해 왔습니다. 이제 나름대로의 노하우와 인력과 자료를 확보하고, 그 첫 성과물을 세상에 내놓습니다. 그것이 바로 이번 발표하는 음반 <사이렌 사이키 Siren Psyche>입니다. <현대시>는 이 두 장의 음반을 통하여 진지하게 시의 앞날을 제시하고 고급문화가 어떻게 일반대중에게 다가가야 하는지를 모색하고자 합니다.

— 「<사이렌 사이키> 보고서,
현대시 엔터테인먼트를 출범시키면서」에서

이러한 기획이 얼마나 큰 반향을 일으켰는지는 의문이지만 시와 문화산업을 접목시킨 선구적 사례 중 하나로 기록될 수는 있을 듯하다.

장경기의 '멀티포엠'은 보다 본격적인 멀티미디어로서의 시작詩作에 해당된다. 그는 하이퍼텍스트를 활용하여 영상과 음악이 어우러진 CD-ROM 시집을 제작하는데, 스스로 멀티포엠이라고 이름하고 이를 "멀티미디어 시대에, 자연발생적인 탄생을 예상해 볼 수 있는 시의 형태, 곧 영상, 음, 문자 등 모든 가능한 표현 매체들이 한데 어우러져 빚어내는 시, 곧 멀티미디어 환경 속에서, 시가 있어온 이래 지속되어 온 시의 본질을 존중하고 계승하는 멀티적인 표현 형태를 멀티포엠이라 일컫기로 한다"(「멀티포엠이란 무엇인가」)고 정의하고 있다. CD타이틀을 실행시키면 영상과 음악이 진행되고, 시가 낭송된다. 말 그대로 다층적 감각의 시가 실현되는 양상을 보여주는 데는 성공한 셈이다.

　문화사업의 소재로 시가 활용되는 경우도 빈번하다. 각종 문학관과 문화콘텐츠 사업이 여기 해당된다. 특정 지역의 대표적 문인을 기려 문화산업으로 발전시키는 과정에서 시는 중요한 기능을 담당할 수 있다. 대표적인 예로 전북 고창의 미당문학관을 들 수 있겠다. 2000년대 이후 활성화되고 있는 문학관 건립 사업에는 정책적 배려가 배경에 작용하고 있다. 문학과 관련된 문화정책으로서 새로운 문학 환경에 대응하는 문학사업을 추진하고, 문학관 등의 건립을 지원할 것이 명시되어 있는 것이다.(『2004 문화정책백서』)

　또 다른 형식으로 강원도 강릉의 경우 고전설화와 향가 「헌화가」의 역사적 의미를 현재화하여 인근 해안도로를 '헌화로獻花路'라 지정하였다. 강릉시 옥계면 금진리에서 강동면 심곡리에 이르는 이 길은 인접한 바다는 물론 해변 기암절벽을 감상할 수 있다. 빼어난 경치와 더불어 고대가요의 의미를 되새겨볼 수 있는 문화적 매체로서 적절한 명명이 아닐 수 없으며, 따라서 문화콘텐츠로 시가 활용되고 있는 단순하면서도 의미 있는 사례라 하겠다.

3. 문학산업의 두 얼굴

　현 단계 문화산업에는 첨단 멀티미디어와 신자유주의 시스템이 필연적으로 매개된다. 이러한 흐름은 거부할 수 없는 대세가 되었다. 그리하여 다양한 표현의 방법이 확보되고 선진적인 문학장의 메커니즘이 구조화되고 있는 것은 긍정적인 변화라 하겠다. 체계화된 시스템으로 인해 문화산업의 구조가 과거와 같은 비합리적 패턴으로부터 벗

어나고 있는 것이 사실이다. 한 예로 문화관광부와 한국문화콘텐츠진
흥원에서 주관하는 '2007년 지역문화산업연구센터 지원사업'의 사업목
적을 보면 다음과 같다.

> ○ 지역문화산업연구센터(CRC, Culture Research Center) 지원을 통하
> 여 국제적인 경쟁력을 갖춘 핵심 인력을 양성하고 문화산업의 연구개
> 발 역량을 강화하고자 함
> ○ 지역의 문화산업 발전 및 연관 산업과의 연계발전을 통하여 지역
> 경제의 발전을 우선적으로 이루고자 함
> ○ 산·학·연·정 협력 체제 구축으로 지역문화에 특화된 전략상품을
> 개발하고 문화상품 시장을 형성함으로써, 각 지역의 비전 제시 및 성공
> 사례 창출을 가능하도록 함

이처럼 체계적인 준비와 관리하에 진행되는 문화 관련 대규모 국가
사업이 빈번하다. 기타 각종 연구지원에서 문화산업의 테마가 선정되
는가 하면 지방자치단체마다 지역문화콘텐츠를 개발하여 거점 사업으
로 진행하고 있는 양상도 볼 수 있다. 이러한 흐름은 문학의 위상을
재고하고 문화콘텐츠의 중심으로 기능할 수 있게 하는 배경이 되고
있다는 점에서 긍정적으로 평가할 수 있겠다.

최근 문화산업의 현황을 볼 때 문학산업의 주요 지표인 출판산업은
문화산업 부분에서 가장 큰 시장을 형성하고 있다고 한다. 우리나라
는 신간 발행종수나 발행부수, 출판시장 규모 등 출판 관련 지표에서
세계 10위권 이내의 출판 강국이며, 특히 1998년 정부의 출판 활성화
조치에 따라 외형적으로 크게 성장하였다는 것이다.(김덕수, 「문화산업으
로서의 문학산업」) 이를 통해 문학산업이 발달할 수 있는 물리적인 조건
이 형성되어 있음을 알 수 있다.

시 장르 역시 하나의 문화콘텐츠로 제작되어 여타의 부가가치를 창출할 수 있는 시스템이 마련되었다는 점이 주목된다. 아직 미비하긴 하지만 온라인의 발달로 인한 시적 담론의 소통 양상이 전과 달리 활성화되었고, 그를 통해 다양한 개성이 표출되고 있다. 개인적인 차원을 넘어 산업적인 측면에서도 시는 다양한 소스를 제공하고 있다. 중국 소주의 명물인 장계張繼의 시「풍교야박楓橋夜泊」은 시 한 편이 지역문화사업의 역할을 담당하는 대표적인 사례로 잘 알려져 있다.「풍교야박」은 지리적 특성과 역사, 그리고 명문名文이 만나 특정 지역의 문화적 상징으로 자리매김한 예이다. 우리의 문화전통에 이와 같은 문화지리적 현상이 존재하지 않을 리 없다. 지금 우리의 문학사업에서도 이 같은 전통을 현재화하기 위한 지속적 관심과 다각도의 노력이 필요하다 하겠다. 시와 문화사업의 긍정적인 관계는 이리한 현황과 가능성 속에서 일단 확보될 수 있다.

그럼에도 불구하고 현 단계 문학산업의 양상이 낙관적인 것만은 아니다. 대표적으로 예시한 출판사업의 경우 위의 현황이 빛 좋은 개살구라는 것을 누구든 알고 있다. 출판산업의 외형적 성장에도 불구하고 내용면에서는 많은 문제점을 지니고 있는 것이 사실이다. 대개의 출판사는 학습관련 참고서로 명맥을 유지하거나 한 해 동안 신간 한 권 출판하지 못하는 유명무실한 구조인 것이다. 상대적으로 대형 출판사의 출판시장 독식은 독점자본의 기형적 구조로 이루어진 한국 경제의 시스템을 꼭 닮아 있다.

최근 활황을 보이고 있는 문학관 사업 역시 부작용이 없지 않다. 당장의 이익만을 따라 우후죽순 격으로 설립된 문학관이 과연 어떤 의미가 있는지 의문이다. 힌국시를 대표히는 서정주를 기려 지은 미당문학관을 보자. 여길 가본 사람은 짜임새 있는 전시규모가 인상적일지 몰라도 그것을 관리하는 소프트웨어가 확보되지 않았다는 것을 느낄 수 있을 것이다. 비전문가에게 시설을 맡겨 놓음으로써 애써 마련된 하드웨어가 제대로 작동하지 못하는 모순적 현상을 볼 수 있는 것이다. 문제는 그것만이 아니다. 대개의 문학관들은 재정적 곤란에 허덕이고 있다. 문학관 관련 법령이 아직 존재치 않아 민간이나 지자체의 예산만 가지고 운영되는 현실 속에서 문학관이 제대로 운영되기가 어렵다. 그나마 체계화된 시스템 아래 입장료 수입만도 상당수에 달하는 봉평의 효석문학관도 그 내용을 들여다보면 부족한 콘텐츠에 많은 아쉬움을 느끼게 된다.

이러한 문학산업의 문제점은 지역문화산업의 현재와 긴밀히 맞물린다. 문화산업은 지역문화사업이 되어야 한다. 이는 한국적인 것이 세계적인 것이라는 명제에 내포될 수 있는 폭력적 국가주의를 반복하고자 함이 아니다. 문화라는 것이 본성상 삶을 풍요롭게 하는 것이 목적인바 지역의 삶이 현존하는 한 문화는 모든 지역의 건강성을 담보한 진정한 지역문화이어야 할 것이다. 한국사회에서 중앙집중적 근대화가 낳은 폐단이 너무도 심각하기에 문화지역주의는 더욱 절실하다.

그리하여 문화콘텐츠로서의 시는 첨단 매체를 적극적으로 활용하는 디지털 콘텐츠로서의 도약을 도모함은 물론 진정한 지역문화의 일환으로서 지역문단 활성화를 동시에 추구하는 방향으로 진행되어야 할 것이다. 이는 단지 기술적인 문제도 아니고 개별 장르에 국한되는 것도 아닌 총체적 시도요 변모이어야 하기 때문에 더욱 요원한 문제일수도 있다. 그나마 최근 문학담론에서 지역문학에 대한 다양한 논의들이 제기되고 있는 것은 고무적인 현상이다. 지역문학론이 한국문학

담론의 주요한 소재로 떠오른 현상은 여러 가지로 시사하는 바가 크다. 주지하는 바와 같이 현 단계 지역담론은 지방자치로 상징되는 정치사회적 변화와 다양성을 추구하는 탈근대적 패러다임을 배면에 지니고 있다. 또한 뿌리 깊은 중앙중심주의를 재고하는 문학장의 자기반성으로서, 다각적 통찰을 통한 새로운 학문적 모색의 과정으로도 주요한 의의를 지닌다. 무엇보다도 문화산업 시대를 맞아 한국문학의 질적 재고와 세계적 경쟁력을 갖추기 위한 방법론적 모색으로서의 지역문학에 대한 새로운 전유가 시도되고 있다. 이로 인해 기존의 시각과는 근본적으로 다른 새로운 위상이 지역문학에 부여되고 있는 것이다.

또한 강조되어야 하는 것이 원칙적 입장일 것이다. 시와 첨단 매체, 상업성 간의 거리가 먼 듯하지만, 사실 이미 오래 전에 시는 하나의 상품이 되었다. 자본주의 시대에 시가 존재하는 방식이 그것이다. 그러나 오늘날 문학판에서 창작에 따른 노동력의 정당한 대가를 지불하지 못하는 잡지들이 얼마나 많은가. 문화산업으로서의 시문학의 자리는 다른 데 있는 것이 아니라, 이미 우리가 받아들인 자본주의라는 제도로서의 문학을 실현하는 것으로부터 출발해야 한다. 기형적 자본의 구조를 제 궤도에 올려놓을 수 있을 때 진정한 문학산업, 문화산업이라는 것은 자연스럽게 형성되리라고 본다.

4. 그리고 시의 자리

그 밖에도 문학의 산업화에 따른 여러 문제점이 도출되고 있다. 오래 전에 프랑크프루트학파가 지적한 산업화에 따른 병폐가 현실이 되고 있는 것이다. 각종 문학상이나 문학관 사업에서 지역이기주의의 관점이 작용하는가 하면, 사업화가 추진되는 과정에서 지연은 물론 학연, 혈연 등의 연고주의가 작용하고 있다는 것도 공공연한 사실이다. 학계와 문화계 주요 인사들의 허위 학력이 사회적 문제가 되는 웃지 못할 현상은 우리 사회에 고질적인 병폐를 단적으로 드러내고 있다.

사실 시에게 문명은, 컴퓨터라는 신문명을 대하는 인문학의 초기 반응이 그러했듯이, 지극히 배타적인 대상이었다. 이 거북한 심정을 많은 시인들이 노래한 바 있다. "나의 두 눈은 환한 불을 켜고 있는 TV/ 나의 심장은 거대하게 돌아가고 있는 공장의 발전실/ 모든 것은 개인용 컴퓨터의 스위치를 올려야만 움직이기 시작한다/ 전기를 공급하는 것은 그러나 그대의 의지/ 나는, 내 몸 속으로 힘을 공급해주는 누군가에 의해 사육된다"(하재봉, 「비디오·퍼스널 컴퓨터」)와 같이 문명에 불안을 느낀 많은 작품을 볼 수 있다. 하지만 그런 불평이 단지 소재주의에 그친 사례 역시 빈번하다. 시인들은 문명을 거부하면서도 문명에 적극 결합함으로써 한 시대를 풍미하고도 있다. 아이러니 자체가 근대사회의 특징임을 상기하게 되는 대목이다.

그러한 시류와 상업주의를 거부한 건강한 시적 콘텐츠의 사례를 우리는 또한 지니고 있다. 민중문화의 전면에서 시대와 역사의 책임을 기꺼이 껴안았던 시화詩畵의 사례 역시 이에 해당할 것이다. "너를 사랑한다고 말할 수 있다면/ 굳게 껴안은 두 팔을 놓지 않으리"(곽재구, 「희망을 위하여」)라는 희망의 노래를 기억했으면 한다. 전통과 현대, 시대적 감수성을 끌어안는 문화콘텐츠로서의 시가 필요하다. 지금의 문화산업 논의는 지나치게 매체적 자의식에 집중되어 있는 듯하다.

그리하여 문화콘텐츠로의 변모를 시도하는 시의 자리는 화려한 외양에도 불구하고 왠지 불편하기만 하다. 그에 따른 부작용들이 앞서 거론한 몇 가지 예시로만 국한되는 것도 아니다. 그러나 "문명에 대항하는 비결은/ 당신 자신이 文明이 되는 것"(김수영, 「미스터 리에게」)임을 어찌 하겠는가. 신세계의 전면을 버틸 서정과 형식이 운명적 고민이라는 것을 이 시대의 시된 자들은 항상 기억해야 할 것이다.

◆ 『화요문학』 11호(2007년 가을호)에 수록

「대장금」 신화와 한류의 서사구조

오연희

구태의 인물과 서사구조에 식상한 현대인들이 차세대를 이끌 새로운 이야기를 갈망하는 것은 이 시대의 문화가 짊어진 과제이자 사명이다. 「대장금」 신화가 보여주 듯 보다 참신한 인물과 이야기를 찾아내는 일은 후세에 또 하나의 신화적 전형성을 남기는 일이 될 것이며, 한류가 나아가야할 지점이기도 하다.

1. 들어가며

「대장금」 같은 드라마가 아시아권에서 선풍적인 인기를 끈 요인은 어디에서 찾을 수 있을까. 많은 사람들은 그 이유를 시대의 주역이 바뀐 것에서 찾곤 한다. 이는 두 가지 의미에서 그러한데, 먼저 기존 사극에서의 주인공이 임금, 양반, 장군 등 영웅적인 인물이었다면, 「대장금」에서는 요리사나 상궁 등 비주류에 속하던 인물들이 주역으로 등장하고 있다는 점이다. 이는 우리가 살고 있는 시대가 현재 주류의 교체를 경험하고 있다는 사실과 관련된다. 일국 차원에서는 주변적인 인물이나 주변적인 계층이 사회의 중추적인 역할을 하게 되었다는 점, 다국적 차원에서는 한국이라는 변방에 머물렀던 국가가 아시아권에서 강력한 패권 국가로 급성장하게 된 판도 변화라는 두 가지 현상이 맞물려 있다. 그런 점에서 「대장금」 신화는 한류와 관련된 시류성을 띠고 있다고 볼 수 있다. 하지만 현재 국내외적 측면에서의 이 같은 주류의 교체라고 하는 변화의 방향과 그 내용, 구체적인 실행 방법은 제시되거나, 그에 관한 비전이 있거나 한 것은 아닌 상태이다. 다분히 잠정적이고 유동적인 상황하에서 조심스럽게 주류의 교체가 논의되거나 점쳐지고 있다고 할 수 있다.

세계적 차원에서 문명전환, 자본주의 체제의 종말조차도 얘기되고 있는 지금, 주류의 교체라는 이 현상이 과연 현실에서 실제로 벌어지는 일들인가에 대해서는 회의론이 만만찮다. 주자본의 완벽한 이동이 보장된 90년대 이후 빈발하는 금융위기로 저소득계층의 삶은 갈수록 피폐해지고 있는 것이 또한 우리가 피부로 체감하는 현실이 아니던가. 주류의 교체는 그렇다면 이런 불평등 심화의 사회에서 상상적인 대리만족이거나 사회의 피폐함에 대한 허구적 보상물로 제시된 일종의 신화에 불과한 것은 아닌가 하는 의구심을 지울 수 없다. 이는 비단 일국 차원에서만 그치는 것이 아니라, 한류로 대표되는 비주류에서 주류권으로의 진입이라는 한국의 위상 변화 역시 단순히 바람에 불과한 것은 아닌가 하는 국내외적인 의구심으로까지도 확대된다.

주지하다시피 한류의 문화적 가치는 단군 이래 우리 민족의 문화가 이웃 민족들에게 광범위하게, 대중적으로 받아들여진 거의 첫 사례라는 데서 찾을 수 있다. 과거 우리 문화의 일부가 중국과 일본에 일부 전파된 것이 사실이라고 해도, 한류처럼 광범위하고 전폭적으로 이웃 민족을 열광시킨 적은 일찍이 없었다고 보아 그리 틀리지 않을 것이다.

무엇보다도 한류가 가져다 준 가장 큰 효과라면 바로 대한민국에 대한 인식을 크게 바꿨다는 점일 것이다. 사실 다른 나라와 민족들이 우리나라에 대해 가지고 있는 이미지는 그렇게 강하지도 않고 긍정적이지도 못했다. '조그만 나라', '분단국' 등이 주를 이뤘고, 그나마 긍정적이라면 '단기간에 경제성장을 이룬 국가' 정도로 문화적인 측면에 대한 이미지는 거의 없거나 미미한 수준이었다. 그리던 치에 90년대

중후반부터 '한류'가 나타나기 시작했다. 중국 본토에서는 「사랑이 뭐길래」라는 드라마가 중국인의 시선을 사로잡았고, 대만에서는 댄스그룹 '클론'이 선풍적인 인기를 모으기 시작했다. 사실 '한류'라는 말은 우리가 아닌 중국 언론이 지은 단어이다. 워낙 그 기세가 대단했기 때문에 별도의 용어를 만들었던 것이다. 그러나 당시 중국인과 대만인들도 많이 놀랐겠지만, 그들보다 크게 놀란 것은 바로 우리들 자신이 아닌가 한다.

물론 이전에도 우리 문화콘텐츠가 진출한 사례가 없지는 않다. 일본 엔카시장에 계은숙, 김연자 등이 진출해 인기를 모았고, 조용필도 일본에선 제법 스타 대접을 받았다. 그러나 이들 사례를 두고 '수출'이라는 용어는 잘 쓰지 않는다. 왜냐하면 이들 사례는 산업의 시스템에 기반을 두고 발생한 비즈니스의 한 형태라고 보긴 어려웠기 때문이다.

아무튼 90년대 중후반부터 불기 시작한 한류는 그 범위와 내용이 현재까지 계속 확대되고 있다. 한류에서 자신감을 얻은 우리 문화콘텐츠는 이제 세계 최고의 선진시장인 미국과 유럽시장을 노크하고 있다. 이들 시장에는 주로 만화와 캐릭터, 그리고 애니메이션이 선두에 서서 선전하고 있다. 거룡반점 막내딸 '뿌까', 유쾌한 펭귄친구 '뽀롱뽀롱 뽀로로', '블루베어' 등이 서양인들에게도 호감을 이끌어내면서 성공적으로 시장에 진입하고 있다. 세계적인 방송사인 FoxTV가 뿌까 애니메이션을 함께 제작하기로 했고, 뽀로로는 프랑스 TF1에서 성공적으로 방영돼 라이선싱 비즈니스를 활발하게 전개하고 있다. 온라인게임에서도 우리나라가 성공사례를 만들어내고 있다. '리니지', '미르의 전설', '라그나로크' 등은 이제 글로벌 게임으로 크게 주목받고 있는 것이다.

이 같은 현상을 바람으로 통칭하기에는 분명 무리가 있어 보인다. 한류란 단순한 바람이 아니라, 분명 세계 시장에서의 달라진 한국의 위상과, 주류 사회로의 진입이라는 한국적인 성공담을 일컫는 말이 되었기 때문이다.

본고에서는 이 같은 한국의 성공담을 「대장금」의 성공 요인 속에서 찾을 수 있다고 본다. 「대장금」은 분명 한류에 불을 지핀 가장 성공적이면서도 한국적인 스토리텔링을 갖춘 드라마이자, 앞으로 한국 문화콘텐츠가 나아가야할 지점을 지시해 주는 방향타 역할을 하는 대표적인 문화상품이기 때문이다.

2. 「대장금」의 설화 구조

기본적으로 설화는 구비문학의 형태로 전승된 서사이다. 그런데 오늘날 최첨단의 그릇에 신화를 담으려는 것이 바로 매스미디어이고, 그 중에서도 가장 큰 대중적인 수용력을 지닌 매체는 누가 뭐라 해도 분명 텔레비전일 것이다. 텔레비전은 오늘날 흩어져 있는 대중을 새로운 형태의 공동체로 만든 강력한 원동력[1] 중 하나임에 분명하다. 한국인의 하루 평균 시청 시간이 3시간을 넘는다는 보고서는 한국인의 문화생활에서 텔레비전이 얼마나 큰 비중을 차지하는지를 여실히 드러내준다. 이는 비단 한국에만 국한되는 현상도 아니다.

이야기의 역사는 인류의 역사와 어깨를 나란히 해왔다. 전역사적

---

1) 한소진, 「텔레비전 드라마의 설화수용양상 연구」, 중앙대 박사학위 논문, 2003, 2쪽.

시기에 인류는 구비전승의 서사를 향유해왔고, 오늘날 새로운 매체의 발명과 발전은 이전의 구비서사의 맥을 매스미디어를 통해 부활시켜 놓았다. 이런 맥락에서 텔레비전 드라마는 과거의 설화를 이야기하는 대표적인 매체라 할 수 있다. 또한 설화는 시공을 초월해서 보편적인 호소력을 갖는다. 오늘날 매스미디어를 통한 스토리텔링이 다양한 측면에서 설화를 모티브로 차용해 오는 것은 그것이 인류의 보편적인 경험에 토대를 두고 있다는 점, 각 문화권에는 서로 유사한 이야기들이 상재해 있으므로 해서 대중에게 가장 익숙한 이야기의 원형이라는 점 등에서 원인을 찾을 수 있다.

실제로 텔레비전의 모든 프로그램은 시청자의 흥미를 자극하고 이야기의 기승전결을 넘나들며 클라이맥스를 제공한다는 점에서 설화적 요소를 갖고 있다. 특히 할머니의 옛날이야기를 형태만 바꿔 새롭게 들려주는 텔레비전 드라마는 현대 서사 중에서 이야기꾼으로서의 기능이 가장 왕성하다. 다양한 삶을 체험하고 싶은 인간의 욕망은 텔레비전 드라마에서 설화를 만들어내기도 하고, 이미 사회에 존재하는 설화를 재구성해 전달하기도 하며, 그 주제와 서사 구조는 집단 무의식을 바탕으로 이루어져 또 하나의 전승문학이 되기도 한다.

「대장금」은 이 같은 설화 구조를 원형으로 하고 있는 대표적인 대중 서사물이다. 영웅담, 탐색담, 성공담 등 다양한 광포설화를 차용한 「대장금」의 서사 구조를 분석해 봄으로써 현대의 스토리텔링의 성공 전략이 무엇인지를 가늠해 보고자 한다.

2.1. 여인발복설화

현대사회의 욕망과 페미니즘을 동인삼아 여성의 부와 명예, 신분상
승욕구를 차용한 서사물은 여인발복설화의 차용이거나 변용이며, 나
아가 영웅설화의 드라마적 수용으로 볼 수 있다. 작품성이 있거나 지
금까지 회자되는 드라마의 면면을 보면 모두 시대를 초월하여 대중들
에게 익숙하고 친근한 이야기들이었음은 물론이다. 특히 「대장금」이
기본 구조로 차용한 발복 이야기는 세계적인 광포설화로서 1990년대
후반의 사회상과 관련하여 새롭게 부각된 유형이다. 다시 말해서 세
계적인 광포설화인 여인발복설화는 1970년대부터 시작된 여성운동의
영향과 1990년대 후반부터 비롯된 경기침체현상이 맞물려 현실을 서
사화하는 새로운 관점을 제공해 준 것이다.

여인발복설화의 기본 모티브는 가부장의 권위를 거부한 여인이 자
신의 능력으로 신분상승과 부를 이룬다는 이야기이다. 따라서 내 복
에 산다계 설화를 포함하면서 2000년대의 트렌디 드라마를 대표하여
여성의 영웅화를 단적으로 보여준다.

발복에 등장하는 여성의 신분은 공주, 백정의 딸, 딸부자집의 막내
딸 등 다양하다. 신분에 상관없이 발복할 수 있으면 족하다는 것이
발복이 갖는 매력 중 하나이다. 세계적으로 널리 퍼져 있는 발복 이
야기는 크게 두 유형으로 나눌 수 있는데, 하나는 아버지에게서 추방
된 딸이 숯구이 총각과 결혼하여 집안을 부유하게 만들고 거지가 된
아버지를 모신다는 유형이다. 다른 하나는 양반집 자식과 결혼한 뒤
남편으로부터 추방당한 백정 딸이 숯구이 총각과 결혼, 집안을 부유
하게 만들고, 거지가 되어 찾아온 진남편과 재결합한다는 유형이다.

전자를 아버지 추방형, 후자를 남편 추방형으로 부르기도 한다.2) 하지만 발복설화는 마침내 남성에게로 회귀하므로 결국은 가정담으로 결론을 맺는 것이 상례였다. 발복의 대표적 인물인 평강공주, 선화, 백정딸 모두 가정과 남성에게로 되돌아가는 것을 중요한 과업으로 삼는다.

그러나 대장금은 가정담으로 시작했으나 장금은 탐색여행 후 사회와 국가를 위한 공적 과업을 수행한다. 여성으로서가 아니라 영웅으로서의 인식을 보여주고 있는 것이다.

---

2) 대표적인 여인발복 설화의 이야기를 소개하면 다음과 같다.

■ 삼공본풀이의 이야기
1. 강이영성이서불과 홍은소천궁에궁전궁납 두 거지가 만나서 부부가 된다.
2. 은장아기, 놋장아기, 가믄장아기를 차례로 낳고 부자가 된다.
3. 가믄장아기가 15세에 이르자 아버지는 딸들에게 누구의 덕으로 사냐고 묻는다.
4. 첫째딸과 둘째딸은 아버지 덕으로 산다고 하지만, 셋째딸은 자신의 덕으로 먹고 산다고 대답한다.
5. 내복으로 산다고 한 셋째딸을 괘씸하게 여긴 아버지는 셋째딸을 쫓아낸다.
6. 거짓말을 한 언니들은 가믄장아기의 주문에 의해 각각 청지네와 버섯으로 환생하고, 부모는 눈이 멀어 거지가 된다.
7. 쫓겨난 가믄장아기는 굴미굴산 비조리 초막 할망하르방의 세 아들 중 효심이 깊은 막내아들과 혼인한다.

■ 백정딸
1. 복 없는 양반 아들과 복 있는 백정 딸이 결혼한다.
2. 여인이 시가에서 쫓겨난다
3. 집을 나온 며느리가 숯장이 총각을 만난다.
4. 여자가 금을 발견한다.
5. 아내의 지시로 금을 처분하고 부부는 부자가 된다.
6. 여자가 거지 잔치를 연다.
7. 여자가 본남편과 만나 시가로 돌아가고 다시 부자가 된다.
8. 마 캐는 곳에서 금을 발견하여 잘 살게 된다.
9. 거지 잔치를 베풀어 부모를 만나고, 부모는 개안한다.

2.2. 영웅담

「대장금」은 출생, 구출, 수학, 위기, 승리를 골자로 영웅의 서사 구조를 획득한다. 「바리공주」도 효에서 출발한 발복설화로 보이지만 이야기의 전개상 남성적 영웅설화의 구조를 지니고 있는데, 이점에서 「대장금」은 바리데기의 서사 구조를 일정부분 차용해 온 것으로 해석된다.

장금의 아버지 서천수는 폐비 윤씨의 사약을 들고 간 군관으로 훗날 연산군의 표적이 되는 인물이다. 그런가 하면 장금의 어머니 궁중사라간의 박나인은 인수대비의 죽음에 관련된 궁중모함에 대해 의문을 품었다는 이유로 죽을 목숨으로 내몰린다. 인수대비의 밥상에 독약을 넣었던 이들은 박나인에게 누명을 씌워 응징한다. 그런데 이들의 모함으로 만신창이가 되어 시냇물에 떠오른 박나인을 구해준 사람이 바로 연산군이 찾아헤매는 서천수였고, 이들은 같은 처지에 연민을 느껴 부부가 되고, 장금이라는 여자아이를 낳게 된다. 이들은 쫓겨 백정 마을에 정착한다. 장금은 범인과 다른 탁월한 능력을 보이기 시작한다. 영특하고 공부에 대한 욕심과, 세상이치에 대한 호기심은 남의 눈을 피해야 하는 부모의 근심거리가 되기에 이른다. 「대장금」의 이런 서사 구조에서는 다분히 아기장수설화의 전형성이 발견된다.

아기장수설화는 태어나자마자 그 비범함으로 역적이 될까 염려하는 부모의 손에 죽임을 당하는 구전설화이다. 백정이 아닌 중인으로서의 신분을 되찾고 싶어하는 아이의 욕망은 마침내 부모를 죽음으로 몰고 간다. 아이장수가 그 보모를 죽음으로 이끌게 된 것이다. 어린 장금의 욕망은 결국 아버지 서천수의 신분을 노출시켰고 장금의 부모는 죽게 된다.

이렇듯 구출되어—부모의 죽음으로 고아가 되고—옥함에 넣어진 바리공주가 죽음의 바다에서 석가세존의 손을 거쳐 바리공덕 할아비와 할미에게 구출 양육되듯, 장금도 여러 사람을 만나 도움을 받게 된다. 궁에 들어가기 전에는 덕구와 덕구 처의 도움, 궁에 들어가서는 한상궁의 도움. 의녀가 되는 데는 장덕이라는 여의의 도움을 받는다.

수학—스승, 조언, 가족, 친구, 적들을 만나며 숱한 노력과 수학을 통해 영웅이 생성되듯, 장금에게 있어 수학이란 어머니의 억울한 누명을 벗기는 일로 시작되었지만, 점차 임금님의 음식을 가장 맛있고 정갈하게 만들어 식신의 경지에 이르는 것을 목표로 하게 된다. 배우지도 않은 학업에 출중한 재능을 드러내는 바리공주처럼 장금 역시 수라간 일에 선천적인 재능과 신이한 능력을 발휘하게 되는 것이다.

2.3. 탐색담

발복은 그 모티프를 영웅신화적 탐색담에서 얻기는 하나 남성 뒤에 가려진 여인의 위상을 신이한 설화로 재구성하고, 이를 통해 대리만족을 얻고자 하는 여인들의 의지가 적극 개입되어 있다. 아버지로 대표되는 질서 속에서 여성은 오히려 배제의 대상이 되고, 여성 주체는 이런 남성적 권력에 의한 배제를 극복해야 하는 과제를 떠안게 된다. 때문에 여성 탐색담에서는 탐색의 대상이 자아인지 남편인지, 아비인지 명확하지 않으며, 온달전과 서동설화 등에는 여성의 탐색담이 축소되어 남성의 서사가 전면화되기도 한다.

여성의 자아찾기를 절실히 담고 있는 이런 유의 설화는 수천년을 민중에 의해 집단의식의 한 형태로 구전되어 왔다. 남성중심 사회에서 볼 수 있었던 탐색담을 여성에게도 부여하려 한 것이다. 따라서 여성의 자아찾기는 탐색담-영웅담과 가정담으로 대별된다. 집으로 상징되는 근원에 머물고자 하는 구심력과 탈출하고자 하는 원심력의 대립적 양상이 나타나는 것이다. 그런데 2000년대 여성은 이제 가정담보다는 탐색담의 주체가 되기 시작한다.

여성 탐색담 유형은 남성과는 다르다. 남성이 찾고자 하는 궁극적 지향점이 건국, 민중 구제 등 가정으로의 회귀 본능을 완전히 접고 또다른 이상향을 구축하는 것이라면, 여성 탐색은 태생의 근원인 아비찾기나 자신의 반려를 희구하는 남편찾기를 통해 마침내 자아찾기에 도달하는 것이다. 고로 여성탐색담은 궁극적으로 영웅의 일생과는 서사 구조가 유사할 뿐 주제나 스케일은 다르다. 그런데 「대장금」의 탐색담은 가정담에 머무는 것이 아니라, 공적 영웅으로의 자아의 확대 및 출세담으로까지 나아가는 특징을 지닌다는 점에서 다분히 신화의 현대적 차용의 한 사례를 보여준다.

3. 「대장금」의 성공 전략

이처럼 「대장금」은 엄청난 성과를 거두며, 한류를 이끈 가장 성공한 드라마 중 하나이다. 이런 성공은 중국인들 사이에서 많은 논쟁을 불러일으키기도 했다. 영웅과 권력, 전쟁과 무술 등을 다루었던 남성적인 사극들이 가지지 못한 부분을 대장금은 친근감과 인간적인 측면에서 서술했다든가, 장금은 유교적인 전통의 여인이면서 동시에 현대적인 의지와 노력을 경주하는 이상적인 여성상을 보여주었다든가 하는 것이 그것이다. 하지만 「대장금」의 엄청난 성공의 배경에는 또한 수년간 한국 연속극들이 쌓아온 이미지와 신뢰가 있었음을 부인할 수 없다. 베이징의 대학생들 중「겨울연가」를 보지 않은 학생이 없을 정도였다는 사실이 그것을 입증해 준다. 중국인에게 한국 연속극은 믿을 수 있는 세련되고 재밌는 오락물로 인식되고 있고, 한마디로 연속극 부분에서 한류의 바람은 가히 폭발적이라 할 수 있다.

「대장금」은 대중서사가 독자에게 재미있다는 반응을 얻기 위해 궁극적으로 취해야 할 태도, 즉 뻔한 구도를 유지하면서도 나름의 개성과 스타일에 변화를 주어야 한다는 전략3)을 구사하면서 성공을 거둔 대표적인 사례이다.「허준」에서 이미 보인 도식성의 틀을 깨지 않으면서도 자기 나름의 차별화를 꾀하고 있는「대장금」은 오늘날의 텔레비전 드라마와 같은 대중 서사가 어떤 방식으로 나아가야 하는지 그 가능성과 한계를 동시에 보여준다.

조선시대 실존인물인 의녀 장금이란 인물에서 모티프를 따온 이 드라마는, 이미 대장금이란 한 여인이 우여곡절 끝에 조선시대 최초의 임금 주치의가 된다는 식의 성공에 대한 이야기임을 처음부터 분명히 한다. 따라서 시청자는 숱한 시련과 장애 속에서도 결국은 장금이 승리할 것임을 믿어 의심치 않는다. 하지만 실제로 실록에 기록된 것은 장금이란 의녀가 공을 세워 상을 받은 것이 몇 번 있었고, 당시 중종이 내 병은 여의가 안다고 말한 적이 있다는 기록이 전부라고 한다. 제작진은 이런 사료에 기반을 두어 장금이 임금을 보살필 정도로 의술을 인정받은 대단한 의녀였을 것으로 보고 일종의 현대판 성공담, 혹은 영웅담으로 이야기를 전개시킴으로써 영웅설화의 전통 속으로 드라마를 안정적으로 연착륙시킨다. 그리하여 대장금은 기존의 대중

---

3) 김창남,「대중문화의 이해」, 한울아카데미, 1998.

서사에서 보이던, 남성 뒤에서 음모를 꾸미거나 성적 매력을 이용해 권력을 탐하는 여성이 아니라 전문적인 실력을 가진 여성의 성공담이 된다. 이는 90년대 이후 변화된 여성의 현실적인 위상을 반영하는 것이면서 동시에 대중 서사의 신화 수용 전략이 신화를 현대적으로 어떻게 재해석하면서 이루어지는지를 가늠해 볼 수 있게 하는 대목이다.

「대장금」의 전반적인 내용은 일단 한 영웅의 전형적인 일대기를 고스란히 답습한다. 주인공 장금은 어릴 때 아버지와 헤어지고 어머니와 사별한 후 10살에 입궁하여 스승인 한상궁의 지도와 스스로의 노력으로 궁중최고의 요리사가 되고자 실력을 쌓는다. 이 과정에서 대대로 최고상궁의 자리를 이어온 최상궁과 그 조카 금영과 경쟁관계에 놓이며, 최상궁이 어머니의 죽음과 관련 있음을 알게 된다. 결국 한상궁과 함께 최상궁 일파의 모함에 빠져 궁에서 쫓겨나 관비가 된 장금은 그곳에서 통이 크고 담대한 수의녀 장덕에게 의술을 배워 다시 입궁하게 된다. 입궁 후에도 의녀 선배인 열이를 비롯하여 최상궁 일당의 음모로 숱한 고비를 넘기며 최고 의녀가 되어 조선조 처음으로 임금의 주치의가 된다는 것이 대강의 내용이다.

한마디로 신분이 낮은 여성이 노력을 거듭해 성공한다는 류의 성공담, 혹은 영웅담의 뻔한 이야기는 한국의 구전설화 문학과 각종 대중서사가 반복해온 도식적인 구도이다. 이 드라마가 한국의 여성우위 서사문학의 전통선상에서 이해될 수 있다는 기존의 논의[4]를 굳이 언급하지 않더라도, 이 드라마는 제복에 산다계 구전 설화를 비롯한 여성영웅신화와 상당부분 유사성이 발견된다.[5] 가령 출생, 구출, 수학,

---

4) 한소진, 「21세기 TV드라마에 반영된 설화의 세계관 고찰 : 드라마 대장금에 나타난 영웅설화를 중심으로」, 중앙대 박사학위 논문, 2003.
5) 현승환, 「'내복에 산다'계 설화연구」, 제주대 박사학위 논문, 1982 ; 김대숙, 「여

위기, 승리를 골자로 하는 영웅서사의 구조와, 여기에 여인발복서사의 모티프를 그대로 채용하고 있음은 이미 기존 연구에서 밝혀진 바 있으며, 부분적으로도 바리데기나 아기장수설화의 모티프를 부분부분 차용해 오고 있음도 여러 논자들에 의해 이미 밝혀진 바 있다.6)

최근 한국 텔레비전 드라마를 이끌어가는 트렌디드라마는 소극적인 신데렐라보다는 당당하게 제 몫을 챙기고 비록 신분상승의 기회가 주어진다 해도 과감하게 자기 일을 선택하는 여성을 내세운다. 그렇다면 기존의 상투적인 여성영웅화의 서사적 흐름 속에서 이 드라마가 추구하는 새로움이란 무엇인가? 혹자는 그것을 세부적인 스타일, 한 장면의 대사 분위기, 미장센 등의 차이에서 찾고 있지만, 중요한 것은 도식성의 틈새가 조금씩 균열되어 가고 있음을 「대장금」을 비롯한 최근의 트렌디 드라마들이 보여주고 있다는 점이다.

가령, 신화의 현대적 변용이 기존 신화의 재해석이란 측면에서 미래 사회를 향한 새로운 비전을 제시하는 데로까지 나아가고 있다는 점, 우리가 늘상 부딪히는 일상의 갈등과 문제를 도식적인 서사의 틀을 변형시키면서까지 담아내려 하고 있다는 점 등이 그것이다. 장금은 기본적인 영웅설화의 주인공의 일대기를 그대로 답습하지만, 또 한편으로는 기존 신화에서 볼 수 없었던 새로운 인간형이기도 하다. 기존 여성영웅의 모습이 남장한 여성의 모습으로 다분히 드세고 남성성에 가까운 영웅의 모습이었다면7), 최근의 여성영웅의 모습은 여성

인발복설화의 연구」, 이화여대 박사학위 논문, 1988 ; 김대숙, 「한국 설화문학과 여성」, 월인, 2002 등을 참고바람.
6) 진은진, 「여성탐색담의 서사적 전통연구」, 경희대 박사학위 논문, 2002, 8~45쪽 참조.
7) 여성영웅서사의 전통에서 여성은 영웅이 되기 위한 통과절차로서 남성의 삶으로 탈바꿈하는 여변남장女變男裝이라는 변신을 겪게 된다. 여성이 남성의 길을 걷는다는 것, 즉 여성이 남성으로 변신한다는 것은 여성성의 억압을 통해서만 여성영웅

성이 강조되고 부드러운 카리스마와 모성성을 지닌 새로운 여성적인 영웅의 모습을 제시하고 있는 것이다. 「다모」(2003), 「대장금」(2003) 등이 대표적인 사례라 할 수 있는데, 조선시대 여형사를 주인공으로 내세운 「다모」나, 상궁이나 나인, 의녀 등 역사에서 주목받지 못했던 인물들을 대거 등장시킨 「대장금」은 모두 시청자의 눈높이에서 영웅의 이미지를 제공하고 있다는 공통점을 지닌다. 일각에서는 「다모」나 「대장금」 같은 드라마가 뜨는 이유가 우리 시대의 주역이 바뀐 것을 반영하는 것으로, 다시 말해 임금, 양반, 장군에서 여형사나 요리사가 주역으로 부상한 현실과 동궤를 이루는 것8)으로 해석하기도 하거니와, 오늘날 텔레비전은 우리 삶의 이모저모를 섬세하게 담아내면서 나아가 변모되는 현실의 모습을 조금 늦게, 혹은 조금 빠르게 담아내는 역할을 충실히 해내고 있다.

그런데 이 같은 서사적 측면에서 뿐만 아니라 텔레비전 드라마는 그 매체적인 속성으로 인해 또 다른 측면에서도 현실을 구성해내는 강력한 도구가 된다는 점에 주목할 필요가 있다. 플리터만 루이스 같은 비평가는 일관성과 의미를 부여하는 위치에 있는 영화 관객과는 달리, 텔레비전 시청자의 분산된 위치가 의미를 생성하고 수용하는 방식에 영향을 미친다고 주장한다. 가령 불이 켜 있는 경우가 많고, 사람들이 돌아다니거나 한 번에 여러 가지 일을 하며, 무심코 보고, 다른 사람들과 더러 이야기도 하며, 심지어는 언제든 끄려고 작정하거나 다른 채널로 수시로 돌릴 수 있는 텔레비전 시청자의 위치가 등장인물과의 동일시나 서사에의 몰입을 방해하는 대신에, 장면들과의

이 탄생된다는 것을 의미하는 것으로 해석해 볼 수 있다.
8) 박인규, 「현상황에서의 언론의 역할」. 『새언론포럼토론회』 자료집, 새언론포럼, 2003.

수많은 부분적 동일시를 제공한다.9)는 것이다. 이 같은 이론이 우리의 주목을 끄는 이유는 그것이 오늘날의 텔레비전 드라마가 우리를 매료시키는 이유의 중요한 점을 포착할 수 있게 해준다는 데 있다. 가령, 시청자들이 매번 뻔한 드라마에 몰입하고 즐거움을 느끼는 것은 단순히 현대판 영웅 드라마나 신데렐라 드라마가 힘겨운 일상의 삶에서 난쟁이가 되어버린 자아의 대리 만족이거나 욕망의 발현이어서만은 아니라는 것이다. 오히려 텔레비전 드라마는 일상성의 사소한 부분들에서의 다양한 재미들, 가령 일명 어록으로 불리는 대사가 주는 재미, 남녀 주인공들의 순화의 과정들, 드라마 배경의 자연적인 아름다움, 인테리어나 의상 같은 생활의 정보들, 남녀 배우의 육체의 아름다움 등을 제공함으로써 산발적인 재미와 파편화된 관심들을 곳곳에서 이끌어낸다. 이 같은 다양한 재미와 흥미의 요소들은 우리의 일상적인 욕망과 관심을 반영하거나 대리 충족시켜 줄 뿐만 아니라, 더 나아가 그것을 창출해내기도 한다. 텔레비전이 보여주는 일상성은 현실의 반영이기보다는 현실의 구성이기 때문이다. 이처럼 텔레비전 드라마는 오늘날 대중의 눈높이에서 영웅설화를 재해석함으로써 동시대 대중의 애환과 꿈을 동시에 보여주며, 나아가 사람들의 일상적인 욕망과 관심을 반영 및 추동해내는 역할을 하고 있다는 점에서, 우리가 살고 있는 현실, 나아가 우리가 살아갈 현실을 구성해내는 강력한 도구로서 기능하고 있다고 할 수 있다.

---

9) 샌디 플리터만 루이스, 「정신분석학, 영화, 그리고 텔레비전」, R.알렌 편, 『텔레비전과 현대비평』, 나남, 255쪽.

4. 한류와 「대장금」

　야망과 성공은 남성들이 추구하는 가치로 인식되어온 것이 사실이다. 위인전기에서 여성위인은 어머니(신사임당), 애국지사(유관순)을 제외하곤 없을 정도이다. 이는 전적으로 여성을 공적인 영역으로부터 배제시켜온 문화의 산물이다. 그래서인지 여성은 성공을 두려워한다는 이론도 심심찮게 제기되곤 한다. 그런데 최근 우리 사회의 새로운 흐름은 여성의 성공이란 곧 성공적인 결혼이라는 통념을 거부하기 시작했다. 여성의 직업적 성공과 야망에 대한 담론이 증가했고, 이런 여성 성공담은 현재 대형서점의 베스트셀러 순위를 다투고 있다. 공식에 의해 만들어진 기획상품이든 대중의 취향과 요구에 부합해 호황을 누리게 된 것이든, 이는 사회에 부상하고 있는 가치가 무엇인지를 보여준다. 여자도 할 수 있다는 진취성을 표방한 여성성공담은 이전 여성 에세이와는 상당한 차이가 있다.

　이 같은 맥락에서 대장금은 요리, 의술 등 전문지식과 실력으로 경쟁하는 여성을 재현해냄으로써 여성 리더십에 대한 사회적 논의를 이끌어내기도 하는 등 새로운 시대에 걸맞은 여성상을 잘 포착하고 있다.

　조선시대 실존인물인 의녀 장금이란 인물에서 소재를 따온 것으로 알려져 있으나, 기록에 기록된 것은 의녀로 공을 세워 상을 받은 것이 몇 번 있었고, 당시 중종이 내병은 여의가 안다고 말한 적이 있다는 것에 불과하다고 한다. 제작진은 이런 사료에 기반해 장금이 임금을 보살필 정도로 의술을 인정받은 대단한 의녀로 보고 스토리 구성했다. 대장금은 수라간 궁녀로 요리 실력을 인정받고 후에는 의녀로 의술까지 경지에 이른 성공한 여성으로, 남성 뒤에서 음모를 꾸미거나 여성의 성적 매력을 이용해 권력을 탐하는 여성이 아니라 전문적인 실력을 가진 여성의 성공담을 보여준다. 주인공 장금은 어릴 때 아버지와 헤어지고 어머니와 사별한 후 10살에 입궁하여 스승인 한상궁의 지도와 스스로의 노력으로 궁중최고의 요리사가 되고자 실력을 쌓는다. 이 과정에서 대대로 최고상궁의 자리를 이어온 최상궁과 그 조카 금영과 경쟁관계에 놓이며, 최상궁이 어머니의 죽음과 관련 있음을 알게 된다. 결국 한상궁과 함께 최상궁 일파의 모함에 빠져 궁에서 쫓겨나 관비가 된다. 제주관아 관비로 있으면서 통이 크고 담대한 수의녀 장덕에게 의술을 배워 다시 입궁한다. 의녀 선배인 열이를 비롯 최상궁 일당의 음모로 고비를 넘기며 최고 의녀가 되어 조선조 처음으로 임금의 주치의가 되는 것이다.

이 작품에서 비중 있게 다뤄지는 여성인물들은 한결같이 주체적이고 출세나 성공에 대한 야망을 갖고 있는 실력을 갖춘 인물들이다. 언제나 왜 아니되옵니까를 묻는 호기심 소녀 장금, 가문의 영광을 지켜야 한다는 소명감에 저항하다 무릎 꿇는 금영, 자애로운 어머니의 이상형이자 원칙을 지키는 스승 한상궁, 궁궐의 구석에서 숨죽이며 살다 카리스마를 보여준 정상궁 등 중심인물은 모두가 주체적이고 생동감 있는 여성들이다. 특히 대장금이란 캐릭터는 우리 시대의 여성의 성공 신화를 고스란히 체현하고 있다.

실제로 산업사회 이후 등장한 대중은 늘상 신화적인 결집체를 갈구해 왔다. 전통적 가치의 붕괴로 구심점을 잃은 대중은 때로는 독재자를 추종하는 열정을 보이기도 하며, 현실적 삶에 있어서는 극도로 분화된 역할을 반복적으로 수행해 나가면서도 정신적인 측면에서는 늘상 공동체적 정체성을 부여받기 원해[10]왔던 것이다. 수많은 장애물을 통과하고 쫓고 쫓기는 과정을 거쳐, 결국은 새로운 존재로 거듭나고 싶은 인간의 원초적 욕망을 반영하는 신화는 그리하여 21세기 문화 속에서도 여전히 그 생명을 영위해 나가고 있는 것이다. 결국 「대장금」의 성공 전략에는 이 같은 현대의 성공신화와 현대인의 소망의 담론이 밑바탕에 깔려있었던 셈이다.

또한 대장금은 남성중심 사회에서 비주류였던 여성이 역사의 전면에 나서는 여성 주류화의 신호탄이자, 한국이란 변방의 성공담으로도 상징화된다. 대장금의 성공담은 한국의 성공담과 동일시되면서 한류와 대장금은 거의 동일한 이미지로 받아들여지고 있는 것이 사실이다. 이 같은 현실의 이면에는 분명 광포설화로서 세계인들에게 보편적인 호소력을 지니는 설화적 상상력과 새로운 신화적 결집체에 대한 현대사회의 요구가 깊이 연루되어 있음은 부인하기 힘들 것이다.

구태의 인물과 서사 구조에 식상한 현대인들이 차세대를 이끌 새로운 이야기를 갈망하는 것은 이 시대의 문화가 짊어진 과제이자 사명이다. 「대장금」 신화가 보여주듯 보다 참신한 인물과 이야기를 찾아내는 일은 후세에 또 하나의 신화적 전형성을 남기는 일이 될 것이며, 한류가 나아가야할 지점이기도 하다.

기존의 가치들이 송두리째 흔들리는 현대사회에서 미래가 어떻게 변할지는 아무도 모른다. 시청률 50% 이상까지 올린 「대장금」은 그간의 여성드라마가 보여주었던 편견을 깨고 여성의 영웅성을 보여주며 최근 현실을 반영하고 있는데, 이는 단순히 현실 반영의 차원을 넘어 일정한 관점에서 현실을 구성해내는 역할을 함으로써 미래 사회의 모습, 나아가 우리 사회의 비전을 형성해나가는 데도 중요한 역할을 한

10) 최정호 외, 『매스미디어와 사회』, 나남, 1990, 297~298쪽.

다. 결국 영웅이란 특정 공동체에 있어야 할 그 무엇을 추구하고 탐색하는 사람이기 때문이다.

대중성과 허무주의

— 김훈의 역사소설을 중심으로

오홍진

김훈의 허무주의는 순수하다. 허무의 끝을 본 자만이 느끼고 묘사할 수 있는 허무의 진경이 김훈의 역사소설에는 두드러지게 나타난다. 순수한 마음으로 이 세상을 긍정할 수 있겠는가. 강대국은 폭력으로 약소국을 누르고, 강자는 약자들의 삶을 자본으로 옭아맨다. 김훈의 허무주의가 이런 지독한 운명에서 비롯된 허무주의라면 그것은 그만큼 강렬한 순수성을 지닐 수밖에 없다.

1. 들어가며

　김훈의 역사소설은 역사를 가로지르는 개인들의 삶에 주목한다. 개인의 삶은 사물들의 다양한 맥락과 연결되어 역사적 의미를 형성하는데, 이순신의 삶을 다룬『칼의 노래』(생각의 나무, 2001)는 이순신의 개별적인 삶(그렇지만 결코 개별적일 수 없는)과 칼의 운명을 병치하고 있고,『현의 노래』(생각의 나무, 2004)는 망해가는 나라의 예술인으로 살아가는 우륵과 가야금의 '영원한' 소리를 접맥하여 소설의 언어로 풀어내고 있다. 그런가 하면『남한산성』(학고재, 2007)에서는 역사적 전쟁(병자호란)을 배경으로 떠도는 '말들의 운명'을 그려내고 있다. 척화파 김상헌과 주화파 최명길의 말들이 현실 속에서 현실을 넘어 맴돌고 있다면, 전쟁 중에 피어난 수많은 소문들은 현실 밖에서 현실로 끊임없이 넘쳐흐르고 있다.

　역사는 영웅을 원하지만, 그 영웅 스스로 역사를 새롭게 쓸 수는 없다. 개별적인 영웅은 국가(나라)의 힘을 빌어야만 보편적인 영웅(존재)으로 거듭날 수 있다. 하지만 그것이 쉬운 일인가. 임진왜란의 영웅 이순신은 스스로 죽음의 길을 선택함으로써 한 국가의 영웅으로 탄생한다. 살아있는 영웅은 임금의 적이다. 나라를 위해 죽은 영웅은 임금 스스로 추앙해야 할, 만고의 충신이다. 적과 충신 사이에 내재된 까마득한 거리 앞에서 이순신은 끝없이 절망하고 절망한다. 영웅적으로 죽되, 임금의 손이 아니라 적의 손에 죽어야 하는 영웅의 운명은 역사를 통해 김훈이 펼쳐내려는 '세련된 허무주의'의 문학적 지표를 제시한다.

김훈은 역사를 상상한다. 그가 상상하는 역사는 역사적 사실에 걸쳐 있지만 그 역사적 사실의 틈새들을 매혹적인 문체로 뒤덮인 분석적 사유의 결로 채워 넣는다. 사실과 매혹의 사이, 상상과 분석의 사이에서 김훈의 역사적 상상력은 뻗어 나오고, 그 상상의 밑자리에서 역사적 존재들의 다기한 삶들이 밀려 나온다. 그런데, 역사적 상상력은 항상 소설 속에서 구체화되어야 한다. 피가 도는 인물들의 삶이 그려지지 않는 한, 역사소설은 단지 역사를 상상하는 이야기의 수준으로 전락할 수밖에 없다. 소설은 근대의 양식이고 근대인의 삶에 익숙한 현실을 다루어야 한다. 지금 이 시대에 역사소설이 독자들에게 읽히는 이유가 있다면, 그것은 역사소설의 현실이 독자들이 살아온 삶의 현실과 다르지 않기 때문이다.

김훈은 이 시대의 독자들이 감당해야 할 '운명'을 분명히 알고 있다. 이순신과 우륵이 처한 운명, 그리고 남한산성에 갇혀 오도 가도 못하는 처지에 놓여 있던 사람들의 운명을 작가는 자본주의를 살고 있는 이 시대의 독자들 앞에 제시하고 있다. 자본주의 사회란 무엇인가? 민주주의(법치주의)라는 말로 치장되고 있지만, 강한 자가 지배하는 세상이 자본주의 사회 아닌가. 조르조 아감벤이 『호모 사케르』(새물결, 2007)에서 말한 바 그대로, 현대인들은 주권자(권력자)의 법 앞에 '벌거벗은 생명'으로 존재한다. 이순신과 우륵이 그랬고, 남한산성에 갇혀 있던 사람들도 그랬다. 어느 한 순간에 법의 외부로 밀려나 또 다른 법의 이름으로 죽임을 당하는 호모 사케르들의 운명은 김훈의 역사소설에 등장하는 인물들의 삶을 규정한다. 김훈 소설에 드리워진 짙은 허무주의는 작가의 이러한 세계인식과 무관하지 않을 것이다.

　김훈 소설의 대중성은 이 지점에서 돌출한다. 그가 형상화하는 역사적 인물을 통해 독자들은 자본주의 사회에 내쳐진 자신들의 운명을 상상한다. 2000년대 들어 본격적으로 발표된 김훈의 역사소설과 신자유주의적 공세가 본격적으로 진행된 2000년대의 사회적 현실은 교묘하게 일치하지 않는가. 자본주의 사회의 외부로 나아갈 수 없는 이 시대의 한국인들에게 김훈은 과거의 영웅 역시 사회(국가)의 바깥으로 나아가지 못했음을 강렬하고 매혹적인 방식으로 이야기하고 있다. 외부로 나아갈 수 없어 내부에서 외부로 나아가는 죽음의 길을 찾은 이순신의 삶은 얼마나 아름다운가. 망한 나라의 예술가가 펼쳐내는 소리 예술의 영원성은 또한 세계의 바깥을 갈망하는 존재들에게 얼마나 아름다운 대상으로 다가오는가. 김훈 소설의 대중성에 대한 평가는 따라서 이러한 미학적 삶을 살다 간 인물들의 삶을 평가하는 작업과 맞물려야 한다. 김훈의 역사소설은 부조리한 세상과 맞서고 있는 인물들의 비장함을 보여준다. 그 비장함의 맥락으로 지금 이곳을 보았을 때, 우리들은 과연 어떻게 살아가고 있는가? 김훈의 역사소설은 이런 질문으로 이 시대의 독자들의 감성을 끊임없이 자극하고 있다.

2. 극한 상황에서 부르는 생生의 노래

김훈의 역사소설에 등장하는 인물들은 쉽게 헤어 나올 수 없는 고통스런 상황에 처해 있다. 전쟁 속의 인간이라는 말로 정리되는 인물들의 비참한 상황은 역사라는 보편적 공간에서 개별적인 존재로 살아가야 하는 사람들의 운명을 예시한다. 전쟁이라는 상황은 적과 적이라는 보편자만 존재할 뿐, 개별적인 인간은 존재하지 않는다. 개별적인 인간이 존재하는 순간, 전쟁은 살육의 공간이 되어 전쟁의 주체들을 윤리적인 딜레마에 빠뜨린다. 인간의 '존재성'이 적나라하게 드러나는 전쟁의 공간에서『칼의 노래』의 이순신은 보편적인 '적'과 개별적인 '존재' 사이에서 내적인 고민을 거듭한다. 왜군 특공대에게 죽은 셋째 아들 '면'과 전쟁의 소용돌이에 빠져 죽어가는 젊은 왜군들이 개별적인 존재들로 겹쳐질 때, 아군과 적군의 구분점은 소멸해 버린다.

소설 곳곳에서 이순신은 "적의의 근본을 알 수 없다"는 말을 반복적으로 토로한다. 적과 대치하고 있기 때문에 적을 적으로 느낄 따름이다. 포로가 된, 젊은 왜군들의 칼에서 뿜어져 나오는 '적의'를 느끼면서도 이순신은 여전히 "적의의 근원을 헤아릴 수 없었다"는 의문을 떨쳐내지 못한다. 운명으로밖에는 생각할 수 없는 적대적인 관계는 아군과 적군의 관계가 개별적인 존재들이 처한 상황에 따라 새로이 정립될 수 있는 관계임을 암시한다. 이렇게 본다면 이순신에게 '적'은 왜군뿐만이 아니다. 충忠과 의義라는 헛것(구조물)에 기대어 쓸모없는 언어를 낭비하며 자신을 심문하는 위관들도 적일 것이고, 장려한 수사(언어)와 울음으로 전쟁을 수행하며 이순신의 목을 죄는 임금 역시 적일 것이다. 적군과 아군이 불분명한 상황에서 터져 나오는 이순신의 '칼의 노래'는 헤쳐 나갈 수 없는 상황에 봉착한 존재의 운명을 대변한다 하겠다.

이순신은 "세상은 칼로써 막아낼 수 없고 칼로써 헤쳐 나갈 수 없는 곳이었다. 칼이 닿지 않고 화살이 미치지 못하는 저쪽에서, 세상은 뒤채이며 무너져갔고, 죽어서 돌아서는 자들 앞에서 칼은 속수무책이었다."(『칼의 노래』 1권, 123쪽)라고 고백한다. 보이는 적은 칼로 베면 되지만 칼은 보이지 않는 세계에서 벌어지는 일을 전혀 막아낼 수 없다. 이순신의 고독은 여기서 연유한다. 헛것인 충과 효로 지켜지는 조선의 사직(구조)은 이순신이라는 개별적인 영웅보다는 사직의 구조를 지켜내는 충의 화신으로서의 정치적 상징물을 원한다. 그래서 적이 물러가지 않을 때 이순신은 정치적인 상징물로 살아남을 수 있지만, 적이 물러갈 때 이순신은 임금의 자리를 넘보는 인물로 낙인찍혀 살아남을 수 없다. 삶과 죽음의 자리가 적이 있음으로써 생겨나는 아이러니한 상황이 벌어지고 있는 셈이다.

강한 신하를 두려워하는 임금의 칼에 죽기 싫다는 이순신의 내면심리는 전쟁터에서 죽음의 장소를 찾으려는 행동으로 현실화된다. 전쟁은 그에게 이기기 위한 전쟁이 아니라 '잘 죽기' 위한 전쟁으로 다가온다. 그러므로 적과의 화친은 절대로 이루어지지 말아야 한다. 화친이 이루어진다면 전쟁은 끝날 것이고, 그러면 그가 죽어야 할 전쟁의 공간 역시 사라질 것이기 때문이다. 그리하여 철수하는 왜군을 상대로 벌이는 이순신의 마지막 전투(노량해전)는 전쟁에서 반드시 죽어야 하는 존재가 펼쳐내는 '마지막' 삶의 몸짓으로 표출된다. 죽어야 나라의 충신으로 영원히 살 수 있는 정치적 상징물로서의 운명을, 이순신은 노량해전에서 죽음으로써 씻어내고 있는 것이다.

이순신은 임금과 적 사이에 외롭게 낀 자신의 비극적 운명을 알고 있다. 충과 효로 구성된 사직의 구조에서 한 치도 벗어날 수 없는 자의 비극적 운명이 죽음의 허무의식과 맞물려 김훈 역사소설의 독특한 소설문법을 생성하고 있다. 허무의식은 세계를 인식하는 방법론의 하나이다. 세계와의 불화를 기반으로 전개되는 허무의식은 현실을 냉철하게 바라볼 수 있는 인식적 힘을 제공한다. 분석적인 사유에 능한 김훈의 사고구조를 생각할 때, 세상을 허무의식의 관점으로 파악하는 그의 역사소설은 현실의 냉혹한 구조를 그 무엇보다 분명하게 드러낸다. 전쟁의 상황이 공통적으로 드러나는 그의 역사소설에서, 전쟁은 개인이 휘말리지 않으려 해도 어쩔 수 없이 깊숙이 개입해야 하는 비극적 공간으로 나타난다 하겠다.

『현의 노래』의 중심인물인 우륵의 삶도 이러한 전쟁의 비극적 문법을 따른다. 약한 나라 '가야'의 백성으로 태어나, 지켜야 할 무언가를 지키며 살아간다는 것은 현실적으로 불가능하다. 음악가인 우륵은 "소리는 왕의 것도, 나라의 것도 아니다. 스스로 그러한 것이다."라고 생각하지만, 한 나라의 통치자(가야를 정복한 신라의 진흥왕)에게 음악은 천하의 민심을 가지런히 하는 수단일 뿐이다. 소리는 가지런한 것도 아니고, 소리는 다만 "살아서, 들릴 때만이 소리이다."라는 우륵의 신념은 한 개인의 신념으로만 인정될 수 있다. 망해가는 가야를 뒤로하고 신라로 귀순하는 우륵의 마음속에는 오직 살아남아 음악(소리)을 하려는 의지가 내재되어 있다. 살아야 소리를 듣고, 살아야 소리를 연주할 수 있지 않은가.

소리는 귀로 들이었고 입으로 들어왔고 콧구멍과 땀구멍으로 쏟아져 들어왔다. 우륵의 몸은 소리에 젖었고, 몸속에서 바람이 일고 숲이 흔들렸다. 우륵은 밤바다를 향해 아아아 소리치고 싶은 충동을 느꼈다.

아마도 이것은 새로운 시간이 사람에게 달려와 스며드는 소리일 것이다…… 우륵은 그렇게 속으로 중얼거렸다. 별과 물 사이를 불어가는 이 알 수 없고 나눌 수 없는 소리가, 나와는 사소한 관련도 없을 이 거친 소리가 내 몸속으로 흘러 들어와 몸속에 바람이 불어가는 것은 아마도 시간이 새롭기 때문일 것이다…… 아 그 새로운 시간이 모든 소리들의 고향이겠구나……. 소리들의 고향은 늘 스스로 무너져서 사라지지만, 소리들은 늘 그 고향에서 울리는구나……

— 『현의 노래』, 190쪽

소리들의 고향은 새로운 시간이고, 몸이 살아 있어야 새로운 시간을 체험할 수 있다는 것이 소리에 대한 우륵의 근본적인 생각이다. 끊어질 듯 이어지며 퍼져 나가는 소리의 화음은 살아있는 몸이 체험하는 신비로운 감각의 세상과 다를 수 없다. 신라에 귀순한 후, 신라 장군 이사부에게 우륵은 "주인 있는 나라에서 주인 없는 소리를 펴게 해주시오."라고 당당하게 요구한다. 가야는 가야이고 신라는 신라일 뿐, 소리는 그 어느 나라에도 귀속될 수 없는 자유로움을 지향한다. 민심을 가지런하게 하는 수단으로서의 소리는 이러한 소리의 자유로움을 침해하고, 소리를 한 나라(임금)의 소유물로 바꿔버린다. 나라가 망해도 그 나라의 소리가 살아남는 이유, 사람이 죽어도 그 사람의 소리가 살아남는 이유는 이처럼 소리는 새로운 시간의 도래 속에서 살아있는 몸을 통해 표현되기 때문이다. 살아남은 자가 없어야 전쟁이 끝나는, 돌이킬 수 없는 상황(운명) 앞에서 우륵은 소리의 자유로움으로 자신에게 부여된 운명을 벗어난다. 시간이 이 세상에 존재하는 한, 소리도 살아남는다. 소리는 시간 속에서 이미 지나가 버린 시간들의 추억을 말한다. 가야금의 열두 줄 현 위에서 펼쳐지는 소리의 향연은 한 존재의 운명을 넘어서는 소리의 운명을 보여준다.

이순신이 칼의 이름으로 부르는 생의 노래를 우륵은 현의 이름으로 부른다. 칼과 소리는 저마다의 운명으로 한 인간의 운명을 노래하지만, 결국은 그들이 수용해야 할 운명적 삶을 반영한다. 극한 상황에 처한 존재들의 마음에 새겨진 칼과 소리(현)의 노래는 이렇게 무한경쟁의 사회를 살아가는 이 시대의 독자들의 마음을 울린다. 이순신이 될 수도 없고, 그렇다고 우륵도 될 수 없는 독자들의 상황을 생각한다면, 이순신과 우륵에게서 뿜어져 나오는 비장함의 미학은 독자들의 가슴에 희열을 불러일으킨다. 죽음으로써 자신이 가야 할 길을 선택한 이순신의 삶과, 소리에 대한 절절한 믿음으로 국경을 넘어서는 자유로움을 보인 우륵의 삶은 그 자체로 이루어질 수 없는, 그렇지만 이루고 싶은 꿈이 아닌가. 김훈의 세련된 허무주의가 소위 식자층의 독자들에게 인기를 얻는 이유는 이 지점에서 찾을 수 있을 것이다.

3. 감각과 허무의식

극한적인 상황에 처한 존재들의 도저한 허무의식의 이면에는 삶에 대한 예민한 감각들이 살아있다. 무의미하게 전개되는 끝이 보이지 않는 전쟁 속에서도 살아있는 사람들은 살아가야 한다. 산다는 것은 곧 감각적으로 산다는 것이 아닌가. 늙어 죽는 사람들의 뒤편에서 젊은 사람들이 여전히 자신의 감각으로 살아가는 것처럼, 죽음의 향연이 펼쳐지는 전쟁터에서도 사람들의 삶의 감각은 변함없이 살아 움직이다. 김훈의 역사소설은 죽음의 공간에서 감각의 향연을 벌인다. 전쟁의 한가운데에서 여진의 '날비린내'를 느끼며 평화로움에 빠져드는 이순신의 몸의 감각을 생각해 보라. 감각은 죽음의 저편에서 불어오는 생의 희열을 의미한다. 하지만 이순신은 이러한 감각이 피로 낭자한 전쟁터를 꿰뚫는 길이 될 수 없음을 알고 있다. 칼로써 적을 치고, 죽을 자리를 찾아야 하는 그에게 평화로움의 감각은 현실화될 수 없는 꿈으로만 비쳐지는 셈이다.

그럼에도 꿈이되 결코 꿈으로만 남을 수 없는 점에 감각의 매력이 존재한다. 감각을 향한 김훈의 남다른 애착은 감각만큼 죽음의 세계를 들뜨게 하는 요소는 없기 때문이다. 비장한 마음으로 죽음의 세계로 나아가는 이순신의 마음을 사로잡는 것은 한 여인(여진)의 냄새이고, 기억 속에 아련하게 남아 있는 아들 면의 어린 시절 '젖냄새'이다. 언어로 표현될 수 없는 감각의 세계에서 이순신은 잊었던 기억을 떠올리고, 그 기억으로 오랜만에 행복한 느낌에 젖어든다. 죽음으로 가는 길을 끝없이 지연하게 하는 감각의 세계는 그 자체로 살아있는 사람의 표지로 나타난다. 김훈은 이런 감각의 묘사를 통해 세련된 허무주의에 들뜬 독자들을 더 깊은 허무주의의 세계로 인도한다. 죽음 저편에서 피어오르는 생의 감각을 목도하는 순간, 독자들은 역설적으로 죽음의 감각에 더 깊이 경도된다.

> ① 그날 밤, 나는 두 번째로 여진을 품었다. 그 여자의 몸은 더러웠다. 그 여자는 쉽게 수줍음에서 벗어났다. 다리 사이에서 지독한 젓국 냄새가 퍼져나왔다. 그 여자의 입 속은 달았고, 그 여자의 몸 속은 평화로웠다. 그 평화에는 다급한 갈증이 섞여 있었다.
>
> — 『칼의 노래』 1권, 43쪽

> ② 나는 내 몸을 그 여자의 몸 속으로 밀어넣듯이, 그렇게 칼날을 여자의 몸 속으로 밀어넣고 싶었다. 어둠 속에서 나는 생각했다. 이 여

자를 안는 힘으로 세상의 적을 맞을 수는 없는 것일까. 나는 몸을 떨었다. 아마 그럴 수는 없을 것이었다. 그때 나는 무인이 아니었다.

— 『칼의 노래』1권, 45쪽

감각은 살아있는 상태를 열망한다. 여자의 다리 사이에서 퍼져나오는 지독한 젓국 냄새는 그것이 살아있는 상태를 지향하고 있기에 이순신의 몸속으로 평화롭게 섞여든다. 전쟁터에서 죽을 자리를 찾는 존재가 이 이상의 평화로움을 느낄 수 있을까. 그렇지만 인용문 ②에 드러나는 바, 이순신은 여자를 안는 평화로운 힘으로 세상의 적을 막을 수 없다고 생각한다. 세상을 지배하는 것은 권력(폭력)이다. 폭력의 힘으로 밀고 오는 적들과의 싸움은 여인을 안는 평화로운 마음으로 이루어질 수 없다. 상대를 죽여야 내가 사는 반反—감각(생명)의 상황이 바로 전쟁의 상황이다. 서로가 서로를 살리는 감각의 세계를 향한 열망은 서로가 서로를 죽이는 전쟁터와 같은 비극적 세계를 오롯하게 부각시킨다. 그곳에서 이순신은 무엇을 할 수 있을까? 기억으로 감싸여져 있는 감각(냄새)의 세계는 현실과 동떨어진 채 이순신의 관념 속에서 끊임없이 부풀려지고 있다. 감각으로 묘사되는 미학적 세상의 아름다움(소설의 끝은 기억 속의 감각을 이순신이 회상하는 것으로 끝난다)은 이순신의 현실적 삶을 허무적으로 채색하는 근본적인 바탕으로 작용하고 있는 것이다.

『현의 노래』에서 김훈의 예술적 감각은 더욱 살아 움직인다. 소리를 소설화하고 있는 특이한 내용의 이 소설은 소설 전편이 감각의 묘사로 빚어졌다 해도 지나치지 않을 만큼 감각적인 묘사들로 넘쳐난다. 김훈이 우륵이라는 인물을 통해 이야기하려는 소리는 '살아있는' 소리이다. 죽은 사람들에게 소리는 들리지 않기에 무의미하다. 소리는 오로지 살아있는 존재에게만 들리는 소리이고, 살아있는 존재만이 연주할 수 있는 소리이다. 시간 속에서 떨려 나오는 소리의 울림이 살아있는 몸의 울림(떨림)과 맞물려 피워내는 새로운 소리의 세계는 살아있는 자의 감각이 아니면 결코 다가갈 수 없는 세계이다. 삶과 죽음이 뒤섞인 혼란한 세계의 중심에서 우륵은 살아있는 자의 감각을 믿고 있는 바, 우륵의 이러한 신념이 실상 김훈의 역사소설을 통어하는 감각의 맥락이라고 할 수 있겠다.

김훈은 젊은 여인들의 몸의 감각을 소설의 전면에 내세운다. 늙은 (병든) 왕과 젊은 시녀들의 대립적 이미지가 소설 곳곳에 나타나는 『현의 노래』에서 살아있는 몸의 감각은 '아라'라는 여성 인물을 통해 본격적으로 표출된다. 늙은 왕의 죽음과 함께 순장자로 바쳐질 운명이었던 왕의 시녀 아라는, 왕이 죽던 날 대궐에서 도망친다. 왕이 묻지 않으면 말 한 마디 못하는 젊은 여인에게 삶은, 죽음은 무엇이었을까? 늙고 병든 왕을 시중들고, 왕이 죽으면 산 채로 순장되어야 하는 운명을 타고난 여인을 묘사하며, 작가는 어떤 상황에서도 숨길 수 없는 몸의 욕망을 드러낸다. 임금의 침전 뒤 숲에서 오줌을 눈 후 아라는 고개를 들어 궁궐 너머의 아득한 세상을 쳐다본다. "능선 위로, 왕들의 무덤이 어둠 속에서 뚜렷했다. 봉분들의 둥근 윤곽이 끝없이 출렁거리며 밤하늘을 가로질렀다. 무덤들은 하늘에 가득 찼고, 그 위로 별들이 빛났다. 뱀들이 풀 속에서 버스럭거렸고, 벌레들이 일제히 울어댔다."(『현의 노래』, 61쪽)

아라는 죽음을 생각하기엔 너무 젊은 여인이다. 오줌을 누는 순간 몸속 깊은 곳이 떨리고, 살의 떨림이 오줌 줄기를 타고 몸 밖으로 뻗칠 만큼 건강한 여인이 아라이다. 이런 여인에게 죽은 왕을 따라 들어가야 하는 구덩이 속의 세상은 달빛과 벌레소리만이 고즈넉하게 들리는, 외롭고 황폐한 세상으로 인식될 수밖에 없다. 생명은 살아있는 상태를 지향하기 때문에 생명이라고 말할 수 있다. 몸속의 떨림을 간직한 채 순순히 죽음을 받아들일 사람들은 없다. 아라는 그래서 궁전을 나온다. 본능적인 생명의지가 죽음의 저편에서 벗어난 삶의 공간으로 아라를 이끌고 나온 셈이다. 김훈은 아라의 몸의 감각을 따라가며, 아라의 몸으로 느껴지는 세상의 감각을 묘사한다.

> 아라는 뒤돌아보지 않았다. 달이 능선 아래로 내려앉았다. 아침 안개를 걷어가며 민촌에 햇살이 퍼졌다. 마을은 물감이 배어나듯 안개 속에서 드러났다. 아라는 강가의 오리나무 숲을 따라 걸어갔다. 강물이 갈대숲을 적시며 철썩거렸다. 비스듬한 해가 강물에 비쳤다. 강물의 먼 쪽이 붉게 깨어났다. 붉은 강은 푸르게 바뀌면서 다가왔다. 바람결에 물비린내가 퍼졌다. 나뭇가지에서 새들이 짖어대며 푸드덕거렸다. 나뭇잎에서 물방울이 떨어졌다.
>
> — 『현의 노래』, 81쪽

어둠의 구렁에서 빠져 나온 아라가 보는 세상은 저마다의 사물들이 뿜어내는 감각으로 넘쳐난다. 붉은 해와 강이 있고, 물비린내가 사방으로 퍼진다. 새들은 지저귀고, 물방울은 나뭇잎에서 떨어진다. 짧은 문장으로 묘사되는 세상의 풍경은 전쟁터의 피비린내가 스며들 수 없는 절대적인 공간으로 나타난다. 보이는 대로 보는 세계, 그저 있는 대로 있는 세계를 아라는 열린 감각으로 받아들인다. 우륵이 이야기한 살아있는 소리는 아라에게서 살아있는 몸의 감각으로 변주된다. 소리가 한 나라(왕)의 소유물이 아닌 것처럼, 몸(생명)도 어느 누구의 소유물이 될 수 없다. 누군가의 소유물로서의 몸이라면 이미 살아있는 감각을 상실한 몸이라고 할 수 있다. 감각은 무엇보다도 '살아있는 나의 감각'인 것이다.

김훈에게 감각은 존재의 개별성을 드러내는 확실한 표지이다. 감각 속에서 평화로움을 느끼는 이순신이 그렇고, 열린 감각으로 세상과 대면하는 아라가 그렇다. 우륵 역시 소리의 살아있는 감각으로 고통스런 세상을 관통하고 있지 않은가. 자신을 속박하는 세상의 구조와는 다른 방식으로 감각은 자유롭게 숨 쉬고 움직인다. 이 점이 아마도 역사소설에서 김훈이 감각을 중시하는 이유라 할 것이다. 그러나 존재의 개별적인 감각은 부조리한 세상의 중심으로 흘러들지 못한다. 이순신과 우륵이 혼탁한 세상에 휩쓸리지 않겠다는 깨끗한 지조로 그 감각을 내면적으로 갈무리한다면, 아라는 우륵의 제자 니문과 인연을 맺은 후 가야로 돌아왔다가, 사람들의 눈에 띄어 순장을 당하는 불행을 겪는다. 개별적인 주체는 감각을 통해 세상의 사물들과 행복하게 만날 수 있지만, 감각으로 세상을 변화시킬 수는 없다.

김훈의 철저한 개인주의(감각주의)가 생성되는 이 지점이 이 시대의 독자들의 내면을 자극하는 궁극적인 장소이다. 부조리한 세상을 냉소적으로 바라보며 독자들은 이순신과 우륵의 감각적인 삶을 꿈꾼다. 물론 그 감각이 세상의 경계를 넘어설 수 없는 감각임을 그들은 알고 있다. 즐기되 개별적으로 즐겨야 한다는 점을 그들은 깨우치고 있는 것이다. 부조리한 세상과 생명의 감각이 만나는 이 경계 위에서 김훈의 역사소설은 아슬아슬한 줄타기를 하고 있다. 사색의 힘으로 빚어진 아름다운 문체는 그러한 경계를 넘나들이하는 김훈의 역사소설에 문학성을 부여한다. 그러나 그 아름다움의 이면에는 허깨비와 같은 말들의 세상이 자리하고 있다. 말들의 세상을 이러한 개별적인 감각으로 뚫고 나갈 수 있을까?

4. 말들이 넘쳐나는, 말들의 세상에서

역사는 '결국' 언어로 기록되어야 한다. 이 말은 역사는 단순한 사실의 집적이 아니라, 그 집적된 사실의 해석이라는 것을 의미한다. 어느 시대에나 해석은 있었고, 해석은 항상 말로 표현되어야 했다. 말로 표현되지 않는 해석은 '관점'이 아니며, 관점이 없으면 당연히 세상의 구조에 영향을 미칠 수 없다. 김훈은 해석된 '말들'에 주목한다. 해석된 말들은 극한적인 상황에 당면한 존재들의 '관점'을 보여준다. 하나의 관점이 다른 관점을 부르고, 그 관점이 다시 새로운 관점으로 이어지는 관점의 장場 속에 김훈이 보려는 역사의 진실이 내포되어 있다.

이순신이 죽음의 공간인 전쟁터에서 '무의미한 전쟁'을 곱씹으며 고민할 때, 임금은 장려한 수사로 치장된 교서를 통해 이순신을 압박한다. 정치적 상징성을 중시하는 임금의 눈에는 오로지 사직의 보존이라는 보편적인 욕망만이 보인다. 조정을 능멸하고 임금을 기만했다는 죄로 이순신을 처벌한 임금이 "지난번 그대의 벼슬을 빼앗고 그대로 하여금 백의종군케 한 것은 역시 나의 모책이 어질지 못함에서 생긴 일"이라는 교서를 내려 보낸 것도, 정치는 말로써 펼쳐지는 담론의 장에서 이루어지기 때문이다. 이순신은 이러한 말들의 현란한 비행을 '강력한 헛것'이라는 말로 요약하고 있다. 임금보다 강한 자를 용납하지 못하는 왕에게 '강력한 헛것'은 그러한 상황을 타개하는 정치적 상징물이다. 보이는 왜국(적)이 아니라, 보이지 않는 강력한 헛것에 직면한 이순신은 무엇을 할 수 있을까? 칼로 벨 수 없는 말(언어)의 적대성은 이순신의 생명을 조금씩 갉아먹는 죽음의 화신이었던 셈이다.

『칼의 노래』에서 언어는 항상 실제의 현실과 불일치한다. 왜군의 적선들에는 '나무묘법연화경'이라는 불경의 이름이 새겨져 있고, 그 경전에는 "그때 너의 국토에 청정하고 착한 보살이 가득하여 너희 선남자 선여인들은 여래의 옷을 입고 여래의 자리에 앉으리라."라는 달콤한 말들이 적혀 있다. 전쟁의 원흉인 토요토미 히데요시의 칼에는 "몸이여, 이슬로 와서 이슬로 가니/ 오사카의 영화여, 꿈속의 꿈이로다."처럼, 인생무상을 깨달은 자의 달관한 몸짓이 언어로 표현되어 있다. 언어로 표현된 세상이라면 당연히 전쟁은 사라져야 할 것이다. 그런데 수많은 깨달음의 말들이 부유하는 가운데, 상대를 죽여야 내가 살 수 있는 광기의 세상이 펼쳐진다. 감각이 한 개인의 몸속에서 생명의 흐름으로 피었다가 사라진다면, 말들은 개인의 외부에서 발생하여 개인의 삶을 옥죈다. 김훈 소설의 감각성 이면에 말의 존재성이 자리잡는 이유가 여기에 있다. 개인의 살아있는 감각은 말들의 세상에서는 순화되어야 한다. 말들의 세상에 편입되지 못하는 감각은 살아 있다는 이유로 죽임을 당해야 한다. 그래서 말들의 다툼은 살육을 낳고, 말들의 싸움은 세상을 전쟁의 아수라장으로 뒤바꿔버린다.

『남한산성』은 말들이 만들어내는 폭력적인 세상의 풍경을 분명하게 드러내고 있는 작품이다. 말은 관념이다. 관념은 실제 현실을 넘어 현실과는 다른 말들의 세계를 이룩한다. 대명 사대주의에 빠진 조선의 관료들에게 신흥 강대국 청나라는 결코 인정할 수 없는 오랑캐 나라이다. 그들이 아무리 강할지라도, 관념은 항상 그 강함을 무시한다. 오랑캐는 오랑캐일 뿐이라는 관념이 더 이상 오랑캐일 수 없는, 그래서 스스로 황제국이라 칭하는 청나라의 현실을 부정하는 근거가 된다.

대명大明이라는 정치적 상징물이 대청大淸의 현실을 왜곡하는 근거가 될 때, 세상은 이미 말들의 세상에 포섭된 관념의 세계로 돌변해버린다. 그러므로 그 관념이 강력한 적의 현실과 맞부딪치게 될 때, 다시 말해 전쟁이 현실화될 때 관념은 비로소 현실 속으로 스며든다. 하지만 적대적인 현실에서 관념의 언어들이 할 일이 무엇이 있겠는가. 남한산성으로 도피하는 사직의 주체들은 이로 보면 관념에 빠진 존재들의 당연한 귀결이라고 봐야 할 것이다.

『남한산성』에서 말들의 싸움은 두 가지 양상으로 나타난다. 성안에서 벌어지는 대의(근본)와 방편(사세)의 논쟁이 하나라면, 문장의 성격으로 극명하게 비교되는 두 나라 왕(황제)들의 문장론의 차이가 다른 하나이다. 대의와 방편의 싸움은 척화파와 주화파로 갈려 사대부의 윤리를 둘러싼 말의 싸움으로 진행된다. 말의 윤리는 명분에 따라 결정된다. 척화파의 대의는 대명 사대주의의 원칙을 중시한다. 따라서 거기에서 벗어나는 어떤 행동도 비윤리적이라는 낙인을 찍어버린다. 주화파의 핵심인 최명길을 목 베라는 주청이 끊임없이 제기되는 것도, 최명길은 척화파의 원칙에 어긋나는 화친을 주장하고 있기 때문이다. 원칙으로서의 대의는 명나라가 청나라보다 강하다면 쉽게 현실화될 수 있다. 하지만 명나라가 청나라를 누르지 못하는 상황에서 대의는 지키는 사람만의 대의, 청나라 칸의 입장에서 보면 "이 무력하고 고집 세며 수줍고 꽉 막힌 나라의 아둔함"으로 인식될 뿐이다. 특히 산성 속에 틀어박혀 "맞겠다는 것이지 돌아서겠다는 것인지, 싸우겠다는 것인지 달아나겠다는 것인지, 지키겠다는 것인지 내주겠다는 것인지, 버티겠다는 것인지 주저앉겠다는 것인지, 따르겠다는 것인지 거스르겠다는 것인지"를 조신 조정은 분명하게 밝히지 않고 있다. 이렇게 해도 안 되고 저렇게 해도 안 되는, 선택할 수 없는 상황에서 무언가를 선택해야 하는 상황이 말들의 부풀림을 낳은 주된 원인이라 하겠다.

> 임금은 오랫동안 서안에 엎드려 있었다. 임금의 어깨가 흔들렸다. 신료들은 입을 열지 않았다. 김상헌이 말했다.
> ─전하, 적들이 비록 세찬을 내쳤으나 전하께서는 곤궁한 속에서도 선린의 법도를 보이셨으니, 전하께서 이기신 것이옵니다. 힘은 선한 근본에 깃드는 것이라고 신은 배웠나이다. 성심을 편히 하시고 더욱 방비에 힘쓰시옵소서.
> ─임금의 어깨가 더욱 흔들렸다. 내관들이 임금 곁으로 다가갔다. 내관은 임금의 양쪽에서 머뭇거리기만 할 뿐, 흔들리는 임금의 어깨에 손대지 못했다. 최명길이 말했다.
> ─전하, 죽음은 견딜 수 없고 치욕은 견딜 수 있는 것이옵니다. 군병들이 기한을 견디듯이 전하께서도 견디고 계시니 종사의 힘이옵니다. 전하, 부디 더 큰 것들도 견디어주소서.
>
> ─『남한산성』, 248~249쪽

'힘은 선한 근본에 깃드는 것'이라는 김상헌의 말과, '치욕은 견딜 수 있는 것'이라는 최명길의 말은 진심에서 나온 말일 것이다. 대의에 입각했든, 사세를 중시했든 그들은 사직을 살리기 위해 임금에게 직언을 서슴지 않고 있다. 소문과 수군거림으로 들끓는 묘당의 말들(특히 상황에 따라 말을 바꾸는 영의정 김류의 말)에 비하면, 그들의 말은 분명한 관점이 있고 그 관점에 따라 현실을 해석하는 장처가 있다. 하지만 김상헌의 말에는 현실이 없고, 최명길의 말에는 현실은 있지만 나라로서의 자존심이 없다. 자존심을 버려야 살 수 있다는 현실론이 대세이긴 하지만, 대명 사대사상에 철저한 선비들에게 이러한 현실론은 결코 인정할 수 없는 수치로 인식된다. 청의 황제에게 보내는 항복 문서를 쓰라는 임금의 명령을 받은 사대부들의 행동을 생각해 보자. 정육품 수찬은 임금에게 올리는 글에 쓰지 말아야 할 언어(똥, 오줌 따위)를 사용하여 곤장을 맞고는 오래지 않아 죽었고, 정오품 교리는 고민하다 지병인 협심증으로 죽었으며, 정오품 정랑은 남한산성의 상황을 고구려의 안시성과 비교함으로써 자신의 글이 원천적으로 선택될 수 없도록 만들었다.

선비들은 만고의 역적으로 몰릴까 두려워한다. 임금의 명령으로 항복문서를 썼을지라도, 그 죄는 궁극적으로 글을 쓴 자에게 돌아오기 때문이다. 선비로서의 대의는 역적으로 몰려서는 안 된다는 사세에 의해 쉽게 깨지지만, 청나라의 사세는 대명의 대의를 결코 넘어서지 못한다. 그리하여 묘당의 신하들은 청의 칸을 '황극'이라 일컫고, 칸의 나라를 '천인소귀天人所歸'라 일컫은 최명길의 글을 대의를 명분으로 비판하고 있다. '뜻을 빼앗기면 모든 것을 빼앗긴다'고 김상헌은 주장한다. 임금이 이미 항복을 선언한 마당에 신하들이 내세우는 '뜻'은 과연 무엇일까? 최명길은 스스로 자신의 글을 "글이 아니옵고 길"이라고 밝힌다. 글(뜻)과 길의 차이가 김상헌과 최명길을 소통할 수 없는 상황으로 몰고 간다. 대의와 방편, 근본과 사세, 글과 길 등으로 말이 바뀌며 전개되는 말들의 싸움은 결국 '살고자 하는' 임금의 의지에 의해 방편—사세—길의 관점으로 정리된다. 이로써 모든 것이 끝난 것일까? 한 나라의 군주가 청의 칸에게 세 번 절하고, 여섯 번 머리를 조아리는 것으로 말들의 싸움은 끝난 것일까?

청나라 "칸의 문장은 거침없고 꾸밈이 없었으며, 창으로 범을 찌르듯 달려들었다."고 김훈은 서술한다. "칸은 고사를 끌어내거나, 전적을 인용하는 문장을 금했다. 긴은 문채를 꾸며서 부회한 문장과 뜻이 수

줌어서 은비한 문장과 말을 멀리 돌려서 우원한 문장을 먹으로 뭉갰고, 말을 구부려서 잔망스러운 문장과 말을 늘려서 게으른 문장을 꾸짖었다.'(『남한산성』, 284쪽)고도 말한다. 지나치게 꾸미는 말을 경계하는 칸의 문장론은 대의를 중시하고, 전적을 인용하여 뜻을 넌지시 제시하는 조선 선비들의 문장과는 분명히 다르다. 중요한 것은 지금 이곳에서 해야 할 일(행동)이다. 부풀려진 말의 세상에 빠져 고정된 관념으로 세상을 판단하는 일은 얼마나 어리석은 것인가. 김훈은 대장장이 서날쇠가 봄농사를 위해 똥물을 밭에 뿌리는 장면으로 『남한산성』의 결말을 짓고 있다. 말들의 싸움 속에서 서날쇠는 적진을 뚫고 왕의 격문을 성의 외부로 전했으며, 전쟁이 끝나자 봄농사를 지으려 하고 있다.

말만 앞세우고 행동으로 나서지 않는 사대부들의 삶과 서날쇠의 삶은 극명하게 대비된다. 사대부들이 대의를 앞세우며 산성 속에서 움직이지 않을 때, 서날쇠는 성문이 열려야 백성들이 살 수 있다는 마음으로 임금의 격문을 외부로 돌려달라는 김상헌의 요구를 기꺼이 수용한다. 말들의 세상에서 유일하게 비껴나 있는 서날쇠는 일상생활의 감각으로 세상을 바라본다. 이순신과 우륵에게 견준다면, 서날쇠는 김훈의 역사소설에서 확실히 진보한 인물로 평가할 수 있다. 서날쇠는 허무의식에 빠져들 여지가 없다. 생활의 감각으로 세상을 인식하고, 그것은 곧바로 행동으로 이어지기 때문이다. 김훈이 서날쇠의 삶을 소설의 결말로 삼은 것은 그러므로 김훈 소설의 맥락에서 보면 획기적인 일이라 할만하다.

그러나 여전히 의문은 남는다. 서날쇠가 일상의 감각에 충실하며 살아가는 와중에도, 조정의 관료(선비)들은 말들의 싸움 속을 살아갈 것이기 때문이다. 전쟁이 진행되는 상황에서는 서날쇠의 일상 감각이 빛을 발하겠지만, 전쟁이 끝난다면 서날쇠의 삶은 어떻게 될까? 물론 대장장이의 삶으로 돌아가 평범한 삶을 살 가능성이 가장 많을 것이다. 그리고 세상은 전쟁을 잊고, 서날쇠를 잊고 다시 말들의 싸움 속으로 스며들어갈 것이다. 이순신과 우륵의 개인적 영웅주의가 서날쇠의 삶에 그림자처럼 드리워지는 이유는 이 때문이다. 어떻게 살든 세상은 변하지 않는다. 서날쇠의 건강한 삶에 끼어든 김훈의 지독한 허무주의는 자본주의의 승리가 이미 선언된 지금 이곳의 현실과 공명한다. 정말 길은 없는 것일까? 김훈의 역사소설로 대답한다면, 길은 없다. 그리고 그 '길 없음'의 허무적 미학이 이 시대 독자들의 마음을 울리는 근본적인 이유가 될 것이다.

5. 나가며

김훈은 고통에 빠진 존재들의 내면 심리를 분석적으로 묘사한다. 아름다운 문체(감각)로 드러나는 심리의 세계는 소설을 읽는 순간 독자들이 인물들의 내면속으로 휩쓸려 들어갈 정도로 매혹적으로 묘사된다. 칼과 소리와 말에 대한 지적인 묘사는 예술적 양상들에 대한 철학적 사유와 맞물려 작가의 깊이 있는 사고과정을 단적으로 보여준다. 김훈의 허무주의는 그래서 지적인 욕망이 강한 사람들의 마음을 자극한다. 전쟁의 영웅인 이순신의 심리 묘사를 읽어나가며, 독자들은 이순신이 처한 상황을 자신의 상황과 동일시한다. 한 영웅의 삶을 좌지우지하는 사직의 구조는 독자들이 살고 있는 이 시대의 현실을 그대로 반영한다. 사직의 구조를 죽음으로 돌파하는 이순신의 비장한 삶에 독자들이 환호하는 이유는 여기에 있다. 자신들은 하지 못하는 일을 이순신은 하고 있다. 많은 사람들의 모함과 수많은 곤경 속에서도 이순신은 죽음으로써 자신을 지켰다. 이보다 강렬한 자아가 있는가. 영웅이 없는 2000년대에 독자들은 이순신이라는 영웅을 통해 영웅 없는 시대의 비애를 극복한다. 역사 속의 영웅이 상상 속의 영웅으로 현실화되는 순간으로 보면 좋겠다.

하지만 이순신이 2000년대로 호명되는 순간, 독자들은 심각한 허무주의에 빠진다. 이순신이 걸었던 영웅의 길은 개인적인 길이었다. 영웅을 두려워하는 임금의 견제와 압박 속에서 이순신은 전쟁터에서의 죽음을 애타게 갈망해 왔다. 죽음을 통해 살 수 있는 유일한 방법이 전쟁터에서 죽는 것이었고, 그것은 또한 임금의 나라와 화해할 수 있는 유일한 방법이기도 했다. 나라 밖으로 배제되었다가 다시 나라 안으로 편입되는 이순신의 삶은 사회구조의 바깥으로 나아갈 수 없는 이 시대 독자들의 삶과 정확히 닮았다. 살아있는 소리에 대한 자부심으로 사회구조의 바깥을 엿본 우륵이나, 말들의 싸움 속에서 자신의 신념을 지키는 말들을 생산한 김상헌, 최명길의 삶에도 사회구조의 그늘은 짙게 드리워져 있다. 그리하여 민중보다는 권력의 중심에 가까이 존재하는 인물들의 삶이 김훈의 역사소설에 자주 등장한다. 권력의 중심에서 권력의 생리를 분명히 알고 있는 존재들의 비극적인 삶은 독자들의 허무의식을 더욱 부추기는 소설적 요소로 작용하고 있는 셈이다.

김훈의 허무주의는 순수하다. 허무의 끝을 본 자만이 느끼고 묘사할 수 있는 허무의 진경이 김훈의 역사소설에는 두드러지게 나타난다. 순수한 마음으로 이 세상을 긍정할 수 있겠는가. 강대국은 폭력으로 약소국을 누르고, 강자는 약자들의 삶을 자본으로 옭아맨다. 사방을 둘러봐도 길은 없다. 중요한 것은 길이 보이지 않아도, 어떤 길로든 걸어가야 한다는 점에 있다. 운명이라고 표현해도 좋겠다. 김훈의 허무주의가 이런 지독한 운명에서 비롯된 허무주의라면 그것은 그만큼 강렬한 순수성을 지닐 수밖에 없다. 그러나 그 순수함이 도리어 소설의 적으로 돌변하여 작가의 소설 역량을 갉아먹을 수도 있다는 점을 인식해야 한다. 한 개인의 허무주의적 눈으로는 볼 수 없는 풍경이 이 세상에는 가득하다. 신자유주의가 서민들의 숨통을 조이고 있고, 외국산 소고기 수입 문제로 농민들은 거리로 나서고 있다. 김훈의 순수한 허무주의에는 이렇게 고통 받는 민중들의 삶이 배제되어 있다. 김훈의 역사소설에 열광하는 독자들의 현황을 고운 시선으로 볼 수만은 없는 이유일 것이다.

◆『작가마당』 12호(2008년 상반기)에 수록

'결여'를 읽는 두 개의 관점

— 김영하「거울에 대한 명상」,
송기원「늙은 창녀의 노래」를 중심으로

이강록

결여의 인정과 욕망대상에 대한 직시의 사유적 바탕을 제공하고 있는 것이 정신분석학이다. 특히 라캉의 정신분석학은 상상계와 상징계에 대한 탐구를 통해 결여와 욕망대상에 대한 합리적인 담론들을 형성해 냈다. 긍정적으로 수용하든 비판적으로 수용하든 그의 이론은 현대 지성계의 핵심적 담론으로 자리 잡은 지 오래다. 그런 토대 위에 크리스테바의 기호계에 대한 담론도 위치하고 있다.

1. 서론

인간은 불안한 존재이다. 인간은 타자의 욕망에 대해 알 수 없을 뿐만 아니라 타자의 욕망을 욕망함으로, 자신의 욕망조차 알 수 없다. 내가 무엇을 원하는지 알 수 없기 때문에 불안하고 불안하기 때문에 욕망의 대상을 찾아 나선다. 그 여로는 기대와 절망, 극복과 환희, 그리고 다시 박탈의 허무한 허구적 구성을 반복하고 있다.

그런 불안으로부터 도망치는 것, 결여를 결여하는 것은 더 큰 불안, 즉 타자의 향유Jouissance에 자신을 던지는 행위이다. 숨 쉴 공간조차 없는 타자의 향유에 의한 절대적 억압을 피하고자 한다면 주체의 결여 ($)를 인정하고 욕망의 대상에 대해 맹종하지 않는 지혜가 필요하다.

결여의 인정과 욕망대상에 대한 직시의 사유적 바탕을 제공하고 있는 것이 정신분석학이다. 특히 라캉의 정신분석학은 상상계와 상징계에 대한 탐구를 통해 결여와 욕망대상에 대한 합리적인 담론들을 형성해 냈다. 긍정적으로 수용하든 비판적으로 수용하든 그의 이론은 현대 지성계의 핵심적 담론으로 자리 잡은 지 오래다. 그런 토대 위에 크리스테바의 기호계에 대한 담론도 위치하고 있다.

라캉뿐만 아니라 거의 모든 정신분석학에 뿌리를 내리고 있는 연구자들의 공통점은 불안에서의 해방이다. 정신분석의 목적은 주체의 진실을 보여주는 것, 그럼으로써 불안의 원인을 밝히는 것이다. 물론 근원적 불안의 종식은 불가능하지만 그들의 목적은 그러한 작업을 통해 불안의 중압으로부터 사람들의 내면을 좀 더 가볍게 해주는 것이다.

크리스테바의 기호계의 개념은 라캉의 상상계에 대해 더 촘촘한 의미의 그물을 드리우고 있다. 이런 문제의식의 실증을 위해 두 학자의 결여를 바라보는 관점에 대해 간략하게 살펴보고 구체적으로 라캉식의 「거울에 대한 명상」 읽기와 크리스테바식의 「늙은 창녀의 노래」 읽기를 시도해 보고자 한다.

2. 결여에 대응하는 두 방식

2.1. 라캉의 결여와 오브제objet a

2.1.1. 거울단계, 오이디푸스, 주체형성 그리고 결여

라캉의 정신분석학은 상징계를 중요시 한다. 라캉의 주체형성에 있어서 중요한 것은 기표들이며 기표들이 의미를 획득하는 것은 상징계이기 때문이다. 거울의 단계는 유아가 자기의 분열적 형상에 느끼는 불안을 해소해주는 동시에 자아를 형성하게 해준다. 그러나 자아는 오인을 바탕을 한 것이며 소외와 동일시의 메커니즘을 갖는다. 이렇게 형성된 자아에 대해 미국의 자아 정신분석학자들[1]의 주장과는 달리 라캉은 자아가 결코 자율적인 심급이 아니라고 주장하였다. 자아가 갖고 있는 허구성들을 환기하여 상상계에 현혹되지 말아야 한다는 태도를 갖고 있다.

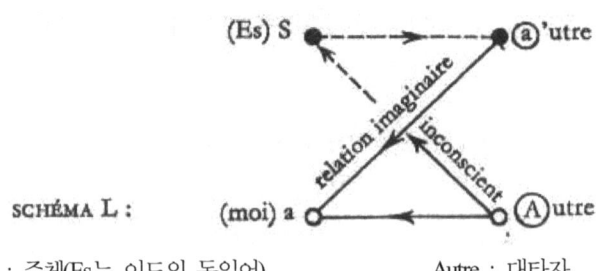

SCHÉMA L :

S : 주체(Es는 이드의 독일어) Autre : 대타자
ⓐ'utre : 소타자 (moi) a : 자아2)

프로이트는 유아가 성욕을 갖고 있으며 이것이 오이디푸스 콤플렉스를 통해 표현된다고 보았다. 이를 라캉은 프로이트의 생물학적 함의들을 제거하고 기표에 의해 주체가 탄생하는 과정으로, 주체가 타자와의 동일시를 통해 상징계로 진입하여 주체의 위상을 갖게 되는 것으로 보았다. 오이디푸스 콤플렉스는 아버지의 은유라는 측면으로 설명할 수 있다.

S2 . S1 → S2 (I(A))
S1 X P

S1 : 어머니의 욕망(어머니의 기표는 삭제된다)

---

1) "뉴요커 트리엄바이랫"으로 대표되는 하르트만(harrtmann), 크리스(Kris), 뢰벤슈타인(Löwenstein)등의 학자들. 페터비트머, 홍준기·이승미 역, 『욕망의 정복』, 한울, 1998, 33쪽.
2) 김형효, 『구조주의 사유체계와 사상』, 인간사랑, 2000, 244쪽.

S2 : 아버지의 이름

X : 나의 욕망(대상구분이 없는)

P : 의미(남근이라는 의미)[3]

　오이디푸스의 과정에서 어머니의 기표는 삭제된다. 아이의 욕망은 어머니의 욕망 대신에 아버지의 이름을 받아들이게 된다. 아버지의 이름은 어머니의 욕망(이름)을 대신하게 된다. 그리고 그 의미는 억압된 남근이 된다. 이제 더 이상 아이는 어머니의 남근이 될 수 없는 것이다. 여기에서 최초의 결여가 발생한다.[4] 그러면서 동시에 인간은 표현될 수 없는 이 팔루스를 표현하기 위해 끊임없이 말해야 하며, 궁극적으로는 표현될 수 없는 것이므로 항상 새로운 의미를 이것에 부여한다.[5] 주체의 탄생은 욕망의 탄생과 같다. 이제는 말하는 주체로서 욕망을 갖게 되는 것이다. 그리고 상징계에서의 위치도 부여받게 된다.

　오이디푸스의 과정에서 부성의 은유화가 제대로 이루어지지 않으면 즉 어머니와의 이자관계에 머물게 되면 아이는 정신병의 상태(S_1 /x)가 되는 것이다. 부성 은유화 이후 이제 주체는 남근이 되려고 하는 것이 아니라 남근을 가지려고 한다. 여자의 경우, 결여의 한 형태인

---

3) Lacan, *Écrits,* 1966, 557쪽.

4) "여기서 두 개의 결여가 겹친다. 첫 번째 결여는 어떤 핵심적 결함으로부터 생기는데, 주체가 시니피앙에 의존하고, 시니피앙은 또한 무엇보다도 대타자의 영역에 속한다는 사실로 인해서 대타자와의 관계 속에서 주체가 탄생하는 주체-대타자의 변증법이 바로 이 결함의 문제와 직결된다. 첫 번째 결여는 실재계에 속하는 또 다른 결여에 결합되는데 후자는 살아있는 존재의 탄생 시에, 즉 성적 재생시에 나타나는 더 먼저 된 결여다. 이 실재적 결여는 생명체가 성적 방법으로 재생산되는 과정에서 상실하는 그 어떤 것, 즉 생명체로서 자신의 일부인 것이다." Lacan, *Séminaire. XI*, 186쪽.

5) 김상환·홍준기 편, 『라깡의 재탄생』, 창작과비평사, 2002, 61~62쪽.

박탈privation로서 대상상실을 경험하게 된다. 이때 여자에게 있어서 상징적 대상인 남근의 실재적 결여로 다가온다.

2.1.2. 오브제objet a와 충동

아버지의 이름을 받아들임으로써 상상적 남근의 삭제(억압)가 이루어지고 최초의 결여가 발생한다. 남근은 이제 결여의 기표이다. 주체는 그런 결여를 함유한 존재이고 그 결여의 의미를 부여하려고 계속 의미의 연쇄들을 발생시킨다. 이것은 상징계의 본질이기도 하다. 대타자의 질서 속에 기표화함으로써 상징계는 부재의 영역이 되는 것이다.

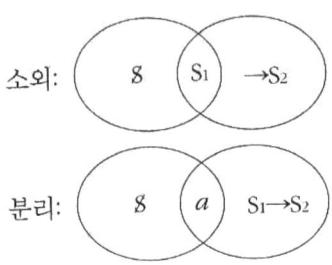

주체의 탄생은 대타자 속의 부재를 발견하고 그 것을 자신의 분리된 일부로 받아들이는 과정이다. 이것이 바로 욕망하는 주체의 탄생 과정이다. 그러나 대타자(언어)가 주체 존재를 가리고 소외시키게 된다. 이것은 대타자의 결여($ \$ \rightleftarrows a \rightleftarrows \text{Å}(욕망) $)를 보여준다. 존재의 실재적 차원은 대타자의 그물이 포섭할 수 없는 것이며 상징계의 주체도 마찬가지이다. 주체는 그 실재의 잔여물을 욕망하게 된다. 그것이 오브제objet a가 되는 것이다.

오브제|objet a는 주체로 하여금 존재 결여를 견딜 수 있게 해준다. 그것은 결여의 빈 공간을 채울 수 있는 것은 아니다. 다만 마치 채우고 있는 것처럼 빈 공간을 가리고 있는 것이다. 그 자체는 환상적 형태($ \lozenge $a)를 띤다.

충동은 반드시 오브제|objet a의 개념과 연관된다. 충동은 신체와 정신의 경계에서 발생하며 프로이트가 충동이 끊임없이 대상관계를 이끌어간다고 한 것과 같이 도달할 수 없는 실제를 향해 끊임없이 밀고 가는 것이 충동의 역할이다. 라캉은 특히 충동이 오브제|objet a를 추구하거나 반복행동을 하는 강박증적 행태를 보이는 데서 죽음충동을 본다. 유기체의 모든 긴장을 완벽하게 해소하는 것은 죽음밖에 없다고 보는 것이다.

긴장해소의 쾌락원리를 충동을 통해 반복적으로 추구하는 데 있어서 그 한계를 받아들이지 않고 넘어서는 것이 주이상스Jouissance이다.

2.2. 크리스테바의 코라와 기호계

2.2.1. 상징계 진입을 위한 코라와 기호계의 단계

라캉의 분석심리학은 언어의 산물로서 구성되는 상징계에 대한 사유를 바탕으로, 상상계의 사건들은 사후적으로 의미화 된다는 이론의 일관성에 대해서는 인정할 만하지만 상상계에 대한 설명은 세심하지 않다는 생각을 금할 수 없다. 직관적으로 보건데 상징계에 벌어지는 많은 무의미[6]하다고보는 사건들이 정말 무의미하기만 한 것인가에 대

---

6) 언어활동이 없이는 인식도 존재할 수 없고, 타인과 세계는 물론 자아의 인식도 불가능하다. 언어가 없이는 우리 자신과 우리를 눌러싼 보는 섯이 혼란 상내일 뿐이고 어떤 질서도 없으리라. 질서가 없는 곳에 인식이 존재할 수도 성립할 수

한 의구심이 든다.

줄리아 크리스테바는 언어가 '말하는 주체가 자신을 구성하고 해체하는' 추론 체계 또는 의미화 체계라고 기술한다.[7] 언어를 통한 주체성의 확립이라는 측면에서는 앞서 소개한 라캉의 언어와 인간주체 형성의 논리를 이어받았다고 할 수 있다. 그러나 크리스테바의 독특한 사유의 영역인 역동적인 의미화의 과정을 살펴보면 차별화를 실감할 수 있다.

크리스테바는 언어를 분리되고 정태적인 실체로 보지 않고, 역동적인 '의미화 과정Signifying process'의 일부로 본다.[8] 이 의미화 과정은 육체적 충동과 에너지가 표현되고, 말 그대로 언어를 사용함으로써 방출되는 방식, 그리고 우리의 의미화 실천이 주체성과 경험을 형성하는 방식을 의미하는 듯 보인다.[9]

역동적 의미화 과정을 바탕으로 크리스테바는 언어가 작동하는 두 가지 방식을 보여주는데 하나는 분명하고 규범적인 의미의 표현을 지칭하는 상징계Symbolic이고 느낌의 환기, 주체의 에너지와 충동의 방출을 말하는 기호계Semiotic이다. 이 구분은 단절적이지만은 않다. 상징계의 문화, 정신, 의식의 요소들은 기호계의 자연, 육체, 무의식 등에 의해 활성화된 의미작용을 상징화 한다. 즉 의미작용의 상징적 양식은 기호계가 활성화 된다는 점 때문에 의미를 갖는다.[10]

도 없다. 김형효, 『구조주의 사유체계와 사상』, 인간사랑, 2000, 234쪽. 언어화되지 않았기 때문에 무의미하다고 보는 것이다. 의미는 인식에 의한 결과이다.

7) Kristeva, *Language, the Unknown* : An Imitation into Linguistics, trans. Anne Menke, New York : Columbia University Press, 265쪽, 272쪽.

8) 노엘 맥아피, 이부순 역, 『경계에 선 줄리아 크리스테바』, 앨피, 2007, 41쪽.

9) 위의 책, 41쪽.

10) 위의 책, 46쪽.
    기호계는 육체적 에너지와 정동이 언어 속에 침투해 들어가는 비언어적인 방식

기호계는 라캉의 거울의 단계 이전을 지칭하는 것이다. 그리고 크리스테바만의 공간 개념인 코라에서부터 작동을 시작한다. 코라는 플라톤의 모든 존재 사물의 저장소라는 개념을 갖고 있다. 크리스테바는 이 용어를 빌려와 의미화 과정을 활성화 하는 에너지 공간이며 모태의 양육 공간으로 개념화 한다. '그 어떤 정립도 위치도 존재하지 않는 이 율동적 공간에서 의미가 구성되는 과정'[11]을 발견하는데 점차 사물들 간의 차이를 인식하기 시작하고 언어의 지시성을 깨닫게 되면서부터 자아와 타자의 차이를 인식하게 되는 것이다. 기호적 코라에서 유아는 상징적 언어를 사용할 준비를 마치게 된다. 또한 모성적이며 이자적 관계에서 유아가 아브젝시옹[12]을 거쳐 자아의 영역을 확보하는 것까지 모두 이 코라에서 일어나는 일이다.[13] 코라에서 준비된 유아는 상징계로 나아가기 시작한다.

___

이다. 기호계는 언어적으로 표현될 수 있지만, 일상적인 통사적 규칙을 따르지 않는다. 반대로 상징계는 문법과 통사를 갖춘 기호체계로서의 언어에 의존하는 의미화 방식이다. Kristeva, *Revolution in Poetic Language*, trans. Leon S. Roudiez, New York : Columbia University Press, 27쪽.

11) 위의 책, 26쪽.

12) 유아는 아브젝시옹이라 명명한 과정, 말하자면 그 자신의 일부인 것처럼 보이는 것을 몰아내는 과정을 거치며 이 경계들(유아(나)와 타자사이의 경계)을 개발한다. abject는 우리가 혐오하고 거부하고, 거의 폭력적으로 배제하는 것을 의미한다. 노엘 맥아피, 앞의 책, 92쪽.

13) 크리스테바는 그/그녀가 개인적 정체성의 명확한 경계를 발전시키기 이전에 각 개인에게 속하는 정신 속의 어떤 것을 염두에 둔 듯하다. 이 초기의 심리적 공간에서 유아는, 만일 어머니의 육체와 맺은 그/그녀의 관계가 없었다면 극단적으로 혼란스러워지고 파괴적이 될 수 있는 풍부한 충동(감정, 본능 등)을 경험한다. 유아와 어머니가 맺은 촉각적 관계는 유아의 숭고늘에 하나의 방양을 세공한다. 위의 책, 51쪽.

2.2.2. 라캉의 상상계·상징계와의 차이점

노엘 맥아피는 『경계에선 크리스테바』에서 라캉과 비교하여 짚어볼수 있는 크리스테바의 차이점을 몇 가지로 열거하고 있다. 첫째는 자아형성의 시점이 거울단계에 앞선 '아브젝시옹'에서 일어난다는 것, 둘째는 상징계의 질서에 대한 적응기가 앞당겨져 코라의 모성공간에서 시작된다는 것, 셋째는 가장 포괄적이며 가장 중요한 차이점인데 기호계라는 공간 개념의 특수성이다. 기호계의 차별성은 이 공간이 라캉의 상상계와 실재계의 성격을 동시에 지니고 있다는 점이다.[14] 라캉의 경우 상상계와 상징계의 접면에서 주체화의 과정과 결여의 발생과정을 보여준다. 이에 비해 크리스테바의 기호계는 상징계로 접어드는 단일한 기점을 잡지 않고 코라에서 기호적 다양성을 경험하는 것으로 상징계에 대한 준비를 하는 것으로 개념화 한다. 그 과정에서 라캉의 아버지에 대한 동일시의 신화도 일방적으로 받아들이길 거부한다. 코라에서 어머니에 대한 동일시, 사회화 과정을 거친다는 것이 크리스테바의 주장인 것이다.[15]

가장 본질적인 차이는 전前 상징적 차원이 결코 힘이 미치는 범위

---

14) 그러나 라캉적 사상과 일치하는 면을 찾고자 한다면, 내가 보기에는 기호계가 라캉의 실재계와 상상계 둘 다에서 나타나는 현상과 일치하는 것처럼 보인다. 라캉에게 실재계는 하나의 구멍이고 비어 있는 틈이지만, 나는 정신분석학자가 관심을 갖는 많은 경험, 특히 나르시시즘적 구조, 우울증 또는 비극적인 고통의 경험 등에서 실재계의 현존이 꼭 텅 빈 틈은 아니라고 생각한다. 그것은 기호계의 질서에 속하는 수많은 심리적 각인에 수반된다. 그래서 아마도 기호계 개념은 실재계가 텅 빔 혹은 공허함이라고 단순하게 말하지 않고서도 실재계를 얘기할 수 있도록 해준다. 그것은 실재계를 좀 더 정밀하게 다듬을 수 있게 한다. Gubeman, Ross (ed) *Julia Kristeva Interviews*, New York : Columbia University Press, 1996, 22~23쪽.
15) 이 관점은 라캉이 아버지의 실체성이 아니라 상징성으로 제시한 의도를 충분히 이해하지 못했거나 코라에 대한 어머니의 독점적 지위를 강조하기 위한 것일 수도 있다. 필자주.

밖에 있는 것이 아니라는 점이다.16) 크리스테바는 주체가 언어의 효과라는 라캉의 기본 담론을 인정한다. 그러나 거기에 기호적 언어실천이 포함되어야 함을 강조한다. 그녀의 가장 큰 관심인 문학적 언어현상, 특히 시적 언어는 담론을 분쇄시킨다고 보고 있다. 우리 시대 담론의 총체성 내부에 있는 특수한 고립성 때문에 주체 관계에 있어서 변화를 구성하게 된다는 사실을 드러낸다고 보는 것이다. 이는 말하는 존재가 안정적인 주체가 아닌 '과정 중의 주체'라는 것이다.

기호계가 의미작용에 틈입하여 규범적이고 상징적인 언어활동을 분쇄하고 주체의 통일성 결핍을 보여 주고 확대한다.17) 이런 시적 언어작용은 문학텍스트에 제한되는 것이 아니라 일상 언어활동에도 적용된다. 단적으로 "어떤 말하는 존재도 어떤 방법으로든 기호계를 표현하지 않는 한 제정신으로 기능할 수 없다"18)고 밝히고 있다.

크리스테바는 기호계 대해 생물학적 주장을 펼쳐나가는데 그 목적은 '주체성의 개방적 체계'와 관계 있다. 이미 언어적 차원은 생물학적이고 심리학적인 조건들이 총체적으로 갖추어져야 한다고 보고 있다. 크리스테바는 안정적이고 단일한 자아모델 대신, 과정 중에 있고 혼성적인 자아모델을 제시한다. 전이를 통해 타자들의 반응과 에너지의 귀환을 받아들여 우리 미래 행동과 자기 이해를 형성하게 되는 것이다.19)

---

16) 노엘 맥아피, 앞의 책, 80쪽.
17) 위의 책, 81쪽.
18) 위의 책, 82쪽.
19) '기호계'는 지각 양상들이 종종 비언어적인 (소리와 선율, 리듬, 색깔, 냄새 등등) 일차적 과정에 따라 조직된 충동-관련적이고 정동적인 '의미'를 구성하고, '언어적 의미작용'은 언어적 기호들과 그것들의 논리통사적인조직으로 표현된다. Julia Kristeva, *New Maladies of the soul*, tran, Ross Guberman, New York : Columbia University Press, 104쪽.

여기에서 라캉의 상징계를 통한 주체 형성, 상상계를 통한 주체 고정, 실재계를 통한 상징계의 형성이라는 구도가 부분적으로 해체된 것이다. 상상계의 개념에서 비롯한 기호계는 지속적으로 주체를 구성해나가는 하나의 축이 되는 것이며 결과적으로 크리스테바의 '주체는 구성되어가는 불확정적 주체'라고 할 수 있으며 주체의 결여도 가변적이라는 결론에 도달하게 된다.

다시 상기하자면 "나르시즘적 구조, 우울증 또는 비극적인 고통의 경험 등에서 실재계의 현존이 꼭 텅 빈 틈은 아니라고 생각한다. 그것은 기호계의 질서에 속하는 수많은 심리적 각인에 수반된다. 그래서 아마도 기호계 개념은 실재계가 텅 빔 혹은 공허함이라고 단순하게 말하지 않고서도 실재계를 얘기 할 수 있도록 해준다. 그것은 실재계를 좀 더 정밀하게 다듬을 수 있게 한다.'[20]

결국 크리스테바는 주체 결여의 구멍을 작게 재조정한 것이며 그 구멍을 더 줄일 수도 있는 가능성을 제시한 셈이다.[21] 그러나 이러한 가능성에 앞서 크리스테바가 제시한 것이 구성의 원리라는 것이다. 구성의 원리는 실천이 중요한 문제이다. 그리고 거기에 수반되는 모성 윤리성의 해석과 수용의 문제가 남아 있다. 크리스테바의 더 촘촘한 기호계의 그물은 라캉의 그물에서 빠져나간 실재의 모습들을 보여줄 것이라는 낙관적 기대는 연구와 임상뿐만 아니라 앞의 전제들이 선결되어야 할 것이다. 그렇지 않는 한 이 담론도 또 하나의 오브제 objet a로 남게 될 것이다.

---

20) Guberman, 앞의 책, 22~23쪽.
21) 김종회·최혜실 편, 『문학으로 보는 성』, 김영사, 2003, 28쪽.

3. 작품 분석

3.1. 김영하「거울에 대한 명상」

3.1.1. 불안

불안은 '타자의 욕망 혹은 향유에 대한 불안'으로 라캉에 의해 해석된다. 주체가 가늠할 수 없는 타자의 욕망에 대해서 느끼는 심리적 징후이다. "무섭다. 요즘 그녀는 두 마디 이상의 말은 하지 않는다."라는 '나'의 진술은 후배이자 내연녀인 가희에 대한 불안을 단적으로 나타내고 있다. 이미 '나'가 가희를 신파조라고 비하하고 있는데 그런 가희가 말을 두 마디씩만 한다는 건 나의 그동안의 인식과 다르기 때문에 일단은 이 진술에서부터 나의 불안이 발견되고 있다고 보아야 할 것이다.

즉 가희에게 느끼는 가학적 충동이 가희가 나의 두 번째 여자라는 심리적 우월감에서 비롯된 것만은 아니다. 가희에 대한 '나'의 가학적 태도는 그녀에 대한 불안감의 반증이라고 볼 수 있다. 결과적으로 '나'와 가희의 충동적 행위로 두 사람이 트렁크에 갇히게 되는 상황은 '나'의 불안감의 궁극적 원인이었다. 누가 트렁크에 갇히게 했는가보다는 '나'가 느낀 불안의 향배가 중요한 것이다.

불안은 주체이든 타자이든 욕망의 진의를 알 수 없을 때 발생해서 오브제objet a로 투사되며 끊임없이 미끄러진다. 그 종착을, 그 궁극적 향유를 알 수 없다. 그러나 프로이트의 죽음충동의 개념을 살펴보면 그 유비를 볼 수 있다. 그 끝은 더 이상의 부조리한 에너지들이 충돌하지 않는 절대적 안정의 정지, 즉 죽음으로 설정되어 있는데 그곳에 궁극적인 주이상스가 존재할 것으로 유추해볼 수 있는 것이다.

불안은 가희와 성현이 강간을 당한 후를 묘사한 "그 미숙한 관념 속 테라코타들은 우리 둘의 세계로부터 가출해버렸어."라는 진술에서도 발견할 수 있다. 강간의 문제는 주체성의 문제와 직결되어 있다. 특히 대타자의 법으로부터 순결을 강요받는 소녀들에게는 더욱 그러하다. 폭력은 지배질서에 순종적인 주체를 더욱 순종적이게 할 수도 있지만 질서를 벗어난 폭력은 순종적 주체가 대타자로부터 탈주하게 하는 원인이 될 수도 있다. 동시에 주체의 분열의 원인이 된다.[22] 이 작품에서 이 불안은 그들의 성정체성을 흔들어놓고[23] 세 사람의 복잡한 관계 공식의 원인이 된다. 이렇듯 강간에 의한 증상은 이후의 사건들이 발생하는 단서, 또는 직접적인 원인이 된다.

이제 관심의 공간을 구체화 하여 트렁크 안에서의 변화에 대해서 주시할 필요가 있다. 가희는 '나'가 그러하듯 지적담론들을 생산해내기 시작한다. 신파조에서 탈피해 '두 마디'에 그치는 절제된 언술에서 나아가 '페스트', '신파극', '섹스', '백설공주' 따위의 지적 담론의 생산자로 바뀐다. '나'가 처음 생각했듯 "그녀가 내뱉는 모든 대사에는 한 움큼의 상상력도 묻어 있지 않다."라는 말에는 어울리지 않는다. 오히려 남자는 죽음 앞에 절망하고 여자는 그렇듯 어쩔 줄 몰라 하는 남자를 비웃는다. 남자가 여자에게 심리적 우위를 점하는 역학관계가 역전되는 순간이다. 이들의 역학관계는 트렁크 안에서 재정립되는 것이다. 두 사람의 관계의 진실을 찾아내기 위해서는 작품 안에서 설정

---

22) 폭력적 권력이 폭력을 행사하는 데에도 헤게모니의 획득이 필요하다. 히틀러가 독일을 통치하는 데 있어서도 반유대주의, 인종주의, 유전학적 과학주의 등을 통해 헤게모니를 획득하는 것을 욕망했다. 필자주.
23) 가희와 성현의 동성애와 이성애의 양성애적 성격. 필자주.

되어 있는 두 사람의 관계 구조를 살펴볼 필요가 있다.

3.1.2. 백설공주의 관계모형

가희가 트렁크 안에서 백설공주의 이야기를 빌려 제시하는 '나', 내연녀 '가희', '나'의 처 '성현'의 관계모형은 삼각형이다. 가희가 제시하는 삼각형의 원인은 '나'의 나르시시즘이다. '나'는 왕비이며 마녀이다. '나'의 처 성현은 거울로 나타낸다. 가희는 백설공주이다. 나와 성현은 융화된 단계이며 상상적 관계이다. 이때 '나'는 상상적 남근으로 표상된다. 상상적 매개를 통해 이루어진 이 관계가 삼각형의 한 면을 이룬다.

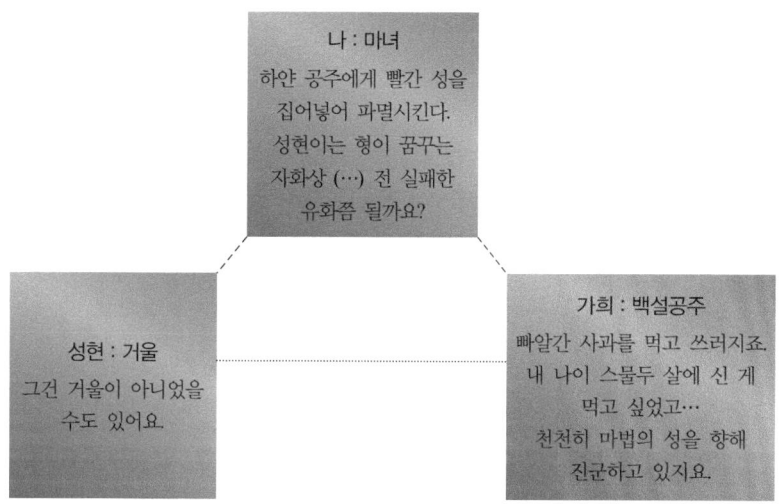

이 도표에서 '나'는 가해자인 마녀로, 자신은 '피해자'로 '성현'은 국외자로서 사건의 동기만 제공한다. 그래서 성현과 가희의 관계는 간접적으로 흐려진다. 아직 성현과 가희 사이에는 직접적 조응이 일어나지 않는다. 단지 "그건 거울이 아니었을 수도 있어요."라는 진술이 중의적이다. '나'를 반영하는 거울의 역할을 하지 않았을 수도 있다는, '나'의 착각을 해체하는 진술인 동시에 '나'와 성현의 관계에 어떤 방식으로든 가희가 개입하는 면에서 새로운 국면을 열어 놓는다.

우선 여기에서 중심이 되는 것은 스물두 살의 여자가 '신게 먹고 싶다'는 진술의 강렬함에 빠져서는 안 된다는 것이다. 실제 백설공주와 같이 순결에 대한 강박증이 중요한 것이 아니라 보다 실존적인 공허가 지배하고 있다.

> "가끔은 생각을 해요. 나 혼자 병원을 찾아 들어가던 장면, 포르말린 냄새. 하나, 둘, 셋, 숫자를 세는 동안 가물가물해져가던 의식. 마취에서 깨어나면서 묵지근하고 예리하게 뒤틀려오던 아랫배의 통증. 가위로 잘게 잘려나간 내 분신은 어디로 갔을까. 병원 옥상에서 무말랭이처럼 말려지고 있겠지."

말하자면 위의 절망적 진술에 빠지면 안 된다는 것이다. 이야말로 신파조의 진술이다. 유추 해석으로 사과를 먹은 행위는 단순히 성 행위로 볼 수도 있으나 남근을 먹는 행위는 구강기적 표상으로 즉 남근을 갖는 행위로 볼 수 있으며, 임신 과정으로 연상해 갈 수 있다. 이후로도 가희는 남근선망을 반복된 임신으로 실현하게 된다. 그러나 그 강박적 반복은 '독이 든 사과를 먹음으로써' 즉, 원천적으로 잘못된 대상을 욕망함으로써 낙태의 경험을 하게 된다. 이 추리의 실제 사실과의 정확한 일치여부는 중요하지 않다. 남근선망의 욕망이 가희를 지금껏 '나'의 신파극단에서 신파를 하게 한 것이었고 꿈에서 깨어 이제 '천천히 마법의 성을 향해 진군하'게 한 것이다.

마법의 성은 거울 속의 영상과 자신을 동일시하고 있는 '나'의 왕국이다. 그러나 그 마법이 사라지면 그곳은 버려진 자궁의 이미지와 유사한 버려진 자동차의 트렁크 속일 뿐이다. 남근을 잃어버렸다고 생각하는 가희가 추구한 것은 '나'와의 관계와 계속된 임신(표면적으로는 원하지 않았을 수 있다)이었다. 그러한 실존적 현실을 직시하면서 추구하는 것은 죽음 충동이다. 오브제objet a라고 오인되었던 '나'와 '남근으로서의 아이'의 욕망 반복 너머에 있는 주이상스Jouissance를 지향하는 것이다. 그것이 바로 '나'의 불안과 충동과 가희의 충동이 추동하게 하는 진군의 목표 지점이다.

아래의 도식은 가희의 설명 도표를 결과적 상황에 맞게 재구성한 것이다.

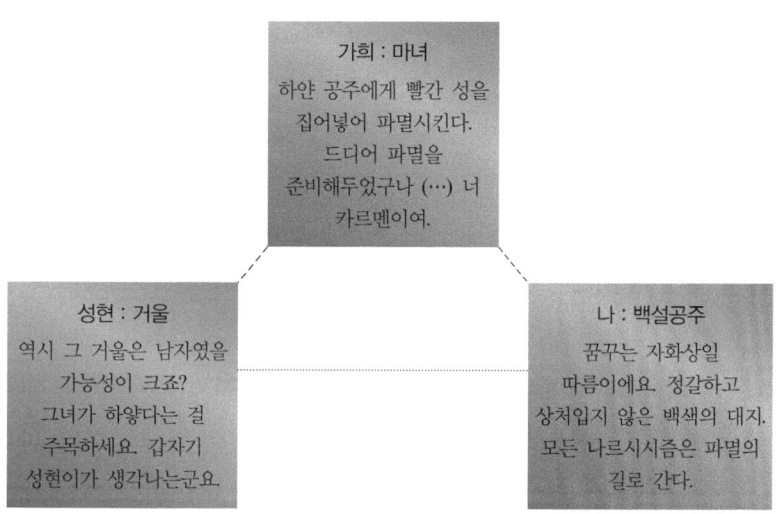

죽음을 향해 가고 있는 '나'와 가희의 파멸은 '가희'와 성현과의 과

계에서 기인한다.[24]

> 우린 머리채를 잡힌 채 강변으로 끌려갔고 차례차례 강간당했어.
> (…) 그날 이후 우린 변했어. (…) 변하긴 변했지만 조금 다르게 변했지.
> 싱크대 같은 세상에서 나는 퐁퐁 거품처럼 가벼워졌고 성현이는 버려
> 진 밥알처럼 무거워졌어.

고등학교 때 강간을 당한 두 사람은 강간으로 상징되는 '남자와 관계된 세계'를 벗어나 동성애의 관계로 발전한다. 그들의 동성애는 이 작품의 구조가 트렁크 밖에서의 상투적 연애담에서 트렁크 안의 무차별한 진실의 폭로로 전환되기까지의 중요한 한 원인이다.

동성애는 다른 해석도 가능하겠지만 소녀들의 순결에 대한 집착을 바탕으로 본다면 상징계의 대타자를 중심으로 하는 남성중심적 기표들로부터 버림받을 위치에 놓여있는 주체들의 선택이다. 이는 박탈[25]의 메커니즘으로 전개된다. 그들이 존재하는 나르시즘의 세계에서 그녀들은 보호되어야 했지만 그렇지 못했고 결과적으로 그녀들이 갖고 있던 가치 있는 것이 박탈되었다. 그것은 남근과 유사한 것이기도 하다. 그들은 백색의 순결담론에서 결여를 갖게 되고 소외된 주체들로서 선택을 하게 된 것이다. 결국 그들이 선택한 동성애는 남성중심적인 성차의 담론을 회피한 것이거나 전복하는 하나의 행위인 것이다.

그런데 문제가 발생한다. 가희가 '나'를 좋아하게 된 것이다. 가희는 나르시시스트인 '나'에게서 강간으로 이루어진 세계가 아닌 다른 가능성을 본 것이다. "최소한 형은 강간은 안하잖아."라고 하는 데서

---

24) 성현과 가희가 동성애자였다는 사실을 소급해서 적용한 것이다. 필자주.
25) 박탈(privation)은 여성이 갖는 결여의 메커니즘이다. 남근선망을 하는 여성에 대한 근원적 결여의 설명이다. 필자주.

'나'가 강간을 하지 않을만한 사람이란 판단만 있는 것이 아니라는 것을 염두할 필요가 있다. '나'는 '정갈하고 상처입지 않은 백색의 대지'를 갈망하는 백색 순결담론의 추종자이며 죽음을 앞두고도 '신영복 선생의 『감옥으로부터의 사색』을 이야기하'는 '자신의 이미지'를 '주위에 있는 모든 것, 모든 텍스트들로 자신을 포장하는' 상징계에 있어서 기표를 부리는데 능란한 사람이다. 그것을 이미 알고 있는 가희가 표면적으로 제시하는 이유는 단지 표면적인 것일 뿐이다.

가희는 자신이 박탈당한 기표를 갖고 있는 '나'를 추구한 것이라고 추리할 수 있다. 백색 순결담론의 기표는 가희에게 오브제objet a이다. 그 오브제objet a를 갖기 위해 가희는 관계를 지속하고 임신을 반복한 것이다. 만나는 순간마다 '나'를 가진 것 같지만, 매 임신의 순간 남근을 소유한 것 같지만 대타자의 담론은 이를 징지한다. 세 번의 낙태를 경험하고 가희는 오브제objet a 너머의 주이상스를 맞이하고 있다.

이러한 종말의 원인은 여성은 없는 것이고 성관계도 없는 것이기 때문이다. 가희와 '나'사이에 벌어진 일은 생물학적 성교일 뿐, 두 사람이 꿈꾸었을 욕망의 해소는 이루어지지 않는다. 그 너머를 추동한 것은 S(A)의 기표인 가희이다. 그들이 도달한 곳은 의미화와 동시에 죽음을 맞이하는 장소인 가희의 자궁이며 기능(의미)으로부터 소외된 자동차의 트렁크 속이다.

위의 도식에서 가희와 성현의 관계는 '나'와 성현의 관계가 거짓이었음을 보여준다. 나르시시즘의 이자관계는 가희와 성현이다. 두 사람의 역할 바꿈은 좀 더 자유롭다. 가희가 마녀가 되는 경우는 앞서 설명했듯 죽음이란 종말로 이끈 것이 성현이었기 때문이다. 모든 일의 적극적 주재자는 심각형의 꼭짓점에 있는 가희며, 부수적으로 '성현이 남성 젠더를 가졌다는 해석이 가능하다. 성현도 '나'와의 기만적 관계(결혼)의 원인이었다는 측면에서 마녀 역할이 될 수 있다. 이 경우 성현은 숨겨진 주재자(숨겨진 욕망)로서 자신 이외의 사람을 받아들인 가희와 '나'를 동시에 죽음으로 몰아간 인물이 될 수 있다.

거울의 구조는 단순한 거울의 구조가 아니다. 가희가 진술자였다고 해서 가희의 도식을 그대로 받아들일 수는 없다. 전체 구조에서 받아들이는 새로운 의미가 가희의 진술 속에 감춰져 있는 것을 발견할 수 있었다. 이를 바탕으로 유추하자면 이 작품의 모든 진술은 신뢰할 수 없는 것이다. 작가의 의도의 오류이거나, 미숙함이거나 무엇이든 간에 허구로 공인된 텍스트를 받아들임에 있어서 맹신의 태도를 가질 필요는 없다. 오히려 독자로서 받아들이는 정서와 구조를 반영하는 것이 더 적절한 분석이라고 할 수 있다.

3.1.3. 결여를 가리고 재현되는 오브제objet a

'나'의 나르시시즘은 거울의 완벽성(동일시하려는 대타자 하지만 그것은 유아기적 오인에서 비롯한다.)을 욕구한다. 그러나 요구는 욕구를 완전히 반영하지 못한다.[26] 거기에서 욕망이 발생한다. '나'의 가희를 비롯한 모든 욕망의 출발점도 원천적으로 그것이다. '나'의 결여를 메우려는 욕망이 환유[27]적 기표들로 나타난다. 환유적 기표는 연속적이다. 그리고 환유화 된 충동들은 부분충동의 형태로 나타날 때가 많

---

26) "욕망은 만족을 요구하는 탐욕도 아니고 사랑을 구하는 요구도 아니며 요구로부터 욕구를 뺀 차이이다". Lacan, *Écrits*, 1966, 691쪽.
　　"욕망은 요구가 욕구로부터 분리되는 가장자리에서 모습을 드러내기 시작한다". 위의 책, 814쪽.
27) 환유의 기호식 $f(S\ldots S')\ S \cong S\ (-)\ s$

다.28) 그러한 충동의 기표들은 욕망을 향한 오브제objet a로 집중한다.

'발기한 말의 성기처럼 교각'은 부분 충동의 모습으로 나타난다. 그리고 그것이 '위태로워 보였다.'는 것으로 불안감을 드러내고 있다. '교각 사이의 절묘한 틈새'와 그 틈을 매우고 있는 남녀, 그리고 '트렁크'로 미끄러진다. 트렁크에 와서 충동은 고조된다. 결국 두 사람은 낡은 자동차의 트렁크 속에 갇히고 그 안에서 벌어지는 묘한 성애와 진실게임, 그리고 죽음을 향해가는 근원적 충동의 향유가 이루어진다.

궁극적으로 '나'가 욕망하는 지배적인 오브제objet a는 거울이다. 거울이 누구인가가 작품에서 '나'의 주된 관심사였다. 거울에 대한 구체적인 관념이 사후적으로 생기는 것은 가희를 통해서이다. 그 이후 자신의 욕망의 대상을 인정하고 그것이 '있다, 또는 없다'의 혼란이 지속된다. '나'는 이미 본래적으로 타자의 욕망을 욕망한다. 자신의 빈자리가 결여이다. 그러나 '나'는 성현과 가희를 알고 있으며 '나'를 반영한다고 생각했다. 그 둘의 반영을 통해 온전한 자신(S)의 모습을 구성하려고 했다. 그러나 그것은 허상일 뿐이며 그들은 자신의 욕망을 '나'에게 투사한 거짓 기표일 뿐이다. '나'는 이미 속을 준비를 하고 있었다. 그가 구성한 전체성은 허상이라는 것이 밝혀지며 그는 다시 부분의 실재로 회귀하고 있다.29) 서서히 가희의 욕망이 주도하는 죽음을 향해 거슬러 올라가고 있는 것이다.

가희의 결여를 메우려는 욕망은 1인칭 주인공 시점에 의해 어느 정도는 가려 있다. 그러나 그녀의 진술을 통해 환유화된 충동의 기표들

---

28) 구순충동, 항문충동, 시각충동, 청각충동, 충동은 환상 대상의 주위를 순환한다. *Séminaire*, XI, 220쪽.

29) 몸의 대부분은 이미 감각을 상실했다. 팔다리 모두 피가 잘 통하지 않아 감각이 없어졌다. 마치 사지가 잘린 사람이 된 것 같았다. 김영하, 「거울에 대한 명상」, 『호출』, 문학동네, 2006.

을 유추할 수 있는데, 성현의 가슴, 이외의 여성의 신체들, '나', 남근 (현실의 남근), 아기, 그리고 마지막의 트렁크였다.

여기에 제시된 부분충동들의 연속은 거울의 단계 이전에 자신을 확인 할 수 있었던 거울이 보여주었던 완전한 신체의 환상을 깨는 것이 목적이다. 전체상은 소외를 가져왔을 뿐이다. 그리고 욕망 만족의 불가능성을 넘어 실재로 향해가는 여성적 향유를 보여주고 있다. 즉 가희가 추구하고 있는 것은 향유의 기호식 $S \rightleftarrows A$[30])이다. 그리고 실재는 죽음이다.

이 작품의 결말이 죽음으로 이어지 않고 '나'가 다시 살아나고 모든 욕망의 대상의 허위가 밝혀졌다 해도 욕망의 반복의 고리는 끊어지지 않는다. 욕망은 누구도 알 수 없기 때문에 성현과 가희가 오브제objet a의 기표에서 사라지더라도 다른 오브제objet a로 대체 될 것임을 짐작할 수 있다. 그러나 전과 같이 몽매하지는 않을 것이다. 라캉이 그러하듯 결여의 긍정성을 바라보고 욕망을 긍정하며 오브제objet a를 즐기는 태도를 취하지는 못할 수도 있다. 그러나 자신의 욕망을 인정하지 않고 허상을 맹신하던 태도로 인해 한 번의 굴절을 겪게 된 '나'는 이제 결여를 인정하고 오브제objet a에 대한 맹신을 버릴 것으로 기대된다. 자칫 거울에 대한 부정이 자신의 주체성에 대한 부정으로 진화할 경우, 자신의 존재감은 지운 채 대타자의 존재만을 추구하는 도착증으로 전화할 수도 있다. 둘 중 어떤 상황이든 '나'의 다음 오브제objet a는 아마도 송기원의 '늙은 창녀'와 같이 진솔함, 또는 모성성을 가진 대상일 것으로 추측해 볼 수 있다.

---

30) 이것은 불가능 자체를 보여주고 있다.

3.2. 송기원 「늙은 창녀의 노래」

크리스테바의 기호계 이론을 적용하는 데 있어서 이 작품이 갖고 있는 표면적인 문제는 유아 때의 기호계가 서술되어 있지 않다는 점이다. 그러나 앞서 기술했듯 기호계의 특성은 상징계에서의 발화 순간, 특히 정서적 발화의 순간에도 작동한다. 그러한 기호들이 이 작품에는 풍부하게 분포하고 있다. 기호를 잡아내고 기호들이 작동하는 원인과 결과를 알아내는 것이 이 작품을 분석하는 하나의 방법론이 될 것이다. 또한 이 작품의 등장인물들에 나타난 우울증적 증상의 추이를 살펴보기로 하겠다.

3.2.1. 회귀하는 기호들

늙은 창녀가 손님에게 사용하는 전라도 사투리는 기층적 언어이며 정동적 기호로서 작용한다. 사투리에 내재된 기층적인 기호들은 현실의 고향에 대한 정서뿐만 아니라 상징적 고향의 원형적(보편적) 정서에도 작동하는 기호의 차원이다. 특히 이 작품은 전라도 사투리를 제대로 문어체로 담아냈기 때문에 전라도 사투리의 구성진 어조, 음조 등 반언어적半言語的 표현들이 풍부하게 표현되어 있다. 거기에 자신의 격한 감정의 분출 기호로서의 눈물, 몸을 만지는 행위, 안는 행위 등 코라에서 이자적 관계의 모자가 누렸을만한 육체적 교감의 기호들(비언어적 표현)이 나타나고 있다.

늙은 창녀의 넋두리를 시적으로 구조화하여 삽입한 것은 구성진 사투리와 함께 이 작품의 기호적 풍요성을 더해주고 있다. 구마다 끊어 읽는 데서 오는 음악적 효과, 그와 더불어 기억 속에서 호명되는 섦

음과 환희의 이미지들, '하늘이 빙빙 돌고', '종달새가 지지배배 울어 쌓고', '젓가심은 (…) 터지게 부풀었제라우', '흐드러지네', '환장한 보름달!'에 이르기까지 순수하고 화려하고 때론 교교하기까지 한 이미지들의 분출이 눈에 띈다. 이런 이미지의 과잉과 음악성이 기호의 바탕을 이루고 있다.

이 작품은 사투리, 육체성이 강한 비언어 표현들, 시적 운율과 이미지들이 규범적 어법과 통일된 구조를 분쇄하고 있다. 이런 기호들의 과잉은 현실을 전복하는 의미를 수반한다. 늙은 창녀와 손님이 처한 상황은 이 작품을 꾸미고 있는 화려한 수사들과 반대쪽에 위치해 있다. 싸구려 늙은 창녀는 매춘의 경제적 가치로도 최저의 가치를 내재한다. 어머니 품속 같은 고향을 등진 것, 순진한 처녀의 몸으로 꾐에 넘어가 창녀가 된 일, 푼짱 네다바이에게 버림받고 아기를 잃은 것, 정신병을 앓고 수십 번의 성병을 앓은 것 등등 한 여자가 20년 사이에 겪은 일이라고 하기엔 가혹하리만치 많은 일들이다. 이런 삶을 살았고 아직도 그러한 현실 속에 있는 여자가 '말하는 동안', 구성진 전라도 사투리와 순수하고 때론 요염한 시적 언어들, 육체의 어우러짐이 만들어내는 이미지들 사이에서 '말하는 주체'는 새롭게 구성되고 있다.

이것이 '구성되는 주체'를 통해 발견하는 가변성의 미학이다. 이 미학은 고통과 슬픔의 승화이다. 이 승화를 바라보는 손님의 태도에서도 일면의 변화를 감지해낼 수 있다. "웅걸 봉께 인자 손님도 훨씬 이무로와져 갖고, 참말로 내 손님 같구만이라우."라고 하는 진술은 "요런 디 댕길 분이 아닌 것 같기도 하고라우."라고 하며 거리감을 갖던 처음 관계에 비하면 상당한 진전이 이루어 진 것이다. 최후의 상징계적 저항이 사라지고 그 둘에게 남은 것은 정동적 기호들이 격정적으로 추동하여 이 신산한 현실을 뛰어넘는 승화에 이른 것이다. 그 승화의 어법은 아래와 같이 시적 언어로 나타난다.

"쩌그 참꽃이랑, 자운영들이랑, 유채꽃들이랑 그것들이 막 보이드란 말이여라우, 글다봉께 나가 나도 모르게 울어뿌렀소"

"오메, 쩌그 창문에 있는 보름달이 뿌얀 걸 봉께, 나가 아직까장 울고 있었든 모냥이요잉."
내 몸뚱어리 스치고 지나간
그 많은 남자들이

단 한 남자로만 밝아오는
저 환장한 보름달!

3.2.2. 지워진 아기, 지워진 손님의 이름, 우울증

늙은 창녀의 지워진 아기는 대상 상실로서 뿐만 아니라 자신의 물자체[31])의 상실로 작용한다. 죽은 아기·상실된 아기는 어머니에게, 아브젝시옹이 실현되지 않은 상태에서 어머니를 너무 일찍 잃은 유아가 겪는 우울증 이상의 상실감으로 작용한다. 물자체의 상실을 인정하지 못하고 상징계를 거부하게 되는 병적 증상으로 그러한 증상은 "긍께 애기를 잃어뿐담에 가심은 물론이고, 온 몸뚱어리가 텅 비어뿐 것 같아갖고 실성해서 돌아 댕기다가"라는 진술에 나타난다. 늙은 창녀에게

---

31) 정체를 알 수 없고 불확정적인 어떤 것, '표현되지 않는 빛'과 같은 것이다. '의미작용에 저항하는 실재계로서의 이 불자체' Julia Kristeva, *Black sun: Depression and Melancholia*, trans. Leon Roudiez, New York : Columbia University Press, 13쪽.

따라다니던 '아기의 울음'소리도 잃어버린 것을 추격하고자 했던 행위에 의한 환청현상이라고 할 수 있다.

그런 증상이 치유되는 과정은 물자체와의 분리를 완수하고 일차적 동일시(즉 상상적 아버지와의 동일시)를 필요로 한다. 이것은 사물이 다른 사물을 대신하는 것이 가능하다는 상징계를 받아들이는 믿음을 주는 것이다. 늙은 창녀는 이미 일차적 동일시는 완수했으므로 자신의 물자체의 분리를 인정하고 사물이 다른 사물을 대신할 수 있다는 상징계의 현실을 받아들이는 것이 필요했다. 그것은 사람들과의 관계를 회복하는 일로 이루어진다. "어느 틈에 그 벵이 다 나섰는디라우."라고 했는데 그 이유는 스스로 밝히고 있다. "손님들이 내 병을 다 나서준 것 같구만이라우."라고 한다. "긍께 애기가 빠져나가뿐 그 자리를 손님들이 쪼깜씩 쪼깜씩 메꽈줬는디, 나는 그걸 몰랐구만요." 손님들과의 관계 속에서 하나의 주체에게 하나의 사물이 또 다른 사물을 대신하는 것이 가능하다는 믿음 조금씩 회복해 가는 것으로 증상이 해소된 것이다. 이러한 늙은 창녀의 우울증의 경향이 손님의 우울증과 공명하는 부분이 있다.

이 작품에서 손님은 늙은 창녀의 말 속에만 존재한다. 손님의 모습을 유추할 수 있는 말들을 찾아보면 "요런 디 댕길 분이 아닌 것 같기도 하고라우."는 일명 힛빠리 골목이 어울리지 않는 행색의 사람이란 뜻이다. 존재감이 미약하고 방황하는 남자의 행색으로 나타난다. 더욱이 다음 진술에서는 남자의 정신 상태에 대한 결정적 정보를 얻을 수 있다. "우찌게 보면 가심이 텅텅 비어있는 허깨비 같고……뭔인지 몰르제만 손님도 하여튼 시상을 쉽게 살아온 분은 아닌 것 같소"에서 '비어있다'는 '허깨비 같다'는 진술에서 그가 뭔가를 상실한 상태라는 것을 쉽게 유추할 수 있다. "우울증 환자는 물자체를 박탈당했다는 것을 잘 알면서도, 늘 실망하게 할뿐인 모험과 사랑을 찾아 방황한다. 또 다르게는 물러나 절망하고 실어증에 걸린 채 명명할 수 없는 물자체와 홀로 대면한다."32) 크리스테바의 우울증에 대한 언급에 손님의 상태는 적절한 사례이다. 더욱이 그의 말과 이름은 지워져 있다. 창작의 전략적 차원이라고만 할 수 있는 부분이 아니다. 특히 독자의 입장에서는 손님의 특성들(이름과 말이 지워져 있는 것)이 이상 징후로 쉽게 발견된다.

"아니 손님, 지금 울고 계시제라우?" 손님의 눈물을 진정한 소통으로 들어가는 통로로 볼 수 있다. 여기에서부터 이미 물자체의 상실감에서 약간은 외부로 분리되는 징후를 발견할 수 있다. "뭐이 그렇게 슬프신 게라우? 뭐인지 몰르제만 기냥 이 시상 끝까장 와분 것 같다고라우?"라는 진술은 자신의 물자체에 대한 상실감을 인정한 것이다.

마지막의 늙은 창녀와의 일체화 된 경험은 손님이 상실되었고 믿는 물자체에 대한 일정한 보상을 하는 것이며 동시에 하나의 사물이 하나의 사물을 대신할 수 있다는 상징계의 논리를 받아들이게 하는 치유의 과정이다.

이 작품을 통해 크리스테바의 '주체는 구성되어가는 불확정적 주체'라고 하는 말을 다시 상기하게 된다. 나르시즘적 구조, 우울증 또는 비극적인 고통의 경험 등에서 실재계의 현존이 꼭 텅 빈 틈은 아니며 그것은 주체의 구성을 통해 재조정해 나갈 수 있다는 것이다. 그것을 가능하게 하는 것은 코라와 기호계의 자원들을 인정하는 것에서 시작할 것이다. 그것들이 상징계에서 벌이는 지대한 영향력을 인정하고

32) 위의 책, 같은 쪽.

조정해감으로써 인간의 문제의 해결에 좀 더 가까이 다가갈 수 있음을 밝히고 있다.

4. 결론

라캉식의 「거울에 대한 명상」 읽기를 통해 불안의 징후를 발견해내고 불안의 추이 속에서 진술의 진위를 분석적으로 살펴보았다. 대표적 진술은 백설공주 이야기의 삼각도형으로 구조화 되었는데 전후 맥락과 다양한 진술과의 비교를 통해 이 삼각형의 구도가 표면적임을 밝히고 이 표면적 질술 속에 숨은 의미들로 새로운 관계도형을 만들어 보았다. 이러한 분석과정을 바탕으로 욕망의 원인이었던 오브제 objet a를 찾아보았다.

크리스테바식의 「늙은 창녀의 노래」 읽기는 기호들의 차원을 작품에서 도출해내고 그 기호적 차원이 어떻게 작품에 영향을 미치는지 승화의 차원에서 살펴보았다. 그리고 우울증의 임상적 적용을 통해 작품의 주인공들이 어떻게 결여를 메워 가는지 살펴볼 수 있었다.

라캉의 정신분석학은 주체의 형성과정과 인간정신의 본질을 정의하고 있다. 그는 결여를 바라보는 결여의 윤리학으로서 결여를 긍정적으로 바라보고 있다. 그러나 그 결여에 의해 발생하는 강방증적 오브제 objet a에 대한 추구의 비극적 상황에 대해 라캉은 냉정하고 객관적인 메스를 들이대고 있다. 항상 오브제 objet a의 환상성을 인정하고 그것을 추구하게 된 자신의 무의식에 대한 관심, 대타자 A에 대한 끊임없는 질문으로 다시 돌아가라는 것이다. 물론 그러한 자신의 욕망을 탐색하는 것이 인간의 정신이 결여를 감당할 수 있는 구체적인 방안으로서 더할 나위 없는 것이지만 결여의 긍정성의 윤리는 정서적 관점에서는 거리감을 갖게 된다.

이에 비해 크리스테바의 모성체험을 바탕으로 한 코라, 기호계, 멜랑콜리의 승화 등의 논의를 통해 인간 결여의 문제, 인간 불안의 문제에 대해 새로운 접근 방식을 제공하고 있다. 근본적 차이는 상징계에 기호계가 직접적 관여하여 구성되는 주체, 타자들과의 관계 속에서 재구성되는 개방적 주체의 개념이다. 여기에는 어머니 되기의 체험이 상징화한 코라의 여성성이 바탕이 되었다. 크리스테바의 결여에 대한 새로운 태도는 라캉과 같이 그 본질적 구멍을 인정하고 결여를 긍정으로 밀고 가기보다는 구멍을 가능한 작게 만들어보려고 애쓰는 것에 있다.

그러나 크리스테바의 이론이 갖고 있는 라캉 이론과의 차이점들, 특히 기호계가 상상계와 실재계를 아우른다는 것, 기호계의 기호들은 라캉이 상상계에서 마주하게 되는 의미 없는 기표들과 본질적 차이점을 어떻게 좀 더 명징하게 설명하고 증명해 갈 것인지가 앞으로의 과제가 될 것이다.

제2부

일상과 환상, 경계와 담론

일상과 전쟁,
그리고 (청춘) 세대의 지형도

— 강신재의 『청춘의 불문율』을 중심으로

김정숙

현실에 드리워진 전쟁의 의미를 일상성으로 재구성함으로써 전후 현실을 보여주었다는 점에서 강신재의 시선은 의미 있는 지점을 드러낸다. 전쟁이 끼친 사회구조의 양상을 가족 해체와 일상 현실에 대한 대응 방식으로 형상화한 것은 전쟁을 관념적으로 그려낸 당대의 다른 작가들이 포착하지 못한 주제의식이라고 할 수 있다.

1. 머리말

김남천은 조선문학가동맹기관지 『文學』 창간호에서 "낡은 低俗한 作家의 戀愛趣味를 가지고 現代男女의 愛情心理를 測斷하기 前에 우리선 가만히 風俗과 感情生活의 變遷에 귀를 기우리라"[1]는 요청을 한다. 이 발언에는 두 가지 주목할 부분이 있는데, '풍속'과 '감정생활'이 그것이다. "옛날부터 그 사회에 전해오는 생활 전반에 걸친 습관 따위"를 지칭하는 풍속은 곧 '일상'을 일컫는 것으로, 그 일상을 판단하고자 할 때 주요한 주제가 '감정생활의 변천'이라고 할 수 있다. 특히 '애정'과 관련된 일상은 당대의 모습을 재현하는 대중적 소설을 통해 가장 잘 드러날 수 있다.

이것은 비단 해방 공간에만 해당되는 지적은 아니다. 오히려 한국 소설은 1950년대 한국전쟁을 겪은 후 전쟁의 참상을 그린 거대 서사와 그 이면의 일상을 그린 미시 서사의 두 줄기로 대비된다고 할 수

---

1) 金南天, 「創造的事業의前進을爲하여 - 解放後의 創作界」, 『文學』(조선문학가동맹기관지) 창간호, 1946. 8, 143쪽.

있다. 물론 한국문학사에서 50년대는 거대 서사를 다룬 작품과 작가군이 미시 서사보다 강한 흐름으로 인식되고 있다. 그런데 시대의 다양한 목소리와 또 다른 현실을 재구한다는 점에서 미시 서사에 대한 접근은 필요하다. 특히 일상을 형상화한 여성 작가의 시선은 긴요한데, 그 이유는 여성 작가들의 텍스트에서 거대 서사에 기반한 정치적 주체나 역사적 주체는 사라지고, 미시적인 '일상적 주체'가 전면적으로 강화2)되는 경향을 드러내고 있기 때문이다.

  이러한 관점에서 살펴봐야 할 작가가 강신재이다. 강신재는 1949년 『문예』지에 「얼굴」과 「정순이」가 추천되면서 등단한 작가로, 50~60년대에 많은 단편을 꾸준하게 발표하였고, 당대 비평가들의 주목을 받으며 왕성한 작품 활동을 하였다. 그간 강신재 소설에 대한 이해는 주로 '여성성'을 중심으로 감각적 섹슈얼리티, 낭만적 사랑과 동경의 서사 등에 논의의 초점이 놓여 있다. 또한 페미니즘과 여성성의 측면에서 대표적인 작품으로 초기 단편소설집인 『희화』나 「젊은 느티나무」에 주목한 연구가 중심을 이루고 있다. 연구 대상 작품도 한정되어 있을 뿐만 아니라 본격적인 연구도 예상 외로 적다.

  선행 연구의 유효성에도 불구하고 강신재 소설에 대한 연구는 적극적으로 이루어지지 않은 듯하다. 감각적 섹슈얼리티의 여성성으로 규정되는 틀은 이후에 창작된 작품들의 독해나 이해를 방해하는 것으로 작용한다. 그것은 개별 작품에 대한 정치한 분석이 이루어지지 않은 점과도 관련된다. 이는 남성중심적 시각에서 여성소설을 피상적으로 이해하거나 현실을 긴박하게 읽어내려는 사실주의적 분석이 지나치게 엄격한 데에서 비롯된 고정된 관점으로 보인다.

---

2) 한수영, 「1990년대 문학의 일상성」, 『소설과 일상성』, 소명, 2000, 132쪽.

주지하듯 한국전쟁은 정치 사회 전반에는 물론 소설에 직간접적으로 영향을 미친 중대한 사건이다. 전쟁과 전후의 소설화는 주로 거대 이데올로기의 관점에서 이루어졌다고 할 수 있다. 참혹한 전쟁과 그로부터 입은 내면의 상처와 상흔이 전후문학을 그려내는 주요 주제들이었다. 그런데 전쟁은 현장성의 긴박함뿐만 아니라 이후의 삶을 변화시키고 규정한다는 점에서 현재적 '유효성'이 더욱 중요하다. 다시 말하면 이미 일상으로 스며들어 개별 주체들에게 투영된 구체적 양상을 살필 때에 전쟁이 지닌 지속성을 밝힐 수 있게 되는 것이다.

그렇다면 여성작가인 강신재에게 전쟁과 전후는 어떻게 인식되고 있을까. 본장에서는 『청춘의 불문율』을 중심으로 일상의 재현 방식과 여성의 시선으로 전후 한국전쟁을 구현하는 양상을 분석하고자 한다. 먼저 일상성의 형상화의 방식을 일상어와 서사 구조의 관점에서 살핀 후, 작중인물의 삶을 통어하고 있는 전쟁의 기억과 전후 파생된 일상의 현실을 살펴보기로 한다.

2. 일상성의 형상화 방식

2.1. 일상어(휘)를 통한 일상생활의 재현

최근 1950～60년대 출판된 문학잡지와 교양지를 소설과 함께 읽으려는 연구가 활발하게 이루어지고 있다. 잡지와 소설은 대중에게 일상을 보여주는 장으로, 현실이 어떻게 물질로 구체화되는지를 구현하는 대표적인 매체이다. 또한 생활소품과 기호품에의 세밀한 묘사는 당대의 일상을 재구하는데 유효하다.

강신재의 『청춘의 불문율』 역시 1950년대 후반에 간행된 대표적 여성교양지인 『여원』에 연재되었던 작품으로, 11개의 소제목으로 이루어진 장편소설이다. 『청춘의 불문율』은 이전 논의에서 중요하게 부각된 사회역사적 현실인식의 부재, 낭만적 사랑과 동경의 감각적 서사로 단순화하기에 다소 이질적인 작품이다. 물론 사랑의 모티프가 드러나 있지만 그 서사를 둘러싼 인물들과 특히 작품 전체를 이루는 주조는 다른 해석을 요한다.

　　먼저 논의의 전개를 위해 작품의 대강의 줄거리를 정리하면 다음과 같다.

　　지방 전문대학의 영문과에 재학 중인 '영화'는 가난과 비굴함과 '가족'이라는 운명적인 테두리에서 벗어나고자 결심하고 혼자 상경한다. 영화는 친구 송경구의 도움으로 김호준의 집에 가정교사로 들어간다. 쓸쓸한 인상의 말없는 김호준, 한때 철민이의 가정교사였던 우길수와 불륜에 빠진 학순 여사, 철없고 현실감각 없는 딸 애리, 반신불수인 영민이, 그리고 장난꾸러기이며 외로운 철민이로 구성된 가정에서 영화는 철민이를 모성과 사랑으로 대해 준다. 그곳에서 영화는 애리의 일을 돌보아주는, 고아로 성장한 의지 있는 청년 박윤을 만나 사랑의 감정을 키워간다.

　　어느 날 영화는 황여사의 초대로 약혼축하연에 갔다가 애리와의 갈등으로 박윤과 소원하게 되고 그 집을 나와 서울 변두리에 방을 얻어 지낸다. 그곳에서 우연히 김호준을 만나게 되고 그의 생각과 자신에 대한 호감을 듣게 되며 다이아를 선물로 받게 된다. 그 후 영화는 신문에서 간첩으로 활동하다 동료인 최씨에게 죽음을 당하게 된 김호준의 사건을 보게 되고, 철민이가 걱정되어 다시 그 집으로 들어간다.

그곳에서 김호준과 관련되었다는 이유로 간단한 조사를 받은 후 영화는 피난 시절 잠시 묵었던 곳에 가 자신을 따뜻하게 보호해 주었던 총살된 군인과 전쟁의 기억, 그리고 자신의 처지를 생각하며 고통스러워한다. 그곳에서 박윤과 해후하고 사랑을 확인한 후 영화의 고향으로 인사를 가는 것으로 이야기는 끝난다.

위에서 보듯 전체의 줄거리는 간단하다. 이 작품은 서사적 긴장이나 갈등에 초점이 맞추어져 있지 않다. 오히려 작가는 영화와 그 주변의 작중인물들의 소소한 '일상'을 보여주고 있다. 즉 아주 사소한 습관이나 차림새에 대한 묘사를 통해 인물의 특징을 구성해내는 것이다. 인물이 상황을 만드는 것이 아니라 상황을 통해 인물이 재현되고 있다. 김호준은 "(사십세보다) 조금 더 나이 든, 퍽 훌륭한 차림새를 하였으나 지치고 구슬퍼 뵈는 표정이 이마와 입가에 깊이 새겨진 신사'(58쪽)로, 애리는 외양의 화려함을 부각시킴으로써 서울의 부유한 젊은이의 일상과 현실성 없는 대학생으로 성격화된다. 스무살 쯤 '레에쓰 투성이의 까운을 자리옷 위에 걸치고 머리는 스카아프로 매고 콜드크림을 바른 얼굴'(45쪽), '분홍 사뗀 슬립퍼'(40쪽), '노란 금속의 큼직한 귀걸이가 감각적으로 빛났다.'(49쪽)처럼 매우 미시적으로 재현된다. 또한 시골에서 올라온 영화와 대비적 효과를 위해 "귀걸이니 브레스렛을…빨갛고 파란 구슬이니 번쩍번쩍 하는 금속이니 하는 것들"을 애호하는 애리, "하늘색 포푸린의 시원스런 옷차림을 한 영화'(135쪽), "영화는 나팔꽃 처럼 밑으로 벌어진 은행빛 스카아트를 입고 간소한 데자인으로 된 검정레에쓰 웃도리로 만족하고, 애리는 크림빛 칵텔드 레쓰를 골라 입"(147쪽)는 것으로 그려진다. 또한 당시 서울 부유한 집안의 장식이나 영화관의 정경("안에는 「마리아 셸」의 열연이 와이드

스크린을 휘덮고"(130쪽)) 등 전후의 실제 삶이 매우 사실적으로 묘사된다.

『청춘의 불문율』은 '일상성'이 작품의 주제라고 할 수 있다. 일상을 보여주는 또 하나의 방식은 작가의 직접 서술이나 장면에 대한 묘사의 비중이 적은 대신 인물들의 간결한 대화로 제시된다. 영화의 ( ) 안에 있는 내적 독백이 장면이나 작가의 생각을 대변해 주며, 특히 대화와 그들의 기호를 통해 작중인물의 다수를 차지하는 젊은 대학생들의 일상을 짐작할 수 있다. 주로 짧은 문장과 감각적 표현으로 이루어져 있어 경쾌한 느낌을 주며, 특히 영단어와 영어가 혼합된 문장이 빈번하게 나와 당시 젊은이의 일상어 사용의 단면을 알 수 있다. 헬로우 미쓰로, 「다니이케이」를 닮은 송경구, 쇼요윈도우, 플랜, 녹타안, 스으쓰케이스, 샤록 홈즈, 매담, 파아크, 프랑크해 보이다, 시이쓰, 레에쓰, 스카아프, 콜드크림, 페이, 미스트레스, 도우터, 스텝, 비지네스, 파티, 맘보 음악, 댄스, 부루우스 등 서구 사회를 연상시키는 어휘가 빈번하게 나타나며, 이를 통해 당시 젊은이들의 서구사회에 대한 일종의 동경 내지 선망의 사회 분위기를 짐작할 수 있다. 이처럼 『청춘의 불문율』은 전후의 젊은이를 중심으로 한 일상의 문화를 섬세하게 보여준다. 그들이 쓰는 어휘와 옷, 습관 등 일상생활에 대한 미시적 접근은 전후 1950년대의 또 다른 측면을 재구한다는 점에서도 의미가 있다.

2.2. 에피소드의 비계기적 연쇄와 열린 결말

소설에 대한 오랜 통념 중의 하나는 일상성의 시사 구조니 에피소드 중심의 이야기일 경우 미완의 소설 혹은 완성도가 낮은 것으로 평가하는 것이다. 다시 말하면 소설에 대한 평가에서 기-승-전-결의 인과적 서사 구조를 띠는 완결된 작품이 에피소드의 연쇄나 일상적 계기들을 보여주는 작품보다 높게 평가된다는 점이다. 그러나 이러한 관점은 역사나 이데올로기를 다룬 거대 서사의 국면으로부터 비롯된 것으로, 점차 소설의 서사는 "재현 대상이 거대 서사로 포착된 스펙터클한 역사적 국면이 아니라 그 서사에서 누락되고 억압되고 잊혀진, 어떤 '틈'"으로 향하고 있다. 이는 "한 국가 안의 변증법적 역사발전 과정을 반영하여, 전형적인 역사적 갈등과 그 통합을 잘 반영하는 루카치의 역사소설 개념이 개별적, 미시적으로 분화해가고 있3)음을 반증하는 것이기도 하다.

그러기에 '일상성'을 형상화한 서사에 대한 다른 시각이 필요한데, 르페르브는 일상성에 대한 훨씬 근본적인 사고의 필요성을 다음과 같이 역설한다.

종래 철학은 일상이 비순수한 것이며 철학이 추구해야 할 삶은 일상에 초연하게 거리를 둔 부재의 추상적 삶으로 여겼다. 이상은 덧없음, 발현으로 상징되며, 이상은 일상과는 유리된 그 무엇으로 여겨진다. 그러나 이런 발상법은 철학으로 하여금 자신이 실현할 바탕인 일상을 없앰으로써 철학적 실현을 부정하는 모순을 낳게 했다. 사람들은 일상의 극복을 원하면서도 그것이 자신의 삶의 토대가 된다는 사실을 잘 알고 있다. 일상과 이상은 대립되는 존재이기보다는 서로에게 알리바이를 제공하는 존재이다. 예컨대 일상과 그것을 극복하고자 하는 욕망과의 관계를 알아보자. 일상은 욕망의 장소이다. 그러나 일상이 곧 욕망은 아니다. 일상은 욕망을 일으키게 하는 촉매이다. 왜냐하면 일상은 비욕망

---

3) 졸고, 「풍경과 감정 : 역사를 상상하는 두 개의 다른 시선」, 『비평문학』 2008년 12월호, 232쪽.

의 장소이며 거기서는 충만감 속에서 욕망이 죽고 그 재에서부터 욕망
이 다시 생겨나기 때문이다. 욕망이 다시 생기는 순간 일상성은 사라지
나 욕망을 일으키게 하는 것은 일상성이다.[4]

위에 따르면 일상성이란 삶의 토대인 동시에 끝없는 욕망을 일으키
는 촉매이자 생산 공간이다. 곧 인간에게 있어 일상은 극복의 대상이
자 필연적으로 그것에 결박된 모순어법이라고 할 수 있다. 또한 '일상
성'이란 단순히 하찮은 모습들이나 무의미한 것이 아니라, 인간들이
활동하는 구체적인 시간과 공간 속에서 이루어지는 삶의 양상을 의미
한다.[5] 곧 일상성의 의의는 있는 그대로의 현재와 그로부터 야기되는
인물들의 욕망의 근거지로 인정한다는 데에 있다. 더 나아가 일상성
을 짚어내는 것은 곧 그 당대 사람들이 살아가고 있는 사회의 성격을
규정하는 것과도 연결된다.

『청춘의 불문율』은 일상어와 작중인물 간의 에피소드의 나열이라고
할 만큼 서사의 극적 반전을 꾀하는 부분이 거의 나타나지 않는, 일
상 그 자체를 그리고 있다. 이 작품은 장별로 작품이 편성되어 있으
며 각 장에 제목이 붙은 구성을 취하고 있다. 작품 속 인물들은 영화
를 중심으로 연결되어 있으며, 몇몇 관계에서만 소소한 갈등이 빚어
진다. 외적으로는 애리-박윤-영화, 김호준-학순 여사-우길수와 관
련된 갈등과 영화의 내적 갈등이 종종 드러난다. 사건 중심이 아닌
인물과 인물 사이의 미묘한 심리와 내면을 통해 삶의 모습을 재현하
는 일상성의 서사 구조를 띠고 있는 셈이다.

일상성은 지속성을 중심으로 재현된다. "일상생활의 구체적인 동태

---

4) 앙리 르페브르 저, 박정자 역, 『현대세계의 일상성』, 세계일보, 1991, 171쪽.
5) 한금윤, 「역사적 상황의 일상화-1950년대 손소희 소설 연구」, 『원우논집』 23집,
1996, 3장 참조.

와 심리에 대한 시각은 일상성의 플롯에 결합된 전망, 즉 계기성의 부재 자체가 시대와 역사인식에 대한 하나의 새로운 전망을 시사하기도 한다. 그리하여 작중상황이나 시대적 배경을 일상화시킴으로써 획득되는 것은 시각의 균형이다.6) 이러한 비계기성은 전망의 결여와 연속적 순환성을 드러내며 결말의 미해결7)로 이어진다. 한 마디로 『청춘의 불문율』은 특별하거나 인과적 사건 중심으로 전개되지 않는 점에서 일상성, 지속성을 서사화한 열린 소설이라고 할 수 있다. 특히 작품의 마지막 장면이 드넓은 '들판'의 공간으로 끝난 점은 작중인물의 삶에 대해 지속시키는 평가유보적 방식8)과도 관련된다.

3. 서사적 통어로서의 전쟁과 전후 현실의 재구

3.1. 전쟁의 잠복(지속)성과 가족 해체

이 작품은 사랑, 세대, 경제적 문제 등이 얽혀 있는 일상을 다룬 작품으로, 특히 인물들은 전후 사회에 발생한 어떤 공통의 문제를 겪고 있다. 곧 '이주'와 그에 따른 가족 해체가 그것인데, 가족 해체는 크게 두 방향으로 진행된다. '영화'로 대변되는, 물질적 가난으로부터 벗어나고자 지방을 떠나 서울로 올라오는 방식이 그중 하나이고, 정신적

---

6) 신종한, 「한국소설의 일상성」, 『동양학』 제35집, 단국대학교 동양학연구소, 2004. 2, 99쪽.

7) 위의 논문, 84쪽.

8) 일반적으로 시간적 담화는 이른바 닫힌 결말을 통해 전망을 분명히 제시하기에 유리한 양식이며, 공간적 담화는 열린 결말을 통해 독서과정에 독자의 참여 의지를 많이 열어 놓은 평가 유보적 양식이라고 할 수 있을 것이다. 김현, 『현대소설의 담화론적 연구』, 계명문화사, 1995, 21쪽.

소통의 불능으로 인해 해체가 진행되는 김호준을 중심으로 한 도시 가정이 다른 하나이다.

그런데 중요한 점은 지방과 도시, 물질적 가난과 정신적 결핍에서 비롯된 가족 해체의 근저에 6·25 전쟁 체험이 잠복해 있다는 점이다. 영화가 대구를 떠나오게 된 결정적인 계기는 오빠가 당한 사기와 관련된다. 오빠는 6·25 전쟁에 참여했다가 다친 후 삶에 무의미함을 느끼고 무능과 실의에 빠져 있다. 오빠는 전쟁에서 얻은 깊은 외상을 겪고 있으며, 참전의 경험은 그의 일상적 삶에 직간접적으로 간섭한다. 이처럼 전쟁은 잠복되어 있다가 어떤 계기와 욕망과 결합하여 한 인간의 삶을 파괴하는 양상으로 드러난다. 6·25 전쟁이 주는 비극성은 비단 현시적인 참상뿐만 아니라 이처럼 내면화를 통해 지속화된다는 데에 있는 것이다.

> 무슨 파편인가 총알인가가 가슴에 들어 있단 소릴 듣군 그만 저렇게 망구라졌구먼. 대학을 마치래두 마대구 뭘 하래두 싫대구, 곧 죽을 듯이만 생각을 하는 모양이니 야단아니우? 의사 말은 꺼집어 낼 수는 절대 없지만 무슨 활동을 하는데 지장은 없을 게라구 그리는구마는……. (38쪽)

> 불안에 짓눌린 가슴, 독촉을 받아도 더 빨리 걸어지지 않던 두 다리, 그리고 드디어 죽음의 공포가 그들의 덜미를 누르던 찰나에 화석化石하는 듯한 감각을 그는 한번 더 뚜렷이 맛보고 있었다.
> 그리고 그것은 지금의 영화의 심정이 되씹어 보기를 원하는 일이었다. 요동하지 않는 늪의 물같은 고요함, 표면만의 평화를 그는 더 이상 견디어 낼 수가 없었다.
> 광량한 들판에서 영화는 미친 사람처럼 내어 달아 보기도 하였다. 그리고 어린 영화에게 친절하던 그 군인이 마침내 쓰러진 그 장소에 오자 그의 심장은 누를 수 없을 만치 격렬하게 고동했다.

그는 그 씩씩한 젊은이가 픽 하고 팽이처럼 돌며 거꾸러지던 그 풀 위에 자기의 몸을 내어 던졌다. 그리고 흑흑거리며 느껴 울었다. 죽음 에 대한 얼어 붙을 듯한 공포는 그 어린 두뇌의 환상이 아니었다. 그것 은 실지로「존재」하는 것이었고, 방금 며칠 전에도 영화의 소매끝을 스 치고 지나간 것이 아니었던가! (205쪽)

오빠를 포함하여 이 작품의 작중인물들은 '전쟁'을 직간접적으로 체험한 후 '죽음'에의 공포를 겪게 된다. 1950년대 전후의 일상은 이 처럼 전쟁과의 연장선에 놓여 있다. 그 양상은 작중인물들의 성격화 와 작품 전체 분위기를 지배하고 있는 '불안'의 정서로 드러난다. 이 는 전후를 살아간 당시 사람들의 자화상이자 사회적 현실이다. 그 현 실의 중심에는 '전쟁'이 실체로서 존재하거나 기억되고 있다. '전쟁'은 과거가 아닌 '존재' 그 자체인 것이다.

이처럼 전쟁은 친숙한 일상의 세계를 일시적으로 파괴하는 역할도 하지만, '전쟁의 일상화'라는 방식으로, 다시 전쟁을(즉 하나의 역사적 상황을) 거대한 일상의 질서 안으로 녹여버리고 있는 것이다.[9] 곧 전 쟁은 "존재하는 것"이며, "지금 이렇게 눈앞에 보이지 않더라도 죽음 은 존재"(206쪽)하고 있다. 그런 의미에서 『청춘의 불문율』에 그려진 전쟁은 전면에 드러나지 않은 채 '일상생활'의 영역에 구현되고 있는, 마치 정지하지 않고 영향을 미치는 '운동'과도 같은 것이다.

가족 해체의 전조는 가족의 기반이 불안한 데서 온다. 정서의 공동 체적 감각이 파편화되는 양상은 인간 안팎에서 진행되고 있다. 가족 의 외적 형태가 경제적 빈곤에서 비롯된다면, 가족 관계의 파편화를 초래한 내적 요인은 윤리적 타락에서 기인한다. 영화의 가족이 혈연

---

9) 한수영, 「소설과 일상성 ─ 염상섭의 후기 단편소설의 성격에 관하여」, 『소설과 일 상성』, 소명, 2000, 104쪽.

에 의한 간섭과 유대가 있으나 경제적 곤란을 겪는 전통적인 형태라면, 철민의 가족은 경제적으로 안정적 기반은 있되 소외와 배제로 인해 정서적인 위무가 제공되지 않는 근대적인 결핍의 공간이다. 두 가족은 '경제적 결핍'과 '위무의 결핍'이라는 점에서 모두 불안정한 공간들이다.

모두 결핍을 지닌 불안정한 가족은 곧 당대 사회의 축소판이라고 할 수 있다. 지방을 중심으로 한 가족은 기반을 상실한 구성원의 이탈이 생기고, 서울에서는 가족 해체에 따른 핵가족화와 인간 소외가 일어나는 동시적인 진통을 겪게 된다. 또한 서울로의 '이주'는 혈연과 대가족 형태의 전통적인 가족의 형태가 점차 파편화되고 개인적인 소외 집단으로 변화된다는 점을 보여준다. 영화가 몸담았던 가족 공동체를 등지고 혼자의 거처를 마련하거나 핵가족인 김호준의 파편화된 관계는 전후 일상의 한 단면으로, 이후 한국 사회에 나타난 가족 변동의 전사前史와 관련된다. 더 나아가 이는 전쟁 이후 사회의 구조가 전통적인 전근대의 양식에서 파편화되고 합리성으로 나아간 근대적 양식으로의 이행을 보여주는 것이다. 이와 관련하여 김호준의 자살 이후 맞게 된 가족의 파멸은 관찰자를 통해 사실적으로 제시되고 있다.

> 정말 이 화려한 저택에 어울리는 것은 그런대로 허영의 화신 같은 애리 정도일 것이었다. (침울함 이외에는 아무것도 갖지 않은 김호준씨는 물론 실격이고, 그 유치하고 촌스러우면서 욕정慾情만 왕성한 부인도 낙제, 그이는 아마 목노집 같은데 갖다 놓으면 꼭 알맞을 거야. 친절도 하고 카리에스랏 다리에 기브스를 낀 영민이는 귀족적이기는 하지만 가엾게도 너무 야위었어. 그애는 아마 곧 죽을거야. 철민이? 머리도 좋고 이쁘게도 생겼는데 엄마가 나쁜 거짓말을 시켜. 장난도 심하고 나는 그애가 참 좋은데……) (118쪽)

서울에 있기 싫은 마음이 다시 꾸역꾸역 고여 올랐다.

허술한 전세집을 얻어 들고는 아주 들어누워 버린 학순여사를 대하기도 진저리가 났고, 심각한 듯이 입을 비뚜린 우길수가 너불너불 드나드는 꼴도 보기 싫었다. 울고 지껄이며 수다스럽게 슬퍼하는 미망인에 비하여 한층 파김치가 된 백치 같은 애리를 보기도 역겨웠다.

영민이는 돌보아 주는 이가 없는 사이에 낙조落鳥한 새 모양 당연한 일같이 죽어서 사라졌고 철민이는 이마 너머로 사람의 낯빛을 살피는 조용한 아이가 되어 있었다. 찢어진 잠바나 팔꿈치가 나간 웃도리를 걸치고 있을 때면 퍽으나 구차하고 가엾어 보였다. (201쪽)

영화가 목도한 가족의 파멸은 "나이 어린 소녀로서 그렇게도 많은 죽음을 보았어야만 했던 사변 당시의 알"(192쪽)을 역연히 떠오르게 한다. 곧 당시 가족이 붕괴되는 근저에는 6·25 전쟁이 짙게 깔려 있는 것이다. 거대한 참상을 경험한 이들이 이후 징후적으로 드러내는 파괴적인 양상이나 분열 증상은 전쟁 이후 작품에 나타난 인물들의 정신적 트라우마에서 기인하고 있음을 알 수 있다. 그런 이유로 "길가에 널려졌던 그 숱한 죽음들은 누구의 선의도 희생정신도 절대적으로 거부해 버린 모습이 아니었던가!"(192쪽)의 무윤리적 실존의 상태, 어떤 절대적 선이나 희생정신도 거부해버리는 '죽음'으로 공동화되어 버린다. "그 전율 가운데에서 영화映畵의 컷적인 휴우매니즘은 참 별로 신통할 것이 되지 못"(192쪽) 된다.

이 대목에서 강신재 소설은 또 하나의 중요한 의의를 지닌다. 전쟁 이후 문학계에 영향을 미친 서구 실존주의 사상의 단면을 알 수 있을 뿐더러 당시 지성계에서 설파했던 '휴머니즘'의 이데올로기가 설득력을 갖지 못하는 실상을 간접적으로 보여주고 있기 때문이다. 즉 어떤 이념으로서가 아닌 일상을 있는 그대로 재현하는 것이 가장 솔직한 문학적 반응임을 작가는 말하고 싶었던 것인지도 모른다.

　한마디로 전쟁은 경험한 이들의 정신에 침윤되어 삶의 태도와 일상을 지배하는 중요한 요소로 작용한다. 전쟁으로 인한 박윤의 고아의식, 생활에 대한 불안과 경제적 고민, 영화의 미래의 삶에 대한 독립심과 책임감, 경제의 자립을 위한 기투 등이 모두 전쟁으로 발생된 일상의 반응과 태도들이라고 할 수 있다. 전쟁은 피 흘리는 참상과 죽음에서뿐만 아니라 당시의 참상이 '지금 이야기'(165쪽)가 아니지만 이후의 삶을 규정하고 억압한다는 점에서 더욱 비극적인 사건이다. 작가는 피난 시절 자신을 돌보아주었던 무명의 군인이 총살당하는 장면, '잇대어 달겨드는 공포의 날들'(165쪽)에 노출된 젊은 군상들을 통해 전쟁 후의 징후적 효과와 그 속에서 살아내야 할 일상의 풍경을 제시한 것이다.

　이 일상은 영화의 입을 통해 거듭 발화되는 "아이 가엾게도"와 같은 '가여움'의 정서로 제시된다. 작가는 작품 전반에 집중되었던 '불안'의 정서를 후반부로 가면서 점차 건강한 것으로 옮겨 놓는다.

> 　틀림없이 그 상이군인들은 직업을 가졌거나 학문을 하고 있을 것이었고, 그래서 그들은 자부심을 잃지 않고 명랑하다고, 무언지 모르게 영화의 마음도 뿌듯하게 기뻤다.
> 　자기의 오빠 영삼이처럼 몸에 아무런 상처를 입지 않았으나 정신적으로 부상한 사람도 많을 것이었다. 몸과 마음이 다 함께 파괴되어 버린 사람도 있다. 굳센 정신의 주인만이 육체의 어떠한 불편에도 자기를 잃지 않고 버티어 나갈 수 있는 것이다……. (156쪽)

　"의수義手"를 낀 상이군인들의 건강한 자부심과 명랑성, 현실의 환유인 불구의 몸을 극복할 의지에의 요청은 어린 세대인 "철민이가 똑

바루 건강하게 자라나 주기를," 또한 "육체뿐만 아니라 성격이나 정신"의 건강함으로 이어지길 바라는 작가의 바람이자 시대적 요청으로 울린다.

3.2. 세대의 지형도와 현실 대응 방식

정치사회적으로 급격한 변화를 겪을 경우 특정 사건을 대하는 인물들의 반응은 각기 다를 것이다. 이 작품에 나타난 세대의 특징은 크게 세 국면으로 나눌 수 있다. 먼저 김호준을 비롯한 아버지 세대, 전쟁의 현장에 참여한 영화의 오빠로 대변되는 장년 세대, 그리고 유년기에 전쟁을 겪은 영화와 같은 청년 세대로 일별할 수 있다. 장년 세대와 청년 세대를 확연하게 구분짓기는 어렵지만 이 둘을 나눌 수 있는 근거는 전쟁에 참전하여 살상의 참상을 직접 겪었는가의 경험치에 따라 현실을 받아들이는 감수성과 물리적 차이를 넘는 현실의 밀도가 다르게 표출되고 있기 때문이다.

각 세대의 특징은 파편적인 대화나 행동을 통해 파악할 수 있다. 물론 작품에서 각 세대에 대한 반응이나 판단은 주로 영화의 눈을 통해 제시된다. 가난으로 얼룩진 영화의 친척과 부모 세대는 "참 보잘 것 없는 일족"(10쪽)으로 표현된다. 혈연에 얽매여 있으면서도 자신의 이익 앞에선 한 치의 여유도 없는 구세대에게 젊은 세대는 회피하고 싶은 대상이다. 대학의 이상과 낭만을 가치화하는 김호준 역시 구세대의 성격을 소유한 인물로 그려지고 있다.

그런가. 우린 딱하니 제복을 입혀 놓고 학교당국에서 다소 까다롭게 감독도 하고 그러던 때의 대학이 더 대학다웠다는 생각이 잘 없어지지 않는걸. ……그야 학교측이 완고 덩어리 같은 규칙도 내세우고 그래 불편한 점도 없진 않았지만. 그러나 학문의 수준은 높았고, 사회도 그만큼 대학생이란걸 소중이 아니까 또 본인들의 자부심도 대단하였지, 요즈음 학생들은 푸라이드를, 푸라이드란 말이 타당치 않으면 선민選民의식이라 할가 그런것을 덜 갖는것 같더군. 서민적으로 변한 것이 발전이라고 할 순 있겠지만. (123쪽)

이전의 대학에 대한 생각과 사회의 인텔리로서 선민의식을 지닌 그에게 현재의 대학생은 학문적 수준뿐만 아니라 자신의 '푸라이드'를 갖지 못한, 서민적인 대상으로 비춰진다.

6·25 전쟁에 직접 참여한 영화의 오빠와 그의 전우들은 친구의 죽음에서 비롯되는 생의지의 허무와 무기력증을 앓고 있는 전쟁의 직접적 피해자다. 자기의 오빠 영삼이가 모든 것을 내던지고 자조自嘲와 허무함 속에 살고 있듯, 머지않아 목숨이 다하리라는 강박관념에 사로잡혀, 무위無爲와 빈정댐으로 소일하던 만기의 모습은 6·25 참전자의 전형을 보여준다.

　　모든게 다 쓸데 없다는, 일해서 돈 들어서 애들이랑 잘 길러 보았다 별수 없다는 그거지요? 그렇게 호강만 하구 자라던 그 누군지 하는 오빠 동무가 젤 먼저 총알에 맞어 죽더란 그런 말이죠? 그렇게 정성 들여 가꾸어진 사람은 죽어도 좀 나중에나 죽는줄 알았더니 싸움터에 나가 보니 아무 의미도 없더란, 그런 얘기죠? (18쪽)

이들에게 삶은 '무의미'하고 아이러니한 것이다. '총알'은 정성이나 의지, 그리고 능력을 무화시키고 실존 자체를 파괴하는 절대적인 '폭력'이다. 그 앞에 직면했었던 이들에게 산다는 것은 단지 '쓸모없는' 일 그 이상도 아니다. '무기력한 애매함'과 '무능력이란 큰 죄악'은 이들이 운명처럼 떠안은 이들 세대의 비극이다.

이에 반해 이들보다 어린 영화, 송경구, 우길수, 박윤, 김애리 등은 당대의 다양한 '청춘'의 아이콘들이다. 전후 소설들에는 여느 시대보다 '청년층'을 다룬 소설들이 다수 보이는데, 전쟁 후 소설가들이 청춘의 일상과 심리를 주대상으로 다룬 이유는 무엇일까. 『청춘의 불문율』을 집필한 작가의 의도[10]에서 그 단서를 찾아보자.

> 젊은 사람들은 어느 시대에나 그들의 문제를 가지고 있다. 사랑하는 일, 생활하는 일, 그리고 이데올로기의 문제… 오늘날 이땅의 젊은이들은 다시 없는 소음과 혼란 속에서 역시 그런 문제를 가슴에 안고 있다. 그들은 불행하게도 자기의 눈앞에서 학살이니 파괴니 하는 것이 행하여지는 것을 보았고, 오랜 통념通念이, 윤리가, 종교가 뒤엎여지는 것을 보았다.
>
> 그들에게 위엄을 가지고 무엇을 가르칠 수 있는 사람은 지금은 없는 것이다. 그들은 각기 자기의 촉각觸角을 움직여서 잡다함 속에서 무엇인가를 발견하는 수밖에 방법이 없다.
>
> 혹은 향락을, 혹은 파멸을, 혹은 케케묵은 <도덕>의 미이라를 그들은 발견하고 그것을 힘껏 움켜잡는다. 극히 드물게 어떤 청년들은 생의 의미를 포착한다.
>
> — 『청춘의 불문율』 서문에서

서문에서 작가가 밝히고 있듯 『청춘의 불문율』은 전후를 살아가는

---

10) 작가의 의도와 함께 고려될 수 있는 대상이 작품이 실린 『여원』이다. 『여원』은 1955년 10월에 창간되어 1970년 4월까지 총 175호로 종간된 여성잡지로, 『여성계』, 『여상』과 함께 여성 독자에게 대중적인 인기를 얻으며 여성문제를 공론화한 50년대 대표 교양지이다. 작가는 『여원』의 주독자층이라고 할 수 있는 대학생을 포함해 교양있는 중산층 여성들에게 청춘의 감수성과 대중적인 흥미를 제공하려는 매체의 전략도 어느 정도 고려한 것으로 짐작된다. 『여원』의 매체적 특성에 대해서는 졸고 「수기에 나타난 식민적 징후와 50년대 동일성 담론」(『어문연구』 제56권, 2008. 4)을 참조할 것.

젊은이들의 삶, 현실, 사랑을 보여주는 작품이다. 강신재에게 청춘들은 학살이나 파괴를 경험한 불행한 세대로, 그들에겐 통념이나 윤리, 그리고 종교가 더 이상 삶의 척도가 될 수 없다. 더 나아가 이전 세대로부터 어떤 가치를 전수받을 수도 없는 '단절감'을 생래적으로 지닐 수밖에 없다. 그런 이유로 그들은 촉감이나 감각에 의존할 수밖에 없고, 자연 향락이나 파멸의 길로, '도덕'으로 위장된 허위의식의 삶을 살거나, 때론 극히 드물지만 생의 의미를 포착하기도 한다.

감수성과 삶의 방향이 정해지지 않은 청춘 세대에겐 '혼미'의 가중치가 더할 것이다. 작품에서 '청춘'은 "모든 부자연함, 불안함, 가난함, 전부에 대한 노염"(169쪽)이 한데 뭉쳐 놓은 것이거나 "청신淸新함이란 미지수를 의미한다." 곧 당대를 청춘과 관련지어 살피려는 의도에는 혼효된 양상들과 극복가능성을 동시에 포괄하면서 현실을 길항적으로 볼 수 있는 척도를 마련하고자 한 것으로 보인다.

그 면면을 보면, 우선 우길수는 학순 여사와 불륜관계에 있는 인물로, 영화가 가장 싫어하는 인물상이다. 그는 T대학 국문과 학생으로 학비 곤란으로 자살을 시도하기도 했고, 생활력이 없으며 겁쟁이다. 한 마디로 우길수는 "불건강한, 자기 딴에는 정열적인 젊은이로 자처하고 있는 모양이나 실은 비겁한 타산가이거나, 혹은 이성理性이 맑지 못한 수컷이거나에 불과한 청년만큼 소름이 끼치도록 싫은 사람"(80쪽)이다. 김애리는 허영심과 약한 의지, 현실 감각이 떨어지는 인물로 그려진다. 윤리 도덕적인 무책임성의 우길수와 생활의 무책임성을 보이는 애리는 등가의 인물로서, 경제적 정신적 독립을 위해 고투하는 영화에게 비판적인 대상들이다.

이들이 주로 젊은 세대의 부정적인 모습으로 그려지고 있다면, 단편적이지만 송경구는 미술학도로서 밝은 이미지와 따뜻한 본질을 지니고 있으며 선량하고 낙천적인 인물이다. 그리고 작품의 주요 인물인 영화와 박윤은 좀 더 발전적이고 긍정적인 인물로 제시된다. 영화는 가난과 '장사 얘기'나 군소리에 불과한 사소한 일로 싸우는 친척들의 틈바구니에서 독립을 희망하는 인물로, 오빠 영삼의 무기력한 삶을 비판하며 살아있는 자의 의무를 말하기도 한다. 또한 무능력을 '죄악'이라고 생각하며, 육체적 감각과 정신적 가치를 일원적으로 여긴다.

> 「유능」하다는 말은 영화의 머리에는 가장 매력 있는 어휘의 하나였고, 무엇이라도 해치울 수 있을 것 같은 자신과, 아무 것도 해본 경험이 없다는 주뼛거림은 다 함께 이 일자리로써 테스트를 받아야 하는 것이었다. 영화는 입학시험 때처럼 마음을 사리며 여러 가지 말을 자기에게 타일렀다. (50쪽)

영화는 "자기 속에만 있는 것이고, 누구에게 기대면서 바랄 수 있는 것이 아닌" 주체적인 '힘'을 갖고자 한다. '능력'은 영화의 개인에게 뿐만 아니라 전후 현실을 극복하고 자본화의 길로 들어선 당대에 가장 긴급히 요구되는 자질이었을 것이다. 이러한 내면에 대한 인식과 현실에 대한 의지 표명은 현실을 직시하고 자립하고자 하는 여성상을 보여준다. 다만 영화가 "영화는 이담에 퍽 좋은 엄마가 될거야."라며 "어떤 다른 찬사를 들었을 때보다도 마음속 깊이 만족"(138쪽)하며 모성을 가치 있게 여기는 부분은 다소 작위적인 느낌을 준다. 작가의 젠더적 의무감의 반영처럼 보인다.

박윤은 정치학부 학생으로 가족이 이북에 있어 실제로 고아로 자라난 인물이다. 박윤이 전쟁(이데올로기)의 무게를 몸으로 고스란히 받은 사람이자 어떤 것으로도 위무받을 수 없는 '고아'라는 점에 주목할 필요가 있다. 전쟁은 일상 곳곳에 스며있는 동시에 각 주체들에게 '고아의식'을 내면화하게 한 강력한 요인이기 때문이다. 영화가 그의 회상을 통해 쉽게 상상할 수 있었듯 "박윤은 그야말로 고아로서, 잇대어 달려드는 공포의 날들을 이겨낼 도리가 없었을 것"을 독자 또한 공유할 수 있다.

그런 현실적 제약에도 불구하고 그는 '굳은 의지와 선善에 대한 끊임없는 지향'(97쪽)을 보이는 강건함을 지닌 인물이다. 작품에서 박윤은 영화의 사랑과 인생의 파트너로 함께 할 바람직한 청년상을 표상한다. 특히 영화가 육체적인 접촉을 통해 '그늘' 내지 '깊이'를 자각하는 과정에서 육체의 섹슈얼리티를 자각한다는 점에서 영화의 주체를 형성하게 하는 의미 있는 타자이기도 하다. 이런 점을 볼 때, 작가가 가장 긍정적으로 제시하는 인물은 생활력과 경제력, 그리고 애정에 대해 건전하고 의지적인 생각을 지닌 박윤이다. 여성 인물인 영화의 갈등과 혼란을 잠재울 인물로 제시함으로써 '청춘'의 형상과 긍정적인 청춘상을 제시하고자 한 것이 작가의 또 다른 의도로 보인다. 또한 작가는 사회에 대한 인식과 더불어 영화와 박윤의 해후를 통해 폐허 이후의 삶을 유지하기 위해 필요한 것으로 '사랑'을 제시한다.

> 이 세상에는 아름답고 즐겁기만 한 것이 없지는 않고, 그 최상의 것은 「사랑」이다…이 향기로운 밤은 참 얼마나 「사랑」과 어울리게 만들어져 있을까! (157쪽)
> 『사랑이 모든 것의 근원이 될 수 있습니다. 모든 일을 이겨나갈 수 있는 용기도, 인내도, 기쁨도 거기에서 얻을 수가 있지요.』 (211쪽)

작품에서 낭만성을 유지하되 환상적(쾌락적) 감각으로 나아가지 않으려는 이유는 그들이 모두 자신의 생활을 '독립적'으로 지켜나가면서 기본적인 생활을 영위해야 할 삶의 토대를 마련해야 한다는 점에 있다. 그래서 그들은 '공(경제력과 관련된 영역)/사(사적 감정과 관련된 영역)'의 구분을 통해 감정을 조절해 나가는 것이다. 이는 전쟁 이후 전근대적인 여러 신분적 관계가 완화하고 소멸하는 대신, 경제적인 합리주의 요소가 널리 보급[11]되는 방향으로 바뀌어가는 상황으로 확대해 볼 수 있다.

이런 감정 조절이나 공사의 조율은 현실을 바라보는 작가의 시선이 객관적이기 때문에 가능한 것이다. 이 작품은 작가의 주관적인 과잉이나 지배적 서술이 철저하게 배제되어 있다. 인물들의 형상화에서도 긍정적/부정적 인물로 대립각을 세우는 것이 아니라 이질적이고 다양한 모습 그대로 드러난다. 현실은 인물들의 대화와 작중인물의 서술로 재구(再構)되고 재현된다. 그런 점에서 실존주의와 함께 담론으로 유행했던 '휴머니즘'을 처리하는 데도 작가의 태도는 가치중립적이다.

요약하면 『청춘의 불문율』은 '시대의 자멸'로 부패한 학순 여사, 이데올로기의 정점에 있던 김호준, 가난에 고통 받는 부모 세대와 전쟁 후유증, 산 시체로 대변되는 전쟁참전 세대, 그리고 박윤과 영화가 보여주는 자기 이상을 지닌 청춘의 세대의 지형도를 잘 보여주고 있다. 공존하는 이들 세대에서 작가가 특히 주목한 대상은 '자유'의 추구와 가시적으로 드러나는 규제는 없지만 자기조절능력(정제)을 위해 분투하는 청춘의 세대이다. 가시화되지 않지만 엄연한 자기 질서를 지니고 있는 '불문율'은 자기 자신감과 자기중심의 삶을 살아갈 청춘을 표

---

11) 이대근, 『한국전쟁과 1950년대의 자본축적』, 까치, 1987, 274쪽.

상해냈다는 점에서 '전진'과 동일한 의미로 다가온다.

4. 맺음말

이상으로 강신재의 『청춘의 불문율』에 나타난 일상성의 양상과 그 일상성을 통어하는 전쟁의 의미에 대해 살펴보았다. 이 작품은 『여원』에 실린 대중소설이란 점에서 여성들의 육체적 외양에 관한 담론이나 파트너십, 연애와 결혼, 치장 등 여성 교양과 관련된 부분들을 미시적으로 잘 그리고 있다. 또한 인과적인 서사 방식이 아닌 소소한 일상을 에피소드 형식으로 보여준 점에서 당대의 현실에 사실적으로 다가가게 한다. 이런 대중적 기호로 작품에 비교적 쉽게 접근할 수 있으면서도 작품 곳곳에 깔려 있는 전쟁, 죽음, 사랑, 존재 등에 대한 존재론적 인식은 깊은 해석을 요한다.

특히 『청춘의 불문율』은 전쟁의 참상을 중심으로 형상화한 여타의 작품과 달리 여성적 시각에서 일상을 전면적으로 내세우면서 전후 현실을 재현하고 있다는 점에서 짚어봐야 할 작품이라고 할 수 있다. 작품에서 전후는 현실의 '효과'로 드러난다. 전쟁의 참상을 직접 그리는 것이 아니라 전쟁 이후의 현실에 미친 여러 국면들을, 특히 각 개인에게 드리워진 처지로 드러내고 있다. 어제와 다름없는 오늘, 그리고 미래의 삶이 반복될 것이라는 인식과 그 인식에 잠복해 있는 한국전쟁의 외상은 작중인물의 삶에 직간접적으로 영향을 끼치고 있음을 알 수 있다. 그런 이유로 교양잡지인 『여원』에 실린 『청춘의 불문율』은 대중소설로 인식되곤 하나 그보다 좀 더 적극적인 의미를 부여할 필요가 있다. 왜냐하면 여성 잡지에 수록된 소설은 당대 독자와의 소통을 염두에 둔 것인 동시에 당대의 여성의 경험은 무엇이며, 그것을 어떻게 의미화해야 하는지 현실감 있게 보여주기 때문이다.

현실에 드리워진 전쟁의 의미를 일상성으로 재구성함으로써 전후 현실을 보여주었다는 점에서 강신재의 시선은 의미 있는 지점을 드러낸다. 전쟁이 끼친 사회구조의 양상을 가족 해체와 일상 현실에 대한 대응 방식으로 형상화한 것은 전쟁을 관념적으로 그려낸 당대의 다른 작가들이 포착하지 못한 주제의식이라고 할 수 있다. 일상을 살아가는 작중인물들은 어떤 곡점에서 전쟁의 외상을 기억해내고 그것이 상승해 삶을 파괴하는 욕망과 결합하여 절망하기도 하고 봉합하기도 하면서 자신들의 삶을 지속해 나간다. 각 세대는 시대에 반응하면서 그들의 아비투스를 형성해 나간다. 또한 공간 이동과 가족 해체의 현상이 1960년대에 이르러 가속화되고 점차 사회구조의 변동으로 구체화된다는 점에서, 이 작품은 전통적인 전근대의 양식에서 개인적 합리성으로 나아간 근대적 양식으로의 이행 과정, 그리고 일상을 구성해 나가는 각 개인의 윤리적 현실적 태도를 잘 보여주고 있다.

작가는 자신이 그려낸 그 층위를 적극적으로 읽어내는 것은 작가가 아닌 독자의 몫이라고 말하는 듯이, 또한 일상의 운명이 지속성 자체에 있음을 보여주기 위해 어떤 가치평가도 유보한다. 『청춘의 불문율』이 지닌 미덕은 혼란한 한 시기인 '청춘'에 대한 목적의식을 서사의 중심에 노출시키지 않으면서 전후 현실을 객관적으로 재현한 소설적 리얼리티에서 찾을 수 있다. 1950년 전후 소설을 일상성의 관점으로 다시 읽는다면, 기존 문학사에서 간과되었던 한국전쟁에 대한 다른 담론의 형태도 가능하리라 본다.

◆ 『Korean Comparative Studies』 17권 1호(2009.4)에 수록

일탈과 전복, 소통의 한 방식

— 최명익론

김현정

최명익은 1930년대 중반부터 1940년대 초반까지, 소위 불안과 좌절, 절망이 난무한 시기에 당시 병적 징후를 통해 식민지현실의 불안의식을 드러내는 것은 물론 지식인의 분열양상과 양가성, 근대에 대한 비판의식과 소통경로의 모색 등을 보여주었다. 이 시기에 다른 작가들이 보여주지 못한, '희망'을 내장한 소통의 징후들을 보여주고 있다는 점이 최명익 소설의 특징이라 할 수 있다.

1. 들어가는 말

최명익(1902~?)은 모더니즘과 리얼리즘이라는 두 길을 모색한 작가이다. 그는 일제강점기에는 근대의 문제점들을 지식인의 분열의식을 통해 묘파한 모더니스트의 모습을, 해방 이후에는 북한의 문예정책에 충실히 부합한 리얼리즘 계열의 작품을 창작한 리얼리스트의 면모를 보여주었다. 1928년 『백치白雉』1) 동인으로 문학활동을 시작한 그는 오랜 습작을 통해 1936년 『조광』(1936.5~6)에 「비오는 길」을 발표하면서 신세대소설가로 문단의 주목을 받기 시작한다. 이후 「무성격자」(『조광』, 1937.9), 「역설」(『여성』, 1938.2~3), 「봄과 신작로」(『조광』, 1939.1), 「폐어인」(『조선일보』, 1939.2.5~25), 「심문」(『문장』, 1939.6), 「장삼이사」(『문장』, 1941.4) 등을 발표한다. 일제의 군국주의의 본질이 점차 노골화되고, 카프가 해산되는 등 리얼리즘 계열의 문학이 탄압받던 시기에 그는 이렇듯 "1930년대 모더니즘적 표상의 심리적 반영의 최고 수준을 보

---

1) 『백치』는 순수문학을 목적으로 만들어진 모임으로, 최명익을 비롯하여 김광재, 홍종인, 김희삼, 한수철 등이 활동하였다.

여"2) 문단의 이목을 집중시켰다. 문단에 비교적 늦게 등단한 그는 1930년대 후반 서울과 평양 등에 만연한 '현대'에 대한 고민을 지식인의 분열적 내면을 통해 리얼하게 드러냈던 것이다.

그가 이처럼 모더니즘 계열의 작품을 발표한 데는 평양에 근거지를 두고 활동한 <단층斷層>과 무관하지 않다. 최명익은 평양에 근거지를 둔 <단층>에 소속되어 활동하지 않았지만, 동생인 최정익이 '단층파' 동인으로 활동한 점과 그가 '단층파'와 유사한 심리주의를 추구한 점, 그리고 같은 평양에서 활동하였다는 점에서 상관성을 발견할 수 있다. 나아가 '단층' 이름이 시사하는, 새로운 문학으로서 종래의 문학과 층계를 보이겠다는 의미와 단층지의 상징적 경향인 개인의 심리의식의 집중적 표출에서도 밀접한 연관성을 찾을 수 있다.3) 이처럼 그는 주로 평양에서 활동하면서 '단층파'와 유사한 모더니즘 경향의 작품을 발표한 것이다. 이러한 이유 때문인지 그는 중앙문단의 모더니즘 경향과 일정 정도 거리가 있다.4) 즉, 서울에서 활동한 모더니즘 계열의 작가인 이상, 박태원이 현대의 문명, 자본주의적 삶의 분열성, 그리고 이 모든 것의 대타항으로서의 예술성의 구제를 추구했다면, 최명익은 동시대의 현실적 전망도, 나아가 미적 전망도 불가능한 현실을 드러내는 데 주력하였다. 그렇다고 구인회의 동인들처럼 동시대 문학집단을 타자화시켜 적극적으로 자기정체성을 확립할 수 있는 대립구도 속에 놓여 있지도 않았다.5) 따라서 최명익의 소설관은 1937년 중일전쟁

---

2) 김윤식, 『한국현대현실주의소설연구』, 문학과지성사, 1990, 107쪽.
3) 강현구, 「최명익의 소설 연구」, 고려대 석사학위 논문, 1984, 12쪽 참조. 이 외에 신수정, 「『단층』파 소설연구」, 서울대 석사학위 논문, 1992 참조.
4) 그가 "나는 우리 文壇과는 京城－不襄의 距離를 두고 있다. 아는 文人이 그리 많지 못하고 따라서 文壇을 모른다. 文壇을 모른다는 말에 語弊가 있다면 文壇의 索莫氣를 모른다고 하자."(『조광』 42, 1939. 4, 311쪽)라고 한 데서 이를 확인할 수 있다.

을 전후로 암울한 현실 체험과 진보적인 이념의 쇠퇴에 따른 정신적 공황상황에서 형성된 것으로 보인다. 임화가 이 시기의 문단 상황을 "積極性과 希望 대신 退嬰과 消極性과 絶望의 意識이 誕生하였다. 내 슈내리즘도 쏘시알이즘도 없어졌다"[6]고 언급한 데서 이를 확인할 수 있다.

최명익 소설에 대한 평가는 다양하게 진행되어 왔다. 이들의 연구 성과를 대별해 보면, 첫째, 모더니즘 측면에서 고구한 논의, 둘째, 다양한 방법론을 적용한 논의, 셋째, 모더니즘에서 리얼리즘으로의 변모 과정에 주목한 논의로 압축된다. 첫째는 자의식이나 미학적 면, 모티브나 근대성 등을 중심으로 모더니즘 측면에서 연구한 논의가 주를 이루었고[7], 둘째는 정신분석학적 욕망이론이나 인물의 자아탐색과 소설의 내적 구조에 대한 논의가 많았으며[8], 셋째는 소설의 변모과정에 대한 총체적인 논의가 주를 이루었다.[9]

본고에서는 지금까지의 연구를 바탕으로 해방 이전에 발표된 작품

---

5) 김예림, 「1930년대 후반의 비관주의와 윤리의식에 대한 고찰−최명익을 중심으로」, 『상허학보』 제4집, 상허학회, 1998, 303~304쪽 참조.

6) 임화, 「본격소설론」, 『문학의 논리』, 학예사, 1940, 377쪽.

7) 조남현, 「어둠의 시대와 삶의 빛」, 『우리소설의 판과 틀』, 서울대출판부, 1991 ; 최혜실, 「1930년대 한국모더니즘소설연구」, 서울대 박사학위 논문, 1990 ; 장수익, 「최명익론−승차모티프를 중심으로」, 『외국문학』, 1995년 가을호 ; 진정석, 「최명익소설에 나타난 근대성의 경험 양상」, 『민족문학사연구』 제8호, 민족문학사연구소, 1995.

8) 문흥술, 「추상에의 욕망과 절대주의 미학−최명익론」, 『관악어문연구』 제20집, 서울대 국어국문학과, 1995 ; 김외곤, 「심문의 욕망구조」, 문학사와비평연구회 편, 『한국근대문학연구의 반성과 새로운 모색』, 새미, 1997 ; 이수형, 「최명익론−이데올로기 비판적 의식을 중심으로」, 위의 책 ; 이미림, 「최명익소설의 기차공간과 여성을 통한 자아탐색」, 『국어교육』 105호, 한국국어교육연구회, 2001.

9) 채호석, 「최명익소설연구−『비오는 길』을 중심으로」, 『작가연구』 제2권, 새미, 1996. 10 ; 김윤식, 「최명익론」, 앞의 책 ; 채호석, 「리얼리즘에의 도정」, 김윤식·정호웅 편, 『한국문학의 리얼리즘과 모더니즘』, 민음사, 1989.

에 투영된 소통의 징후들을 살펴보고자 한다. 기존의 연구에서 해방 이전의 작품을 모더니즘적 측면으로, 해방 이후의 작품을 리얼리즘적 시각으로 바라보는 다소 도식적인 이분법에서 탈피하여 해방 이전의 작품의 면밀한 검토를 통해 그가 왜 리얼리즘 문학의 길로 나아갔는지를 검토해 보기로 한다. 이는 해방 이전의 소설에 '모더니티' 외에 '리얼리티'가 어떻게 반영되고 있는지에 대한 분석을 통해 가능하리라 본다. 따라서 이 글에서는 식민지현실의 불안의식과 병적 징후를 고찰해 보고, 아울러 그의 소설에 드러난 근대에 대한 양가성과 비판의식, 나아가 소통의 모색 양상까지 살펴보기로 한다.

2. 식민지현실의 불안의식과 병적 징후

해방 이전 최명익의 소설은 1930년대 중반부터 1940년대 초반에 주로 발표된다. 주지하다시피 이 시기는 중일전쟁이 발발하는 등 식민지상황이 점점 악화일로로 치닫던 때였고, 일제의 탄압과 핍박이 점점 가중되던 시기였다. 1935년 KAPF의 해산으로 인한 조직적인 문학운동의 소멸, 사상범보호관찰법(1935), 사상범예방구금법(1941), 치안유지법의 개악(1941) 등으로 계속되는 강력한 사상 탄압, 노동운동, 농민운동의 궤멸 또는 해외무장투쟁의 심화 등이 1930년대 후반의 문학을 조건지우고 있었다. 한편으로 박영희·백철을 위시한 많은 문인들이 자신이 지녔던 사상과 문학을 저버리고, 관념론적 미학에 침윤하거나 적극적인 체제의 긍정으로 나아갔으며, 또 한편으로 임화·김남천 등이 리얼리즘을 중심으로 힘겨운 모색을 하고 있었다. 이러한 혼돈과 모색의 시기, 절망과 불안의 시기에 점차 새로운 문단의 흐름으로 모더니즘이 등장하게 된다. 새로운 기법과 형식 파괴로 과거의 문학 현상에 대해 반발하면서 나타난 것이다.[10] 이 시기는 "시공의 건강치 못한 시대적 상태, 즉 희망 없고 소모적인 식민지 조선의 사랑과 육체인 동시에 활기보다는 쇠퇴해가는 사회나 시대적 상황 및 활력적인 생명력이 허약해진 젊은 청년들의 신체적 은유화인 동시에 데카당스로서의 삶의 상징"[11]이 주를 이루었다. 이러한 시공의 건강치 못한 시대적 상황을 최명익은 예리하여 포착하여 작품 속에 투영시킨 것이다.

최명익의 소설에 나타난 식민지현실의 불안의식은 당시의 암울한 현실을 상징적으로 반영한 병적 징후에서 발견된다. 그의 소설에 등장하는 인물들 중 대다수가 육체적, 정신적 질환과 밀접한 관련을 맺고 있듯, 그의 문학은 근원적으로 질병의 서사학으로서의 성격과 긴밀한 연관관계가 있다. 이러한 질병 모티프나 테마는 은유화를 통해 그의 서사 세계에 중요한 요소로 작용한다.[12] 그의 작품에 나타난 질병을 열거해 보면, 「무성격자」 - 결핵과 암, 「폐어인」 - 결핵, 「봄과 신작로」 - 성병, 「역설」 - 상동병常動病, 「심문」 - 마약 중독증, 「비오는 길」 - 각기병과 장티푸스 등이다.

이를 구체적으로 살펴보면, 「무성격자」에서는 암(위암)과 결핵이라는 이중의 건강하지 못한 세계에 대한 징후를 보여준다. 결핵에 걸린 정일의 연인인 문주와 암에 걸린 아버지 만수노인 사이에서 '무성격'을 보여주는 정일은 기차를 타고 고향에 가면서 '죽음'의 징후들을 회상한다.

---

10) 채호석, 「리얼리즘에의 도정」, 앞의 책, 195~196쪽 참조.
11) 이재선, 『현대소설의 서사주제학 - 문학 모티프와 테마를 찾아서』, 문학과지성사, 2007, 198쪽.
12) 위의 책, 192쪽 참조.

한나절 후에 보게 될 임종이 가까운 아버지의 신음 소리 오래 앓은 늙은이의 몸 냄새, 눈물 고인 어머니의 눈과 마음 놓고 울 기회라는 듯이 자기의 설음을 쏟아 놓을 미운 처의 울음 소리, 불결한 요강…… 그리고 문주의 각혈, 그 히쓰테릭한 웃음과 울음소리…… 이렇게 주검의 그림자로 그늘진 병실의 침울한 광경과 이그러진 인정의 소리가 들리고 보이었다.13)

- 「무성격자」, 29~30쪽

　"아버지의 신음 소리", "눈물 고인 어머니의 눈", "처의 울음 소리", "문주의 각혈", "히쓰테릭한 웃음과 울음소리", "병실의 침울한 광경", "불결한 요강" 등의 '죽음의 이미지'가 포진되어 있다. 이러한 퇴폐적이고 애상적인, 데카당한 분위기는 당시 식민지현실의 불건강성과 그 현실을 살아가는 사람들의 불건강성이 중층되어 형성된 것이다.14) 그리고 이 작품에는 문주와 아버지 모두 불치병에 걸린 것으로 나온다. 암에 걸린 만수노인과 결핵에 걸린 문주는 분명 다른 세대이다. 만수

---

13) 이 글에 인용되는 작품은 최명익 단편집 『장삼이사』(을유문화사, 1947)를 텍스트로 한다. 이 작품집에 실리지 않은 「폐어인」은 『한국근대소설대계』 27(태학사, 1988)을 텍스트로 삼기로 한다.

14) 데카당스의 개념규정은 결코 단순하지 않는데, 그것은 기본적으로 타락과 방종 및 쇠퇴·반칙의 징후와 성향에서 비롯되지만 역사적 관점에서는 쇠퇴의 보편적 원리, 전통적 가치의 상실, 역사·미학적 범주에서 비관주의로 평가되기도 하고, 혹은 낭만주의의 확장적 요소나 근대성의 면모로서, 아방가르드적 정신으로 간주되는 등 상당히 복합적인 의미를 지니고 있기 때문이다. 그러나 포괄적인 의미로는 문화적인 쇠퇴와 전이, 철학적 비관주의, 신체적 퇴폐와 관련되거나 사회적 소멸과 등가되며, 소설사와 관련될 경우 질병(아픔), 쇠퇴, 전도, 인공성, 유미주의 등은 현대소설이나 근대성의 출현에 영향을 준 데카당의 중요한 주제이기도 한 것이다.(David Weir, *Decadence and the Making of Modernism*, University of Messachusetts Press, xv-xvii, pp.2~3, 10~11 참조. Liz constable, Dennis Denisoff, Mathew Potolsky(eds.), "Introduction." *Perennial Decay : On the Aexthetics and Politics of Decadence*, PENN, 1999, pp.1~10 참조)

노인이 기성세대라면, 문주는 신세대이다. 또한 두 인물은 서로 다른 곳에 위치해 있다. 이렇듯 세대가 다르고, 생활공간도 다른 두 인물의 죽음이 동시에 그려지고 있는 것은 당시 현대의 황폐함이 시공을 초월하여 만연해 있었음을 반증해주는 것이라 할 수 있다. 즉, 이는 작가가 1930년대 식민지적 상황이 "파국을 향해 치닫고 있다는 절망적인 위기의식으로부터 한시도 자유로울 수 없었음"[15]을 보여준 것이라 하겠다.

또한 「폐어인」에서도 당시의 병적 징후들을 찾을 수 있다. 이 작품 제목에 나오는 '폐어肺魚'는 '물고기이면서 폐가 있어 땅 속에서 무려 3~4년 동안 잠을 잘 수 있는 특이한 고대 어류'로, 몸속에 있는 점액을 밖으로 내보내 땅 속에 있는 수분이 빠져나갈 수 없도록 하여 살아가는 생물체이다. 그렇다면 '폐어인'은 '식민지현실'과 '지병'이라는 이중적 제약으로 자신의 의지와는 상관없이 '칩거'를 해야 하는 사람을 일컫는 것이라 할 수 있다. 주인공 현일은 '폐어인'과 같은 인물이다. 그가 이렇듯 '폐어인'으로 될 수밖에 없었던 이유는 학교의 폐교와 '결핵' 때문이다. 당시 '불치의 병'이나 '사형선고'와 같은 공포의 병[16]으로 받아들여진 '결핵'은 이 작품의 중요한 요소로 작동한다.

> ① 『(독속에 가친 쥐가 오직 할일은 독속에 있는 미끼를 먹고 사는 것밖에 없다)는 말이 있지않소? 그런데 말요. 요놈이 요놈이 꼭 그말을 실행하는구려. 신통찮아요? 그래서 나두 이쥐를 배와서 이전 아무런것

15) 신형기, 「한 모더니스트의 행로─최명익의 소설세계」, 최명익, 『비오는 길』, 문학과지성사, 2004, 331쪽.
16) 장경, 「폐결핵과 그 요법」, 『조선가정의학전서』, 조선일보출판부, 1939, 171쪽 참조. "일반적으로 세인은 폐결핵이라면 불치의 병으로 생각하므로 일본 병명의 진단을 받으면 사형선고나 받은 듯이 비관하는 사람이 많다."

이라도 먹구 살려우. 별수있소? 아무런 처지에서라두 살아야지. 그래 나는 이며칠째 쥐똥밥이건 팥밥이건 막먹지요. 김선생두 이쥐의 철학을 배우시우』

—「폐어인」, 53~54쪽

② 玄一이가 처음 각혈을 한것은 그때였다. 그때 그는 쏟아놓은 요강의 피를 드려다 보며 이를 스리물고 두 주먹을 굳게 굳게 쥐었든것이다. 그리고는 빙그레 웃었든것이다. 또 싸와야할 싸와익여야할 익일 자신이 있는 그러나 녹녹히 볼수없는 대적을 눈앞에 보는 듯한 흥분을 느꼈든것이다.

—「폐어인」, 49쪽

위에 인용된 부분은 결핵에 감염된 두 인물의 심리상태를 엿볼 수 있는 대목이다. 둘 다 생에 대한 강한 의지를 보여준다는 공통점을 지니고 있으나 그 양상은 다르게 나타나고 있다. ①이 '결핵' 때문에 실직한 도영의 말로, 쥐덫에 걸린 쥐처럼 생에 대한 생리적 욕구를 강하게 드러낸 반면, ②는 도영과 같은 동료였던 현일의 심리상태를 보여준 것으로, 고학에서 학교선생이 되었듯 '결핵'도 자신의 강한 의지로 이겨낼 수 있다는 욕망을 보여주고 있다. 그리고 ①에서 '생'을 위해 쥐덫에 걸린 쥐처럼 "쥐똥밥"이나 "팥밥"을 먹고 있는 비참하고 우울한 현실이 펼쳐지고 있다면, ②에서는 결코 "녹녹히 볼수없는" '결핵'과 맞서야 하는 비장하면서도 슬픈 현실이 노정되어 있다. 이처럼 '결핵'은 등장인물들에게 불안과 좌절, 그리고 공포의 대상임에 틀림없다.

그리고 근대와 전통의 갈등양상을 잘 보여주는 「봄과 신작로」에서도 병적 징후가 드러난다. 근대가 낳은 '속도'의 상징물인 '자동차'는 식민지현실을 살아가는 이들에게 경이의 대상이자 선망의 대상이다.

‘소달구지’에 익숙해진 그들에게 ‘자동차’는 ‘아직 가보지 않은’ 미지의 세계를 갈 수 있는 꿈의 대상이다. 이러한 심리를 잘 아는 ‘운전수’는 시골에 사는 유부녀인 금녀를 유혹하여 성병을 옮긴다.

> 이 봄도 다 가서 늦게 피는 아까시아 꽃마자 떨어지기 시작하였다.
> 금녀는 종시 자리에 눕게 되었다. 얼마 전부터 아랫배가 쑤시고 허리가 끊어지고 참을 수없이 자주 변소 출입을 하게 되었다. 금녀는 제 병이 무슨 병인지는 알 수 없으면서도 제가 앓는 것을 누가 알 것만이 걱정이었다. 그래서 악지로 참아 가면서 더욱 부지런히 일을 하려고 애써 보았다. 그러나 이번에는 아프기만 하던 배가 갑자기 붓기 시작하였다. 걸을려면 높아진 배를 격하여 보이는 발 끝이 안개 속이나 구름 우를 걷는 것 같이 허전하고 현기가 났다. 아침이나 낮에도 금녀의 눈 앞에 보이는 것은 무엇이나 닥아 오는 어둠과 싸오는 저녁 노을 같이 누렇고 희미하였다. 금녀는 이를 악 물고 무슨 병인지 모르면서도 숨기기만 하려고 애썼으나 더 참을 수 없어 자리에 쓰러지고 말았다.
>
> — 「봄과 신작로」, 92~93쪽

운전수의 협박에 못 이겨 그를 만난 금녀가 그날 이후 알 수 없는 병으로 고통을 겪다가 쓰러지는 장면을 보여주고 있다. 운전수는 물 긷는 금녀를 유혹하고, 평양으로 도망가자고 회유하던 운전수는 금녀에게 망신시킨다고 협박하여 그녀를 농락한 것이다. 그 후 금녀는 “아랫배가 쑤시고 허리가 끊어지”는 고통을 느끼게 되고, 소변을 자주 보게 된다. 자신이 “앓는 것”이 탄로날까봐 아픔을 참아가며 더욱 열심히 일하던 금녀는 병세는 점점 악화되어 결국 죽게 된다. 공교롭게도 그녀가 죽은 날 저녁에 송아지도 갑자기 죽는다. 운전수에 의해 감염된 ‘성병’은 자동차와 함께 근대의 부산물이라 할 수 있다. ‘자동차’가 빠졌을 때 ‘소달구지’가 도와주었음에도 불구하고 ‘소달구지’에 대한

'자동차'의 횡포가 심해지는 것에서 알 수 있듯, 운전수와 금녀와의 사랑도 쌍방간의 사랑이 아닌, 일방적인 사랑(유린)에 불과한 것이었다. 때문에 그들의 관계는 금녀의 죽음으로 끝나게 된 것이다. 이는 '근대'의 폭력성에 의해 전통이 희생되는 한 단면을 반증하는 것이라 하겠다. 송아지의 죽음이 '우역牛疫'으로 판명난 뒤 동네 사람들이 "이전에 없든 병두 다 서양서 건너왔다거든"이라고 한 것에서도 알 수 있듯, 송아지는 이전에 없었던 '병', 근대가 가져온 병에 의해 희생된 것이다.

이 외에도 마약 중독증(「심문」), 각기병과 장티푸스(「비오는 길」) 등의 질병이 최명익 소설에 곳곳에 등장하고 있음을 볼 수 있다.

3. 근대에 대한 이중적 시선과 소통의 길

최명익 소설에 드러난 식민지현실의 불안의식과 병적 징후의 양상을 살펴보았다. 그런데 그의 소설에는 이러한 불안의식과 병적 징후들이 별도로 분리되어 있는 것이 아니라 근대에 대한 이중적 시선과 비판의식, 그리고 소통구조와 긴밀하게 연결되어 있음을 알 수 있다. 1930년대의 식민지현실을 살아간 이들은 근대에 대한 동경과 환멸이라는 양가성에서 결코 자유롭지 못했을 것이다. 따라서 최명익 소설에 나타난 식민지적 모순을 담아낸 근대의 양가성을 파악하는 일은 아주 중요한 의미를 지닌다. 이 양가성의 확인을 통해 근대에 대한 비판적 시선도 볼 수 있고, 그리고 이 비판적인 시선을 넘어 소통의 길을 간파할 수 있기 때문이다.

3.1. 근대에 대한 이중적 시선

최명익의 소설에는 근대에 대한 양가성이 많이 등장하고 있다. 주지하다시피 양가성은 "논리적으로 서로 어긋나는 표상의 결합에서 오는 혼란스러운 성질, 즉 어떤 대상, 사람, 생각 따위에 대하여 동시에 대조적인 감정을 지니는 것"을 의미한다. 그리고 이는 "가치, 소설적 줄거리 및 등장인물들에 대한 단의적인 규정이 더 이상 가능하지는 않지만 가치의 문제 그 자체는 여전히 중요한 역할을 담당하고 있는 소설 유형의 특징"[17]을 지닌다. 이러한 맥락에서 최명익의 1930년대 후반 소설에서 볼 수 있는 근대에 대한 이중적 시선 혹은 양가적 의식은 교환가치에 의한 매개라는 현실의 부정적 원리가 텍스트에 내재화된 방식으로서, 자본주의적 현실에 대응하는 미학적 전략이라 할수 있다.[18] 그리고 이러한 양가적 포즈는 사실 최명익의 작품들의 전반을 지배하는 주요한 주제이자 근대에 대한 최명익의 인식과 태도를 가늠할 수 있는 단초가 된다.

먼저 「비오는 길」에 드러난 양가성은 주인에게 인정받고자 하는 병일이의 인정욕망에서, 병일과 칠성의 사물화된 관계에서 볼 수 있다. "모든 가치들이 교환가치에 궁극적인 기원을 두고 있는 세계, 즉 미/추, 진/위, 선/악 사이의 모든 질적 대립들이 양적인 것으로 치환되는 시장 메커니즘의 세계에서는 사물들을 양분해 버리는 가치평가적 태도가 허위적인 가상"[19]으로 표상될 수밖에 없는 것이다.

---

17) P. Zima, 서영상·김창주 역, 『소설과 이데올로기』, 문예출판사, 1996, 43쪽.
18) 김민정, 『한국 근대문학의 유인과 미적 주체의 좌표』, 소명출판, 2004, 337쪽 참조.
19) 위의 책, 337~338쪽.

그는 주인 앞에서 참고 있었던 담배를 가슴 속 깊이 빨아 들이켜며, 이 년 내로 구하여도 얻지 못하는 신원보증인을 다시금 궁리하여보는 것이었다.
　　현금에 손을 대지 못하고, 금고에 들어 있는 서류에 참견을 못하는 것이 책임 문제로 보아서 무한히 간편한 것이지만 취직한 첫 날부터 지금까지 하루도 변함 없이 자기를 감시하는 주인의 꾸준한 태도에 병일이도 꾸준히 불쾌한 감을 느껴온 것이었다.
　　주인의 이러한 감시에 처음 얼마 동안은 신원 보증이 없어서 그같이 못 미더운 자기를 그래도 써주는 주인의 호의를 한 없이 감사하고 미안하게 여겼었다.

― 「비오는 길」, 102~103쪽

　주인에게 인정받고 싶은 욕망과 주인을 경멸하는 마음이 교차하고 있는 구절이다. 성 밖 빈민굴에 살면서 맞은 편 성 밖에 있는 공장에 다니는 병일은 2년 동안 신원보증인을 세우지 못해 주인의 감시를 받는다. 병일은 자신을 늘 감시하는 주인에 대한 경멸을 느끼지만, 다른 한편으로 자신도 신용보증인을 세워 떳떳하게 주인으로부터 인간적인 대우를 받고 싶은 욕망이 담겨져 있다. 자본주의적 삶에 대한 동경과 환멸이라는 근대적인 개인의 의식이 명료하게 드러나고 있는 것이다. 그리고 이러한 양가감정은 병일과 사진사인 이칠성을 만나는 과정에서도 볼 수 있다. 그는 사진사의 속물적인 삶에 대해서 경멸하면서도 자신감에 차 있는 그의 삶의 방식에 대해서는 일정 정도 동경의 마음을 갖기도 한다. 이러한 그의 동경의식은 소시민적인 행복에 다름 아니다. 그런데 이는 '진정성'이 담긴 행복이 아니기 때문에 진정한 행복으로 이어지지 못하고 만다.
　병일과 공장주인, 그리고 병일과 이치성과의 관계에서 보이는 이러한 이중적 시선은 「무성격자」에서도 확인할 수 있다. 아버지의 위급한 병환 때문에 낙향한 그는 매부를 만나 아버지의 땅의 매매를 논의하는 과정에서 말이다.

> 그러한 용팔이의 모양을 내려다 보고 있는 丁一이는 안방에서 신음하고 있는 아버지의 무서운 모양이 보이고 그러한 아버지가 아직도 지키고 있는 그의 재산을 넘겨다 보는 듯한 용팔이가 따지는 산판 알이 거침 없이 한 자리씩 올라가는 것을 유심히 바라보고 있는 자신을 의식하며 보고 있을 때, 이렇게 대강만 놓아도 하고, 산판을 밀어 놓으며 쳐다보는 용팔의 눈과 마주치게 되자 丁一이는 흠칫 놀라게 되는 자신의 얼굴이 붉어지는 것을 깨달았다. 여기 대한 상속세만 해도 큰 돈인데 안 물고 할 수 있는 이것은 제 말씀대로 하시지요. 이렇게 결정적으로 말 하는 용팔이는 丁一이의 앞에 위임장을 내 놓으며 도장을 치라고 하였다. 丁一이는 더욱 불쾌 하여졌다. 잠이 부족한 신경 탓도 있겠지만 자기의 눈을 기탄 없이 바라보는 용팔이의 얼굴에 발라 놓은 듯한 그 웃음이 말할 수 없이 미웠다. 이 소인놈! 하는 의분 같은 心熱이 떠오르며, 언제 내가 이런 음모를 하자고 너와 공모를 하였던가?하고 그의 뺨을 갈기고 싶은 충동을 느끼었다. 그러나 丁一이는 금시에 미끌어지는 듯한 웃음이 자기 얼굴에 흐름을 깨달았다.

> – 「무성격자」, 56쪽

평소 교활하고 강박함을 지닌 매부를 경멸하던 그는 아버지를 간병하던 중 매부의 호출을 받는다. 매부인 용팔이는 아버지가 매매한 땅을 자신의 이름으로 올리면 상속세를 내지 않아도 된다고 마치 선심 쓰듯이 말한다. 위임장에 도장만 찍게 되면 자신이 다 알아서 처리하겠다며 웃는 그의 모습을 본 정일은 적잖은 불쾌감을 느낀다. "소인놈"이라고 말하고 싶은 충동까지 생긴다. 자신과 공모하여 이익을 획득하려는 용팔이의 속셈을 간파한 그는 아버지에 대한 예의도 아니거니와 자신을 '소인배'로 전락시키게 될 우려도 있기 때문에 그의 제안을 거부하려 한다. 그러나 끝 부분에 가서 정일은 이러한 예상을 깨뜨리고 분개하던 얼굴에 "미끌어지는 듯한 웃음"을 띔으로써 반전된다. 이는 곧 매부의 공모를 인정하는, 수용하는 것에 다름 아니다. 이 사실을 안 만수노인은 언성을 높여 아들을 꾸짖는다. 어머니도 "네 잘못만은 아니겠지만, 아버지의 성미를 잘 알면서도 왜 그렇게 일을 경솔히 하느냐"(59쪽)고 질책한다. 자신의 경솔한 행위로 부모님에게 꾸지람을 들은 그는 부끄러움을 느낀다. 여기에서 주인공의 양가적 포즈를 확인할 수 있다. 이러한 정일이의 이중적 시선은 문주와 아버지가 같은 날에 죽었을 때 나온 반응에서도 알 수 있다. "죽은 사람은 죽은 사람으로 하여금 장사하게 하라는 말 대로 하자면, 자기는 문주를 장사하러 가는 것이 당연하리라고 생각하면서도 丁一이는 아버지의 棺을"(65쪽) 맡는다. 문주의 장례식을 치르러 가야 한다고 생각하면서 실제로는 아버지의 장례식을 치르고 있는 장면에서 그의 이중성을 발견할 수 있다.

근대의 이중적인 시선은 「심문」에서도 보인다. 3년 전에 상처喪妻한 김명일은 아내의 이미지와 유사한 여옥을 만난다. 그는 사랑의 대상으로서의 여옥과 그림의 모델로서의 여옥 사이의 분열된 양가감정을 느끼게 된다. "침실의 如玉이는 전신 불덩어리의 정열과 그러면서도 난숙한 기교를 가춘 창부였고, 낮에는 교양인인 듯 영롱한 그 눈이 차게 빛나고 현숙한 주부인양 단정한 입술은 늘 침묵하였다."(148쪽)라고 한 데서 볼 수 있듯 여옥은 밤에는 사랑하는 여인으로, 낮에는 교양 있는 주부로 통한다. 한 대상이 두 이미지로 분열되어 중층적으로 표상되고 있는 것이다. 또한 여옥의 이미지와 아내의 이미지가 중첩되기도 한다. 그래서 명일은 "여옥이의 얼굴에서 죽은 내 처의 모습을 빌견하게 되는 깃이 빈갑고도 슬픈 깟"(149쪽)이라고 토로한디. 여옥의 두 모습과, 여옥과 아내의 중첩된 모습은 결국 명일의 이중적인 감정에서 나온 것이라 할 수 있다.

3.2. 근대에 대한 비판의식과 소통의 징후들

근대에 대한 이중적 시선의 표출은 당대의 식민지현실을 정확하게 묘파하기 위한 것에 다름 아니다. 근대에 대한 동경과 환멸이라는 두 양상을 통해 자본주의의 폐해와 지식인의 허상을 드러내고, 나아가 전통의 긍정적인 의미까지 현현하고자 한 것이다.

최명익의 실질적인 등단작인 「비오는 길」을 보면 일제에 의한 식민성과 서구 근대가 착종된, 조선의 특수한 근대를 부정적으로 표출하고 있다. 이 소설의 주인공인 병일은 근대적인 인물인 이칠성과 대립적인 양상을 보여준다. 이칠성으로 표상되는 근대 도시적인 삶을 병일이는 거부하고 있는 것이다.

> 청개구리의 뱃가죽 같은 놈! 문득 이런 말이 나오며 병일이는 자기
> 도 모를 사진사에게 대한 경멸감이 떠올랐다. 선뜩선뜩하고 번질번질한
> 청개구리의 흰 뱃가죽을 핥은 듯이 입안에 께끔한 침이 돌아서 발걸음
> 마다 침을 뱉었다.
>
> ― 「비오는 길」, 117쪽

인간을 사물화하고 비인간화하는 근대성을 목도한 병일은, 그러한 근대적 삶에 순응하면서 행복에 젖어있는 사진사 이칠성을 "청개구리 뱃가죽 같은 놈"이라고 비판하고 있다. 그는 "셋집이나 아니구 작으마하게나마 자기 집에다 장사면 장사를 벌리구 앉아서 먹구 남는 것을

착착 모아 가는 살람"(129쪽)을 세상의 최고의 행복이라 여기는 사진사를, 반감을 넘어 경멸하고 있는 것이다. 그가 현실의 물질적 욕망이 만들어낸 늪에서 헤어나지 못하고 있었기에 더욱 그러했다. 병일은 근대의 속성 중 동경보다는 경멸의 시각에서 그를 바라보고 있는 것이다.

근대화 과정에서 파생된 이러한 속물근성을 비판하는 내용은 「무성격자」에서도 볼 수 있다. 이 소설에 등장하는 만수노인은 주인공 정일의 아버지로 소시민의 전형적인 모습을 보여준다. 아들이 조강지처를 소박한 것과 대학 졸업 후 변호사나 의사도 아닌 교사를 하는 것에 대한 불만으로 가득 차 있는 데서 이를 확인할 수 있다. 그는 아들이 '명예'도 없고 '돈벌이'도 안 되는 교사직을 그만두고 자신이 하는 '장사 물리'를 배우기를 희망한다. 그러나 정일은 아버지의 이러한 권유를 수락하지 않고 꿋꿋하게 자신의 길을 걷는다. 그러면서도 정일은, 식민지현실에 노정된 혼돈과 불안 속에서 자신과 가족을 지켜주는 것은 오직 '돈'이라고 믿는 아버지의 소시민적 생각을 이해한다. 그는 비록 아버지의 길을 동행하지는 않지만 아버지의 삶과 그 삶을 추종하길 바라는 아버지의 내면을 간파한 것이다. 그런데 이러한 아버지에 대한 긍정적인 생각에 불쾌감을 가져다 준 것은 다름 아닌 아버지의 용팔이에 대한 호감과 선망의식이다.

> 늘 하는 말이지만 네 매부 용팔이를 좀 봐라! 이렇게 시작되는 그의 책망은 언제는 무능한 丁一이 대조하여 그의 사위인 용팔이를 칭찬하는 것이었다. 그 같이 신임을 받는 용팔이는 본디 만수 노인의 서사였다. 서사는 비서 겸 고문 격으로 만수 노인의 신임이 두터워 감에 따라 본디 무식하고 인색하고 탐세인 수전노라는 시비를 들어 오던 만수 노인은 뚱뚱한 그 체통에 어울리지 않게 교활하고 강박하다는 새로운 시비를 겸하여 듣게 되었던 것이다. 교활하고 강박한 그의 인상으로 처음

부터 싫어하던 용팔이가 누이동생과 결혼하다는 소식을 동경서 들었을 때는 丁一이는 한 쌍의 아담한 신혼 부부를 상상하거나 축복할 수가 없이 도리어 불쾌하고 우울하였던 것이다.

— 「무성격자」, 40~41쪽

정일은 비록 자신이 무능할지라도 교활한 용팔이와 자신을 비교하는 아버지가 불쾌했던 것이다. 정일이의 경멸의 대상인 용팔이는 "무식하고 인색하고 탐세인 수전노"라는 말을 듣던 아버지를 "뚱뚱한 그 체통에 어울리지 않게 교활하고 강박하다는 새로운 시비"를 듣게 할 정도로 교활하고 강박하다. '교활하고 강박한' 그의 인상이 처음부터 싫었던 정일은 누이가 그와 결혼한다고 했을 때 적잖은 불쾌감과 우울함을 느꼈다. '돈'과 '명예'를 우선시하는, 교활하고 강박한 용팔이의 행위가 못마땅하게 생각되었기 때문이다. 용팔 또한 무능력한 자신에 대해 측은하게 바라보았다. "丁一이의 집 내정 살림까지 간섭하고 견제하게 된 용팔이는(장인의 말을 본 받아서) 초라하게 교사 노릇을 할망정 적지 않은 월급을 타는 丁一이가 자기의 낯빛을 살펴 가며까지 장모가 타내 주는 돈을 남용하는 말하자면 돈의 가치를 모르는 사람이라"(42쪽)고 여겼다. 아버지와 용팔이가 자신을 "아무짝에도 못 쓸 위인"이라고 하여 현실감각이 없음을 비판적으로 바라본 반면, 정일도 '돈'과 '명예'만 아는 '천민'적인 삶을 살아가는 아버지와 용팔이를 부정적으로 바라본 것이다. 최명익 소설에 나타난 이러한 근대에 대한 비판의식은 비록 전망을 담아내는 단계까지는 아닐지라도 식민지 현실의 불안하고 우울한 분위기를 전환할 수 있는 매개체로 작용한다.

그리고 「폐어인」에서는 '결핵'에 걸린 도영선생과 현일선생, 그리고 제자 병수가 만나는 과정에서 병적 징후가 짙게 배인 식민지현실과 결별하려는 모습이 드러난다. '결핵'에 걸려 피를 토한 도영선생을 병수가 손수건으로 닦아주려고 할 때 현일선생이 호통치는 장면을 통해서 말이다.

> "현일은 병수를 떠밀어내며 노기를 띤 언성으로 "저리 가라니까" 소리를 지르고 자기 손수건을 내어 도영의 머리를 가슴에 안고 얼굴을 씻으며 "이런 더러운 피에 왜 손을 적시려나…… 정신 차리거든 내가 다리구 갈게 자넨 가게나."
>
> — 「폐어인」, 41~42쪽

'결핵'에 걸린 도영이나 현일은 "더러운 피"에 물든 병자이다. 그러나 자신들은 결핵에 감염되었을지라도 '깨끗한' 병수에게는 오염시키지 않으려고 안간힘을 쓴다. 제자에 대한 사랑으로도 보이는 이러한 현일의 태도에는 병수를 식민지현실의 음산하고 퇴폐적인 분위기에 젖어들지 않게 하려는 의도가 숨겨져 있다. 결핵으로 상징되는 불안, 좌절의식과 병수를 분리하려는 현일의 강한 의지를 엿볼 수 있다. 이러한 병들고 모순으로 가득 찬 식민지현실을 타개할 수 있는 대상은 다름 아닌 병수와 같은 신세대이다. 현일은 이 병수를 통해 다른 세계로의 소통을 기대하고 있는 것이다. 현일은 병든 자신들과 같은 구세대를 답습하지 말고 새로운 세계를 꿈꾸기를 희망하고 있는 것이다.

「비오는 길」에서 주인과 이칠성에 대한 양가감정을 보여주었던 병일은 '독서'를 통해 이러한 양가성에서 탈출할 기회를 마련한다. 소시민적인 행복을 지향하던 사진사 이칠성이 갑자기 '장질부사'에 걸려 사망했다는 신문보도를 접한 뒤 자신이 근대를 지속적으로 관망하던 길인 '독서'의 길로 나이간다. "어느 덧 장질부사의 흉스럽던 소시도

가라앉고 말았다. 홍수도 나지 않고 지리하던 장마도 이럭저럭 끝날 모양이었다. 병일이는 혹시 늦은 장마 비를 맞게 되는 때가 있어도 어느 집 처마로 들어가서 비를 그리려고 하지 않았다. 노방의 타인은 언제까지나 노방의 타인이기를 바랐다.”(140쪽)에서 드러나듯, 그는 ‘노방의 타인’이 되고자 한다. “모두 자기네 일에 분망한 세상에서 나도 내 생활을 위하여 몰두하는 시간을 가져 보겠다”는 의도에서 근대적 현실과는 거리가 먼 독서영역으로 침잠함으로써 “노방의 타인”으로 남고자 한 것이다.[20] 그리고 앞으로 그는 더욱 “독서에 강행군을 하리라고 계획하며 그 길”을 힘차게 걷는다. ‘독서’를 통해 근대의 이면을 보고, 새로운 세계를 꿈꾸고 있는 것이다.

　이러한 절망에서 희망에로의 소통양상은 「역설」에서 절정을 이룬다. 교장에 대한 미련을 버린 문일이 현관에서 나오다 사철나무 밑 옛무덤가에 집을 짓고 사는 옴두꺼비를 만나면서 말이다.

　　文一이는 옴두꺼비의 안내로 의외에 발견한 무덤 가에서 생명체이던 형해조차 이미 없어진지 오랜 빈 무덤 속에 들어 누웠거나 앉아 있을 옴두꺼비를 생각하며 자기 방에 누워 있는 자기를 눈 앞에 그리어 보았다.
　　옴두꺼비는 지금 무덤 속에 들어 간 채로 오랜 동안의 동면을 시작할 작정인지도 모를 것이다. 동면이란 꿈을 먹고 사는것이 아닐까? 동면 기간의 양식이 되는 꿈은 그의 생활기인 봄 여름 가을 동안에 축적한 생활 경험의 재음미일 것이다. 그러한 재음미로서 낡은 껍질을 벗고 새로운 몸으로 새 봄을 맞으려는 꿈은 결코 악몽이 아닐 것이라고 文一이는 생각하였다.

— 「역설」, 23~24쪽

---

20) 문흥술, 앞의 글, 421~422쪽 참조.

이 작품은 '역설'을 통해 자의식의 과잉을 일으키는 무의지적인 지식인의 삶에 새로운 세계의 도래를 기약하는 희망적인 요소를 제공함으로써 긍정적인 삶의 자세를 보여주고 있다.[21] 역설은 표면적으로는 모순적이고 불합리하지만, 사실은 그 속에 진실을 담고 있는 것을 의미한다. 최명익이 즐겨쓰던 기법인 '역설'을 그대로 제목으로 차용하고 있는 이 소설은 주인공 김문일을 통해 일제강점기라는 특수한 상황에서의 지식인의 무의지적이고 자기침거적인 면을 여실히 드러내고 있다. 그의 작품 속에 등장하는 지식인은 부조리와 불합리의 시대에 침잠하는 나약한 인텔리가 아니라 두꺼비가 새봄을 맞이하기 위해 동면하는 것처럼 현실사회에 굴복하지 않고 미래를 준비하는 능동적인 인텔리를 의미한다. 문일은 비록 지금은 불안과 좌절, 그리고 절망이 지배하고 있는 현실이지만, 동면하는 두꺼비에게 봄이 오듯 우리에게도 희망이 도래할 것이라고 믿고 있는 것이다.

4. 나오는 말

최명익은 모더니즘과 리얼리즘을 가로지르는, 마르크스주의적 인식을 바탕으로 한 근대의 분열의식과 인간 행위의 '역설적' 내면을 심도 있게 그린 작가이다. 그는 1930년대 중반, KAPF의 해산으로 인한 조직적인 문학운동이 소멸되고 사상법보호관찰법(1935)이 시행되는 등 리얼리즘 문학이 점점 쇠퇴해가는 시점에 문단에 데뷔하여 식민지현실의 부조리양상과 불안과 퇴폐적인 모습을 여실히 보여주었다. 그리하

---

21) 오병기, 「1930년대 심리소설과 자의식의 변모양상(2) - 최명익을 중심으로」, 『우리말글』 12호, 우리말글학회, 1993, 11쪽 참조.

여 해방 이전에는 모더니즘 양식에, 해방 이후에는 리얼리즘 양식에 이를 담아내었다.

본고는 최명익의 해방 이전의 작품(모더니즘)과 해방 이후의 작품(리얼리즘)을 분리시켜 바라보는 것에 문제제기하여 이 두 시기의 작품의 내적 논리를 밝히는 것을 목적으로 하였다. 해방 이후 그의 리얼리즘으로의 방향선회는 단순히 이루어진 것이 아니라 '리얼리티'라는 내적 동인에 의해 이루어진 것임을 보았다. 최명익은 1930년대 중반부터 1940년대 초반까지, 소위 불안과 좌절, 절망이 난무한 시기에 당시 병적 징후를 통해 식민지현실의 불안의식을 드러내는 것은 물론 지식인의 분열양상과 양가성, 근대에 대한 비판의식과 소통경로의 모색 등을 보여주었다. 이 시기에 다른 작가들이 보여주지 못한, '희망'을 내장한 소통의 징후들을 보여주고 있다는 점이 최명익 소설의 특징이라 할 수 있다. 이러한 점이 그를 모더니즘 경향에서 리얼리즘 경향으로 나아가게 한 동력이었던 것이다.

「폐어인」에서 현일이가 "개체인 자신이 불행하더라도 그 때문에 결코 인생을 어둡게 보거나 저주할 것은 아니"라고 힘주어 강조한 것처럼, 작가 자신도 1930년대 후반의 더 이상 전망이 보이지 않던 시기에 식민지현실을 타개할 수 있는 '희망'을 담아내고자 했던 것이다. 이는 해방 이전의 소설이 모더니즘 계열에 국한되지 않고 리얼리즘 계열로 나아가게 되는 계기를 마련한다. 이러한 맥락에서 볼 때 최명익이 해방 이후 리얼리즘적 경향의 소설을 발표하게 된 것은 당연한 수순이라 할 것이다.

◆ 『비평문학』 28호(2008.4)에 수록

판타지와 욕망

— 「구운몽」을 중심으로

남기택

김만중과 최인훈의 「구운몽」은 각각 시대의 이데올로기와 그 재구의 욕망을 드러낸 판타지물인 동시에 서로의 연관을 통해 욕망을 변주하고 있다. 이들 텍스트는 당대의 억압된 현실을 비판하면서도 다시 그 빈틈을 봉합하여 재구성하는 이데올로기의 계기였다는 점 또한 간과해서는 안 된다. 이러한 이중성이 곧 판타지의 속성이기도 하다

1. 머리말

현대 문화에 있어서 판타지의 위상은 매우 높다. 『해리포터』의 세계적 성공은 그 단적인 예라 하겠다. 한국영화사상 흥행 기록을 다시 쓴 「괴물」 역시 판타지적 상상력의 시대적 위상을 보여준 대표적 사례라 할 수 있겠다. 이러한 흥행 사례가 문학성 혹은 예술성의 성과와 곧바로 등치되는 것은 물론 아니다. 오히려 그 배면에 문학장이나 예술장의 후기자본주의적 속성이 작용한다는 혐의 역시 짙다. 하지만 이들 텍스트의 근저에 자리한 판타지적 상상력은 그것이 견인해 나갈 차후 문학예술의 미래를 전조하고 있다. 판타지는 새로운 상상력의 주요한 화소話素임을 부정할 수 없다.

판타지의 부각은 그 자체로 거대 담론의 해체와 재현의 다양성을 증거하는 '포스트모던적' 현상 중 하나일 것이다. 그러나 문학적 판타지가 근대적 혹은 당대적 상상력으로 한정되지는 않는다. 신기하고 비현실적인 상상력을 통칭하는 판타지1)는 이미 오래 전부터 문학작품

---

1) 판타지(fantasy 또는 phantasy)의 사전적 정의는 다음과 같다. "낯선 효과의 배경(다

생산에 관계해 왔다. 우리의 신화, 민담, 전설 등 설화의 장 속에서도 신비한 시공간의 설정, 주인공의 신비한 출생 배경과 초인간적 능력 등 판타지적 요소를 발견할 수 있다.2) 이는 장자의 호접몽胡蝶夢이 상징하는 동양철학의 구조적 성격과도 연관된다. 가시적 실제를 넘어 초월 세계를 전제하는 구도의 메커니즘은 동양적 세계관의 특성이다. 이러한 전통적 세계관은 문학의 성립과 발전 과정에도 직간접적인 영향을 미치게 된다. 어떤 면에서 문학을 포함하는 모든 예술이 인간의 실존적 한계를 극복하기 위한 하나의 판타지라고도 할 수 있겠다.

문제적인 특징은 판타지의 이중성이다. 문학성과 상업성의 긴장 역시 판타지의 이중적 성격을 구성하는 일요소이다. 또한 판타지는 비현실적 몽환의 구성물인 동시에 이데올로기의 억압으로부터 비롯되는 '정치적 상상력'으로서의 의미를 지니기도 한다. 지젝S. Zizek은 판타지를 통해 상징적 현실이 구성되고 주체가 그 속에 속박되는 메커니즘

른 세계나 시간과 같은)이나 인물(초자연적이거나 비현실적인 존재와 같은)에 의존하는 상상적 허구물(imaginative fiction). 예컨대 윌리엄 셰익스피어의 『한여름밤의 꿈』, 조나단 스위프트의 『걸리버 여행기』, J.R.R. 톨킨의 『반지의 제왕』 3부작, T.H. 화이트의 『과거와 미래의 왕(The Once and Future King)』 등이 있다. 과학 소설(science fiction)은 판타지의 형식으로 보일 수도 있으나, 이들 용어(terms)는 바뀔 수 없는데, 과학 소설은 통상 미래에 일어나고 과학 또는 기술(technology)의 면모에 기초하는 반면 판타지는 상상의 세계에 일어나고 신화적 존재의 마법이 두드러지기 때문이다."(Merriam-Webster's encyclopedia of literature, Massachusetts : Merriam-Webster Inc., 1995, 403쪽) 또한 잘 아는 바와 같이 오늘날 판타지는 그 자체로 하나의 장르 개념을 이루고 있다. 한국 판타지를 대상으로 본격 해설서를 낸 조순곤에 따르면 우리의 판타지는 정통 판타지(톨킨식의 설정에 따른 판타지, 일본식 판타지, 한국식 판타지)와 퓨전 판타지(차원이동, 환생물, 액자형 소설 형식), 그 외 판타지(기타 창조신 판타지, 엔젤릭 판타지, 동양적 판타지) 등으로 분류될 수 있다.(조순곤, 『케인의 판타지 사전』, 랜덤하우스중앙·북박스, 2004, 119~125쪽 참조) 본고에서 사용하는 판타지 및 판타지적 상상력이란 좁은 의미의 장르 개념이 아닌 '상상적 허구물'과 그 상상력을 가리키는 광의의 개념이다.
2) 이유선, 『판타지 문학의 이해』, 역락, 2005, 82~91쪽 참조.

에 주목한다. 상징적 현실은 하나의 허구로서 비일관성과 균열로 점철되어 있으며, 판타지는 그러한 사실을 은폐하는 기능을 한다.[3] 판타지는 따라서 현실 혹은 상징적 질서의 구조적 원리를 드러내는 동시에 그것을 은폐하는 중층적 계기일 수 있다.

본고는 김만중의 「구운몽」과 그 현대적 판본인 최인훈의 「구운몽」을 중심으로 문학적 판타지에 대해 살펴보고자 한다. 이들 텍스트에 대해서는 이미 많은 논의가 축적되어 있다.[4] 그럼에도 불구하고 또 다른 접근을 시도하려는 이유는 텍스트 이면의 욕망 구조와 판타지적 상상력에 대해서는 보다 상론이 필요하기 때문이다. 지젝의 판타지이론은 이들 텍스트에 드러난 판타지적 특성 및 효과를 이해하는 데 참조점을 제공한다. 본고는 이에 주목, 텍스트에 대한 실증적 구명보다는 징후적 읽기[5]로써 접근하고자 한다. 이는 텍스트의 의미를 더욱

---

3) 이상 슬라보예 지젝, 주은우 역, 『당신의 징후를 즐겨라! : 할리우드의 정신 분석』, 한나래, 1997, 역자 서문(11~12쪽) 참조.
4) 이에 대한 기존 연구로서 필자가 주목한 글은 다음과 같다. 우선 서포의 문학세계와 「구운몽」에 대해서는 사재동 편저, 『서포 김만중의 문학과 사상 그 문화사적 위상』(중앙인문사, 2005), 김병국, 『서포 김만중의 생애와 문학』(서울대출판부, 2001), 설성경, 『구운몽 연구』(국학자료원, 1999), 김병국 외역, 『서포연보』(서울대학교출판부, 1992)를 참고하였다. 최인훈의 「구운몽」에 대해서는 본고의 방향 설정에 있어 참조가 된 정신분석적 접근으로서 다음 글들이 있다. 참조 내용은 본문 기술과정에서 밝히기로 한다.
   김기주, 「상징계 진입의 고통, 혹은 표류하는 기호들—최인훈 『구운몽』 새롭게 읽기」, 『한국문학이론과 비평』 7집, 한국문학이론과 비평학회, 2000. 3 ; 김미영, 「최인훈의 『구운몽』론 : 인물과 환상성을 중심으로」, 『한국언어문화』 20집, 한국언어문화학회, 2001 ; 문홍술, 「최인훈 『구운몽』에 나타난 욕망의 특질과 그 의의」, 『국어교육』 113집, 한국어교육학회, 2004. 2 ; 박정수, 「夢, 幻, 그리고 되돌아온 욕망의 서사 『구운몽』」, 『한국문학이론과 비평』 13집, 한국문학이론과 비평학회, 2001. 12 ; 이연숙, 「최인훈의 <구운몽>의 정신분석학적인 고찰」, 『현대소설연구』 23집, 한국현대소설학회, 2004 ; 허영주, 「최인훈 소설의 정신분석학적 연구」, 계명대 박사학위 논문, 1995.
5) 알튀쎄(L. Althusser)는 텍스트의 사실적 단어에 초점을 맞추는 표면적 독해와 텍스

풍부하게 하는 방향인 동시에 전범의 현재화를 위한 하나의 방식이기도 할 것이다.

2. 김만중의 「구운몽」과 현실의 재구再構

2.1. 현실의 가역반응

몽자류 소설의 효시로 알려져 있는 김만중의 「구운몽」은 국문학사에 있어서 판타지 소설의 대표적 사례라 할 수 있다. 물론 「최치원전」, 『금오신화』와 같은 전기傳奇소설 역시 유사한 관점에서 검토가 가능하다. 그 중 「구운몽」은 새로운 형식으로 후대에 영향을 미치고, 국문판본을 지니는 등 다양한 문학적 요소를 겸비하여 소위 전범의 의미를 지닌다. 본고에서 주목하고자 하는 판타지적 상상력이 이데올로기적인 것6)과 관련된다는 사실에 유념할 때, 이 작품은 당대의 현실적 긴장을 발생 맥락에서 지니고 있음은 물론 문학장 속에서 그 모티프가

트의 실재적 의미를 알려주거나 지배하고 있는 문제틀을 종합하는 징후적 독해 (symptomic reading)를 구분한다.(루이 알튀쎄, 김진엽 역, 『자본론을 읽는다』, 두레, 1991) 여기에는 "가시성의 장과 비가시성의 장 사이에 필연적으로 존재하는 비가시적인 연관, 즉 가시적인 장의 구조가 낳는 필연적 효과로서 비가시성의 감춰진 장의 필연성을 정의하는 그런 연관"(22쪽)의 문제가 관련된다.

6) 알튀쎄에 의하면 인간의 모든 활동은 '실천적 이데올로기'와 결부되어 있으므로 인간은 이데올로기 일반으로부터 벗어날 수 없다. "실천적 이데올로기는 행동-행실-태도-몸짓 내에서 개념-표상-심상이 조립된 복합적 구성물이다. 이 같은 것의 총체는 실천적 규범처럼 기능하며 그것은 역사적이고, 개인적이고, 사회적인 존재들의 현실적 목적과 현실적 문제에 대하여 인간의 구체적인 입장을 취하도록 하고 태도를 결정하도록 한다."(부이 알튀쎄, 심봉선 넉, 『설학과 과학사틀의 사생적 철학』, 인간사랑, 1992, 39쪽)

반복되면서 정치성과 현재성을 이어가는 텍스트이다. 주지하는 바와 같이 「구운몽」에는 '성진'('양소유')의 서사가 '현실→꿈→현실'의 몽환 구조 속에서 펼쳐지고 있다. 그 주제나 구조, 문학사적 의미에 대해서 많은 연구가 진행되어 왔는데, 몽환의 구조가 지닌 판타지적 효과 역시 다양한 측면에서 접근이 가능하다. 「구운몽」의 판타지적 욕망은 표면에 드러난 문맥보다는 그것의 의미를 알려주거나 지배적 문제틀을 확인하는 징후적 독해를 통해 보다 효과적으로 설명될 수 있다. 그에 따라 「구운몽」의 정치적 상상력을 설명하는 몇 가지 특징을 정리해보자면 다음과 같다.

우선 「구운몽」의 창작 배경이라 할 수 있는 김만중의 성품과 선천 유배(1687~1688) 사실을 들 수 있다.[7] 김만중이 '선생船生'이라는 아호를 지니게 된 연원에는 일생의 트라우마로 작용하는 유복자로서의 출생 배경이 자리하고 있다. 이 사건은 모친 정경부인 윤씨의 엄한 가르침과 더불어 그의 사상적 배경을 형성하게 된다. 결국 어머니에 대한 효심과 부재하는 아버지의 자리를 채우려는 의도가 서포 문학의 근간에 동시에 작용하고 있다고 보아 무방하다. 이 같은 사실은 서포 문학이 아버지로 상징되는 남성중심적이고 이분법적 세계관으로부터 자유로울 수 있는 하나의 근거가 될 수 있다. 「구운몽」에 나타나는 여성 화자의 어조, 다양한 여성 인물 및 적극적 인물 유형 등은 여성적 세계관을 설명하는 대표적인 사례이다. 이러한 특징은 억압된 주체의 복원을 지향하는 내면적 욕망이라고도 할 수 있다. 이와 관련하여 당대 규방소설과 판소리계 소설에 나타난 주체적 여성상이 중세적

---

7) 이재李縡(1680~1746)의 「삼관기三官記」를 통한 「구운몽」의 창작 연도와 배경에 대해서는 김병국, 『서포 김만중의 생애와 문학』, 서울대출판부, 2001, 146쪽 참조.

도덕률이라는 한계 속에서도 여성의 자아각성과 국문의 사용으로써 가능했다는 사실 역시 참조해야 할 것이다.8) 그리하여 형성된 「구운몽」의 판타지는 현실을 재구하는 형식, 즉 외현되지 않은 잠재성을 현실화하는 하나의 방법이 된다. 어떤 형태로든 현실 혹은 상징계le symbolique의 견고한 질서가 파열되는 순간―「구운몽」의 경우 아버지의 부재, 모성 충족의 욕망, 당쟁의 현실과 그로 인한 개인적 파탄 등―이 존재하게 되고, 이러한 발견으로부터 '구멍난 현실'을 메워나가는 과정이 판타지가 발생되는 하나의 메커니즘인 것이다. 그런 면에서 「구운몽」의 판타지는 매우 정치적인 상상력이라 할 수 있겠다.

「구운몽」의 몽환 구조에 판타지의 정치성을 가미하는 또 다른 근거로서 그것이 이룬 사상적 경지, 즉 유교와 불교, 도교의 만남이라는 차원을 들 수 있다. 최고 권력을 지닌 귀족 가문의 적자로서 김만중과 유교적 세계관은 매우 가깝다. 그럼에도 불구하고 모든 진리는 구극의 경지에서 만나게 된다는 사실을 김만중은 스스로 깨달았을 뿐만 아니라 문학적 상상력을 통해 재현하고 있다. 이러한 문학사상적 성취와, 앞서 언급한 모성 충족이라는 특별한 동인, 나아가 현실참여적 성격―「사씨남정기」에서 두드러지는 현실에 대한 풍유, 정치적 사건에 대한 반작용으로서의 창작 배경―등이 어울려 「구운몽」의 정치적 상상력을 뒷받침하고 있다. 이러한 요소들은 「구운몽」이 감동과 교훈이라는 이중적 효과 또는 다채로운 문학적 가치를 실현하는 근거가 되기도 한다. 소위 유배문학이라는 정치적 동기는 지역성의 관점에서 보다 상론할 만한 특성이 될 수 있겠다.

---

8) 임형택, 「한국문학의 여성성과 그 인식 방향」, 『한국문학의 논리와 세계』, 창작과 비평, 2002, 93쪽, 98쪽 참조.

2.2. 지역성과 여성언어

「구운몽」의 지역성이라는 논의틀을 설정하기 위해서 '지역성'이라는 개념이 우선적으로 환기하는 차원, 즉 김만중과 그의 고향인 충청지역의 친연성을 언급할 수 있다. 17세기 후반이라는 예학禮學과 붕당朋黨의 시대를 살아갔으며, 당대 권력의 핵심에서 최고의 지식인이었던 김만중과 충청 지역은 일견 관련성이 적다. 그의 형벌적 운명 역시 권력의 핵심이라는 선험적 조건이 없었다면 맞이하기 어려운 결과였을 것이다. 그리하여 서인 벌열층의 적자이자 우암 송시열의 제자였던 서포의 이미지가 보편적인 반면 지역과의 친연성은 주변적인 듯하다. 그러나 김만중의 조부 허주 김반과 부친 김익겸의 묘가 옛 회덕 정민리, 지금의 유성구 전민동에 자리하고 있고 그 직계 후손이 대전에 거주하고 있는 등 김만중에게 유성은 고향이라 할 수 있다. 또한 김만중 문학비 등 서포 가문의 사적지가 남아있는 지역이 곧 유성인 것이다. 그의 문학관이나 작품세계를 이해하는 데 출신 지역과 선영은 아무런 연관이 없을지 모른다. 실제 삶에 있어서도 김만중은 유배를 가던 때를 제외하고는 대개 서울에서 살았던 것으로 추정된다. 그럼에도 불구하고 서포 가문의 뿌리를 기억하는 것은 당대의 이데올로기와 문화적 특성을 고려해 볼 때 그가 지닌 충절과 예절의 원천을 이해하는 배경이 될 수도 있을 것이다.

또 다른 각도에서 「구운몽」의 지역성을 추론하자면, 권력의 핵심에 있었던 김만중은 치열한 당쟁과 면대직언의 강건한 성격으로 인해 일생 동안 세 번의 유배(강원도 금성, 평북 선천, 경남 남해)를 경험한다.

실로 서포의 삶은 수난의 일생으로 잘 알려져 있으며, 그의 문학은 비극적 현실에 대한 대응의 차원에서 주조되고 있다. 권력과 탄압, 서울(중앙)과 배소配所(지역)의 길항관계가 문학을 형성하는 중요한 동력이었으니 김만중의 문학은 중앙에 의해 지역이 타자화되는 문맥 속에서 탄생한 것이라는 비유가 가능하다. '지역의 타자화'에는 중앙권력으로부터의 정치적 탄압, 지역적 체험의 직간접적 반영, 규방을 대상으로 하는 비주류 언문행위 실천 등이 관계될 수 있다. 그렇다면 소외의 구조, 지역의 패러다임은 서포 문학을 이해하는 하나의 인식소가 된다. 서포 문학에서 타자화된 지역이라는 발생 요소를 인정한다면, 이러한 지역적 구도에 함의된 시사점을 도출해낼 수도 있다. '지역성'의 의미는 물론 중앙/지역의 이항 대립이 지닌 문제점과 극복 가능성을 타진하는 계기가 될 수 있는 것이다.[9]

이와 함께 간과할 수 없는 정치적 상상력의 차원으로 언어의 문제를 들 수 있다. 김만중은 전통적 유교사상이 지배적일 당시 국문소설의 대중성을 긍정적으로 인식하고 한글의 효용을 적극 주장한바 있다. 이는 한자 중심의 중화적 세계관을 탈피하려는 실천적 의미를 지니는 동시에 서포 문학의 진정성을 담보하는 국면이라고도 하겠다. 당대의 이데올로기 아래 국문은 여성언어의 특징을 지닌다고 할 수 있다. 임형택은 전근대적인 여성문학의 한 형태로 17세기 이래의 국문소설을 들고 있다. 국문의 여성성과 여성문화의 태반에서 장편 형태의 국문

---

9) 이러한 측면은 김만중 문학이 지닌 현재적 의미의 하나라고도 할 수 있다. 오늘날까지도 문학의 이분적 구도가 여전히 유지되고 있음은 주지의 사실이다. 서울(중앙) 중심적인 문학장의 구조, 주변화된 채 제대로 된 소통의 기회를 얻지 못하는 지역문학의 실태가 그 단적인 예라 하겠다. 따라서 오늘날 지역문학의 가능성을 논하는 것은 주체적 지역문학을 시도하는 성제성 확립의 차원과 너불어 근본석으로 중앙/지역 이분법의 재생산을 극복하려는 정치적 욕망과 연관될 수 있다.

소설이 발생했으며, 이는 한문학 대 국문학이라는 우리 문학사의 이원구도에서 국문학의 위상 제고, 민족문학과 대중문화 기반 마련 등의 의의를 지니고 있다는 것이다.10) 이러한 인식을 증거하듯 「구운몽」은 한글과 한문 텍스트가 모두 현전하는 등 표기문자의 이원화 전략을 보여주고 있다. 무엇이 원전의 표기냐에 대해서는 아직까지 논란이 계속되고 있지만, 그 여부와 관계없이 독서층 대중화를 위한 전략적 실천 의도를 엿볼 수 있는 것은 사실이다.

　나아가 이를 통해 '언어의 근대성'을 도출해낼 수도 있겠다. 언어의 근대성이란 언어에 대한 주체적 자각, 즉 문학의 근대적 조건을 가리킨다. 「구운몽」은 한글판본을 지님으로써 17~18세기 언어의 근대성을 선취하고 있다. 국문을 사용했다는 것 자체로만 언어의 근대성을 주장하기는 물론 어렵다. 이와 함께 앞서 논의했던 현실의 권력구조에 대한 반작용, 사상적 성취, 대항문학으로서의 지역성 등 「구운몽」의 문학적 성취들이 어울려 국문 사용의 의미를 남다르게 하는 것만은 분명할 것이다. 여기서 문학의 근대성이라는 맹아적 조건이 가치평가의 개념은 아님을 분명히 하고자 한다. 문학적 근대성이라는 오래된 문제는 그 자체로 유의미한 논점이지만 본고의 목적이 이를 반복하자는 것은 아니다. 다만 미적 근대성의 실현은 문학사의 시기 구분이나 고전문학과 근대문학의 경계 문제와는 별개로 다양한 문학적 효과의 체현이라는 점에서 중요한 의미를 지닌다. 언어는 이를 판단하는 일 요소가 된다.

---

10) 임형택, 앞의 글, 91~98쪽. 이에 따르면 '한문의 남성성에 국문의 여성성'이라 하여 언어적인 특성에서부터 여성성의 의미를 강조한다. 그 전형적 형태로서 규방소설閨房小說은 나름의 시대적 배경과 교육(교양)적 성격을 지니고 있다. 그 결과 분명한 한계에도 불구하고 여성의 '주체적 형상'을 볼 수 있는데, 이는 '근대적 가치'로 재단될 수 없는 우리 국문소설의 여성성이요 실재적 가치가 아닐 수 없다고 한다.

그럼에도 불구하고 「구운몽」은 고전소설의 일반적 의미망 속에 또한 놓여있기도 하다. 이른바 권선징악적 구조를 지니는 전형적 작품인 것이다. 이것이 당대로서는 파격적인 내용과 형식의 「구운몽」이 지니는 판타지의 이중성이라 하겠다.

> 인위적인 일체의 법은　　　　　　一切有爲法
> 꿈과 환상 같고, 거품과 그림자 같으며　　如夢幻泡影
> 이슬과 같고 또한 번개와 같으니　　如露亦如電
> 응당 이와 같이 볼지어다.　　　　應作如是觀

> 이렇게 이르니 성진과 여덟 비구니가 동시에 깨달아 불생불멸하는 도를 얻으니 대사가 성진의 계행戒行이 높고 순수하고 원숙한 것을 보고 대중을 모아놓고 말하되,
> "내 원래 전도를 위해 중국에 들어왔는데 이제 맑은 법을 전할 곳이 있으니 나는 돌아가노라."
> 하고 염주와 바리와 정병淨甁과 석장과 금강경 한 권을 성진에게 주고 서천西天으로 가니라. 이후에 성진이 연화도장 대중을 거느려 크게 교화를 베푸니 신선과 용신과 사람과 귀신이 모두 존경하여 받들기를 육관대사와 같이 하더라. 여덟 비구니가 성진을 스승으로 섬겨 보살의 큰 도를 얻어 아홉 사람이 함께 극락세계로 가니라.[11]

인용문은 「구운몽」의 결말 부분이다. "인위적인 일체의 법은/ 꿈과 환상 같고, 거품과 그림자 같으며" 라는 육관대사의 설법은 결국 모든 현실적 욕망의 무위를 주장하는 것과 같다. 이는 당대의 지배 이데올로기적 전략에 복무하는 면모라 하겠다. 그러나 「구운몽」의 욕망이 배태되고 변주되는 과정은 현실 혹은 상징계의 균열과 억압을 가시화하는 것이 사실이다. 기저에 작용하는 불교적 세계관은 제도권 문화

---

11) 김만중, 송성욱 역, 『구운몽』, 민음사, 2003, 233쪽.

를 거부하는 행위로 해석되기도 한다.[12] 이러한 이중적 의미망이 '실재'에 다가가는 판타지의 효과라고 할 수 있다.

현실의 모순 즉 상징계의 균열을 봉합하는 역할은 당대 권력층의 핵심 인사로서 김만중과 그의 작품이 귀속될 자리일 수 있다. 그럼에도 그 서사적 욕망의 과정에서 드러난 이데올로기적 허위, 언어 전략, 여성 주체의 부각 등은 봉합될 수 없는 실재이자 「구운몽」의 중층적 의미망일 것이다. 지젝은 이데올로기의 현실을 인정하는 것으로부터 그 비판의 가능성을 타진한다. 그러나 현실은 순진하게 파악되지 않는다. 비현실적인 환상이 가장 현실적이라는 판타지의 역설은 이러한 이중적 구조로부터 비롯된다. 따라서 「구운몽」의 판타지적 욕망이 지니는 중층적 특징은 인간 존재와 현실을 반성하는 하나의 계기이며 정치적이고 현재적인 의미를 지니게 된다.

3. 최인훈의 「구운몽」과 욕망의 변주

3.1. 다층적 환상구조

「구운몽」은 과거의 꿈이 아닌 또 다른 현실이요 새로운 창작 동인이기도 하다. 그리하여 「구운몽」의 '꿈'은 현대적 어법으로 재탄생한다. 특정한 시점으로부터 몽환의 시공을 빌어 자아를 탐색해가는 판타지 구성은 현대소설의 일반적 문법 중 하나이다. 뿐만 아니라 '구운몽' 모티프는 물신화된 현대사회를 풍자하기 위해 패러디되고 있다. 이와 관련된 대표적 사례로서 최상규의 『새벽기행』(1989)을 들 수 있

---

12) 김미영, 앞의 글, 115쪽.

다. 이 작품은 우연한 일탈로부터 비롯되어 각성의 귀환에 이르는 자아탐색 여정이 환상의 시간대에서 이루어지고 있다. 한승원의 『꿈』(1998)은 「구운몽」의 보다 적극적인 패러디에 해당된다. 이 작품의 서사는 꿈과 현실이 별개가 아니라 궁극적으로 하나라는 의미로 귀결되고 있다. 본고에서 주목하고자 하는 최인훈의 「구운몽」(1962)은 '독고민'이라는 인물의 환상을 통해 '구운몽'의 꿈을 변주하고 있다. 성진이 세속에의 욕망으로써 펼치는 일장춘몽의 드라마가 독고민에게 있어서는 사랑의 결핍과 사회적 억압 등으로 인해 보다 복잡한 착란으로 전개된다. 최인훈의 「구운몽」은 이른바 환상소설의 기법이 보편화되기 이전에, 즉 비사실적 묘사가 하나의 재현 방식으로 인정받기 이전에 발표된 문제작으로서 문학사적으로 중요한 의미를 지니고 있다.13) 그것이 김만중 「구운몽」의 패러디라는 점은 시사하는 바가 크다. 두 작품은 각각 다른 시대망 속에서 판타지 형식의 문학적 성취는 물론 시대적 욕망을 훌륭히 재현하였던 것이다.

그런데 최인훈의 「구운몽」은 패러디의 근본정신이라 할 수 있는 원텍스트에 대한 풍자 의도를 전면화하지 않는다. '구운몽'이라는 표제는 김만중의 패러디라는 의도를 단적으로 드러내지만, 그럼에도 불구하고 최인훈 작품은 원전의 구성과는 상당히 다르다. 이는 이중적 구조를 통해 현대인의 분열적인 심리상황을 드러내는 의도로 해석되곤 한다. 현대 소시민이 겪는 분열의식을 드러내기 위한 구조는 단순한 것보다 복잡한 것이 적절하고 그러기 위해 이중적이거나 다중적 서사가 유효했다는 것이다.14) 따라서 최인훈의 「구운몽」은 원전과의 관계

---

13) 이러한 성격으로 인해 최인훈은 한국 현대소설사에 최초로 환상소설 양식을 사실주의에 대한 대타적 심미 형식으로 사용한 작가이며 「구운몽」은 그의 내표작이 된다. 박정수, 앞의 글, 90쪽.

양상이 중요한 국면이라고 볼 수 없다. 헛된 욕망을 환몽의 형식으로 묘사한다는 기법적 차용 이외에는 '현실의 미망'을 보다 적극적으로 구조화하려는 의도가 지배적이다. 그럼에도 불구하고 주인공이 만나는 여인들이 순차적으로 등장하는 형식이나 사상적 융합 혹은 화해의 경지를 추구하고 있는 점 등은 공통된 요소라 하겠다. 또한 최인훈은 「구운몽」을 비롯하여 「금오신화」, 「놀부뎐」, 「온달」, 「옹고집뎐」, 「춘향뎐」 등 일련의 패러디 혹은 '고전의 변용' 전략을 통해 문학적 화제를 부른바 있다.15) 이러한 고전 텍스트의 현재화 작업이 최인훈 문학 세계의 한 축을 형성하고 있다는 점도 「구운몽」의 패러디 의도를 간접적으로 시사하는 맥락이라 하겠다.

최인훈의 「구운몽」에서 환몽의 과정은 난해한 서사방식을 통해 전개되고 있기 때문에 텍스트에 대한 징후적 독해로써만 서사적 개연성이 확보될 수 있다. 따라서 주인공 독고민의 착란에 대한 정신분석적 접근은 「구운몽」에 대한 적절한 접근 방식일 수 있다. 더불어 이 작품은 판타지의 정치적 성격을 보다 본격적으로 서사화하는 예라 하겠다.16) 우선 거론할 수 있는 것은 환상적 구조에 관해서이다. 독고민의 서사는 꿈, 환상, 영화, 현실, 그리고 서정과 서사가 중첩되는 복잡한 양상을 보여주고 있다. 이 작품이 판타지의 정치적 욕망을 분석하는

---

14) 김미영, 앞의 글, 104쪽.
15) 이 같은 관점에서 「구운몽」을 주목한 사례로서 김성열, 「고전의 변용과 구원의 궤도－최인훈의 「구운몽」」, 『석헌 정규복박사 환력기념논총』, 민족어문학회, 1987을 들 수 있다.
16) 이에 대한 온전한 고찰을 위해서는 60년대 문학장의 지형, 특히 리얼리즘적 서사 전통으로부터 발본적 발상 전환을 가져오게 한 문학사적 맥락, 유사한 구성과 의도를 보여주는 여타 작품세계와의 비교 등이 함께 논의되어야만 할 것이다. 본고에서는 그 일환으로서 「구운몽」의 욕망 구조를 다시 확인하고 기타 판타지적 성격으로 분석될 수 있는 요소만을 언급하고자 한다.

효과적인 텍스트인 이유는 이와 같은 중층적 구성으로부터 비롯된다. 대개의 환상소설이 그렇듯이 독고민의 서사는 환몽을 통해 당대 사회의 억압을 고발하며 동시에 자아의 실존적 의미를 묻고 있다.

특히 주목을 요하는 것은 이 작품이 탈장르적 실험으로써 판타지의 자유로운 형식성을 유감없이 드러낸다는 점이다. 최인훈의 「구운몽」은 새로운 형식실험을 보여주었으며 그로 인해 난해한 소설로 정평이 나 있다. 또한 주인공 독고민의 환상적 체험을 영화 속의 한 장면으로 처리함으로써 영화라는 장르를 소설의 매체로 활용하는 모습을 볼 수 있다. 이는 장르나 형식의 제한으로부터 자유로운 판타지적 속성을 드러내는 일면이라 하겠다.

> 오늘 여러분이 보신 영화는, 고고학 입문 시리즈 가운데 한편으로, 최근에 파낸 어느 도시의 전모입니다. 이 도시는 분명히 상고 시대 어느 왕조의 서울로 짐작됩니다. 이 한 편을 특히 고른 것은, 그것이 아주 최근의 발굴이라는 것뿐 아니라, 아까 말씀드린 한국 유적이 모두 그런 황폐성과 무질서성이, 아주 본보기로 나타나 있는 까닭입니다. 그런 점에서 이 영화는 한국 고고학의 과제, 전망 및 골치를 한눈에 보여주고 있는 백미편白眉篇이라 하겠습니다. (…중략…)
>
> 다음에 이 필름의 이름은 '조선원인고朝鮮原人考'라 되어 있는데, 조선이라는 이름에는 아무 뜻도 없고, 우리나라의 옛 국호 가운데서 제비를 뽑아 골라진 기호에 지나지 않습니다. (…중략…) 이것으로 성탄절 기념 초대 시사회試寫會를 마칩니다. (쿨룩쿨룩) 따르릉.
>
> 불이 켜졌다. 사람들은 우르르 일어서서 드나들 문으로 천천히 밀려 나온다. 그들은 깊은 감동을 애써 감추려 하지 않는 탓으로 오히려 침울하게 보이는 낯으로 말없이 회관을 빠져나갔다.[17]

---

17) 최인훈, 『광장/구운몽』, 문학과지성사, 1976(1989), 276~278쪽. 앞으로는 책제목과 쪽수만 표기.

인용문은 독고민의 서사가 영화의 한 장면이었음을 보여 주는 대목이다. 물론 독고민의 환상 속 여행이 영화의 일부였다는 직접적 설명은 없으며 그것이 또한「구운몽」해석의 관건은 아니다. 중요한 것은 이러한 영화적 요소의 삽입이 지니는 의미일 터인데, 영화는 판타지의 효과를 가장 극명히 보여줄 수 있는 장르이다. 시각적 효과는 물론 다양한 기법과 매체를 통해서 환상성을 극대화할 수 있기 때문이다.

위에서 서술자가 '고고학'이라는 범주로 설명하는 영화의 의미는 당대 현실을 이해하는 방식이 된다. 인용문에서는 '조선'이라는 국호가 임의로 선택된 기호에 지나지 않음을 설명하고 있다. 이는 민족이나 국가 개념이 상상적 허구라는 점을 직설적으로 언급하는 사례이다. 시대나 역사는 거대한 이데올로기로 포장된 거창한 실체가 아니라 영화의 한 프레임처럼 단편적이고 조각난 형상을 편집한 것이라는 의미가 서술자의 표현 속에 함의되어 있다. 이러한 인식과 장면 묘사는 60년대 소설의 지평으로서는 상상하기 힘든 파격이 아닐 수 없다. 그렇다고 해서「구운몽」의 서사적 의미가 국가나 민족을 거부하는 것으로 귀결되는 것은 아닐 것이다.「구운몽」은 환상적 묘사를 통해 시대의 억압을 고발하고 민족과 국가의 완성을 추구하는 것이라고도 볼 수 있다. 여기서 주목하고자 하는 점은「구운몽」이 지닌 파편적 혹은 중의적 형식이다. 이것이「구운몽」이 지닌 판타지적 욕망의 특징이라 하겠다.

오늘날 성공적인 판타지 서사는 대개 영화로 수렴되고 있다. 이는 앞서 언급한 대로 영화의 장르적 특성 때문이기도 하고 영상미디어 시대의 필연적 결과이기도 하다. 영화적 상상력은 필름이 지니는 구조적 원리상 '불연속의 연속성'을 특징으로 지닌다. 파편화된 것들을 이어 새로운 동일성을 창출하는 것이 영화 미학의 원리인 셈이다. 이는 거대 담론의 시대를 거쳐 80년대 이후 보편화된 포스트모던 시대의 미학일 터인데, 「구운몽」의 판타지는 이미 60년대에 영화적 요소를 서사로 끌어들이며 파편화된 시대의 이데올로기를 전조하고 있다.

3.2. 시적 상상력과 '편지'의 실현

「구운몽」의 판타지적 성격은 시적 상상력이 서사를 이끌어가는 주요 형식이라는 측면에서도 논의될 수 있다. 실제로 서사 진행 과정에는 시적 표현이 삽입되어 있다. 이는 각종 한시와 고문이 서사의 내용과 형식을 이끌고 있는 원텍스트의 전략을 의도적으로 모방한 것이라 볼 수 있다. 또한 시적 상상력을 통해 작품의 의미관계가 '사후적으로retroactively' 구성되고 있다. 이야기의 층위들이 연결되는 근거는 개연성 있는 사건의 연속에 있다기보다는 시적 상상에 의해 마련된다. 예컨대 앞선 인용문은 1인칭 화자가 영화의 의미를 존칭형 서술어미로 내레이션하는 부분이다. 이는 「구운몽」의 특수한 서술 방식으로서 이야기 층위의 단위를 물리적으로 구분하고 있다. 내레이션 직전의 서사는 김용길 박사의 병원에서 독고민의 시체가 처리되는 장면이다.

> ……봄빛이 한창이던 4월의 그날. 환히 눈에 불을 켠 젊은이들이, 캠퍼스에서 파도처럼 쏟아져나와, 병원 앞을 지나 시내로 향했다. 현관에서 구경하던 어머니 앞에 녀석은 불쑥 나타났다. 어머니를 한옆으로 끌고 가서 "우린 지금 가는 길이야. 가. 바빠. 어머니 우린 가. 알아주지 않아도 좋아. 아무도 몰라줘도 좋아. 우리도 뭔가 먼지 모르겠어. 그저 가는 거야. 가서 말야. 하하하……" 갑자기 껄껄 웃으면서 그녀의 어깨

를 두 손으로 잡고 되게 흔들어놓고는, 쉴새없이 밀려가는 파도 속으로 달려갔다. 내 것아. 내 귀중하던 망난이. 다시는 이 가슴에 돌아오지 않을 내 것아. 벌써 한 해. 곧 4월이 온다. 그 사월을 어떻게 참을까. 그 4월이 무엇하러 또 오느냐.

　　그녀는 복도 난간에 엎드려 소리 없이 흐느낀다. 빳빳하게 풀먹인 하얀 모자 아래로, 겨울 아침의 맵짠 바람을 안은 머리카락이 구름처럼 날린다.18)

　여기에서 '간호부장'은 독고민의 환상적 구성물인 '숙'의 대체인물로서 등장한다. 그녀는 독고민의 시체를 보면서 '지난 4월'에 죽은 아들에 대한 연민을 느낀다. 간호부장의 연민의 장면은 '정부군 방송'과 '혁명군 방송' 등의 난삽한 보조 장치를 통해 궁극적으로 드러내고자 하는 시대적 의미에 대한 환유일 것이다. 나아가 시체가 환기하는 죽음의 의미이자 "조각을 이어붙여서 제 모습을 되살리는 것"19)이라는 고고학적 관점을 상징하는 사건이다. 이는 판타지의 발단 동기로서 작품의 서두에 제시된 죽음의 체험20)을 반복하는 화소이기도 하다. 죽음과 관계된 이러한 의미망은 조각난 몸의 경험21)과 그 외에도 반복적으로 제시되는 파편화된 몸의 이미지들이 환유적으로 연결되는 인접성의 근거를 형성하고 있다. 이처럼 「구운몽」은 시적 상상력을 통해 서사적 의미망을 이끌어가고 있으며 이 역시 작품의 판타지적 특징을 효과적으로 드러내는 장치라 하겠다. 판타지 구성물이 시적 상상을 통해 의미를 완성한다는 것이다. 환언하자면 「구운몽」은 단선

---

18) 『광장/구운몽』, 273쪽.
19) 『광장/구운몽』, 274쪽.
20) "관棺 속에 누워 있다. 미이라. 관 속은 태胎집보다 어둡다", 『광장/구운몽』, 173쪽.
21) "오른팔 오른다리. 가운데 토막. 모조리 쪼개진다. 쪼개진 조각들이 또 갈라지고 삽시간에 강은 수없이 많은 몸의 조각들로 덮여버렸다", 『광장/구운몽』, 196~197쪽.

적인 서사 흐름이 아닌 행과 연을 넘나드는 것과 같은 독해 과정에서 의미를 완성해 간다. 또한 '죽음'과 '분열'이라는 근본비교fundamental comparison22)가 있어 서사의 전체 맥락에 작용하고 있다.

한편 독고민의 환상이 애인 '숙'의 편지로부터 비롯되어 그 편지의 내용을 실현하는 것으로 끝맺고 있는 구성은 판타지의 욕망이 궁극에 이르는 귀착지를 상징적으로 보여준다. 독고민의 방황은 숙의 편지가 실현되지 못하는 부재 혹은 결여로부터 비롯되어, 여러 겹의 외상적 현실을 거쳐, 편지의 실현—숙과의 만남과 사랑의 약속—을 통해 종결된다. 이러한 구성은 결국—항상 목적지에 도착하는 편지의 의미23)에 비견된다. 편지 혹은 시적 상상력은 욕망을 기표화하는 하나의 상징체계로서 상징계에 해당된다고 볼 수 있다. '편지'라는 상징기호 속에는 현실에 대한 인식이 반영된다. 현실은 끊임없이 실재계에 대한 의식을 자극하고 그 시화 혹은 편지를 요구한다. 하지만 그것은 상징적인 것으로써 부분적 언급이 가능할 뿐 전언어적인 단계로 회귀될 수 없는 영원한 불가능성이다. 도식화하자면 실재계는 창작욕망을 유발하는 억압된 현실, 또는 지배 이데올로기와 같은 '아버지의 이름'이 개입된 현실의 질서로써만 부분적 특성을 드러낸다.24)

---

22) 근본비교란 다른 비교들을 성립시키는 토대가 되는 비유를 가리킨다. 두 사물을 근본적으로 비교함으로써 이와 관련된 다른 비교들이 파생되는 것이다. 김준오, 『시론』(4판), 삼지원, 1982(1997), 192쪽.

23) "편지는 항상 그 목적지에 도착한다"는 라깡(J. Lacan)의 명제에 대한 지젝의 해석에 대해서는 슬라보예 지젝, 「왜 편지는 항상 그 목적지에 도착하는가?」, 앞의 책, 27~70쪽 참조.

24) 한편 상상계는 억압이 없는 현실로 비유될 수 있다. 현실에 대한 모순을 의식하지 못한 주체와 현실 간의 '행복한 이자관계'—「구운몽」에서는 독고민과 숙—의 장인 것이다. 「구운몽」의 서사구조를 라깡의 상상계, 상징계, 실재계와 관련하여 정신분석학적으로 논한 것으로 이연숙, 앞의 글이 있다.

"그런 시대에도 사람들은 사랑했을까?"

　남자는 그 물음에도 여전히 대답이 없이 우뚝 걸음을 멈춘다. 여자도 선다. 남자가 두 손으로 여자의 팔을 잡는다. 그녀의 눈동자를 들여다본다. 신기한 보물을 유심히 사랑스럽게 즐기듯.

　"깡통. 말이라고 해? 끔찍한 소릴? 부지런히 사랑했을거야. 미치도록. 그 밖에 뭘 할 수 있었겠어."

　(…중략…)

　그들의 입맞춤은 아직 끝나지 않았다.[25]

　「구운몽」에서 숙은 개체의 소외('독고' 민)를 충족시키는 환상적 구성물이다. 이 인물은 독고민의 환상 속에서 여러 변신의 양태를 보여주게 된다. 숙의 변이 과정은 원작에서 팔선녀의 양태를 변주하고 있다. 이러한 환상적 욕구 충족 과정은 현실의 결여를 채우려는 욕망의 결과이기도 하면서, 동일성을 추구하는 주체가 겪는 혼란의 과정이기도 하다. 독고민의 숙을 향한 욕망의 과정은 "그녀의 용모가 우리의 판타지적인 여인의 형상과 일치하는 한에서 사랑에 빠진다"[26]는 판타지의 작용을 충실히 재현하고 있다. 긴 욕망의 변주를 따라 온 「구운몽」의 에필로그는 판타지의 메커니즘, 즉 부재를 봉합하는 방어기제로서의 성격을 드러낸다. "그들의 입맞춤은 아직 끝나지 않았다"는 종결부는 지난한 사유의 과정을 거쳐 결국 자아의 완성을 향하고 있다. 결말부에서 인용된 "님이여 그립다는/ 편지를 쓴다"라는 노래 역시 '영원한 편지'의 반복을 다짐하고 있다. 이러한 결말은 언젠가는 완성될 주체, 완전한 실재계의 실현을 전제함으로써 정치사회적 상상력을

---

25) 『광장/구운몽』, 279쪽.
26) 슬라보예 지젝, 앞의 책, 37쪽.

'영원한 사랑'으로 희석하는 이데올로기적 효과일 수 있다. 편지는 곧 언어이고 언어는 현실의 질서요 이데올로기를 상징하기 때문이다. 이는 시대적 인식의 한계와도 관련되는 종결 형식일 것이며 판타지가 지니는 이중적 성격이기도 하다.

요컨대 최인훈의 「구운몽」이 판타지 형식으로 욕망하는 것은 당대의 억압적 현실에 대한 고발이라 할 수 있다. 이러한 현실 비판이 궁극적으로 추구하는 것은 현실의 억압을 넘어 자아의 각성과 이를 통한 온전한 주체의 회복, 현실의 부재를 대리 충족할 수 있는 상징계적 완성 등이라 할 것이다. 라캉의 표현을 빌면 작중인물의 상상계적 동일성에 대한 욕망과 그 욕망 실현을 위한 방법 탐구가 이 작품의 핵심적 구조인 것이다.27)

그러나 주체의 형성은 '편지'가 환기하는 상징적 질서를 벗어날 수 없다. 억압된 현실은 여러 층의 이데올로기적 재구성을 통해 봉합된다. 그럼에도 불구하고 충족될 수 없는 결여의 현실은 판타지의 욕망을 통해 끊임없이 재현되고 있다. 그 과정은 불완전한 주체의 속성 또는 주체-실체의 상대성을 그대로 드러내고 있다. 이는 "'실체'는 현상의 세계에서, 현상적인 대상성 속에서 자기 자신을 반영하는 한에서 본질이며, '주체'는 그 자체가 분열되어 있는 한에서, 즉 자기 자신을 실정적으로 주어진 이질적인 실체로 경험하는 한에서 실체이다"28)라는 지젝식 명제의 문학적 형상이기도 하다. 「구운몽」에 나타난 불완전한 주체의 반복적 욕망은 존재의 불안한 조건을 '사후적으

---

27) 한편 상징계에 대한 비판은 단편적이고 추상적인 특징을 보이는데, 그 속에는 상징계의 본질적 모순이 내포되어 있는 것이다. 문홍술, 앞의 글, 685쪽.
28) 라클라우, 「서문」, 슬라보예 지젝, 이수련 역, 『이데올로기라는 숭고한 대상』, 인간사랑, 2002, 15쪽.

로' 완성해 나가는 영원한 꿈이라고도 할 수 있다. 또한 패러디의 관점에서, 김만중의 「구운몽」이 선취한 욕망의 양상이 시간을 거슬러 현재화되는 맥락이기도 하다.

4. 맺음말

이상으로 김만중과 최인훈의 「구운몽」을 판타지적 관점에서 조망해 보았다. 이들 작품은 각각 시대의 이데올로기와 그 재구의 욕망을 드러낸 판타지물인 동시에 서로의 연관을 통해 욕망을 변주하고 있다. 이들 작품은 꿈의 모티프를 통한 환상의 서사를 반복하고 있으며, 나아가 문학사적으로 큰 반향을 일으킨바 있다. 이들 텍스트는 당대의 억압된 현실을 비판하면서도 다시 그 빈틈을 봉합하여 재구성하는 이데올로기의 계기였다는 점 또한 간과해서는 안 된다. 이러한 이중성이 곧 판타지의 속성이기도 하다.

김만중의 「구운몽」에서 권선징악적 결말은 당대 권력층의 핵심 인사로서 김만중과 그의 판타지적 구성물이 귀속될 자리일 수밖에 없는지 모른다. 그럼에도 그 서사적 욕망의 과정은 이데올로기의 허위, 민중적 언어 전략, 여성 주체의 부각 등 중층적 의미망을 형성하고 있다. 이러한 점에서 「구운몽」의 판타지적 욕망은 인간 존재의 조건과 현실에 관련된 정치적 의미를 지니게 된다. 최인훈의 「구운몽」에서 주체의 욕망은 '편지'가 환기하는 상징적 질서를 벗어날 수 없다. 억압된 현실은 여러 층의 이데올로기적 재구성을 통해 봉합된다. 그럼에도 불구하고 충족될 수 없는 결여의 현실은 판타지적 서사를 통해 끊임없이 재현되고 있다. 그 과정은 불완전한 주체의 속성을 드러내기도 한다. 불완전한 주체의 반복적 욕망은 존재의 불안한 조건을 사후적으로 완성해나가는 꿈의 양상이라고도 할 수 있겠다. 또한 김만중의 「구운몽」이 선취한 욕망의 서사가 패러디되는 맥락이기도 하다.

그 밖에도 「구운몽」이 함의하는 텍스트 외적 조건, 즉 고전과 현대의 이분법을 넘어 텍스트의 의미가 현재화되는 맥락을 주목해야 한다. 이는 이들 텍스트의 언어적 의미망을 넘어서는 시대적, 문학사적 의의라고 할 수 있겠다. 그럼에도 불구하고 산재한 문제들이 있다. 본고는, 방법론적 입장 때문이기도 하지만, 김만중의 「구운몽」을 조망함에 있어서 정치한 텍스트 분석보다는 그를 둘러싼 징후적 추론의 차원에 머물렀으며, 편의상 그 현대적 판본의 예시를 최인훈의 「구운몽」으로 한정하고 말았다. 이는 그대로 앞으로의 과제일 수밖에 없다.

◆ 『비평문학』 24호(2006.12)에 수록

원반식탁을 둘러싼
새로운 식구의 탄생

— 윤성희 소설에 나타난 탈근대적 가족 양상 연구

박현이

가족으로 가공되어 사각식탁에 마주 앉을 수 없던 인물들은 원반식탁의 만찬 중 새로운 식구로 탄생한다. 이는 혈연과 친족관계에 의한 단일한 집합체가 아닌, 낯선 타인들이 만나 서로의 상처를 보듬으며 함께 요리하고 음식을 나누어 먹는 가운데 구성된 공동체다!

1. 들어가는 말

가족은 일반적으로 한 지붕 아래 거주하면서 피와 살을 함께 나눈 혈연공동체를 의미한다. 가족 구성원들은 구성원 내의 내밀한 약속과 비밀을 공유한다는 점에서 외부사회와는 구분되는 사적인 영역을 공고히 한다. 그러나 근대국가의 탄생과 더불어 가족은 공적 영역에 노출되고 그것의 지배와 통제는 불가피하게 되었다. 즉 시민사회의 원자原子인 가족은 '사적 이해관계'의 관리인이며, 이 이해관계의 올바른 운영은 국가의 힘과 인류의 진보를 위해 본질적으로 중요한 것이었다. 상당히 많은 기능이 가족에게 부여되었는데, 생산의 핵심 요체인 가족 덕분에 경제가 기능할 수 있었으며 재산의 대물림이 가능했다. 재생산 단위인 가족은 아이들을 산출해내고, 사회화의 첫걸음을 가르쳤다. 국민의식의 용광로인 가족은 상징적 가치, 그리고 국가 건설의 토대가 되는 기억을 전수했다. 가족은 예절뿐 아니라 시민의식의 창조자이기도 했다.[1]

근대적 의미의 가족은 국가를 형성하는 최소 단위이자 한 개인이 속해 있는 최소 집단이기도 하다. 국가의 공적 승인에 의한 합법적 결혼을 통한 남과 여의 결합, 그들의 피와 살을 나누어 태어난 자녀들, 자녀들을 양육하는 아버지와 어머니, 그 부모들을 낳은 조부모들로 이루어진 '가족'에 있어 무엇보다 중요한 것은 '혈연'이라는 요소다. 더불어 미셸 페로가 지적했듯이 자녀의 생산과 양육 역시 매우 중요한 요소다. 먼 과거에는 이것이 종족을 보존하기 위해 중요했다면 이제는 국가 유지와 노동의 재생산을 위해 필수적이다. 그러므로 가족을 이룬다는 것은 본격적으로 시민사회 일원으로의 정상적 진입과 그에 대한 국가의 암묵적 승인을 함축하며, 역으로 가족을 이루지 못하는 것은 시민사회 일원으로의 자격미달과 낙오를 의미한다. 따라서 생물학적 특성 및 관계보다 문제시되어야 할 부분은 가족이 권력과 지배의 장치들이 작동하는 정치적·역사적 공간이라는 데 있다.[2]

가족 이데올로기는 인간이 상상할 수 있는 유일한 '관계'의 방식이라는 전제 아래 작동된다. 가족은 전적으로 '개인'의 영역인 동시에 인간을 인간으로 구성하는 모든 것의 근간을 이룬다. 이러한 메커니즘에 따라 가족은 (단지 개인적인 영역의 문제라는 범주화에 의해) '아무것도 아닌' 동시에 (인간을 구성하는 모든 것의 근간이 된다는 점에서) 모든 것이 된다.[3] 그렇다면 가족이란 결혼을 통한 자녀 생산과 양육을 기반으로 한 요컨대 혈연공동체를 통해서만이 가능한가? 이에 대한 모색으로 "가족the family과 같은 것은 없으며 오로지 가족들

---

1) 미셸 페로, 전수연 역, 「가족의 기능」, 『사생활의 역사 4 : 프랑스 혁명부터 제1차 세계대전까지』, 새물결, 2002, 173쪽 참조.
2) 김혜경, 『식민지하 근대가족의 형성과 젠더』, 창작과비평사, 2006, 20쪽.
3) 권명아, 『가족이야기는 어떻게 만들어지는가』, 책세상, 2000, 15쪽.

families이 있을 뿐"[4]이라는 기틴스의 주장이 유효하다고 보는데, 가족을 몰적 집합체로서가 아닌 그것을 구성하는 개개인에 주목한 유동적 집합체로 볼 필요가 있다. 이러한 관점에 의거해 볼 때, 윤성희·김애란·강영숙[5]을 비롯한 최근 젊은 작가들의 소설은 근대적 가족 유형이 해체되고, 새롭게 구성되어가는 과정을 보여주고 있다.

본고는 이 중, 윤성희 소설[6]에 주목하고자 하는데, 작품 속에 나타나고 있는 근대 가족의 해체 양상 및 근대 가족 외부로의 사유를 가능케 하는 새로운 가족모델의 구성과정과 특성을 중심으로 살펴보고자 한다. 즉, 윤성희 소설 속 인물들이 사적 영역과 공적 영역의 문지방에서 우연히 만나 만들어낸 공동체는 새로운 가족으로의 의미 전이가 가능한가? 그들이 보여주는 것은 가족의 해체인가, 아니면 새로운 혼성가족의 탄생인가?

2. 가족으로 가공되지 않은 타자들

윤성희 소설의 인물들은 소소하고 미미해 보이는 먼지 같은 존재들로 그려지고 있다. 주변인 내지 소수자로 명명될 수 있는 그들은 얼

---

4) 다이애너 기틴스, 『가족은 없다: 가족이데올로기의 해부』, 안호용·김홍주·배선희 역, 일신사, 1997, 22쪽.
5) 구체적 텍스트로는 윤성희의 『거기, 당신?』(문학동네, 2004)과 김애란의 『달려라, 아비』(창작과비평, 2005), 강영숙, 『리나』(랜덤하우스, 2006)를 들 수 있으며, 본고는 윤성희의 소설에 주목하고자 한다.
6) 본고가 주목한 소설은 「안녕! 물고기자리」, 「봉자네 분식집」, 「유턴지점에 보물지도를 묻다」, 「잘 가, 또 보자」 네 편이다. 「안녕! 물고기자리」(『문학동네』 2004년 가을호) 한 편을 제외하고, 소설집 『거기, 당신?』(문학동네, 2004)에 수록되어 있는 작품으로 인용글의 경우, 이후로는 제목과 인용 쪽수만을 표기하기로 한다.

핏 보기에 대형마트 진열대에 나란히 비치되어 판매되는 유통기한이 지난 인스턴트식품 같은 삶을 연명해가고 있으며, 생물학적 유전인자를 골고루 나눈 구성원들로 충족된 가족의 틀에서 한참 벗어나 있다. 아버지나 어머니, 혹은 둘 모두 부재하는 경우가 많으며, 혼자 외롭게 살아가는 인물이 대부분이다. 있는 듯 없는 듯 존재감이 없어 학창시절 '유령'이라는 별명이 붙은 W, 다니던 여행사와 지하철 운전사직을 그만두고 변두리 중국집에서 주방보조로 일하는 '나'와 Q, 가출 여고생(「유턴지점에 보물지도를 묻다」), 단무지 트럭에 치어 얼결에 단무지 공장에 취직하게 된 다리를 저는 '나'와 조그만 분식집을 운영하는 '봉자엄마', 미국으로의 경영학 공부를 돌연 포기하고 아버지 회사에 눌러앉은 반백수의 P(「봉자네 분식집」), 다니던 사무실을 결근하고 화장실 청소와 편의점 아르바이트로 연명하는 O, 재택집배원인 H(「잘 가, 또 보자」) 등, 대부분 안정된 직장 없이 아르바이트 및 비정규직 노동자로 일하거나 그나마 안정된 직장이 있다 해도 돌연 무단결근하고 실업자 －되기를 자처한다.

이들은 가족 구성원이 되기 위한 조건에서 한참 동떨어져 있거나 애초부터 비껴서 있다. 또한, 피붙이 가족이 부재하므로 이미 이루어진 가족도 없고, 새로운 가족을 이루기는 더욱 만만치 않다. 왜냐하면 시민적 삶의 성瓊스런 삼위일체를 이루기 위한 기본조건인 '직업, 결혼, 가족'의 세 가지 조건 모두에 골고루 미달되는 삶을 살고 있기 때문이다. 시민사회의 일원으로 직업을 갖지 못한 자는 결혼할 수 없다. 무직은 가족을 가질 수 있는 자격의 부재를 의미하기 때문이다. 즉, 무직자는 결혼하지 못할 것이며, 실업자 역시 곧 가족의 해체를 목격힐 것이다.[7]

회사 내에서 P의 별명은 무단결근이었다. P가 결근하는 이유는 다양
했다. 봄바람이 너무 따뜻해서, 파도 소리가 듣고 싶어서, 일출을 보고
새로운 결심을 하기 위해서.

- 「봉자네 분식집」, 159쪽

"빛이 들지 않는 공장에서 하루 종일 단무지를 만들었"던 성실한
부모와 달리 P는 '무단결근'이라는 별명에 어울리게 직장인으로서의
삶에 충실하지 않고, 회사원인 '그녀' 역시 술을 마신 다음 날, 친구가
끓여준 북엇국을 먹고는 누워서 낮잠을 자다가 회사에 무단결근하고
아무 자책 없이 칼국수 배달을 나간다. P와 그녀를 비롯해 이들은 소
위 직장인으로서 엄연히 가져야 할 직업의식과 아울러 한 가정의 경
제력을 책임지고 그들이 속해 있는 사회의 성실한 시민이 되겠다는
시민의식이 철저하게 결여되어 있다. 이들에게는 큰 물질적 가치에
대한 집착이나 '중심'으로의 진입에 대한 욕망, 사회적인 가치위계에
따라 규정되는 '정상성'의 결여에 대한 자의식도 강박도 없다.[8]

따라서 '무단결근'이라는 돌발적 행위는 오히려 정형적인 가족의
틀에 포섭되지 않으려는 이들의 일탈 욕망을 함축한다. 왜냐하면 그
이면에는 삶에 있어 더욱 신성한 이유가 존재하기 때문이다. 회사에
출근하는 것보다 "간만에 시원하게 똥을 눈" 화장실이 있는 건물이
맘에 들어서, "따뜻한 봄바람"과 "파도 소리" "일출"을 보고, 듣고, 느
끼기 위해서, 혹은 여행사에서 "오년을 일하는 동안 한 번도 여행을

---

7) 진은영, 「장애물의 지형도 : 카프카의 단편소설(1)」, 『들뢰즈와 문학─기계』, 소명
출판, 2002, 337쪽.
8) 김영찬, 「동정 없는 모더니티와 감정 지출의 경제학─윤성희론」, 『문학동네』 2004
년 가을호, 192쪽.

가지 않아서"라거나 "북엇국 끓여준 친구"를 도와 "근처 공장에 칼국수 열 그릇을 배달해주기 위해"서라는 비록 겉보기에는 특별한 동기나 뚜렷한 목적도 없는 궁색한 변명에 불과해보일지 모르지만, 일상에서 보여주는 이러한 우발성은 이들의 의지에 의한 선택이자 결정이다. 이는 그들에게 끊임없이 동일시를 주문하는 '회사'라는 공간으로부터의 일탈을 의미하는 동시에 삶을 새롭게 이끌고 변화시키는 낯선 타인들과의 관계맺음을 위한 연결통로 내지는 촉매제로 기능한다.

우발적 일탈을 선택한 이들에게 있어 '집'이란 공간 또한 의미를 달리한다. 이들은 사는 곳이 일정치도 않고, 마땅히 보금자리라고 부를 만한 뚜렷한 거주지가 없다. 찜질방을 전전하거나 설령 집이 있다 해도 이들의 일상에 있어 그곳은 그다지 중요한 장소가 못 된다. 집에는 아버지도 어머니도, 이들을 기다리는 형제 혹은 자매라는 혈연으로 맺어진 가족 구성원들이 대부분 부재한다. 그들은 죽거나, 도망가거나 혹은 실종되었다. 한때 정착했던 집은 상처의 공간이자 빈 공간인 것이다. 따라서 집을 나온 이들이 새롭게 소망하고 선택하는 공간은 가족의 따뜻한 보금자리로서 '정착하기 위'한 공간이기보다는 낯선 타인과 '관계를 맺'고 '연대를 이루기 위'한 공간으로 기능한다.

> 중국집 문을 닫는 날이면 Q가 찜질방으로 왔다. W가 일을 하는 동안, 나와 Q는 요가를 배우고 재즈댄스를 배웠다. (…) W의 일이 끝나면, 우리 셋은 게임방으로 가서 말 옮기기 게임을 했다. (…) 내기가 없는 게임은 싫다고 Q가 말했다. 그래서 우리는 한 게임당 천 원씩 걸었다. 돈을 가장 많이 딴 사람이 미역국을 샀다. (…) 미역국을 먹고 나면 각자 흩어져 늘어지게 잠을 잤다.
>
> ─「유턴지점에 보물지도를 묻다」, 20쪽

「유턴지점」9)의 '나'는 부산행 기차간에서 우연히 만난 Q와 가까워지고, 찜질방에서 우연히 알게 된 W와 가까워진다. 나를 통해 Q와 W 역시 가까워진다. 이러한 전혀 낯선 타인들 간의 만남은 낯선 장소인 찜질방에서 점점 돈독해진다. 이들은 '그곳'에서 "요가와 재즈댄스, 게임"을 즐기고, "미역국을 먹"고, "늘어지게 잠을 잔"다. 가족이 아닌 타인들 틈에서, 집이 아닌 찜질방에서 이들은 모두 의식주를 가뿐하고 사이좋게 해결한다. 따라서 이들에게 고정된 보금자리는 무의미하며, 집은 언제든 변신 가능하다. 여행지의 "통나무집 숙소"가 되었다가 때로는 "찜질방"으로, 혹은 "분식집에 딸린 곁방"이 될 수도 있고, 설령 "병원 앞 잔디밭"이라 할지라도 "돗자리만 펴면" 만사형통인 것이다. 이들에게 중요한 것은 아픈 속내와 맛있는 음식을 함께 나눌 구성원이지, 도덕과 규율이 내밀하게 작동하는 가정이란 공간 자체는 아니기 때문이다.

결국 이들의 이면에는 색다른 방식으로 타인과 소통하고 공동체를 이루고 싶은 욕망이 내재해 있다. 따라서 이들은 결코 소소하거나 미미한 타자들이 아닌, 오히려 역으로 근대 가족과 국가라는 제도권 내부로의 편입 욕망과 사회화에 길들여지지 않거나 혹은 길들여짐을 가볍게 웃어넘기는 인물들이다. 이들의 특성은 군이 피붙이 가족에 연연하지 않고, 회사, 사회, 국가에서 정해놓은 시민사회 일원으로 가공되지 않은 채, 새로운 공동체를 유쾌하게 상상하는 데 있다.

---

9) 이후로 「유턴지점에 보물지도를 묻다」는 「유턴지점」으로 줄여서 표기하기로 한다.

3. 합류적 공동체를 구성해가는 방식

혈연가족에서 벗어난 이들이 낯선 타인들과 만나 서로를 친구로, 이웃으로 인식하고 친밀감을 형성해가는 과정과 관련해 주목해볼 요소는 상처에 대한 고백과 위무의 방식이다. 「안녕! 물고기자리」의 '나'는 할인매장에서 고교동창생 S와의 우연한 만남을 계기로 S의 아파트 집들이에 초대받게 되고, 그곳에서 S의 친구 E, H를 만난다. 이들은 처음에 서로를 경계하고 낯설어하지만, 함께 장을 보고 음식과 술을 나누는 사이 자연스럽게 가까워진다. 무엇보다 몸과 기억에 새겨진 '흉터'는 서로 간의 틈새를 메우는 공동화두다.

> 그런데 그 상처…원래 있었니? S의 턱 밑에 난 가늘고 기다란 흉터를 가리키면서 내가 물었다. 내 기억에 의하면 고등학교 때는 없었던 상처였다.
>
> — 「안녕! 물고기자리」, 204쪽

> 사실은 말야… 이 상처, 별 거 아냐. S가 입을 열었다. 예전에 내가 사랑한 사람이 있었거든. 한 삼 년 정도 사귀었어. 지금 생각해도 후회 없을 정도로 내가 참 많이 좋아했지. 그 사람이랑 헤어지던 날, 그날 다친 상처야. (…) 떠나는 그 사람의 뒷모습을 보면서 나는 이렇게 기도했어. 가다가 제발 넘어져라. 넘어져서 다리나 부러져라. 그렇게 중얼거리면서 계단을 내려가는데, 순간 발을 헛디뎌서 그냥 아래까지 굴렀잖아.
>
> — 「안녕! 물고기자리」, 206쪽

> E가 바지를 걷어 종아리의 꿰맨 흉터를 보여주었다. (…) 이 흉터가 어떻게 생긴 거냐 하면 말이지… (…) 골목길에서 친구들하고 얼음땡놀이를 하다가 술래에 쫓겨 도망을 갔는데, 막 달리다 보니까 내가 어느

가게의 전면 유리를 그냥 통과해버렸더라구. 그래서 다쳤어.

- 「안녕! 물고기자리」, 207쪽

이번에는 H가 이야기를 시작했다. 아무리 생각해봐도 눈에 띄는 흉터는 없는 거 같아. (…) 참, 못을 밟은 적이 있었다. 그때 난 흉터가… H가 양말을 벗었다. (…) H의 양말을 보는 순간 S가 웃었다. 나도 따라 웃었다. 양말은 여러 가지 색이 무지개처럼 모양을 이루고 있었다. 왜 진작 못 봤지? 양말 정말 웃기다. (…) 니들도 해봐. 우중충한 날이나, 기분이 가라앉아 되살아나지 않는 날이면 난 꼭 이 양말을 신어. 그럼 마음이 조금 산뜻해지거든.

- 「안녕! 물고기자리」, 208쪽

S의 턱밑 흉터에 대한 '나'의 궁금증으로 시작된 질문을 물꼬로 E 와 H 역시 차례로 몸에 새겨진 흉터에 대해 자연스레 고백하기에 이른다. 결국 "나는 말야, 정말로, 흉터가 없어"라고 고백한 '나' 역시 대화 도중 S가 떨어뜨린 소주가 불판 위로 떨어지면서 튀어오른 기름 한 방울로 손등 위에 흉터를 새기게 된다. 알라이다 아스만은 언어를 비롯한 격정과 상징, 트라우마를 육체를 매개로 하는 '기억의 고정장치'라 명명했다. 즉, "가시적인 육체의 상처나 흉터는 망각에 의해 중단될 수 없는 지속적인 기억의 흔적을 보장한다. 기억은 현재의 조건들 속에서 재구성되고 변형되거나 조작·왜곡될 수 있지만, 육체에 새겨진 글과 트라우마는 과거의 기억을 고정시키고 확인시키기도 한다"[10])는 것이다. 이들의 몸에 새겨진 흉터는 고백과 대화를 통해 과거의 기억을 환기하고 서로의 내면을 들여다보는, 그래서 서로가 지닌 상처를 나누고 공유하게 만드는 중요한 매개로 작용한다.

---

10) 알라이다 아스만, 변학수·백설자·채연숙 역, 『기억의 공간』, 경북대출판부, 2003, 249쪽.

또한, 이들의 개별적 관계맺음을 합류적 공동체[11]로 이끄는 보다 중요한 상처는 몸에 새겨진 흉터보다 마음에 새겨진 흉터인데, 그것은 '죽음'에 대한 기억으로 수렴된다. 「잘 가, 또 보자」의 H는 스무 살이 되던 무렵, 교통사고로 부모님을 모두 잃었다. H를 비롯한 O와 K 역시 W와 함께 한 여행 중 친구 W의 자살을 목도한다. 「봉자네 분식집」의 '그녀'와 '봉자 엄마'도 각각 연인 P와 딸 봉자의 죽음에 대한 상처를 떠안고 있다. 「유턴지점」의 '나'의 가족에 대한 기억 역시 죽음으로 얼룩져 있다. 나와 쌍둥이 언니의 탄생을 담보로 태어나는 순간부터 경험한 어머니의 죽음, 유년 시절 오토바이에 어이없게 치어죽은 쌍둥이 언니, 아버지 역시 이복동생들의 유산싸움에 상처받고 집을 나간 후, 부산행 기차간에서 심장마비로 돌연사한다.

> 여자가 열차로 뛰어들기 직전 Q는 여자와 눈이 마주쳤다. 평생 잊을 수 없을 거예요, 그 눈을. 지금도 눈만 감으면 그 여자의 눈이 선명하게 보이는 것 같아. 그렇게 말할 때 Q의 눈동자가 얼마나 불안하게 흔들렸는지 나도 모르게 Q의 손을 잡아주었다.
>
> — 「유턴지점에 보물지도를 묻다」, 16~17쪽

기차간에서 우연히 만난 전직 지하철 운전기사였던 Q 역시 지하철

---

11) '합류적 공동체'란 윤성희 소설의 인물들이 만들어가는 탈근대적 가족모델을 일컫기 위한 용어로, 윤성희 소설의 가족을 혼성가족의 범주에서 파악하면서 "혈연도 없고, 섹스도 없고, 그래서 서로가 서로에게 아무런 억압도 되지 않는" 연대의 속성(김형중, 「성(性)을 사유하는 윤리적 방식」, 『창작과 비평』 2006년 여름호)을 포괄하는 동시에 앤소니 기든스의 '합류적 사랑'을 주요 속성으로 하는 공동체의 의미를 지닌다.(앤소니 기든스, 배은경·황정미 역, 『현대사회의 성·사랑·에로티시즘』, 새물결, 2003) 아울러 이러한 가족모델은 피를 나누지 않은 타인들이 우연히 만나 일궈가는 연대이며, 무엇보다 개별자들의 목소리가 살아있는 수평적 연대의 속성을 특성으로 한다.

로로 뛰어든 여자의 죽음에 시달리고 있다. 이처럼 이들의 몸과 마음에 각인된 흉터가 서로를 인식하고 한 발짝 다가서는 매개로 작용했다면, 서로의 상처를 치유해가는 과정 역시 이들의 몸을 통해 가능함을 볼 수 있다. 낯선 타인의 "손을 꼭 잡아주"거나 "이마에 찬 물수건을 대주"는 행위(「유턴지점」), 타인의 "입에 고기 한 점을 넣어주"거나 "앞뒤로 뒤집어가며 타지 않도록 애써 구운 게장을 양보하"는 행위, 서로의 "흉터를 손으로 가만히 쓰다듬"고 "양말 한 짝을 나누어신"는 행위(「안녕! 물고기자리」), 혹은 「잘 가, 또 보자」의 그들처럼 "쪼그려뛰기, 팔굽혀펴기, 윗몸일으키기"를 따라하고 반복하는 행위 등 사소한 몸짓언어들은 말보다 더 강한 위력을 발휘한다. 나아가 서로가 지닌 음식을 나누고 공유하는 행위도 마찬가지로 이들의 입을 통해 이루어지고 있다. '말하는' 입이 아닌, 함께 '먹는' 입은 이들의 상처를 보듬어가는 특별한 위무의 방식이다.

 "봉자라니, 이름이 너무 촌스럽다."
 그녀는 가게를 다시 한 번 둘러보면서 말했다. 어디에도 아이의 사진은 보이지 않았다. 가게에 딸린 방은 애가 살기에는 너무 어두웠다.
 "그런데……이젠 없어."
 식당 여자의 말에 가게에 있는 모든 것들이 일제히 침묵했다. 카운터 위에 있는 시계의 초침이 멈추었고, 수도꼭지에서 한 방울씩 떨어지던 물소리도 멈추었다. 여자는 등을 돌렸다. 그녀는 여자의 등에 살며시 손을 올려놓았다. 모든 것을 과거형으로 말하는 것이 얼마나 슬픈 것인지 그녀도 서서히 알 것 같았다. 그녀는 자신의 커피잔에 여자가 마시던 커피를 부었다. 식은 커피는 너무 썼다.
 그 다음날에도 P는 출근하지 않았다. 그녀는 점심에 봉자네 분식집에서 된장찌개를 먹었다. 그녀가 맛있다고 말하자 봉자 엄마는 집에 가서 먹으라고 된장을 싸주었다.
 — 「봉자네 분식집」, 170쪽

'그녀'에게 있어 우연히 재회한 중학교 동창 '봉자엄마'는 기억에서 지워진 낯선 "식당 여자"에 불과했지만, 딸 봉자의 죽음을 공감하면서 이웃으로 수락한다. 그녀가 "여자의 등에 살며시 손을 올려놓"고, "여자가 마시던 커피를 자신의 커피잔에 붓"게 되는 행위는 타인이 지닌 상처의 "쓴" 맛을 가늠하고 위무하는 방식이다. 역으로 P의 부재(죽음)를 경험하고 있는 그녀에게 "된장찌개를 끓여주"고 "된장을 싸주"는 봉자엄마의 행위 역시 그녀가 지금 온몸으로 감내하고 있는 상처를 따뜻하게 감싸주기 위한 방식이다.

> 이제 배고프다. 윗몸일으키기를 끝낸 다음 그들은 남은 음식을 마저 먹기 시작했다. K는 잡채에 들어간 시금치를 골라내지 않았고, O는 밥에 있는 콩을 골라내지 않았다. O가 병원 건물 안으로 달려가 커피 세 잔을 뽑아왔다. 건배! 그들은 종이컵을 부딪쳤다. 빨리 나아. O와 H가 동시에 말했다.
>
> ― 「잘 가, 또 보자」, 254쪽

꺼려하던 "시금치와 콩"을 골라내지 않고 "건배!"를 외치는 장면은 이들의 상처가 치유되고 있음을 보여주는 메타포다. 이는 「유턴지점」의 주인공들이 외롭고 슬플 때마다 직접 만든 독특한 "매운 소스"를 함께 맛보면서 개운함을 느끼고, "삶은 달걀과 사이다"를 나누어 먹은 후, "꺼억"하고 시원하게 트림해내는 장면에서도 찾아볼 수 있다.

부부와 자녀 간 혈연으로 결속된 근대가족은 구성원으로 하여금 결혼과 가족에 대한 낭만적 사랑과 환상을 조장해낸다. '낭만적 사랑'은 보통 투사적 동일시|projective identification에 의존하는데 투사는 타자와의 일체감을 강조하며, 차이를 인정하지 않는다. 또한, 관계의 영원한 동

일시를 강요해 지속적인 관계의 발전을 방해하기도 한다. 이와는 달리, '합류적 사랑'은 서로간의 정체성이 달랐음을 인정한 위에 미래를 향한 사랑의 유대를 공유하고 새로운 정체성을 협상해가는 특성을 지닌다.[12] 윤성희 소설의 인물들이 서로의 상처를 고백하고 치유해가는 과정은 이러한 합류적 사랑의 특성을 드러내며, 이것은 새로운 공동체를 형성하는 밑거름이 되고 있다. 「유턴지점」에서 '매운 소스'가 "미친 쫄면"을 위한 획기적 소스로 둔갑한다든지, 「봉자네 분식집」에서 그녀가 봉자엄마를 통해 배운 '요리 솜씨'가 "봉자네 백반집"에서 진가를 발휘하듯 상처와 위무는 낯선 타자들이 모여 소통하고 합류적 공동체를 구성해가는 방식이다.

4. 장보기와 요리, 향유하는 노동

한 사회 안에서 단일하고 온전한 가족이 유지되기 위해서는 우선 경제력이 안정적으로 뒷받침되어야 하고, 이를 확보키 위해서는 가족구성원들의 지속적인 노동이 필요하다. "노동만이 가치를 생산한다"는 리카도의 말처럼 보다 가치 있는 가족구성원이 되기 위해서는 노동이 필수적이다. 이처럼 노동을 찬미하는 방식으로 인간을 찬미하는 '노동의 인간학'의 입장에서 보면, 가족을 위해, 스스로를 위해 노동하지 않는 윤성희 소설의 인물들은 마땅히 비난과 조롱의 대상이 될 법하다. 그러나 앞서 언급했듯이, 소규모 회사에서 말단직으로 근무하는 이들은 무단결근을 밥 먹듯 하거나 어느 날 돌연 회사를 그만두는 등

---

12) 앤소니 기든스, 위의 책, 107~111쪽 참조.

실업자로 전락할 것을 결코 두려워하지 않는다. 어쩌면 속해 있거나 부양해야 할 가족이 없기에 비롯된 무모한 행위로 단순히 치부할 수도 있겠으나 '실업자-되기'는 가족의 외부에서 새로운 연대를 꿈꾸고 그와 접속하기 위한 선택이자 의지로 볼 수 있다. 이들은 실업자가 되면서 우연히 새 직장을 만나거나 직접 만들어 가는데, 이 직장은 간헐성과 비정규성, 불안정성을 특성으로 한다. 그곳에는 "지각한다고 주의를 주는 상사"도, 무단결근의 사유는 묻지도 않고 다짜고짜 "관두라"고 호통 치는 "인정머리 없는 (경리)과장 (놈)"도 없다. 이처럼 고용주로서 지시나 요구를 책임지우는 주인도, 상사도 없는 수평의 공간에서 행해지는 노동은 어떤 의미를 지니는가?

헤겔에 따르면 노동은 어떤 활동을 시작하기 전에 이미 결과물(목적)을 갖고 시작한다는 점에서 '합목적적 활동'이고, 이것이 바로 인간의 본질이다. 즉, 노동하는 자만이 인간의 본질에 부합한다는 것이다.[13] 그러나 이들의 노동은 오히려 목적과 과정이 전도된다. 즉, 돈을 벌기 위해 노동하는 것이 아니라, 함께 즐기면서 요리(노동)하다 보니 결과적으로 돈을 벌게 된 셈이다. 예컨대 「봉자네 분식집」에서 식욕부진에 요리에는 문외한이었던 '그녀'가 봉자엄마가 요리한 "근사한 안주"인 "돼지고기 두루치기"와 "시원한 조개탕"을 먹으면서 식욕을 되찾고, 이를 계기로 얼결에 "조개탕 끓이는 법을 배우"게 되는 것처럼 말이다.

> 그녀는 오후 내내 봉자 엄마에게 맛있는 찌개를 끓이는 법을 배웠다. 김치찌개, 된장찌개, 청국장, 순두부찌개······ 그녀가 끓인 김치찌개를 맛있게 먹어준 손님도 있었다. 저녁이 되자 그녀는 '오늘의 요리'라는

---

13) 이진경, 「<풀 몬티>, 자본주의와 남근숭심수의의 옷을 벗기나」, 『이신경의 씰로시네마 혹은 영화의 친구들』, 소명출판, 2002, 275쪽 참조.

텔레비전 프로그램을 보았다. 요리사가 말해준 비법을 수첩에 적어두었다. 마지막 손님이 가고 난 뒤 그녀가 친구에게 조심스럽게 말했다.
"너만 괜찮다면…… 우리 같이 동업하지 않을래?"

— 「봉자네 분식집」, 176~177쪽

칼국수 배달을 대신 해준 그녀에게 봉자엄마가 "일당이라도 줘야겠네."라고 미안한 목소리로 말하자 그녀는 일당 대신 요리법을 가르쳐 달라고 말한다. 음식은 대개 교환, 연결 관계, 그리고 남녀 사이의 서로 다른 특징의 매개체이다. 그러나 교환은 동등함을 유지하기 위해 반드시 상호교환적이어야 한다.[14] 그녀와 봉자엄마의 관계도 "찌개(음식)"를 매개로 하여 돈독해지고 있으며, 무엇보다 노동에 대한 대가가 돈이 아닌 "찌개 끓이는 법(요리비법)"으로 교환되고 있다는 점은 주목할 만하다. 어느 한편의 일방적 임금지불은 수직적 관계를 함축하지만, 이러한 상호교환적 방식은 그녀와 봉자엄마가 동등한 관계에 있으며, "봉자네 백반집"이 수평적 관계에 의해 움직이는 공간임을 보여주기 때문이다. 나아가 이러한 수평 관계는 협업과 동업의 방식으로 확산되기도 한다.

우리는 할인매장으로 달려갔다. 할인매장 입구에 도착하자 십 분 후에 보자는 약속을 하고는 각자 흩어졌다. 나는 주류를 파는 곳으로 뛰었다. 눈을 감고도 달려갈 수 있을 정도로 익숙한 코스였다. S는 양념갈비를 파는 곳으로 달려갔다. E는 갖은 쌈 종류를 샀고, H는 반찬 코너에서 파무침과 양념게장을 샀다. 거실에 신문지를 넓게 펴고 가운데 휴대용 가스레인지를 놓았다. 우리는 고기를 가운데 두고는 둥그렇게 둘러앉았다.

— 「안녕! 물고기자리」, 205쪽

---

14) 캐롤 M. 코니한, 김정희 역, 『음식과 몸의 인류학』, 갈무리, 1999, 41쪽.

구성원들 각자가 좋아하는 것을 스스로 찾아 장보는 '협조적 장보기' 방식은 일의 분담에 대한 특별한 지시나 명령을 내리는 권력의 중심이 없다는 점에서 수평적 연대의 속성을 보여주고 있다. 하나로 묶여 움직이지만, 각각을 특정한 부분으로 고정하려 들지 않는 특성은 기든스가 언급한 '친밀한 관계'와 유사하다. 고착된 관계와 달리 친밀한 관계는 권력의 편중을 지양하고 관계 내의 균형과 상호성을 중시하며, 무엇보다 타인의 개별성을 포용하여 타협과 협상의 과정을 통해 문제를 해결해가는 것을 특성으로 한다.[15] 이러한 특성은 「봉자네 분식집」에서 동업의 방식으로도 드러나는데, 특히 "봉자네 분식집"이 "봉자네 백반집"으로 바뀌는 과정을 통해 잘 드러나고 있다. 그녀가 적금을 해약해 봉자네 분식집에 딸린 곁방을 헐어 식당을 확장한다거나 방이 두 칸인 그녀의 집으로 봉자엄마가 이사오는 장면, "하루에 한 가지 음식만 팔기로 한" 메뉴 선정과 "과음한 직장인을 위한 북엇국" 메뉴 제안 및 "북엇국 무료 제공" 등, 안건의 제안 및 가결 과정은 수평적 대화를 통해 조율되며, 어느 누구도 소외되지 않고 골고루 참여하고 있다는 점에서 민주적이다.[16]

> 고등학생이 Q의 만두를 먹어보고는 한마디 충고를 했다. 피를 좀 더 얇게 했으면 좋겠어요. 얇으면서도 쫄깃한 맛이 나게요. 그 말을 듣고 Q는 삼일 동안 주방에서 나오지 않았다. 얇은 피를 만들이 위해 다섯

---

15) 앤소니 기든스, 앞의 책, 155~156쪽 참조.
16) 기든스는 사적 영역의 민주화 지점에서 친밀함의 가능성이 열린다고 보았는데, 무엇보다 자율성의 원칙이 중요하다고 보았다. 사적 영역에서의 자율성은 수평적으로 연결되는 상황을 말하는데, 이것이 실현되기 위해서는 일차적으로 동등한 영향력을 행사할 수 있는 평능이 존재해야 하고, 토론의 방식과 신뢰가 중요하다고 보았다. (위의 책, 275~279쪽 참조.)

포대가 넘는 밀가루를 반죽해댔다. W의 쫄면을 먹어본 뒤 고등학생이
말했다. 우리 쫄면의 핵심은 매운맛이에요. 그러니까 단순하게 한 가지
쫄면만 팔지 말고 매운맛에 등급을 매겨 팔았으면 좋겠어요. 고등학생
의 충고에 따라 우리는 쫄면을 네 가지로 구분했다. 안 매운 쫄면, 조
금 매운 쫄면, 아주 매운 쫄면, 그리고 마지막으로 미친 쫄면. 미친 쫄
면이라는 이름은 고등학생이 지었다.

— 「유턴지점에 보물지도를 묻다」, 27쪽

수평적 연대의 진정한 의미는 「유턴지점」의 경우, 가출 여고생으로
낙인찍힌 고등학생의 안건과 충고마저 진지하게 받아들여 함께 숙고
하고 수렴해가는 데 있다. 학생에게는 직장과도 같은 학교를 뛰쳐나
온 준실업자 여고생은 오히려 집과 학교의 외부인 이곳에서 자신의
잠재적 아이디어 및 능력을 맘껏 발휘한다. 존재감이 없어 부유하던
"유령" 같은 W의 "매운 소스" 하나도 이들 안에서는 독특한 진가를
발휘한다. 구조학자들은 "음식과 요리는 서로 협력하며 존재하고, 자
연과 문화를 중재한다고 강조했으며, 요리는 변환의 수단이기 때문에
적어도 비유적으로나마 모든 변환을 도와준다"[17]고 보았다. 이들의
장보기와 요리 역시 고착된 가족문화를 변환시키는 실질적 흐름이라
할 수 있다. 이 과정은 낯선 타인들 간에 존재하던 '성년과 미성년,
남자와 여자, 직장인과 실업자'라는 중심과 주변의 경계를 허물어가기
때문이다.

협업과 동업을 통한 식당 운영은 이윤창출이 아닌, 향유하는 놀이
에 가깝다. 이들 연대에 있어 잉여가치는 결코 돈에 있는 것이 아니
라, 함께 장을 보고 요리하며, 만든 음식을 맛보는 자체이기 때문이다.
이윤은 돈을 통해 창출되는 것이 아니라, 그들 스스로가 "요리책 두

---

17) 캐롤 M. 코니한, 앞의 책, 54쪽.

권 정도는 만들 수 있을 만큼 음식을 할 줄 알"게 된다든지 "단골손님들이 노래를 따라 부르면"서 "맛있게 밥을 먹"으면 그것 자체로 그만인 향유하는 노동을 통해 실현되고 있다.

5. 사각식탁에서 원반식탁으로

본고는 윤성희 소설 속 인물들이 혈연 중심의 근대가족으로부터 일탈해 탈근대적 가족모델을 구성해가는 독특한 방식과 그 특성을 살펴보았다. 그 결과 주변인 내지 타자처럼 보이는 인물들은 국가가 요구하는 가족과 시민의 일원으로 포획되지 않고, 새로운 공동체를 상상하여 구성해감을 볼 수 있었다. 특히, 이들의 관계는 서로의 개별성을 인정하고 대화와 협의를 특성으로 하는 합류적 사랑에 기반하고 있음을 알 수 있었으며, 상처를 고백하고 위무하는 방식을 통해 합류적 공동체로서의 혼성가족을 구성해감을 볼 수 있었다. 또한, 수평적 연대의 특성을 지닌 이 혼성가족은 자본과 국가에 종속되지 않고, 노동 자체를 향유하는 특성을 보이는데, 이것은 장보기와 요리를 통해 적극적으로 구현되고 있다.

"음식은 예외적으로 나눔과 관용의 강력한 규칙이 따르는 특별한 물질"[18]이라는 점에 의거해 볼 때, 합류적 공동체를 만들어가는 힘은 함께 요리하고 나누어먹는 '나눔'의 미학에 있다. 음식을 함께 나누기 위해 이들이 선택한 식탁은 모서리가 없는 "회전식 원반식탁"이다. 원반식탁은 아버지와 어머니, 자녀들로 구획되어진 사각의 식탁 앞에

---

18) 위의 책, 95쪽.

앉기를 거부하면서 모서리진 식탁 경계를 서성이던 인물들을 한자리에 불러 모은다.

> 식탁은 대체로 사회에서 옳다고 생각되는 행위와 가치의 소우주이다. 엄마는 식탁에서의 사회적 관습을 통제한다. 엄마는 상징적 언어를 통제하여 그녀의 음식이 그녀 자신이나 가족, 그리고 세상에 대하여 말하고자 하는 것을 결정한다.[19]

캐롤 코니한이 지적하듯 주방은 온 가족 구성원들을 한 자리에 결집시키는 장소인 동시에 특히 주방의 요체가 되는 식탁은 암묵의 도덕과 관습에 의해 움직이는 소우주라 할 수 있다. 전형적 사각식탁에서의 식사의 흐름은 가족 구성원의 지위와 역할에 준하여 이루어진다. 아버지는 연장자이자 가장으로, 어머니는 음식을 요리하고 차린 요리사이자 주부로, 그 외의 가족 구성원들은 식탁에 초대된 손님으로 차려진 음식을 예의바르고 맛있게 먹어야 할 의무가 있다. 가장 이상적인 식사법은 침묵을 중심으로 진행된다. 그러나 원반식탁에서는 구성원들 각각의 지위와 역할을 경계 짓는 모서리가 없다. 윤성희 소설에 등장하는 수평으로 둥글게 돌아가는 회전식 식탁에서는 더욱 그러하다. 이들의 식탁에는 구성원들 각각의 개별적 자리가 미리 정해져 있지 않다. 상징적이든, 실제적이든, 그곳에는 위반의 대상이자 처벌의 주체인 '아버지'가 없[20]으며, 요리와 상차림을 전담하는 어머니도 부재한다. 이는 구성원이 결여된 가족을 말함이 아니라, 구성원들 모두가 상황에 따라 어떤 역할이든 공평하게 담당할 수 있음을 보여주는 것이다.

---

19) 위의 책, 100쪽.
20) 소영현, 「의무의 문학, 믿거나 말거나 식탁 공동체」, 『거기, 당신?』 해설, 문학동네, 2004, 259쪽.

각자 하나씩 쌈을 만들어 왼손에 들었다. 그리고 오른손으로 소주잔을 높게 들어 건배를 했다. 넷이 동시에 술을 마시고, 동시에 술잔을 내려놓고, 동시에 만들어놓은 쌈을 입에 넣었다. 우리들이 안주를 먹으려 할 때마다, S는 식탁의 원반을 돌리면서 장난을 쳤다. 어렸을 때부터 회전식 식탁을 갖고 싶었다고. 그래서 지금의 집으로 이사를 오면서 맨 먼저 마련한 가구가 식탁이었다고 S는 말했다.

— 「안녕! 물고기자리」, 203쪽

음식을 먹는 태도와 습관은 커뮤니티의 개념, 사람과 사람 간의 관계, 인간과 신과의 상호작용, 그리고 살아있는 자와 죽은 자 간의 의사소통에 아주 중요하다. 프로이트에 따르면, "누군가와 먹고 마시는 것은 사회적 공동체의 상징이며 확인이기도 한 동시에 상호의무 수락의 상징이며 확인"이기도 하다.[21) 따라서 모두가 '동시에' "마시"고 "먹"는 식사법은 이들의 관계가 평등하게 유지되고 있음을 보여주는 것이며, 수다와 장난이 허용되는 식사분위기는 도덕과 관습으로부터 자유로운 연대의 속성을 대변한다.

가족으로 가공되어 사각식탁에 마주 앉을 수 없던 인물들은 원반식탁의 만찬 중 새로운 식구로 탄생한다. 이는 혈연과 친족관계에 의한 단일한 집합체가 아닌, 낯선 타인들이 만나 서로의 상처를 보듬으며 함께 요리하고 음식을 나누어 먹는 가운데 구성된 공동체다. 사각식탁에 마주 앉은 가족은 언제나 사랑이라는 미명하에 서로를 끌어당긴다. 사랑은 언제나 하나의 신체를 이루는 것이며 모든 관계를 가족화한다. 여기서 하나의 신체를 이룬다는 것의 의미는 먼저 신체의 각 부분을 기관으로 이해하는 것이며 그것들이 신체 전체를 위해서 고정

---

21) 캐롤 M. 코니한, 앞의 책, 42쪽.

된 역할에서 이탈하지 않기를 요구하는 것이다.[22] 이에 반해, 원반식 탁에 둘러앉은 식구는 소통과 대화(혹은 수다)에 의한 평등한 우정을 선호한다. 특히, "음식을 나누어 먹는 것은 인간관계를 유지하는 데 중요하며, 서로 주고받음을 통해 긍정적 관계를 맺도록 하는 동시에 행운을 선사한다. 사린스에 의하면 이 행운은 '협력, 단결, 친교'로 간단히 말해 '평화'이다. 따라서 음식은 상호교환에서 다른 어떤 것보다 지극히 중요한 요소"[23]라는 점에 비추어 볼 때, 이들이 즐겨먹는 '(보)쌈'은 우정에 기반 한 '나눔'과 '협력'이라는 이들 가족의 속성을 상징하는 대표적 음식이다. 각각의 식재료들이 어우러져 개별적이면서도 조화로운 맛을 내는 쌈 한 덩이와도 같은 합류적 공동체는 우연히 만난 타인들이 일상에서 일궈가는 연대며, 무엇보다 개별자들의 목소리가 살아있는 수평적 연대다.

이러한 연대의 속성은 새로운 가족 모델의 가능성을 향해 충분히 열려 있다. 요컨대 이들 모두는 그들 집의 가장이자 요리사이자 어머니이자 아버지이자 형제이자 자매, 동시에 아내이자 남편이 될 수 있다. 이들의 역할은 동등하게 교환되며, 언제나 다양한 요리를 통해 변신 가능한 것이다. 윤성희 소설의 인물들은 사각식탁에서 원반식탁으로, 가족에서 식구로, 혈연공동체에서 보쌈-공동체로 근대가족 외부로의 사유를 가능케 하는 상상력을 보여주고 있다.

◆ 『국어교육연구』 43집(2008.8)에 수록

---

22) 진은영, 앞의 글, 360쪽.
23) 캐롤 M. 코니한, 앞의 책, 42~43쪽 참조.

기억을 통한 오늘의 '일상'과 '소외'의 두 방식

— 정이현의 『오늘의 거짓말』을 중심으로

서혜지

『오늘의 거짓말』에서는 과거의 사건과 그를 통해 나타나는 인물, 소외 관계 등 작가의 시선이 다양해졌다. 또한 이전 작품들에서는 볼 수 없었던 과거의 상처를 이야기하고 그 과거를 현재의 의미망으로 끌어들이는 작업을 하고 있는데 이를 통해 작가는 오늘의 현실만이 아닌 과거를 통하여 오늘의 '일상' 을 더 깊이 파고들고 있다.

1. 들어가는 말

　개인은 항상 자신뿐 아니라 타인들의 평가에도 정체성을 만들어내고 그들이 만들어낸 집단 역시 갈등을 겪거나 결속하면서 스스로를 규정하기에, 인간은 누구든지 자신의 시대와 계급의 문화를 벗어나기 힘든 법이다. 그래서 작가들은 텍스트를 통해서 역사적으로는 존재가 잘 드러나지 않는 각 개인을 드러내는 작업을 한다. 각 개인들은 사회에서 역사적으로는 잊혀지는 비록 작은 점이었지만 역사를 구성했던 한 축을 지탱[1])했기 때문이다. 본고에서 다루고자 하는『오늘의 거짓말』에서 정이현은 이런 작업을 하고 있다.

　2002년 「낭만적 사랑과 사회」로 제1회『문학과 사회』신인상을 수상[2])하며 등단한 작가 정이현은 그간의 작품들에서 자본주의 일상을

---

　1) 곽차섭,『미시사란 무엇인가』, 푸른역사, 2000, 78쪽.
　2) 정이현은 이후 단편 「타인의 고독」으로 제5회 이효석문학상(2004)을, 단편 「삼풍백화점」으로 제51회 현대문학상(2006)을 수상했다. 작품집으로는『낭만적 사랑과 사회』(문학과지성사, 2003)와 조선일보에 연재되고 드라마로도 방영되어 화제를 모았던 『달콤한 나의 도시』(문학과지성사, 2006),『오늘의 거짓말』(문학과지성사,

살아가는 현대의 여성들을 그려냈다. 정여울은 정이현의 초기의 작품들을 "이삼십대 한국 여성들의 너무나 전형적인 삶의 패턴을 담은 소설이며, 유행의 제국에서 살아가는 현대인들, 소비지향적 삶에서 유일한 행복을 발견하는 '취향제국'의 시티즌들, 남성들의 세계에서 자신의 세계를 철저히 세속적 욕망의 무기로 돌파해 가는 여자들"³⁾을 다뤘다고 평가했다. 정이현의 초기작⁴⁾을 다루고 있는 대부분의 논자들 또한 정여울과 비슷한 평가⁵⁾를 내리고 있으며 그녀의 초기작이 '2000년대를 살아가는 여성들'의 일상사를 포착해 내고 있는 것이 사실이다.

하지만 이 글의 분석대상인 『오늘의 거짓말』은 초기작의 관심사였던 2000년대 이삼십대 여성들의 삶에서 벗어나 다양한 인물들의 관점에서 '오늘의 일상성'⁶⁾을 포착해내고 있다. 작가는 80·90년대의 기억을 '오늘의 일상'으로 끄집어내고 있으며, 자본주의 경제 체제와 산업

2007)가 있다. 이하 『오늘의 거짓말』에 수록된 작품은 작품명과 쪽수만 표기한다. 『오늘의 거짓말』에 수록된 단편들 중 「삼풍백화점」, 「비밀과외」, 「어금니」, 「위험한 독신녀」, 「그 남자의 리허설」, 「어두워지기 전에」, 「오늘의 거짓말」 7편을 분석대상으로 한다.

3) 정여울, 「연애의 테크놀로지, 유행의 우주론」, 『문학동네』 2005년 여름호, 382~394쪽 참조.

4) 정이현의 『낭만적 사랑과 사회』, 『달콤한 나의 도시』를 다루고 있다.

5) 정이현과 관련된 논의를 순서대로 정리해보면 다음과 같다.
   백지연, 「낭만적 사랑은 어떻게 부정되는가」, 『창작과 비평』 2004년 여름호 ; 고인환, 「고통 부재의 시대, 고통의 세 변주」, 『문학과 경계』, 2005 ; 정여울, 「연애의 테크놀로지, 유행의 우주론」, 『문학동네』 2005년 여름호 ; 이광호, 「그녀들의 위장술, 로맨스의 정치학」, 『이토록 사소한 정치성』, 문학과지성사, 2006 ; 송연주, 「현대소설에 나타난 결혼이데올로기의 해체적 양상」, 『한국문학이론과 비평』, 2008.

6) '일상성'은 사람들이 살아가는 나날의 모습, 하이데거를 따라 말하자면, 자신에게 주어진 나날들 속에서 '우선 대개'의 방식으로 '실존하는 양식'을 일컫는 말이다. 하이데거는 『존재와 시간』을 통하여 사람들 자신과 자기 자신의 긴장 혹은 화해로 엮어지는 우리들이 일상을 보여주고 그러한 일상의 발견과 더불어 드러나는 인간 현존재의 특성을 분석함으로써 존재의 의미를 해명하고자 한다. (하이데거, 『손재와 시간』, 이기상 역, 까치, 1990 참조)

화가 빚은 물질주의 풍조의 확산으로 더욱 심화되어가고 있는 인간소외 현상[7])을 나타내고 있기도 하다.

과거는 지나간 시대의 경험이지만 그 경험의 연장선 위에서 현재가 존재하고, 현재적 맥락에서 과거의 경험은 재해석되고 재구성된다. 그러면서 기억은 항상 활성화되고 있는 현상[8])이라는 사실과 함께 작가는 과거의 경험을 드러내 보이면서 평안해 보이는 도시적 일상이 여전히 얼마나 허위적이고 모순투성이며 균열을 내포하고 있는가를 드러낸다.[9]) 우리는 이런 오늘의 '일상'을 살아가고 있는 개인의 기억을 통해 과거의 모습을 살펴볼 수 있으며, 그렇게 기억된 것에서 새로운 현실을 생성해 내기도 하고 현재의 삶을 반성해 볼 수도 있는 것이다.

본고에서는 먼저 다양한 작중인물들 개인 개인이 기억하는 과거의 경험이 우리의 일상에 어떻게 재구성되고 있고, 오늘의 우리에게 제시하는 바는 무엇인지 알아보도록 하겠다. 또한 본고에서 다루려는 작품들에는 사회와 개인, 인간과 인간 사이에 깊게 뿌리 내리고 있는 소통불능의 관계와 함께 실업, 비정규직, 가난 등 현대의 문제점을 드러내면서 자본주의 사회에의 일상에서 보여지는 개인의 소외양상을 다양하게 보여주고 있기도 하다. 이에 다음으로 각 개인들이 사회에서 소외되고 있는 양상을 소통불능의 관계와 자본의 물신화를 통해 분석하고자 한다. 이러한 소외양상과 자본의 물신화를 통해 가족사나

---

7) 장병호, 「산업사외의 소외와 극복」, 『문학춘추』 2008년 가을호, 64쪽.
8) 알라이다 아스만, 변학수·백설자·채연숙 옮김, 『기억의 공간』, 경북대출판부, 2003, 167쪽.
9) 『오늘의 거짓말』에는 인터넷사이트에 거짓 후기를 남기면서 생계를 위태하게 연명해가는 여성이 있기도 하고, 돈으로 모든 것을 해결할 수 있는 사회를 살아가는 중산층 부부가 있기도 하며, 과거에 갇혀 사는 위험한 독신녀가 있기도 하다. 이들은 이색적이고 다채로운 삶의 모습만큼이나 왜곡된 사회에서 적응하며 살아나가는 모습도 각기 다르다.

개인의 일상사가 겉으로는 평범할 뿐 아무 문제없어 보이지만, 아주 깊은 뿌리부터 흔들리고 있음을 재현해 내고 80·90년대와도 크게 달라지지 않았다는 것을 보여준다. 하지만 작가는 '어제'나 '오늘'의 경험으로 흔들리는 개인들을 통해 죽어가는 사회를 비판만 할 뿐이 아니다. 그러므로 이와 함께 작가가 작중인물들을 통해 기대한 사회에 대한 긍정적인 방향도 모색해 보고자 한다.

2. 기억 속에 존재하는 일상

2.1. '그 때'의 기억과 오늘

현재의 삶에서 과거의 기억이 존재함으로써 우리 현재의 삶과 과거를 이어주고 '그 때'는 알지 못했던 것들을 새로이 발견하게 한다. 우리가 과거의 경험을 기억하고 생각하는 것은 그 기억이 너무 강렬했기 때문일 수도 있지만 또한 우리가 과거를 '한 때'의 상징으로 묶어 놓았기 때문이기도 하다. 그래서 과거의 기억이 현재의 삶에 어떤 영향을 주고 그 영향을 받은 개인은 현재의 역사를 또 어떻게 꾸려나가는가를 살펴볼 수 있는 것이다.

정이현은 초기의 작품들에서 도시를 살아가는 이삼십대 여성들이 결혼을 신분적 상승의 계기로 삼아 일상을 살아가는 모습을 보이는데, 예컨대 「낭만적 사랑과 사회」의 주인공(유리)은 조건 좋은 남자와 결혼을 하려면 '순결'을 지키고 있어야 한다고 믿고 완전무결한 첫날밤을 치르기 위해 '십계명'을 세우기까지 하는 모습을 보인다. 『달콤한 나의 도시』의 주인공(은수) 또한 자신의 자아 찾기가 주목적인 듯 도시를 배회하지만 그 이쪽에는 좋은 조건의 남자를 만나 결혼하는 것도 큰 목표 중에 하나가 되어 있다. 22세의 유리나 32세의 은수나 결국 목적은 하나인 것을 보여준다. 하지만 이글에서 다루고 있는 『오늘의 거짓말』에서는 정이현이 그동안 주로 다루어 왔던 자본주의의 '일상'에 배치된[10] 이삼십대의 여성들은 사라지고, 과거의 아픈 문제들을 겪은 인물들이 현재의 일상을 살아가는 모습을 보이고 있는데, 이 모습들은 이전의 소설들과 다르게 볼 수 있는 중요한 계기가 된다고 할 수 있다. 특히 과거의 사회적 기억을 이끌어내 '그 때'의 의미를 현재의 의미망으로 끌어들이는 작업은 이전의 소설들과의 차이라는 것을 증명하는 것이다.

정이현은 「삼풍백화점」, 「비밀과외」에서 80·90년대의 사건을 기억하고 그 사건들이 현재의 삶에 어떻게 기억되고 있는가를 보여주고자 한다. 지나가는 시간이나 이미 지나가버린 시간은 완전히 사라져 없어지는 것이 아니라, 언제나 우리의 삶에서 현재의 일부를 이루고 있으며 '영원한 현재'로 인식[11]되어 오늘을 살아가는 우리에게 어떤 의미를 주는지를 상기시켜준다.

작가는 「삼풍백화점」을 통해 90년대의 충격적인 사건이었던 '삼풍백화점 붕괴 사고'를 회상 하면서 '그 때'의 의미를 다시 한 번 되새기게 함은 물론, 많은 시간이 흘렀지만 여전히 변함없는 현재의 우리를 생각하게 하고 지금의 우리에게 새로운 가치를 묻는다. 소비의 중심이었던 강남의 잘나가던 '삼풍백화점'은 "1995년도 6월 29일 목요일 오후 5시 55분"에 무너져 사람들을 경악하게 했다. 백화점이 붕괴되자 사람

---

10) 이평전, 「현대 소설에 나타난 '일상' 재현의 의미와 '주제'서사 연구」, 『한국문학이론과비평』 제36집, 2007. 9, 379쪽.
11) 정덕준, 「소설에 있어서의 시간에 관한 연구」, 『어문논문』 70·71호, 1991. 10, 200쪽.

들은 호화로운 백화점 안에서 쇼핑하는 부유한 이들을 떠올렸다. 하지만 작가는 무너지기 전 백화점 안에는 돈을 쓰기 위해 백화점을 드나드는 소비주체인 부유층의 고객들만 있는 것이 아니라, 그 안에서 생계를 유지하기 위해 일상적으로 노동을 하고 있었던 소시민이 있다는 사실에 주목한다. 그중에 삼풍백화점 의류매장에서 일하고 있던 '나'의 친구 'R'이 그러하며 'R'은 삼풍백화점 내에서 소수자로 위치한다.

> 나는 신문사의 독자부에 항의 전화를 걸었다. 신문사에서는 필자의 연락처를 알려줄 수 없다고 했다. 할 수 없이 나는 독자부의 담당자에게 소리를 질렀다. 그 여자가 거기 한 번 와본 적이나 있대요? 거기 누가 있는지 안대요? 나는 하아하아 숨을 내쉬었을 것이다.
>
> — 「삼풍백화점」, 65쪽

백화점이 붕괴되고 나자 '그 때' 당시 소비풍조를 비판하는 내용의 "호화롭기로 소문났던 강남 상품백화점 붕괴사고는 대한민국이 사치와 향락에 물드는 것을 경계하는 하늘의 뜻일지도 모른다는" 상투적인 칼럼이 조간신문에 나자, '나'는 신문사에 전화를 해 분노를 터뜨린다. '나'는 백화점 안에 있던 'R'을 드러내 보이면서 이들도 사회의 한 구성원이었음을 상기시키고 이들의 피해를 깨닫게 하고 싶었던 것이다. '삼풍백화점' 안에 있던 이들을 사치와 향락에 물든 이미지로만 부각시켰던 '그 때' 당시의 기억을 되돌리고 이를 바로잡을 필요가 있는 것이다.

많은 이들을 죽음으로 몰고 갔던 붕괴사건은 얼마 동안은 사람들의 관심사가 되었지만 사람들이 다시 일상 속으로 들어가면서 '삼풍백화점' 시간은 곧 잊혀졌고, 10년도 지나지 않은 2004년에 그 곳에는 초고층 주상 복합 아파트가 들어선다. 기억을 명확히 증명할 사건의 장소에 다른 건물이 세워진다는 것은 사람들에게 과거의 사건이 잊혀진다는 의미이기도 하다. 타인들에게 그 기억이 공유되지 않으면, 사건은 없었던 일[12]로 되어버리고 만다. 이를 증명이라도 하듯이 많은 시간이 지난 지금 강남은 변함없이 "사치와 향락"의 중심이고, 이곳엔 여전히 자본이 가장 중요한 가치일 뿐이며 소비의 주체인 부유층 고객들과 'R'과 같은 소시민이 함께 공존하고 있다.

80년대적 경험을 서술하고 있는 「비밀과외」 역시 1985년 중학생이었던 주인공을 내세운 이인칭 소설로 '너─중학생'의 시선[13]으로 '그때'의 경험을 포착하고 있다. 과외를 해야 "좋은 고등학교를 가고, 좋은 대학을 가서 훌륭한 사람"이 될 수 있다고 믿는 부모들이 "과외전면금지조치"가 내려진 상태에서도 쉬쉬거리며 과외를 시켰던 세태가 제시된다.

> 과외전면금지조치가 내려진 것은 1980년 7월 30일이다. 국가보위비상대책위원회라는 길고 요상한 이름의 조직에서 내린 결정이었다.
> 어머, 오늘 과외 선생님 오시는 날인데 깜빡했네. 그냥 너희들끼리 재미있게 놀렴.
> 이것은 금지된 문장이었다. 네 입에서 저 비슷한 소리라도 새나오는 날에는 그야말로 결단 나는 거라면서, 엄마는 신신당부와 협박을 반복했다. 네가 과외를 하고 있다는 사실이 들통나는 순간 엄마는 경찰서에 끌려가고, 아빠는 그나마 붙어 있던 회사에서도 단칼에 해고된다는 거였다.
>
> ─「비밀과외」, 165쪽

---

12) 오카 마리, 김병구 옮김, 『기억 서사』, 소명출판, 2004, 147쪽.
13) 이광호, 「혼종적 글쓰기, 혹은 무중력 공간의 탄생」, 앞의 책, 93쪽.

이때의 기억은 불법으로 돈이 돌고 도는 경로를 통해 그 시대의 아이러니한 상황이 유지되었다는 것을 개인들의 일상사를 통해 보여주는데, '너'의 엄마는 "이토록 무시무시한 위험을 감수하고서" 공식경로를 거치지 않고 구해낸 미제 물건들을 판돈으로 공식적으로 금지된 '비밀과외'를 시킨다. 「비밀과외」도 「삼풍백화점」과 마찬가지로 미제 물건을 좋아하는 '사모님'들과 그 돈으로 생계를 유지하는 소시민들 사이의 관계에 주목해 볼 필요가 있다. 거기에는 '사모님'들에게 불법적으로 번 돈으로 '비밀과외'를 시키는 '너'의 엄마가 있고, 과외를 하고 그 돈을 받아가는 대학생이 있다. 불법의 경로를 통해 번 돈을 과외 선생이 가져가고, 이 불법의 돈은 과외 선생에게는 나라를 바로잡겠다는 학생운동의 자금이 된다. 이들의 관계는 사회적으로 전혀 연관이 없고 서로 격리되어 있는 것처럼 보이지만 그들도 모르는 사이에 밀접하게 연관되어 있다는 것을 알 수 있다. 이런 개인의 일상을 통해 '그 때' 당시의 부모들이나 20여 년이 지났지만 여전히 과외열풍을 몰고 다니는 지금의 부모들[4]도 다를 바 없다는 사실을 떠올리게 하며, 현재의 상황을 재고해 보게 한다.

하지만 이 작품들의 작중인물들이 이런 사회에 안주하며 사는 것만은 아니다. 한 개인으로서 죄책감을 느끼고 왜곡된 사회에서 피해를 입을 수밖에 없는 이들의 심정을 이해하고자 하는 면모를 보이기도 하는데 「삼풍백화점」의 '나'는 "그곳을 떠난 뒤에야 나는 글을 쓸 수 있게 되었다"는 심정을 토로한다. 그리고 자신이 살아가는 세계의 소소한 일상사보다는 '거국적 가치'에 관심이 더 많던 두 명의 과외 선

---

14) 지금도 "과외전면금지조치"라는 상황만 제외하면 과외를 시켜야 좋은 대학을 가고 그래야 인정받을 수 있다는 생각을 고집하며 과외 열풍을 몰고 다니는 부모들이 있다.

생들과 '거국적 가치' 따위는 안중에도 없고 개인과 가족의 행복을 위해서라면 밀수건 불법과외건 가리지 않는[15] 엄마가 사라짐과 동시에 이 금지된 영역의 사이에 있었던 '너'는 "국민학교에 입학하기 전부터 모아온 세뱃돈과 용돈"을 모두 찾아 엄마 대신 과외비를 줌으로써 '비밀과외'의 대가를 치른다. 불법으로 번 돈으로 불법의 과외비를 주던 것과는 달리 합법적인 돈으로 1985년생의 '너'가 과외비를 치르는 행위는 미래는 이전과는 다를 우리 사회의 긍정적인 쪽을 기대해 볼 수 있게 한다.

이처럼 위의 작품들은 우리가 공유하고 있는 기억을 개인의 일상적인 기억에서 불러내어 더 깊이 있게 바라보게 하는데, 우리는 분명히 전과는 다른 일상을 살고 있지만 '그 때'와 '오늘'은 크게 달라진 것이 없다. 그러므로 작가는 고통이 수반된 주체들의 기억을 통해 비윤리적이고 타인들은 되돌아보지 않았던 과거의 일상을 다시 답습하며 살지 않기를 바란다는 것을 알 수 있다.

2.2. '일상', 기억의 이면

「삼풍백화점」과 「비밀과외」의 기억을 통해 작가는 사회적 기억 속에 존재하는 일상의 삶과 그 공동의 기억을 토대로 일상을 반성하며 변화된 사회를 갖기 원한다는 것을 살펴보았다. 이 장에서는 그런 가운데 사회적인 기억과 개인적인 정체성의 관계에서 갖는 의미는 무엇인가를 「어금니」, 「위험한 독신녀」를 통해 살펴볼 수 있다.

「어금니」, 「위험한 독신녀」에서는 기억과 개인적인 정체성과의 맥

---

15) 안윤희 외, 「스포머징크스를 깨는 일곱가지 방식」, 『문학동네』 2007년 겨울호, 493쪽.

락은 그 기억을 있는 그대로 살려내거나 살려내지 못하게 하는 조건들이 무엇인가 하는 문제를 보여주고 있다. 그러면서 몸의 기억, 트라우마, 과거의 기억을 통해 그 기억들이 현재의 삶에 어떻게 개입하고 있으며, 현재와 미래를 사로잡을 기억에 대항하여 기억을 지우며 다른 것이 '되고' 새로운 삶을 구성하는 능력이 생성되고 있는지에 대해 재고해 볼 수 있게 한다.

「어금니」는 잘못된 인간관계를 '나'의 어금니 통증만으로 상기시켜 주고 있는데, 돈이 없는 피해자 가족을 상대로 이들의 음주교통사고를 오직 돈으로만 해결한 「어금니」의 '남편'의 행동들은 이 사회의 제도가 돈으로 어떠한 관계도 조정이 가능하다는 것을 보여주는 상징적인 모습이라 할 수 있다. 게다가 자신의 죽은 딸을 '돈'으로 바꾼 부모의 모습과 어려운 일을 잘 해결해 냈다는 자긍심이 가득한 '남편'의 모습[16]은 우리 사회가 얼마나 병폐했는가를 극명하게 보여준다고 할 수 있다. 이런 잘못된 인간관계를 알면서도 바로 잡지 못하는 '나'는, 아들을 위해 남편이 했었을 일들을 부모이기 때문에 어쩔 수 없었다는 마음으로 이해하여 남편을 용서해주고 죄책감을 씻어 내고 싶어 한다. 하지만 이들이 부정하게 처리 했던 사고의 기억은 영원히 그들의 현재 속에 존재할 것이다. 이 상처는 뼈아픈 과거 시간의 흔적이 될 것이며, 또한 그것은 견디기 어려운 내면의 싸움[17]을 수반할 것을 '나'는 '어금니' 통증의 징후로 예감한다.

이처럼 아픈 기억은 자신에게만 흔적이 되는 것이 아니라 타인에게 남겨지기도 한다. 이런 아픈 기억이 타인에게 남겨진다면 그 기억은

---

16) 이 부부는 사고를 일으킨 장본인인 아들에게는 단 한번도 잘못을 묻지 않으며, 그 '아들' 또한 자신과 함께 차에 탔던 소녀에 대해 궁금해 하지도 않는다.

17) 김영택, 「문학에서의 기억 혹은 기억으로서의 문학」, 『비평문학』, 1997, 69쪽 참조.

치유될 수 없는 상처가 된다는 사실을 「위험한 독신녀」는 '정신이상 증상'을 통해 보여주고 있다. 정신의 나이가 스물다섯에 멈춰버린 「위험한 독신녀」의 '양채린'은 견디기 힘든 어려운 내면의 싸움을 이기지 못하고 기억하고 싶은 자신의 과거만 기억하고 그 기억을 현재로 생각하고 과거 안에서 살아간다.

> 그녀는 변한 것이 없었다. 어깨를 덮는 길이의 긴 생머리를 찰랑거리며 약속 장소에 나타난 그녀는 나에게 다가와 방긋 미소 지었다. "현주 맞지? 어쩜, 세상에. 얼굴이 너무 많이 상했다. 못 알아볼 뻔했잖아." 품이 헐렁한 청재킷과 청치마, 드라이어로 한껏 세운 뒤 헤어스프레이를 뿌려 닭 버슬처럼 빳빳하게 고정시킨 앞머리, 발목까지 올라오는 흰색 캔버스 천의 농구화까지, 양채린은 우리가 마지막으로 만났던 1989년의 모습 그대로, 내 앞에 나타났다.
>
> — 「위험한 독신녀」, 228~229쪽

'양채린'은 자신이 간직한 기억대로 과거의 모습만을 지닌 채 현재 마흔살을 바라보고 있는 내 앞에 나타나 2004년의 거리를 활보한다. '나'는 20년 전과 똑같은 모습뿐 아니라 똑같은 말투와 생각을 가지고 '나'의 일상으로 들어온 '양채린' 때문에 곤란을 겪지만 '양채린'의 병은 정상이라고 불리는 쪽에 속하기 위한 우리의 비루한 안간힘을 자꾸만 뒤돌아보게 만든다.[18]

'나'는 순수한 모습이 퇴색된 '오늘'의 모습이 당연히 정상이라고 믿고 있는 우리와는 달리 과거의 기억만을 지니고 살아가는 비정상적인 '양채린'의 모습에 당황해하지만 대학동창모임에서 친구들의 속물

---

18) 박혜경, 「당신은 파국으로부터 안전한가」, 『오늘의 거짓말』, 문학과지성사, 2007, 335쪽.

적인 발언들을 듣고는[19] 오히려 예전의 순수함을 간직한 그녀를 정상인으로 느끼면서 그녀에게 다가간다. 그녀의 잦은 연락에 피하기만 하던 '나'는 점점 그녀를 돌아보게 되는데 과거 속에 묻혀 사는 '채린'을 보면서 오히려 과거와는 너무 많이 변질된 자신의 모습을 발견하게 되고 과거 속에서 갇혀 사는 '채린'의 모습에 '나'도 변하기만 한 세상보다는 차라리 그녀가 가치 있음을 느끼게 된다. 그녀의 모습을 보며 이기적인 사회에서 자신을 되돌아보게 될 기회를 찾은 '나'는 결국은 "채린과 나는 얼마나 더 이곳을 견딜 수 있을까, 하지만 위험하지 않은 길은 어디에도 없을 것"이라는 생각으로 과거이자 현재로 뛰어든다. 유아적인 모습을 지닌 '채린'과 그런 그녀를 그대로 받아들여 자신도 그녀와 함께 같은 길을 가기로 결심한 '나'의 생각처럼 이 둘은 지금의 사회에서 얼마나 더 견딜 수 있을지는 모른다. 하지만 작가는 일상의 상식적인 삶에서 벗어난 적이 없는 지금의 '나'를 과거의 순수했던 시대로 끌어들인다. 이것은 과거와는 변화된 오늘의 속물적인 모습에서 일탈해 이전 순수의 시대로 되돌아 갈 수 있다는 길을 열어 놓는 것으로서 이 시대에도 긍정성이 있다는 것을 보여주는 증거라 할 수 있다.

「위험한 독신녀」에서 현대를 살고 있는 '오늘'의 인물인 '나'가 "삶이 유행보다 더디게 지나"가고 "유행을 무시하며" 살 수 있다는 사실을 깨닫고 과거의 모습을 간직한 채 자신에게 다가왔던 '채린'에게 돌아가는 것은 그동안 작가가 기존의 소설들에서 보였던 '오늘'과 '유

---

19) 여고의 남자 선생님들까지 그녀에게 울며불며 매달릴 정도로 아름답고 매혹적이었던 채린을 기억하며 대학동창모임의 친구들은 외국에 나갔던 그녀가 돌아왔다는 소식을 접하자 "저가 먼저 우리한테 연락하지도 않겠지만, 그래도 혹시 어떻게 끈이 닿더라도 절대 모르는 척해야 돼. 걔 이제 거칠게 없는 몸인데, 한번 엮이면 또 누구한테 엎어질지 어떻게 아니." 라는 이야기들을 한다.

행'을 중시했던 인물들과 다른 쪽을 보이는 것이라고 할 수 있다. 또한 「어금니」에서 "나는, 나와 영원히 화해하지 못할 것이다."라는 생각과 함께 자신의 잘못을 인정하며 자책하는 인물을 탄생시킨다. 작가는 이렇게 타인과의 관계에서 자신의 정체성을 고민하고 갈등하는 윤리적인 인물들을 등장시키면서 이 시대의 가능성을 찾으려는 시선을 보여주고 있는 것이다.

3. '일상'에서의 소외[20]

3.1. 소통불능의 '관계'와 소외

인간의 삶은 곧 세계와의 교섭을 뜻한다. 개인과 타인이 서로 긴밀한 관계를 맺지 못하고 서먹서먹한 상태에 있는 경우나, 개인이 어떤 집단 속에서 소통하지 못하고 따돌림을 당한 경우, 또는 물질주의로 인해 인간의 존엄성이 침해되거나 인간과 물질의 관계가 뒤바뀌는 경우[21]에 인간은 소외되었다는 생각이 들고 불안감을 지니게 된다. 작가는 이 장에서 다루고 있는 작품의 작중인물들에게 관계의 소외에 다양한 시선을 부여한다.

개인과 개인사이의 관계에서 소외되거나 소외될 위험에 처한 인물들은 대다수의 개인들이 속한 곳에서 제외될 것을 두려워하는 모습을

---

20) 오늘날 소외라는 말은 여러 가지 다양한 의미로 통용되는데, 대개 타인으로부터 따돌림을 당하거나 자기 자신을 이질적인 존재로 경험하는 것으로서, 자기 자신을 세계의 중심이나 행위의 창조자로 경험하지 못하고 그의 행위와 결과에 예속 당하는 상황을 일컫는다. (정문길, 『소외론 연구』, 문학과지성사, 1978, 181쪽)
21) 장병호, 「소외문학론 서설」, 『문예운동사』, 문예운동, 2000. 6, 408쪽.

보이는데, 「그 남자의 리허설」에서 그것은 부부간의 소통불능의 모습으로 표출된다. '남자'는 아내와 한 집에 살기는 하지만 이 둘의 삶은 완전히 동떨어져 있다. 그들은 겉으로 보기에만 부부 관계를 유지하고 있을 뿐, 형식적인 대화이외에는 하지 않는 남과 다름없는 관계가 된지 오래이다. 「어두워지기 전에」의 주인공 또한 소통불능의 모습을 지니고 있는 섹스리스의 부부이다. 이들은 가장 가까운 사이어야 할 부부이지만 남과 다름없는 소통불능의 모습을 보인다. 「그 남자의 리허설」에서 남편인 '나'는 타인들에게 그 존재를 인정받지 못하는 모습을 보이며 자신의 존재를 끊임없이 확인받고 싶어하지만 그의 아내조차도 이를 거부한다. 이런 그가 집에 들어갈 수 있는 카드키를 놓고 나와서 자신만의 공간이라 할 수 있는 집에 다시 들어가는 것을 거부당한 후부터 이 '남자'의 소외감은 극도에 달한다. 그 후부터 그를 따라다니는 썩어가는 듯한 지독한 냄새는 그가 자신이 속한 환경에서 이질적인 존재라는 것을 보여주는 징후가 된다. 모든 사람들이 남자를 피하는 원인이 되는 이런 징후처럼 자신이 속한 사회에서 이질적인 존재라는 사실을 깨닫게 된 '남자'는 두려움에 떤다.

> 소영아, 나 진짜 돌아버릴 것 같다. 아까부터 내 옆에만 오면 사람들이 전부 코를 막아. 아내는 그의 시선을 피하면서 연방 주위를 두리번거렸다. 누가 보면 어쩌려고, 당신 여기서 왜 이러는 거야? 그 남자는 아내의 어깨를 짚은 두 팔에 힘을 주었다. 그가 원하는 것은 오직 진실뿐이었다. 하, 미치겠다. 이거 봐 지금 너도 얼굴에 손가락 갖다 대고 있잖아. 그렇게 못 견디겠어? 그렇게 심해? 제발 부탁이야. 소영아, 나는 알아야 하잖아. 나한테는 솔직하게 말해주라. 제발.
>
> — 「그 남자의 리허설」, 149쪽

냄새의 근원을 알고 싶은 '남자'는 자신의 아내인 '소영'에게 진실을 묻지만, 그의 아내에게 '남자'의 진실은 중요하지 않다. 다만 회사까지 찾아온 남편이 창피할 따름이다. '남자'는 막다른 골목을 접하고 마지막으로 아내와 '소통'을 원하지만 아내는 그에게 점점 더 멀어지며, 이미 회복불능의 관계가 되었다는 사실을 깨닫게 해줄 뿐이다. 인간의 삶에서 가장 가까운 사이라 할 수 있는 가족인 아내와의 소통불능과 사회에서 유일한 자신만의 공간이라고 할 수 있는 집조차도 자신 맘대로 들어갈 수 없다는 사실에서 개인 간의 소통은 물론 공간과의 관계도 불능이 되어있음을 보여준다.

소통이 단절되어 서로의 외쪽만 바라보고 있는 모습은 「어두워지기 전에」에서도 나타나는데 이 작품의 주인공 또한 겉으론 아무 문제도 없는 부부처럼 보인다. '나'는 "남편을 사랑하며, 요즈음 섹스리스 부부는 아주 흔하므로, 치명적인 문제가 될 것도 없다. 우리를 묶고 있는 것은, 이를 테면 동지애 같은 것이라고" 굳게 믿고 있다. 그러나 그녀가 굳게 믿고 있던 "동지애"는 허울 좋은 겉모습이었을 뿐이라는 사실이 "유아연쇄살인사건"을 통해 드러난다.

> 윗집의 소음을 나보다 훨씬 더 못 참아 했던 쪽은 남편이었다. 어린 아이가 유발하는 것이 틀림없는, 위층에서 들려오는 여러 종류의 시끄러운 소리들에 대해서 그는 유난한 혐오의 감정을 숨기지 않았다. 쿵쿵쿵쿵 아이가 온 힘을 다해 제자리 뛰기라도 하는 듯한 소리가 둔중하게 울려 퍼지던 어느 날에는 마룻바닥에 리모컨을 확 패대기쳤을 정도였다. 에이 씨, 저 새끼 모가지를 확 비틀어버려.
>
> ― 「어두워지기 전에」, 263쪽

자신들의 윗집에서 유아연쇄살인사건이 일어나자 그녀는 남편의 행동을 의심하기 시작한다. 윗집의 소음을 못 참아했던 남편은 상스런 욕을 하며 평소와 다른 말투의 말을 하기도 했고, 범인의 신발치수와 같은 이백오십 밀리의 신발을 신고 다니며, 결정적으로 유아연쇄사건이 일어난 시점과 남편이 **MBA** 학원을 다닌 시점이 일치하자 그녀는 남편이 범인일 것이라 확신한다. 이런 일련의 증거들에서 시작된 남편이 범인이라는 사실은 남편의 외도라는 어처구니없는 결과로 나타난다. 그녀가 남편에 관해 알고 있었던 것은 극히 일부의 외적인 모습이었던 것이다. 유아연쇄살인사건을 계기로 그녀는 남편이 외도를 했다는 사실을 알았지만 그 기억들은 뒤로 한 채 그들은 여전히 아무일 없었던 것처럼 살아가고 완전한 가정을 이루기 위해선 희생이 필요하다는 사실을 깨닫는다. 이런 일들을 겪은 후 "어떻게 해서든 임신을 해"서 부부의 관계를 더 가깝게 유지시켜야겠다는 생각을 가지게 된 그녀는 과거는 현재를 흘러가게 할 뿐 아니라 모든 현실화의 토대라는 사실을 알게 된다.

이 작품들의 작중인물들은 형식상으로만 부부 관계를 유지하고 있을 뿐, 진정한 의미의 인간적인 교류가 없는 삭막한 소외 관계에 놓여 있다. 사회에서 가장 건강하고 바람직한 관계로 이루어져 있어야 할 '가족'에서 조차 보이는 소통불능의 관계는 이 사회의 관계들이 얼마만큼이나 심각한 상태에 이르렀는가를 생각하게 한다. 결혼을 하여 하나의 가정, 작은 사회를 이루었지만 이들은 이 작은 사회를 키워나갈 생각도, 의지도, 능력조차도 없는 것이다. 하지만 세상이 "어두워지기 전에" 한차례 폭풍의 대가를 치르고 새로운 가정을 이루겠다는 결심은 우리 사회에서 가족의 관계는 희망적이라는 것을 보여준다.

3.2. 자본과의 '관계'와 소외

개인과 개인이 소통하지 못해 타인과의 관계방식에서 '소외'되는 모습이 있다면 이 장에서 다루고 있는 작품들의 작중인물들은 일상의 일반적인 자본주의의 척도에서 벗어나 타인으로부터 소외 될까봐 두려워하고 있다. 왜냐하면 이러한 일상성에서 벗어난다는 것은 실직이나 퇴직을 의미하는 것이며, 그것은 단순히 돈을 벌지 못한다는 사실만이 아니라 자신의 사회적 존재를 상실하는 것을 의미하기 때문이다.22) 작가는 제대로 된 직업을 지니고 있지 않으면 인정받을 수 없고 안정된 가정을 이룰 수도 없으며, 결국 사회에서 소외될 수밖에 없는 현실을 90년대부터 2000년대에 걸쳐 보여주고 있다. 자본주의시대에 도래하면서 부터 직업적인 공백은 사회적인 공백으로 이어지고 실업, 가난, 주거지 박탈, 노숙자, 걸인 등으로 전락하게 되며 개인의 정체성마저 흔들리게 하는 원인이 된다.

「삼풍백화점」에서 '나'는 대학의 졸업을 앞두고 있지만, 취직을 하지 못해 학생의 신분에서 벗어나 '무소속'의 인간으로 전락할 위기에 처한 인물로 학교 졸업식에 갈 수 없다. 그럼에 주인공은 일주일이 지나면 소속이 없어짐을 두려워하고 한시라도 빨리 소속을 만들기 위해 도서관을 다니는 노력을 해보지만 무직자의 무기력함과 소외감은 어쩔 수 없다. 이런 상황을 통해 이 작품은 대학을 졸업하고 취업을 하지 못하면 졸업식조차 갈 수 없는 90년대의 상황을 여실히 보여주고 있다. 현시대 또한 무소속의 인간이 되는 것이 두려워 대학을 휴학하는 현실과 역시 졸업식은 취업한 자들의 축제라는 세태가 10년

---

22) 앙리 르페브르, 박정자 역, 『현대세계의 일상성』, 기파랑에크리, 2005, 14쪽.

전 그때와 다를 바가 없다는 점을 들추어낸다. 또한 '나'를 통해서 어려운 취업 때문에 도서관에서 시간을 때우는 구직자의 모습과 직업이 없는 사람의 무기력을 보여주고 있다. 사회에 나와 직업을 갖는다는 의미는 '사회공간'이라는 관계에서 '사회계급'을 갖게 된다는 의미이기도 하다. 하지만 이와 달리 직업이 없다는 것은 우리가 사회라는 새로운 공간으로 들어갈 수 없는 커다란 장애물이 된다는 것을 알 수 있게 해주는 것이다.

「그 남자의 리허설」에서의 주인공인 '그 남자'는 이년마다 재계약을 해야 하는 불안정한 직업마저 유지 할 수 없게 되고 소속이 없어질까봐 전전긍긍하는 모습을 보인다. 그 남자에게도 한때는 꿈이 있었으나 지금은 꿈을 꿀 여력도 없다. 당장에 닥친 재계약이 문제이기 때문이다. '그 남자'는 별 볼일 없는 직업으로 아내에게 소리 없는 무시를 당하지만 당연한 일이라 생각한다. 왜냐하면 이 사회에서 소속이 없는 인간은 이 세상 어느 곳도 발붙일 틈이 없다는 것을 알기 때문이다.

이처럼 타자와의 관계 속에서 인정을 받아야 나의 존재도 인정받을 수 있다는 모습은 「오늘의 거짓말」에서도 증명된다. 인터넷 사이트에 거짓 후기를 남기며 거짓말로 먹고 사는 「오늘의 거짓말」의 화자인 '나' 역시 비정규직 사원으로 불안정한 모습을 보이는데, '나'의 남자친구는 비정규직인 여자 친구를 창피해하며 안정적인 직장인 '9급 공무원 준비'를 하길 원한다.

> 남자친구는 진지한 표정으로, 내 인생에 대한 플랜을 한번 짜보자고 했어. "금방 서른이야. 더 늦기 전에 평생직장을 잡아야 되지 않겠냐. 너한텐 미안하지만, 너 비정규직인 거 알쪽 부모님이 우리 결혼 허락하

실 리가 없어. 그래서 생각해봤는데, 아무래도 9급 공무원 시험 준비를
하는 게 제일 나을 것 같다." 시험 준비를 하는 주체는 나인데 그는
'너'라는 주어를 생략한 채 말했어.

— 「오늘의 거짓말」, 102~103쪽

　나이가 들면 치루어야 할 결혼조차도 안정적인 직장이 없이는 불가
능 하다는 것과 동시에 이는 안정적인 직장이 있어야 안정된 경제생
활을 할 수 있고, 평범한 삶을 누릴 수 있으며 이 사회로부터 소외되
지 않을 수 있다는 사실을 강조하고 있다. 개개는 바로 이러한 직업
이나 물질을 통해 사회에 온전하게 자리매김함으로써 자신의 정체성
을 사회로부터 승인 받을 수 있다는 것을 보여준다.

　이 장에서 다룬 작품들은 무직으로 인해 개인이 사회에서 느끼는
소외가 우리의 기억 속에 존재하고 있는 90년대뿐만 아니라 2000년대
인 현 시대까지도 유지되고 있다는 사실을 강조한다. 그러면서 작가
는 우리 사회에서 반복되고 있는 문제점을 지적하고 있으며 우리 현
실이 지닐 수밖에 없는 한계를 보여준다. 자본주의 시대에서 권위와
능력은 돈이라는 경제적 기호로 표준화되고 수치화된다. 가장 자유롭
고 인간적이어야 할 노동이 현대 자본주의 체제 하에서는 그 본래의
인간적인 목적에서 벗어나 단순히 화폐를 벌기 위한 수단[23] 또는 타
인에게 인정받기 위한 가치로서만 평가된다는 것을 작가는 이 작품의
등장인물들의 '일상'을 통해 발견하고 있다.

---

23) 정규희, 「카프 소설의 소외양상 고찰」, 『동남어문논집』 제12집, 2001. 6, 85쪽

4. 나가는 말

이상의 논의를 통해 본고에서는 정이현의 『오늘의 거짓말』에 수록된 단편들을 대상으로 그 작품들이 지니고 있는 과거의 기억과 연결된 오늘의 일상성과 소외의 양상에 대하여 분석해 보았다.

정이현의 그동안의 소설들에서 경제적인 조건으로 결혼상대를 가늠하는 결혼시장의 풍속, 여성과 남성을 묶어두는 순결 이데올로기의 강박, 연애의 기술 속에 스며들어 있는 물신화된 기호[24]를 통해 결혼과 연애라는 현실적 맥락을 따라가는 서사를 보였다면, 본고에서 다룬 『오늘의 거짓말』에서는 과거의 사건과 그를 통해 나타나는 인물, 소외 관계 등 작가의 시선이 다양해졌다는 것을 알 수 있었다. 또한 이전 작품들에서는 볼 수 없었던 과거의 상처를 이야기 하고 그 과거를 현재의 의미망으로 끌어들이는 작업을 하고 있는데 이를 통해 작가는 오늘의 현실만이 아닌 과거를 통하여 오늘의 '일상'을 더 깊이 파고들고 있다. 그러면서 기억은 인간의 근본적 한계를 말해주기도 하지만 또한 인간이 변화될 수 있다는 것과 학습[25]할 수 있다는 사실을 통해 이미 학습한 것을 그대로 따라 갈 것이 아니라 나은 삶을 살아가야 한다는 것을 보여준다.

먼저 「삼풍백화점」과 「비밀과외」를 통해 80·90년대 우리의 일상사를 돌이켜보고, '그 때'의 기억들이 지금 우리에게 주는 의미를 살펴보았다. 두 작품 모두 '삼풍백화점 붕괴사고'라는 불행한 사건과 '비밀과외'라는 부정했던 기억들을 떠올리며 많은 시간이 지난 지금도

---

24) 백지연, 「낭만적 사랑은 어떻게 부정되는가」, 『창작과 비평』 2004년 여름호, 132쪽.
25) 알라이다 아스만, 앞의 책, 80쪽.

'그 때'와 크게 다를 것이 없다는 사실을 알았다. 그럼에 '그 때'를 잊고 반복하는 실수를 범하지 말고, 과거와는 다른 시대를 살아야 한다는 작가의 의도를 살폈다. 작가는 두 작품의 말미에서 부정한 기억을 뒤로 한 채 과거의 기억을 반성하는 긍정적인 결말을 내보임으로써 현재 뿐 아니라 미래에도 긍정적인 사회를 생성할 수 있다는 가능성을 볼 수 있었다.

다음으로 「어금니」, 「위험한 독신녀」를 분석하며 우리가 일상사를 살아가는 기억의 이쪽에 있는 상처가 어떠한지를 풀어나갔다. 우리가 살아가는 데에 있어서 치유될 수 없는 상처는 존재하지만, 그것을 극복해 나가는 방식은 다양하다는 사실을 살펴보았다. 이 작품들 역시 위의 작품과 마찬가지로 작중인물들의 열린 생각과 타인을 돌아보는 행동을 통해 이 시대에도 긍정성이 있다는 것을 알 수 있었다.

마지막으로 「그 남자의 리허설」, 「어두워지기 전에」, 「삼풍백화점」, 「오늘의 거짓말」을 대상으로 우리가 일상을 살아가는 데 있어서 소외되는 원인을 가족과의 관계, 자본과의 관계를 통해 살펴보고자 하였다.

「그 남자의 리허설」, 「어두워지기 전에」는 가장 가까워야 할 부부 간의 소외 모습을 보여 보여주면서 타인들과의 관계 뿐 아니라 가족들 간에도 소통하지 못하는 속에서 현대의 소통불능의 심각성을 나타내지만 지금과는 다른 가족을 구성하기를 원하는 모습을 보이기도 한다. 「삼풍백화점」, 「그 남자의 리허설」, 「어금니」, 「오늘의 거짓말」은 사회에서 기본적으로 정해 놓은 기준에 미치지 못하고, 기본적인 자본을 갖추지 못한 이들의 소외를 이야기 하고 있다. 개인은 사회라는 공간에서 항상 정체성을 만들어 내고 각 집단과 결속하면서 스스로를 규정할 수 있다. 사회에서 소속감과 정착성을 갖게 해주는 것이 바로 직업 또는 자본인데 자격 기준에 도달하지 못한 작중인물들이 사회에서 소외되는 양상을 나타내고 있다. 사회에서 만들어 놓은 기준에 정하지 못하는 사람은 인간 대접도 받을 수 없다는 사실을 나타내고 있는 것이다.

본고에서는 지나가버린 시간 속에서 현재의 삶을 구성할 수 있으며, 어떻게 현재의 삶에서 새로운 가치를 얻게 되었는지를 살펴보았다. 과거의 시간은 현재에 삶을 다시 이끌어 나가게 하는 원동력이 되기도 하고, 왜곡된 사회에서 잘못된 가치를 깨닫게 해주는 힘이 되기도 한다는 사실을 정이현은 작품을 통해 보여주고 있다고 할 수 있다.

◆『어문연구』58호(2008.12)에 수록

(사랑을 담론화하는 세 가지 방식을 통해 본)
2000년대 소설의 정치학
— 조정래의 『인간연습』, 정이현의 『달콤한 나의 도시』,
전경린의 『황진이』를 중심으로

오연희

결국 수세기 동안 작가들은 사랑을 얘기해 왔지만, 사랑을 담론화하는 방식은 그 시대 특정 사람들이 살아가고 지향했던 삶의 모습을 보여준다는 점에서 문학이 정치와 만나는 가장 보편적인 방식이었던 셈이다. 예나 지금이나 인간을 구원할 수 있는 유일한 메시아는 여전히 내 안에 있지 않고 '그대' 안에 있는 것이기에 말이다.

1. 들어가며

2000년대 들어 한국 소설은 내용과 형식 모두에서 이전과는 비교할 수 없을 정도로 다양성을 지향하고 있다. 1980년대의 거대담론에서 탈피해 주체의 내면세계를 미학적으로 탐구하던 1990년대 소설은 1980년대와는 다른 사회적 상황을 배경으로 90년대만의 독특한 소설 세계를 펼쳐 보였다. 하지만 2000년대 소설들은 더 이상 주체의 내면만을 탐구하지 않는다. 이 시대 소설의 다채로움 속에서도 공통분모를 찾는다면 그것은 나와 너의 관계의 문제, 곧 주체와 타자의 친밀성에 대한 욕망으로 요약될 수 있는 사랑 담론의 소설적 형상화라고 할 수 있다. 이는 80년대 소설에 내포된 '정치성'의 의미가 거시담론에서 미시담론의 영역으로 이전됨으로써 나타나는 현상으로 해석될 수 있으며, 80년대 이념의 시대에 소설의 정치성이 90년대 소설의 내면적인 자기 성찰의 과정을 거쳐 이제 2000년대 미시적인 일상성 속에서 어떻게 구현되게 되었는가를 살필 수 있는 좋은 단서를 제공해 준다.

오늘날 대중문화 텍스트들 속에서 과잉 출몰하고 있는 불륜과 사랑의 담론들은 이제 이 시대의 가장 진부하지만 인기 있는 보편적인 담론들 중 하나가 되고 있다. 일명 '막가는 드라마'로 일컬어지는 텔레비전 드라마에서부터 소위 전문 작가로 분류되는 문단 등단파 작가들의 작품에 이르기까지 우리 시대의 서사는 온통 사랑의 서사 일색이라 해도 과언이 아닐 것이다.

물론 80년대 문학의 정치학을 잇는 소설들이 완전히 사라진 것은 아니다. 조정래, 황석영, 정도상, 김영현, 한창훈, 김종광, 김한수, 최인석 등의 소설들은 2000년대에도 변함없이 존재하는 민중적 삶의 윤리학을 소설로 표현한다. 언뜻 다르게 보이는 2000년대 소설의 두 가지 경향은, 그럼에도 불구하고 새로운 주체를 세우기 위한 소설적 작업이었다는 점에서 연결의 고리를 찾을 수 있다. 가라타니 고진이 '근대문학의 종언'을 선언한 이래, 삶을 보다 개선하려는 정치가 문학과 맺는 관계의 양상은 더 복잡하고 다양한 방식으로 구현되고 있는 것이다.

2000년대 소설이 사랑을 담론화하는 방식에 대한 연구는 2000년대 소설의 정치성과 윤리성을 살필 수 있는 중요한 단서를 제공해 준다. '타인에의 욕망'으로 표명되는 '사랑'이란 궁극적으로는 존재와 세계의 질서 또는 인간적 윤리의 근간을 이루는 것이기 때문이다. 레비나스에 따르면 우리가 타자들과 맺는 관계는 빛의 이해에 대한 구체적인 표현일 수 있으며 그 에로틱한 관계는 빛의 관념이 실현되는 것을 의미한다.[1] 타인의 얼굴은 영원한 빛이 비춰지는 윤리의 근원이며, 이런 관점에서 사랑이란 인간을 축복하고 구원하는 메시아 사상의 한 형태를 보여주기에 너무나 윤리적인 그 무엇이 된다.

세속적인, 너무나 세속적인 후기 자본주의 사회에서 '사랑밖에 모르

---

1) 강영안, 『주체는 죽었는가』, 문예출판사, 1997, 89쪽.

는' 인간의 출현은 따라서 근대문학의 종언 이후 우리가 추구해야 할 삶의 윤리가 제시되는 한 방식이다. 본고에서는 2000년대 소설이 사랑을 형상화하는 방식을 세 가지 유형으로 나누어 살펴보고자 한다. 그리고 세 가지 유형을 대표하는 세 편의 소설을 중심으로 이 같은 사랑 담론이 갖는 정치성과 그 문학적 의미를 탐구해 보고자 한다.

2. 2000년대 사랑 담론의 정치성과 윤리성

사랑은 시공을 초월한 문학과 예술의 가장 보편적인 주제이자 모든 사상과 종교의 근원적인 주제이다. '어루만지기'와 같은 스킨십은 사랑의 관념에 대한 최초의 감정을 표현하는 가장 원래적인 것으로, 그런 방식의 타자와의 교제는 사유가 중심이 되는 어떤 관념에 앞서서 사랑을 체험하는 것이 된다. 따라서 인간적인 속세에서 투박하면서도 거칠게 주고받는 실존적인 사랑의 감정들 속에는 이미 철학적인 초월성이 존재할 수 있는 것이다.[2] 이것은 인간적인 에로스의 근원이며 육감적이면서 세속적인 것profanation을 통해서 가장 궁극적인 사랑을 전달하려는 심성의 중심일 수 있다. 따라서 타인과의 에로틱한 관계는 세상사에서 보호받고 의지하려는 인간의 근원적인 욕망이 현실 속에서 '나'를 타인들 사이에 위치시키고 그럼으로써 진정한 자신의 존재와 그 의미를 발견하려 한 가장 인간적인 모습이라고 볼 수 있다. 그리고 그런 초월성은 '나'와 타인들과의 관계에 있어 창조적으로 부단히 드러난다. "모습 그대로에서, 대상과 얼굴 저편에서, 존재자 저편에

---

2) 윤대선, 「레비나스의 에로스의 현상학 또는 형이상학에 관한 이해」, 『철학연구』 제28집, 56쪽.

서조차 잡을 수 있으면서도 손댈 수 없는 연인Aimée은 흔히 존재의 순결성과 연결된다. 본질적으로 침해적이면서도 불침해적인 사랑의 대상으로서의 타자의 모습은 성녀이거나 순결의 부단한 재개이며 쾌락적인 교제에서는 느껴질 수 없는 것이다. 따라서 레비나스가 말하는 '타인에의 욕망'이란 궁극적으로는 존재와 세계의 질서 또는 인간적 윤리의 바탕이 된다. 타인 또는 연인은 자신들의 얼굴을 갖고 있으면서 이미 윤리적인 질서를 함의하고 있다는 이 같은 관점에 따르면 사랑이란 "무엇으로도 환원될 수 없는 개인의 인격적 가치와 타자에 대한 책임을 보여주는 평화의 철학"을 구축하는 중요한 원동력이 된다.

결국 사회유지나 발전은 욕망과 취향에 근거해서는 불가능하다. 타인에 대한 배려가 생존수단이나 취향 차원이 아니라, 진정한 내가 되는 삶의 방식에서 비롯되어야 하는 것이다.

본고가 연구 대상으로 하는 세 편의 텍스트들은 사랑에 관한 현대인의 세 가지 관점과 맥락을 각기 재현하고 있다. 먼저 조정래의 『인간연습』은 이념이 무너진 시대, 그 이념을 위해 한평생을 몸 바친 비전향 장기수가 방황 끝에 찾은 새로운 삶의 의미가 구체적인 인간에 대한 사랑임을 그려냄으로써, 타자에 대한 윤리로서의 사랑의 문제를 다룬 작품이다. 다시 말해 '인간이 되는 연습'이 필요한 특정 부류의 사람들에게 사랑이란 어떤 방식으로 존재에게 의미를 드리우게 되는지를 가장 진지하고 이념적인 방식으로 탐구한 작품이라고 할 수 있다. 따라서 이 작품은 이 시대 사랑 담론의 가장 왼쪽의 스펙트럼에 위치하는 대표적인 텍스트이다.

둘째, 정이현의 『달콤한 나의 도시』는 오늘날 2,30대 젊은 여성의 리얼한 사랑의 방식과 습관을 가장 내중직한 눈높이에게 보여준 일종의 칙릿chick-lit적 작품이다. 칙릿chick-lit의 'chick'은 젊은 여성을 일컫는 미국의 속어이고, lit는 'literature'의 줄임말이다. 칙릿은 2,30대 싱글 직장 여성의 성공과 사랑을 다루는 소설을 말한다. 브리짓 존스의 일기를 원조로 하여 대개 30대 초반 싱글로 별 볼일 없는 직장에 다니고, 패셔너블한 도시에 살며 브랜드나 패션에 민감한 여성을 주인공으로 하는 칙릿은 오늘날 소비 자본주의 시대 여성의 연애와 사랑을 대중의 눈높이에서 재현하는 대표적인 문학 상품이다. 그런데 정이현의 여성 인물들은 「섹스 앤 더 시티」의 여주인공들을 연상시킬 정도로 도시적이고 소비적이며 영악하고 속물적이다. 또한 그녀들에게 최대의 관심사인 사랑과 연애는 남성중심 사회에서 살아가기 위한 중요한 생존의 수단이자 방식이다. 따라서 남성 우위의 사회적 지배 이데올로기와 자본주의의 보이지 않는 폭압 아래 형성된 여성상과 여성성을 수용하는 듯하다가 이내 철저히 이용하는 영악함을 보여준다. 하지만 이 작품이 칙릿의 한국판 드라마 버전인 「내 이름은 김삼순」이나 「여우야 뭐하니」 등과 다른 점이 있는데, 그것은 혹자가 말한 "적나라한 여성성"을 보여주되 그 속에 숨어 있는 정치 사회적 역학 관계를 독자로 하여금 새로운 시각으로 접하게 만든다는 점일 것이다. 남성작가의 전유물이었던 자조 섞인 냉소나 풍자 대신에 작가는 인간적인 온기가 사라진 정글 같은 휘황찬란한 도시의 삶이라는 메마른 현실을 건조한 문체에 담아 재해석의 가능성을 열어놓은 것이다. 따라서 이 작품은 사랑에 관한 스펙트럼의 가장 중간자리에 위치하는 작품이다. 작가의 정치의식이 엄연한 가운데 칙릿적인 소설을 쓰는 것이 어떻게 가능한지를 아주 재밌게 보여주었다는 점에서 좌우 어느 쪽에서든 자기편으로 끌어다 당겨놓을 여지가 충분한 작품이기 때문이다.

마지막으로 전경린의 『황진이』는 천재적인 문인으로서의 황진이보다는 매혹적인 여성으로서의 황진이에 초점을 맞춘 21세기형 황진이의 주로 연애에 관한 이야기이다. 특히 이 소설에서 흥미로웠던 것은 진이의 성적 매력과 상품적 가치가 형성되는 과정이 현대 대중 스타의 몸값 만들기 프로젝트를 그대로 따르고 있다는 점이었다. 타고난 미모와 천부적인 재능, 자본 회수를 압박하지 않는 수근이라는 스폰서, 상사병에 숨진 선비의 상여사건에서처럼 몸값을 오르게 하는 루머, 진의 관리를 맡은 옥섬의 매니지먼트, 진이와 하룻밤을 보내고자 하는 남성들의 치열한 스카웃전, 거품인기에 만족하지 않는 끝없는 자기 연마 등 이 작품에는 오늘날의 스타 마케팅 전략이 고스란히 녹아들어 있다. 또한 정신적 성숙이 생략된 전경린의 황진이는 멋진 시를 지을 줄 아는 지적인 여성, 남성들과 대등하게 실력을 겨뤘던 여장부 등 기존의 황진이 상에서 많이 벗어나 있다. 이 작품은, 칙릿을 연상시키는 정이현의 작품보다 오른쪽에 위치하는 작품으로 해석되는데, 그 이유는 정신적 성숙과 병행하는 정이현 소설의 주인공들의 연애담이, 보여지는 겉모습과는 달리 본질적으로는 훨씬 덜 자본주의적이고, 자의식적이라고 사료되기 때문이다. 반면, 육체적, 외형적 매력에 대한 묘사만으로 어필하는 전경린의 『황진이』는 온전한 사랑의 가치를 구현해내기에는 너무나 상업적으로 어필하는 인물이다.

　이렇듯 이 세 작품들은 왼쪽 끝에서 오른쪽 끝까지 다양한 스펙트럼으로 사랑이란 주제를 변주하고 있다. 따라서 이 세 편의 작품들은 오늘날 현대인에게 '사랑'이 어떤 다면적인 의미를 갖는 것인지를 보여줄 수 있는 단서가 된다.

3. 사랑 담론의 좌파적 표현 방식 — 조정래의 『인간연습』

　리스먼은 『고독한 군중』이란 책에서 인간의 주체성을 세계 자본주의의 전개 과정 속에서 사고해야 한다고 주장하면서, 전기 자본주의, 자본주의, 후기 자본주의 사회에 각각 대응되는 인간의 특성을 차례로 전통지향형, 내부지향형, 타인지향형으로 나누어 설명한 바 있다. 전통에 따라 살았던 전통지향형의 인간이 그런 전통에 대항하여 내적 자율성에 따라 사고하고자 했던 근대적인 내부지향형의 인간형으로 변했다는 것인데, 여기서 내부지향형의 인물로는 조정래의 『인간연습』에 나오는 주인공 윤혁이 대표적이다.

　혁명적 낙관주의에 입각하여 30여 간의 감옥생활을 견뎌온 윤혁과 박동건은 비슷한 인생의 경로를 겪지만 두 사람의 종말은 극과 극이다. 끝까지 혁명적 낙관주의를 포기하지 않은 박동건은 가족과 사회로부터 철저하게 소외당하는 삶을 살다가 죽지만 윤혁은 이념형 인간에서 새로운 희망의 싹을 틔워내기 위해 '인간의 꽃밭'을 찾아낸다. 윤혁은 조금씩 조금씩 사회의 변화와 이념의 변화추이를 수용하는 변절(?)을 택하여 인간성을 가진 인간에게 다가가는 모습을 보여주는 것이다. 다시 말해서 인간이 되는 연습 속에서 자신의 인간됨의 의미와 가치를 스스로 찾아나가는 근대적인 자율적인 주체가 바로 윤혁이며, 그 근대적 인간이 찾은 21세기 인간됨의 가치와 의미는 곧 구체적인 인간에 대한 사랑이라는 이 시대의 윤리의 회복이다.

　『인간연습』의 무대는 분단시대의 경계 이쪽과 저쪽을 넘나드는 이념의 공간이다. 여기서 '국가보안법'이 의미하듯이 이념은 인간의 모든 것을 장악하고 지배하는 절대권력이다. 죽음을 맞이한 박동건은 남파 간첩이지만 남한에 가족이 있는 월북자다. 그는 남파 직후 아무런 활동도 못한 채 체포되었으며 떡공이의 몰매에 실신한 상태로 전향서에 도장을 찍고 법적으로는 대한민국의 국민이 된다. 그러나 남한은 그의 일거일동과 생각의 낱낱을 감시하고 아내는 기독교인이 될것을 요구하면서 가족으로 받아주지 않는다. 한편 북한은 그를 전향서에 도장을 찍은 조국의 배반자로 낙인을 찍음으로써 남북 어디에서도 그를 받아 줄 공간이 없게 된다. 이런 상황에서 그가 믿었던 사회주의는 붕괴되고 조국 북한은 인민을 굶겨 죽이는 상황이 사실로 확인되자 그의 마지막 희망인 '이성'이라는 정신의 세계조차 그를 버리게 되고, 급기야는 죽음을 맞이하게 되는 것이다. 한편 이를 지켜보던 동지 윤혁은 인간의 사고와 인간의 이성과 인간의 정신이 '인간' 그자체 앞에서는 무의미해진다는 것을 깨닫고 인간의 아름다운 사랑과정서야말로 인간 그 자체라는 의미를 되새기며, 복지원으로 들어가온갖 궂은일로 인간에게 봉사하면서 행복한 삶을 개척해 나간다.

시대의 아픔과 고통을 묘사하고 올바른 삶의 윤리를 세우고자 했던 '근대문학'의 종언이 선언된 이후에도 역사와 문학과 관련된 이러한 묵시론적 정황 속에서도 묵묵히 문학의 길을 걷고 있는 사람들이 있다. 문학은 위기에 처했지만 '그럼에도 불구하고' 문학은 여전히 창작되고 있는 것이다. 조정래의 『인간연습』은 '종말론'이 회자되는 시대에 문학(소설)이 간직해야 할 본질이 무엇인가를 새삼 되묻고 있다. 작가는 타자의 고통받는 얼굴을 외면하는 문학은 이미 문학으로서의 가치를 상실했다고 생각한다. 이념 없는 시대에 이념인으로 살아간다는 것은 자본주의 사회에서 변함없이 고통 받는 타자의 얼굴에 관심을 가지는 것이라고 이야기하기도 한다. 고통 받는 타자의 얼굴은 문학의 얼굴이고, 문학이 외면할 수 없는 얼굴이다. 종말론의 시대에도 문학이 가치 있는 형식으로 살아남을 이유가 있다면, 그것은 전적으로 타자의 고통스런 얼굴을 외면하지 않는 문학의 정신에서 찾아야만 할 것이다.

평생을 헌신한 사상에 처참하게 배신당한 윤혁이 좌절의 늪에서 빠져나와 새로운 희망을 꿈꿀 수 있었던 건 다름 아닌 아이들 때문이었다. "사람을 살게 하는 건 이념이나 체제가 아니라 결국 인간에 대한 무한한 신뢰와 사랑"이라는 작가의 신념이 뚜렷이 드러나는 대목이다. 따라서 이 소설은 세 편의 작품 중에서 가장 공동체적인 의미에서의 사랑을 가장 비물질적이면서도 반자본주의적인 방식으로 제시한 작품으로 평가될 수 있다.

4. 사랑 담론의 중도적 표현 방식
─정이현의『달콤한 나의 도시』

앤소니 기든스는『현대사회의 성, 사랑, 에로티시즘』에서 현대 사회의 사랑에 영향을 미친 두 가지 요인으로 18세기 로맨스의 '낭만적 사랑'과, 현대 과학 발전에 따른 재생산(출산)과 사랑의 분리를 들고 있다. 전자가 사랑을 위해 모든 것을 헌신하는 현대적 사랑의 원형을 이루었다면, 후자는 섹슈얼리티를 사랑의 핵심 요소로 부각시킴으로써 사랑의 아노미를 낳아 왔다. 오늘날 한두 번 사랑으로 불안의 감정과 정서적 고통을 겪지 않은 사람이 없다고 할 정도로, 사랑의 혼란은 '후기 현대' 사회가 직면한 중요한 딜레마의 하나이다. 이 혼란스러운 사랑에 대한 기든스의 대안은 '합류적 사랑'이다. 합류적 사랑이란 두 사람의 정체성이 다르다는 것을 인정하면서 공존의 감정을 교환하고 새로운 정체성을 함께 형성해 가는 사랑을 말한다. 간단히 말해, 차이 속에 동일성을 만들어 가고, 동일성 속에 차이를 승인하는 것이 사랑의 새로운 규범이 되어야 한다는 것이다. 한편 김호기 교수는 '감정의 민주주의'라 부를 수 있는 기든스의 이 원칙이 애정과 자발적 희생으로 포장돼 있으나, 실은 가부장제와 미시적 폭력으로 얼룩져 있는 우리 시대 일그러진 사랑과 일상생활을 민주화할 수 있는 거의 유일한 대안이라는 점에서 주목할 필요가 있다고 일관성 있게 주장해오고 있다. 아무튼 상대방의 불완전성을 깊이 이해하고 평등한 공존의 감정을 함께 나누는 것, 이것은 성과 연애담으로 일관되는 정이현 소설의 궁극적인 희망이자, 그것이 불가능한 현대 사회에 대한 성찰로 나아가게 하는 이 소설의 숨겨진 이데올로기이다.

"일부일처제 사회의 위대한 규칙 한 가지. 사랑하는 사람들이 모두 결혼하는 건 아니지만, 결혼하는 사람들은 모두 사랑해야 한다. 그 사람의 존재 자체를 사랑할 수도 있고, 그 사람이 가진 무언가를 사랑할 수도 있으며, 그 사람의 무엇을 사랑하는지 모르면서 사랑할 수도 있다"는 소설의 한 구절은 현대 사회의 성과 사랑, 그리고 결혼이 토대로 하고 있는 것이 바로 기든스가 지적한 바와 같은 낭만적 사랑이라는 관념임을 분명히 한다. 이처럼 이 소설의 작중인물들은 누구나 사랑을 찾고 사랑을 추구하며, 사랑하는 사람과의 친밀한 관계를 그 무엇보다도 중요시한다. 이들에게 중요한 것은 민주주의의 실현이나, 부의 획득, 권력 추구, 죽음에 대한 공포 같은 것이 아니다. 이들의 삶에 가장 의미있는 것은 사랑하는 사람과의 안정적인 '생활'이며, 친밀한 관계의 형성이다. 따라서 맞선에서 만난 비뇨기과 의사를 내관절 '왜' 사랑하느냐는, 재인을 향한 유희의 질문은, 어찌됐든 이런 현대인의 심리를 그대로 대변하고 있다.

최근 타임지가 한국, 태국, 홍콩, 싱가포르, 필리핀의 혼외정사율을 조사한 결과 우리나라가 가장 심각한 수준으로 나왔다고 보도한 적이 있는데, 정이현의 작중인물들은 「섹스 앤 더 시티」의 여주인공들만큼이나 자유로운 성 관념을 지니고 있다는 점에서 오늘날 우리 사회의 성의식을 반영하고 있다고 말해도 무방할 듯싶다. 이제 막 직장생활 7년차를 건너온 서른한 살의 '오은수'는 오랜 직장생활의 매너리즘에 빠진, 도시에 거주하는 미혼 여성들의 일과 연애, 친구와 가족, 그리고 결혼 등에 대한 솔직한 생각과 이야기를 온몸으로 연기하면서, 독자들과의 동일시를 꾀하는 어찌보면 '김삼순'이나 '고병희'(「여우야 뭐하니」의 여주인공)의 소설판 인물이다. 15년 우정을 과시하는 단짝 은수와 유희, 재인의 각기 다른 직업관과 연애관, 결혼관에 20, 30대 젊은 여성 독자들은 일희일비하며 인터넷 댓글과 자신의 블로그를 통해 때로는 전폭적인 지지를, 때로는 가차없는 비난의 글을 쏟아냈다는 저간의 사정을 접어두더라도, 이런 식의 인물 배치와 이야기 전개 방식은 지극히 전형적인 칙릿의 전략이다. 또 불투명한 미래에 대한 불안을 열정과 도전으로 맞서는 다정한 연하남 태오, 모든 것이 반듯하지만 알 수 없는 비밀을 간직한 영수, 오랜 시간 소울메이트 같은 친구에서 이제 이성으로 다가서는 유준 등 독특한 개성의 남성 인물들 역시 흔히 봄직한 인물들로 그녀들 주변에 포진된다.

그럼에도 불구하고 이 작품은 현대 사회의 성과 사랑의 문제를 우리가 살고 있는 현 사회 구조와 연관시켜 객관화시킴으로써 새로운 해석의 여지를 남겨두고 있다. 작가의 학부 전공이 정치외교학이었다는 사실을 굳이 참조하지 않는다 해도, 지극히 속물적인 작중인물들의 자본주의적 생존방식 속에 엄연히 그에 대한 작가적 자의식이 존재한다는 데서도 이 작품이 상업적인 칙릿 계열과는 출발점을 달리하고 있음을 어렵지 않게 짐작해 볼 수 있다.

5. 사랑 담론의 우파적 표현 방식 – 전경린의 『황진이』

"사랑의 권력은 아무것도 주지 않을 수 있는 능력에서 나온다. 상대가 당신과 같이 있으면 정말 편안하다고 말해도 대꾸도 없이 TV 프로그램으로 화제를 바꿀 수 있는 쪽에 힘이 있다. 다른 영역에서와 달리, 사랑에서는 상대에게 아무 의도도 없고 바라는 것도 구하는 것도 없는 사람이 강자다. 사랑의 목표는 소통과 이해이기 때문에, 화제를 바꿔서 대화를 막거나 두 시간 후에나 전화를 걸어주는 사람이, 힘없고 더 의존적이고 바라는 게 많은 사람에게 힘 들이지 않고 권력을 행사한다." 이 구절은 알랭 드 보통의 『우리가 정말 사랑했을까』라는 작품의 일부분이다. 전경린의 '황진이'는 사랑의 권력을 가진, 속된 말로 '선수'로 부활한다. 선수는 다른 사람으로 하여금 자신을 사랑하게 만들 줄 아는 사람, 그리고 그 사랑 관계에서 항상 주도권을 쥐고 있는 사랑의 권력을 가진 자에게 붙여진 요즘 유행하는 단어 중 하나이다.

조선 사회에서 여성의 성은 가문을 유지하고 존속하기 위한 생식의 수단으로 존재하는 것이었고, 그 이외의 목적은 불온시 되었음은 주지의 사실이다. 이처럼 생식을 위한 성만을 허용하고 쾌락을 위한 성을 금지하는 성정치는 모든 가부장제에 공통적인 것이기도 하다. 그런데 기녀는 여성의 전통적인 정체성에서 벗어난 특수한 집단이다. 사대부 남성에게 성과 향락을 제공했던 기녀는 사회적 신분 상 천민이기에 사대부가의 아녀자로 편입될 수 없고, 또한 조선의 유교적 삼종지도三從之道라는 윤리관으로부터도 벗어나 재능이나 지식 등에서는 엘리트적 요소를 지닌 자유인이기도 하였던 모순된 존재이다. 이런 모순된 상황은 이전 여인들이 가질 수 없었던 다양한 정체성을 가지게 했을 것이다. 그런데 기녀 작가 중 황진이만큼 현재까지도 심심찮게 거론되는 작가도 드물 것이다. 그만큼 시대를 초월하는 매력을 갖고 있다는 말일 것이다. 아직까지도 황진이에 대한 창작물들이 계속 쏟아지고 있고, 학술연구는 물론이거니와 드라마, 연극, 영화, 오페라, 단행본까지 그 수가 적지 않다. 이들 모두 같은 목소리가 아님은 물론이고 또 그렇게 다양하게 해석이 가능한 인물도 드물다는 점에서 '황진이'는 단연 독보적인 메타포이다.

전경린의 황진이는 능동적으로 기생이 됨으로 하여 "세상의 도덕과 규제와 관습을 버리고 오직 제 경험 속에서 윤리를 발견하며 제 뜻으로 지침을 삼"(1편, 217쪽)는 근대적 주체성을 지닌 인간으로 거듭 태어난다. 황진이에게 기생의 길은 자유를 얻기 위한 실천이었던 셈이다. 그녀의 어머니가 채홍준사의 관비차출에 저항하기 위해 스스로 맹인이 되었던 것과 마찬가지로, 스스로 기생이 된 황진이의 존재 전환 역시 세계질서를 수동적으로 받아들이지 않았다는 점에서 근대적 의미를 획득한다. 하지만 황진이는 대장장이 수근의 지고지순한 사랑을 끝내 거부하며, 의원 홍경화와 거상 백고정의 청혼도 거절하고, 오로지 사대부 사람들과만 성적 관계 및 연애 감정을 허락한다. 왜 그래야만 했을까? 이미 허명숙이 지적한 바3) 있는 것처럼 사농공상이라는 신분차별을 분명히 하는 황진이의 제한된 연애담은 분명 출세주의와 연관된 한국 사회의 사랑과 결혼이라는 맥락에서 이해될 수밖에 없는 것이 아닌가 하는 것이 나의 결론이었다.

현대판 로맨스의 남자 주인공이 하나같이 높은 신분의 잘생긴 얼굴을 하고 있는 것은 결코 우연이 아니다. 아무 것도 성취하지 못한 남자와의 사랑은 그저 추문에 불과할 뿐이다. 현대의 낭만적 사랑이 중세의 열정적 사랑과 분명 다르다고 기든스는 힘주어 말한 바 있거니와, 오늘날의 낭만적 사랑은 결혼과 안정적 생활로 나아가기 위한 의지적인 미래설계 프로젝트로서의 삶의 한 구성요소이지, 앞뒤 안 가리는 열정적인 불꽃같은 무모한 사랑이 아닌 것이다. 기생이 됨으로써 세상과 자기 사이의 경계를 허문 진이가 왜 유독 수근과 홍경화의 사랑은 받아들이지 않았을까 하는 의구심은 이 책을 읽은 독자라면 누구나 느껴봤음직한 것이다. 그런 점에서 황진이의 연애는 기든스가 말한 '순수한 관계'로 보기 어렵다. 이는 정이현의 소설보다 전경린의 소설이 후기 자본주의적 사랑을 서사화하고 있다고 볼 수 있게 하는 대목이다.

진이의 내적 성숙에 대한 묘사들이 지극히 상투적이고 빌려온 옷가지처럼 어색한 반면, 진이의 옷, 몸, 성애적 장면에 대한 상세한 묘사는 너무나 리얼하고, 책을 읽는 독자 대중의 욕망과 맞닿아 있다. 결국 작가는 그녀를 대중스타 이미지에 육박하는 방향으로 이끌어 감으로써, 오늘날 새로운 스타의 반열에 황진이를 올려놓고 있는 것이다. 이는 오늘날 소비경제의 성장과 여성의 성적 자유 사이의 복잡한 상

---

3) 허명숙, 「역사적 인물의 대중적 형상화」, 『인문학연구』 34집, 숭실대학교 인문과학 연구소, 2004.

호의존 관계를 보이는 사회현상을 반영한 결과로 해석될 소지도 물론 있다. 한국 사회의 낭만적 사랑과 성은 진정한 의미의 개인의 탄생과는 거리가 있었고, 여전히 가족-자아가 지배적4)이었다는 지적도 있었거니와, 실제로 90년대 이전의 한국 사회에서 낭만적 사랑은 결혼을 통해 또 하나의 가족을 만들기 전의 연애과정으로 이해될 뿐, 결혼과 결혼 후의 가족관계는 기존의 가족질서의 영향권 아래에 놓여 있었다. 그러나 90년대 이후 가족질서의 변화를 모색하는 다양한 진보적 성담론이 기존의 가족 관계를 변화시키고 다양화시켜 왔음에도 불구하고, 이 소설에서는 그러한 가능성이 전혀 보여지고 있지 않다. 이 소설의 이 같은 속성들은 상당한 흡인력을 갖는 소설의 문체적 매력과 더불어 이 소설을 대중서사의 맥락 안에서 이해해야 하는가 라는 의구심으로 이어지게 한다.

조선이라는 국가는 당시 천출이었던 개인(황진이)을 진정한 객체로서 대우하지 않았을 뿐 아니라, 전혀 배려하지도 않았다. 소설 속 주인공 황진이는 이러한 억압 기제 속에서 '어떻게' 자신을 미적-도덕적 주체로 세웠는가? 소설 속 그녀(진이)가 혹은 그녀들(진현학금, 신씨부인, 난이…)이 자신의 삶을 만들고 다듬어 가는 미학적 방식은 무엇이었는가? 이 같은 일련의 질문들에 대해 이 작품은 애써 침묵한다. 남는 것은 세속적인, 너무나 세속적인 '스타'같이 멋있는 자아를 꿈꾸는 노출증과 나르시시즘에 빠져버린 이 시대 우리 자신의 자화상뿐이다.

---

4) 조수현, 「섹슈얼리티를 통해 본 한국의 근대성과 여성 주체의 성격」, 『섹슈얼리티 강의』, 동녘, 2003, 50쪽.

6. 나오며

2000년대 소설이 다양성을 지향하는 가운데서도 공통되는 한 가지 요소를 꼽는다면 그것은 바로 사랑 담론의 서사적 변주들이라는 점이다. 본고에서는 이 같은 2000년대 소설의 특성을 2000년대 사랑 서사의 정치적 스펙트럼에서 가장 전형적인 좌·중·우의 위치를 점하고 있다고 판단되는 세 편의 작품을 중심으로 살펴보았다.

이 시대 소설의 사랑에 대한 담론들이 갖는 정치성은 80년대 소설의 정치성이나 90년대의 그것과는 다르다. 80년대 이념의 시대에 소설의 정치성이 90년대 소설의 내면적인 자기성찰의 과정을 거쳐 이제 2000년대 미시적인 일상성 속에서 어떻게 구현되게 되었는가를 살필 수 있는 좋은 단서가 바로 사랑에 대한 재현 방식을 문제시하는 것이다. 오늘날 사랑은 가장 윤리적이고 초월적인 개인들의 정치학이다. 이때 '정치'란 아리스토텔레스적인 의미에서 '삶을 가치 있게 만드는 행위' 일체를 의미한다.

오늘날 정치적 실천의 스펙트럼을 살피는 규범으로서의 좌파, 중도파, 우파의 개념을 끌어와 2000년대 소설의 장에 대입해 본 결과 대표적인 세 편의 소설들이 2000년대 소설의 정치적 스펙트럼의 자리에 각각 대응되었다. 가장 자본주의에 적대적인 소설이기에 가장 이념적이고 또 당위적인 인간의 사랑을 제시할 수밖에 없었던 조정래의 『인간연습』과, 어떤 정치적이고 윤리적인 제스처도 취할 수 없었던, 그래서 가장 냉소적인 사랑관을 제시한 정이현의 『달콤한 나의 도시』이 각각 좌파와 중도파에, 마지막으로 더 이상 순결한 사랑도 낭만적 사랑도 아닌, 그저 결혼과 안정적 생활로 나아가기 위한 의지적인 미래설계 프로젝트로서의 삶의 한 구성요소로서의 사랑을 묘사한 전경린의 『황진이』가 우파 진영에 각각 대응된다.

결국 수세기 동안 작가들은 사랑을 얘기해 왔지만, 사랑을 담론화하는 방식은 그 시대 특정 사람들이 살아가고 지향했던 삶의 모습을 보여준다는 점에서 문학이 정치와 만나는 가장 보편적인 방식이었던 셈이다. 예나 지금이나 인간을 구원할 수 있는 유일한 메시아는 여전히 내 안에 있지 않고 '그대' 안에 있는 것이기에 말이다.

가족의 굴레, 그 '바깥'을 향한 소설적 사유

― 이혜경 소설론

오홍진

이혜경 소설의 중심을 형성하는 가족의 소설학은 가족의 '바깥'으로 나아가려는 존재들의 피 맺힌 투쟁의 역사로 기록된다. 그녀의 소설에 묘사되는 가족은 존재의 생명을 유지하는 공간이 아니라, "스스로에 대한 모멸감"을 불러일으키는 선험적인 조건으로 작용한다!

1. 가족의 굴레

핏줄로 연결된 것이 근대적 의미의 가족이라면, 가족은 선택이 아니라 운명이라고 말해야 한다. 운명으로서의 가족은 인간으로 태어나이 세상을 살아가는 한 벗어날 수 없는 굴레이다. 핏줄의 의미가 강조될수록 가족은 한 개인의 삶의 지평을 한정하고, 가족의 삶 너머에서 생성될 수 있는 또 다른 삶을 부정하는 계기가 된다. 핏줄에 철저하게 얽매인 한국사회의 가족신화는 개인의 삶을 가족(국가) 구성원으로서의 개인의 삶으로 구조화한다. 한 개인의 자유로운 삶은 이런 점에서 가족의 '바깥'을 사유할 수 있는 존재에게만 주어지는 예외적인 특권이라 하겠다. 이혜경 소설[1]의 중심을 형성하는 가족의 소설학은 가족의 '바깥'으로 나아가려는 존재들의 피 맺힌 투쟁의 역사로 기록된다. 그녀의 소설에 묘사되는 가족은 존재의 생명을 유지하는 공간

---

1) 이 글에서 다룬 이혜경의 소설(집)은 다음과 같다. 『길 위의 집』(민음사, 1995), 『그 집 앞』(민음사, 1998), 『꽃그늘 아래』(창작과비평, 2002), 『틈새』(창작과비평, 2006). 이하 이 책들에서 인용할 때는 작품집명과 쪽수만 표기한다.

이 아니라, "스스로에 대한 모멸감"(『길 위의 집』, 60쪽)을 불러일으키는 선험적인 조건으로 작용한다. 가족의 구성원이기 때문에 생기는 자기 모멸감은 장편소설 『길 위의 집』에서 '윤기'와 '인기'라는 두 인물을 통해 묘사되고 있다. 아버지(사장)의 아들이라는 신분적(태생적) 기호는, 이들의 삶이 타인(일꾼)들의 시선으로 끊임없이 제약되는 과정을 분명하게 보여준다. "저 팔자 좋은 놈"이라는 낙인이 존재의 삶을 뒤흔들고, 그것은 자신의 생각과는 상관없이 타인의 시선을 의식하며 살아가야 하는 존재의 상황을 불러낸다. 벗어나고 싶어도 벗어날 수 없는 것, 아니 벗어나려 할수록 존재를 옭아매는 가족이라는 제도는 이미 하나의 신화가 되어 존재의 삶을 구속하는 굴레로 작동하고 있는 셈이다.

이혜경의 소설은 무엇보다도 이러한 가족의 굴레에 빠져 "납빛이 된 얼굴"로 세상을 살아가는 존재들의 삶에 주목한다. 가족의 굴레에 빠진 삶은 가족의 중심인 아버지(가부장)의 삶도 예외는 아니어서, 『길 위의 집』의 길중 씨는 미국 유학을 반대하는 아버지의 이기적인 욕망 때문에 "핏줄에 대한 경멸로 납빛이 된 얼굴"(『길 위의 집』, 263쪽)을 한 채 어린 시절을 보냈으며, 「가을 빛」(『그 집 앞』)의 아버지는 전쟁 중에 자신만 살아남았다는 이유로 "한 평생 징벌을 기다리"며 가족들과 거리를 둔 채 살아왔다. 개인의 삶은 가족이라는 제도와 맞물려 구렁에 빠지고, 개인의 삶은 또한 가족 구성원들과 생사를 같이 하지 않았다는 이유로 죄의식의 구렁에 빠진다. 개인의 삶에 생래적으로 부여된 가족의 굴레는 개인의 자유스런 삶을 억압하는 도구로 작용하고 있는 셈이다. 「그 집 앞」(『그 집 앞』)에 등장하는 며느리가 처한 상황 역시 이와 다르지 않다. "두 여자가 한 남자를, 그것도 한 집에서 모시고 사는 집 아이"였던 며느리에게, 며느리처럼 '작은 댁' 소생인 시어머니는 '사람의 근본'을 특히 강조한다. 시어머니의 사회적 (제도적) 상처는 며느리의 상처를 부각시키고, 그것은 시어머니와 며느리의 일상적인 관계를 파괴하는 원인이 된다. 시어머니가 부재해야만 숨통이 열리는 며느리의 상황은, 가족이라는 제도에 스며들어 있는 상처의 원형을 새삼 생각하게 한다. 가족 속의 타자는 주체의 상처를 덧나게 하고, 그러한 상황이 반복됨으로써 가족은 주체에게 고통스런 상처로 각인된다. 고통의 뿌리에 가족이 있는데도 주체는 가족이라는 제도적 상황에서 벗어날 수 없다. 설사 벗어날 수 있더라도, 또 다른 가족 구성원들과의 관계가 그 탈출의 길을 막아선다. 요컨대 시어머니를 보지 않으면 며느리는 숨통이 트이지만, 그러기 위해서는 "당신, 시어머니예요, 나예요"(『그 집 앞』, 53쪽)라는 양자택일의 상황을 남편에게 강요해야 한다. 납빛이 된 주체의 얼굴은 이러한 상황에 직면한 며느리의 얼굴을 예시한다. '작은 댁 아이'라는 동일한 상황이 며느리로 하여금 "다시 한 번, 다시 한 번 살아내리라"라는 절망적인 다짐에 이르게 하지만, 그 다짐은 한 순간에 허물어질 수도 있는 부실한 토대를 지닐 수밖에 없는 셈이다.

이혜경의 유일한 장편소설인 『길 위의 집』에서 가족의 굴레는 가부장적 권위에 짓눌린 가족 구성원들의 삶을 통해 표출된다. 길중 씨의 차남 윤기의 뇌리에는 아버지에게 두들겨 맞던 어머니의 모습이 각인되고 있고, 집안의 유일한 딸인 은용은 "미친년이 되고 싶어, 창녀가 되고 싶어."라는 극단적인 소망을 일기에 적고 있다. 부권이 지배하는 가족은 가족의 어원인 파밀리아가 "한 사람에게 속한 노예 전체"라는 윤기의 생각처럼, 아버지라는 주인과 어머니─자식이라는 노예들의 계층화된 삶으로 표현된다. 중요한 것은 아버지에게 두드려 맞는 어머니의 형상이 자식들의 삶을 규정하는 트라우마로 작용하고 있다는 점이다. 짜장면과 얽혀 윤기가 회상하는 폭력의 기억은 윤기가 아버지를 증오하는 원초적인 기억으로 나타난다. 폭력은 기억으로 각인되고, 그 기억은 아버지에 대한 증오를 불러일으킨다. 길중 씨의 집안을 흐르는 냉랭한 분위기는 실상 이러한 가부장의 폭력과 뗄 수 없는 관계를 형성한다 하겠다.

> 최후의 만찬처럼 상 위에 죽 놓인 짜장면 그릇들. 동생들은 그 그릇 앞에 앉아 입가에 묻은 짜장을 핥으며 먹고 있었다. 무슨 일이 일어나지…….
> "당신은 왜 안 먹어? 어서 먹어요."
> 아버지는 다시 물었다. 어머니가 더 버텨주었으면 하는 마음과 어서 젓가락을 들었으면 하는 마음이 반반 엇갈렸다. 어머니는 그저 묵묵부답이었다. 쪽진 머리를 조금 수그려 상 위를 바라보는 어머니의 시선에서 옹골찬 고집이 묻어 나왔다. 그릇에 얼굴을 파묻고 면발을 삼키던 동생들의 젓가락질 속도가 떨어졌다. 납작한 옆모습으로 불안이, 전압이 낮아져 순간적으로 흐려진 불빛처럼 뉘엿댔다. 그릇이 어머니의 머리를 덮은 건, 갑자기 전등불이 밝아진 순간이었다. 흡, 동생들의 손이, 입이, 어깨가, 똑같은 순간에 굳어버리는 걸, 윤기는 이상하도록 넓어지는 시야로, 갑자기 밝아진 불빛 아래, 낱낱이 보았다. 그리고, 어머니…….
>
> ─ 『길 위의 집』, 70쪽

인용문에는 어머니가 저녁을 짓지 못한 날, 식구 수대로 짜장면을 시킨 아버지가 어머니의 머리에 짜장면을 뒤집어씌운 순간이 묘사되어 있다. "국수가닥과 짜장이 가린, 딱딱하게 굳은 얼굴"이 윤기의 기억 속에 어머니의 '얼굴'로 새겨진다. "아프도록 움켜쥐었던 주먹 속의 살의"로 밤을 지새운 윤기에게 아버지란 존재는 무엇이었을까? 핏줄이라는 운명의 끈으로 묶인 가족의 형상만으로 이러한 살의의 기억이 치유될 수 있을까? 가족이라는 제도와의 싸움이 자신들의 마음속에 새겨진 기억과의 싸움으로 의미화되는 이유는 여기에 있다. 기억은 개인적인 추억에 머물지 않고, 주체들의 현재적 삶을 고통스럽게 하는 근간으로 작용한다. 아버지에 대한 윤기의 저항은 기본적으로 이러한 기억을 향한 저항과 다를 수 없다. 기억 속의 상처는 아버지의 삶을 부정하는 밑바탕에 자리하고 있는 바, 윤기와 아버지의 화해는 이러한 상처가 치유되어야만 현실화될 수 있을 것이다. 따라서 아버지의 품(재산)으로 일시적으로 투항한 윤기는 아버지의 그늘을 벗어나지 못하는 자신의 상황을 바라보며 극심한 자기모멸감에 빠져들고 있다. 재산을 물려받은 이후에도 그는 여전히 아버지를 향한 적대감을 끊임없이 표출하고 있다. 기억 속의 상처가 치유되지 않는 한 아버지를 향한 윤기의 증오심은 해소될 수 있는 가능성이 전혀 없는 셈이다.

이런 점에서 개인의 상처받은 기억은 그 기억을 잉태한 사회적인 기억과 마주해야만 그 해결의 단서를 찾을 수 있다. 하지만 또 한 사람의 상처받은 인물인 현희와 윤기의 사랑에서 나타나는 것처럼, 윤기는 기억 속의 상처와 대면하지 못하고, 상처 받은 타자와의 사랑을 통해 그 상처를 봉합하려 한다. 저항해야 할 존재는 분명하지만, 윤기는 아버지(저항의 대상)와 직접적으로 맞서는 대신에, 아버지의 주변에서 아버지의 기대와는 다른 길을 걷는, 간접적인 저항의 방식을 선택하고 있는 것이다. 경제적인 어려움 때문에 아버지와 타협하는 윤기의 삶은 아버지의 후광을 벗어나지 못한 채 저항하는 존재가 가야 할 장소를 뚜렷하게 드러낸다. 작가가 아버지의 요구에 순종하는 삶을 산 장남 효기와 윤기의 삶을 동일한 맥락에서 평가하는 이유는 여기서 연유한다. 치매에 걸려 집밖을 떠돌다가 돌아온 윤씨를 둘러싸고 벌어지는 아버지-효기-윤기의 싸움은 자신들이 처한 입장에서 한 치도 나오려 하지 않는 남성중심 사회의 폐쇄적 구조를 암시한다. "너, 너, 너, 조용히 해, 조용히 해, 이 개새끼들아!"(『길 위의 집』, 15쪽)라는 은용의 외침은 남성들의 아집 속에서 지탱되는 집(가족)이 결국은 "개새끼들"의 세계와 다르지 않음을 이야기하고 있다. 그러므로 개새끼들의 세계에서 벗어나기 위해서는 폐쇄적인 관념의 성채를 스스로 깨뜨릴 수 있는 의지가 있어야 한다. 기억 속의 상처와 대면하는 것은 바로 더 이상 "개새끼들"이 되지 않기 위한 싸움의 시작을 의미하거니와, 그런 점에서 그 싸움은 저항의 대상뿐만 아니라 저항하는 주체 자신의 폐쇄성을 극복해야만 가능할 수 있는 싸움일 것이다.

2. 경계에 선 존재들

아버지에 대한, 혹은 (시)어머니에 대한 저항은 가족의 내부에서 벌어지는 상황이지만, 가족의 내부에 한정되지 않고 가족의 외부를 지향한다는 특징을 지닌다. 가족의 내부에서 이루어지는 저항의 방식은 항상 가족의 내부에서 그 해결책이 나올 수밖에 없다. 가족과의 싸움이 가족의 내부와 외부를 가로지르는 경계의 장소에서 펼쳐지는 이유는 여기에 있다. 『길 위의 집』의 등장인물들 중 아버지에게 유일하게 저항했던 윤기가 아버지의 그늘에 포섭되는 과정은 실상 가족의 내부에서만 벌어지는 저항의 한계를 분명하게 지시한다. 「대낮에」(『꽃그늘 아래』)에 등장하는 남편의 삶 역시 본질적인 면에서는 윤기의 삶과 다르지 않다. 남편은 "내 아버지의 피가 내 몸 어딘가에 숨어 있다가 대물림할까봐" 아이 낳기를 꺼려할 정도로 아버지를 증오하는 인물이다. 그래서 그는 어느 날 갑자기 병이 든 채 나타난 아버지와 대면하기를 꺼리고, 전화번호를 바꾸거나 주민등록을 다른 곳으로 옮김으로써 자신에게 드리워진 아버지의 그늘을 필사적으로 벗어나려 한다. 공황장애까지 발병한 남편이 과연 아버지의 그늘진 삶에서 벗어날 수 있을 것인가? 상처는 상처를 피한다고 해서 사라지는 것이 아니다. 상처와 대면하지 못하는 주체가 갈 길은 한없이 덧나서 고름진 상처의 장소일 뿐이다. 남편의 공황장애는 가족에 대한 상처가 그 상처와의 대면을 통해서만 치유될 수 있다는 점을 상징적으로 드러내는 사례라 할 수 있을 것이다.

기억 속의 상처는 이처럼 그 상처와 대면하지 않는 한 주체에게 치명적인 독으로 현실화될 수 있다. 이혜경 소설에서 기억 속의 상처와 대면하는 방식은 무엇보다도 집을 떠나는 행위, 다시 말해 가족의 외부로 탈출하는 행위로 표출된다. 「멀어지는 집」(『꽃그늘 아래』)의 주인공 선영은 어머니의 집과 멀어짐으로써 기억 속의 상처와 맞서려 한다. 뇌물사건에 연루된 아버지가 자살하자, 어머니는 세 딸을 놓아두고 봄바람에 실려 떠나간다. 세 딸이 성장한 후 나타난 어머니와 선영은 한 집에서 살게 되지만, 어머니는 여전히 딸들에게 "너희끼리 얼마나 고생 많았니, 라든가 혹은 미안하다는" 말 한 마디 하지 않는다. 어머니의 그 말이 딸들의 마음속에 도사린 기억의 뗏자국을 씻어줄 수 있지만, 어머니는 어머니대로 "하늘을 우러러 한 점 부끄럼이 없다"는 말만 되풀이하고 있는 것이다. 작가가 '부끄러움'을 이야기하고 있다는 점에 주목하자. 딸들을 버리고 제 살길을 찾아 떠난 어머니의 삶은, 딸들의 입장에서 보자면 상당히 이기적인 그래서 부끄러운 삶으로 비칠 수밖에 없다. 부끄러운 상황을 부끄러워하지 않는 어머니와 거리를 둠으로써 선영은 어머니의 "집과는 반대되는 방향으로 한 발짝씩 멀어"(『꽃그늘 아래』, 63쪽)진다. 집에서 멀어지는 행위 자체가 어머니에 대한 저항을 완성하는 길은 아닐 것이다. 그것은 저항이 시작되는 지점이며, 또한 어머니의 그늘에서 벗어나기 위한 주체화의 과정이 시작되는 장소일 따름이다. 저항 대상의 부끄러움을 일깨우는데 초점을 둔 저항의 방식은 이로써 이혜경의 소설의 한 전범을 이룬다. 「고갯마루」(『꽃그늘 아래』)의 주인공 선애가 "낡은 혈연과 인습으로 얽힌" 큰오빠의 전횡에 저항하는 방식 역시 이러한 부끄러움의 시학과 맞물려 진행되고 있다.

> 통화를 마치고 나니 마지막 말은 빨리 돌아가세요, 라고 했어야 하는 게 아니었을까 궁금해졌다. 난데없이 왜 큰오빠에게 명재가 살아있더라는 이야기 따위가 하고 싶어졌을까. 우리보다는 명천 출입이 잦은 큰오빠는 이미 알고 있을지도 모르는데. 그보다, 큰오빠에게 명재는 그냥 고장난 시계탑이나 다름없는 사물, 미친데기에 지나지 않을 텐데. 그 옛날의 명재가 이 풍진 세상에서 그래도 살아남아, 허기지면 먹을 것을 찾고 뭇사람 앞에선 추레함을 부끄러워할 줄도 알더라고 나는 왜 그 이야기가 꼭 하고 싶었을까. 도무지 내 마음을 알 길 없어져서, 나는 명재가 스며들었을 밤거리 한 구석에 오래 서 있었다.
>
> ─ 『꽃그늘 아래』, 90쪽

큰오빠가 세상의 중심을 마음껏 활보할 때, "나머지 식구들은 그 펄럭이는 꿈의 자락에 쓸려 거듭 엎어져야 했다." 나머지 식구들의 희생을 담보로 펼쳐진 큰오빠의 파란만장한 인생은, 하지만 그에 대한 부끄러움을 망각한 큰오빠의 삶으로 하여 더욱 추레한 모습으로 부각된다. 선애는 큰오빠의 이러한 삶을 타성바지인 명재의 삶과 대조하며 비판적으로 바라본다. 명재는 선애의 당고모와 사랑을 나누었다는 이유로 당고모 집안의 사람들에게 얻어맞아 머리가 돈 사람이다. 선애가 오랜만에 고향을 찾았을 때, 그는 "미친데기"라는 별명으로 고향 땅에 살아남아 있었다. 새로 개업한 노래방에서 떡을 얻어먹으려다가, "입구에 사람들이 보이자 더 들어오지 못하고 몸을 슬며시 외로" 트는 명재의 태도를 보며, 선애는 그에게 여전히 남아 있는 "삼가는 태도"(『꽃그늘 아래』, 84쪽)를 발견한다. "미친데기"가 되어서도 삼가는 마음을 잃지 않은 명재와, 핏줄이 지배하는 세계(고향)에서 다른 식구들의 희생을 대가로 마음껏 살았으면서도, 그것을 부끄러워할 줄 모르는 큰오빠의 삶은 얼마나 다른가. 큰오빠라는 핏줄(운명)을 향한 연민과 큰오빠의 이기적인 삶을 부정하는 마음의 경계에서 선애는 명재의 "삼가는 태도"를 떠올리고, 그것을 큰오빠의 삶을 판단하는 척도로 적용한다. 『길 위의 집』의 은용이 치매에 걸려 길을 떠돌다가 집에 돌아온 어머니의 안식은 생각하지 않고, 거실에서 소리 높여 싸우는 아버지(길중 씨)와 오빠들(효기, 윤기)을 "개새끼들"로 호칭하는 까닭도 그들 역시 부끄러워해야 할 상황에서 부끄러워하지 않고 있기 때문이다. 가족의 외부에서 가족을 바라보는 부끄러움의 시선은 이렇듯 타자에 대한 윤리가 사라진 가족의 삶에 드리워진 문제가 무엇인가를 분명하게 드러내고 있다 하겠다.

그렇지만, 이러한 부끄러움의 시선은 가족을 주체에게 부여된 운명으로 생각하는 한 결코 뛰어넘을 수 없는 경계로 주체의 삶에 각인된다. 부끄러워할 줄 모르는 큰오빠를 고발하는 「고갯마루」의 선애 역시 현실에서는 큰오빠에게 명재의 이야기를 못하고 있지 않은가. 큰오빠에 대한 연민과 비판의 경계에서 갈등하는 선애의 모습은 가족의 경계를 넘는 일이 얼마나 어려운가를 새삼 반증한다. 선애뿐만이 아니다. 「언덕 저편」(『꽃그늘 아래』)의 주인공 '고'에게 경계는 "넘어서는 안 되는 것"이다. 결혼한 그에게 결혼 후에야 운명적으로 만난 "그 여자"는 뛰어넘을 수 없는 경계의 저편에 존재하는 인물이다. "그 여자 없는 세월을 견디는 것"이 자신의 운명이라는 그의 생각을 우리는 과연 어떻게 판단해야 할까? 가족이라는 제도는 가족의 외부로 넘어서는 삶, 이를테면 불륜과 같은 상황을 용납하지 않는다. 가족(제도)과 불륜의 경계에서 가족을 선택하고, 그것을 운명으로 생각하며 살겠다는 '고'의 생각은 그러므로 제도(가족) 속에서 살아가야 질서에 편입될 수 있는 인간의 운명을 암시한다. 가족이라는 제도가 운명이라면 가족의 외부에서 일어나는 삶을 주체는 당연히 거부해야 한다. 그가 선택한 운명은 그의 삶을 어디로 끌고 갈 것인가? 자신의 주체성을 포기하고 제도의 굴레로 편입되는 그의 삶은 과연 부끄러움이 없는 삶이라 할 수 있을까? 작가 스스로 던지는 이러한 질문 속에 새로운 관계를 애타게 갈망하는 이혜경 소설의 인간학이 담겨 있다.

3. 새로운 관계, 새로운 가족을 향한 꿈

이혜경 소설에는 불륜의 상황이 자주 나타난다. '불륜不倫'이라는 말 자체가 '비윤리적인 행동'을 의미하는 바 그대로, 불륜은 제도 속의 언어이고, 제도의 외부가 비윤리적인 세계일 수밖에 없음을 가리키는 말이기도 하다. 하지만 이혜경 소설에서 불륜은 새로운 관계로 나아가기 위한 경계의 장소로 기록된다. 「언덕 저편」의 주인공 '고'의 경우처럼 경계를 뛰어넘을 수 없는 운명으로 생각하는 인물도 있지만, 그럼에도 그녀의 소설에서 불륜은 제도의 경계를 해체하는 소재로 끊임없이 부각된다. 「그늘바람꽃」(『그 집 앞』)의 주인공 소희는 이루어질 수 없는 사랑인 것을 알면서도 유부남을 사랑하고, 「꽃그늘 아래」(『꽃그늘 아래』)의 서연은 남편(영모)을 사랑하는 여자(윤지)의 마음을 이해한다. 「노래하는 여자 노래하지 않는 여자」(『그 집 앞』)에 등장하는 경미 언니 역시 "가장 좋은 것은 사람 체온"이라며 유부남들과 적극적으로 만난다. 「틈새」(『틈새』)에 등장하는 아내는 단란주점을 운영하다가 '바람'이 나 남편에게 이혼을 요구하기도 한다. 수많은 인물들이 불륜에 빠져 제도의 경계를 넘나든다. 불륜의 상상력을 통해 개진되는 이러한 인간학을 이혜경은 「그늘바람꽃」에서 "이 생의 남루함에서 건져내어 화려한 주인공이 되게" 하는 만화적 삶의 인간학으로 설명한다. 만화는 존재를 낯선 공간으로 인도하고, 그 낯선 공간에서 존재는 제도 속에서는 실행하지 못한 삶을 실천한다. 이를테면 「그늘바람꽃」의 등장인물 소희에게 유부남과의 사랑은 "온몸을 내던져 헌신하고 헌신짝처럼 버려지는" 비련의 여주인공을 실천하는 사랑으로 의미화된다. 엄격한 아버지 밑에서 자랐고, 결혼 후에는 "남편의 눈으로 자기를 본" 그녀에게 불륜은 삭막한 세상을 헤쳐가는 수단으로 비쳐지고 있는 셈이다.

　하지만 소희의 이러한 사랑의 방식은 그녀를 상상 속의 "화려한 주인공"으로 만들 수는 있지만, 그녀의 주체적인 삶을 불가능하게 한다는 점에서 문제적이라 할 수 있다. 사랑(불륜)의 반복은 상처의 반복으로 이어지고, 그것은 소희라는 주체의 삶을 끊임없이 상처받는 삶으로 이끌어간다. 소희가 '비련의 여주인공'이라는 환상을 품고 이루어질 수 없는 사랑에 탐닉한다면, 「노래하는 여자 노래하지 않는 여자」에 등장하는 미정은 아버지의 바람기 때문에 성性을 불결하게 생각하는 인물이다. 당연히 육체관계에 소극적일 수밖에 없는 그녀는 "정숙한 척한다"고 비아냥거리던 남편과 이혼하고 혼자 살고 있다. 이런 미정에게 "경미 언니는 다른 남자와 자보라고 제법 아기자기한 표현을 섞어 전한다." 다른 남자와 자는 것은 미정의 기억 속에 새겨진 상처가 치유되어야만 가능할 수 있다. 제도의 덫에 얽매여, 혹은 그 제도에서 야기된 상처에 얽매여 성(사랑)을 부정하는 미정에게 경미 언니는 바로 사랑의 감정으로 펼쳐질 수 있는 감각의 세계를 제시하고 있다. 사랑은 좋은 사람과 체온을 나누는 것이다. 사랑을 통해 존재가 도달할 수 없는 거창한 사명을 생각하는 것은 그 자체 사랑의 담론 속에 주체 스스로 매몰되는 것에 다름 아니다. "아무 남자하고나 일을 벌여보는 것도 괜찮으리라는" 미정의 생각이 의미화되는 지점은 바로 사랑을 감각의 세계와 연결하는 작가의 시선에서 비롯된다. 사랑의 감각은 주체에게 각인된 기억 속의 상처를 치유하는 감각이지만, 한편으로 그 기억의 상처에서 벗어나지 못할 때, 감각의 세계 역시 기억 속의 상처에 묻혀버릴 수 있다는 점을 작가는 경고하고 있는 것이다.

「섬」의 등장인물 '나'는 아버지가 죽은 후 재산을 빼돌린 작은 아버지에 대한 증오를 "오래된 먼지처럼 들러붙은 기억"으로 간직하고 있다. 그녀는 조카들을 벌레처럼 밀쳐내야 했던 작은 아버지의 심리를 알아야만 누군가를 다시 사랑할 수 있을 것 같다고 생각한다. 기억 속의 타자는 여전히 주체의 현재적 삶을 옭아매는 상처로 남아 있다. 주체의 기억 속에 있되, 그 기억과 끊임없이 거리를 둬야 하는 존재의 상황은 그녀가 새로운 관계로 나아갈 수 있는 길을 봉쇄하고, 그녀의 내면에 누구도 들어설 수 없는 '섬'을 만든다. 내면으로 폐쇄된 섬은 핏줄에 집착하는 사람들의 삶에서도 나타난다. 그들은 사랑을 핏줄에 대한 사랑으로 한정하고, 핏줄 외부의 존재들은 '섬'의 내부로 받아들이지 않는다. 입양을 반대하는 식구들 때문에 가짜 임신을 연기한 다음에야 아이를 입양하는 「피아간彼我間」(『틈새』)의 충격적인 작중 상황은 핏줄이라는 '섬'에 갇힌 채 내면의 섬에 갇혀 삶을 영위하는 사람들의 상황을 대변한다.

> 어떻게도 해석이 가능한 태몽을 지어내며, 축하 인사를 받으며, 위장용 복대를 두르며 경은은 중얼거렸다. 아가, 미안하다. 아가를 환하게, 하늘이 내려준 선물처럼 맞아들이지 못하고, 거짓으로 그늘진 뒷문을 통해 개구멍받이로 받아들이는 게 미안했다. 마음속에 고인 말은 줄기부터 흐물흐물 썩어들어 물비린내를 풍기기 시작했다. 제 안의 괴사壞死를 지켜보며 경은은 자주 울었다. (……) 집에서 멀리 떨어진 쇼핑센터에서 아기의 배내옷이며 속싸개, 분첩이며 면봉 같은 자잘한 물품을 장만할 때의 그 아기자기함에도 습기는 여지없이 배어들었다. 가족들은 임신우울증인 줄 알고 있었다. 무덤속 같은 나날이었다.
>
> — 『틈새』, 160쪽

섬에 갇힌 사람들에게 새로운 관계는 부정될 수밖에 없다. 그것이 집안의 대를 잇는 가족의 탄생과 관련된다면, 그 섬은 더욱 더 고립된다. 가짜 임신 기간을 "무덤속 같은 나날"로 표현하는 경은에게 생명이 탄생하는 시간은 "기나긴 유폐의 시간"이며, "거짓"의 시간이다. 핏줄에 대한 열망이 빚어내는 우울한 풍경은 새로운 관계를 통해 새로운 가족을 꾸미려는 경은에게 여전히 넘어서지 못할 장벽으로 나타난다. 세상을 구조화하는 제도는 그만큼 사람들의 뇌리 깊숙이 박혀

제도의 외부에서 이루어질 관계를 부정한다. 제도의 안쪽에서 제도 바깥의 삶을 꿈꾸어야 하는 경은의 삶은 그래서 수많은 거짓말로 포장될 수밖에 없다. 거짓말로 이루어진 제도적인 세상을 미래에 태어날 생명은 과연 극복할 수 있을까? 가족이라는 섬에 가려진 거짓의 현실은 이혜경이 지향하는 새로운 관계가 수많은 거짓으로 치장된 가족제도의 너머에서 생성될 수 있음을 예시한다. 그것은 "오래된 먼지처럼 끈끈하게 들러붙은 기억"과 싸워야만, 또 그 기억을 잉태한 사회적인 기억(차별)과 끊임없이 대면해야만 비로소 열릴 수 있는 길일 것이다. 이혜경은 지금 사람들의 뇌리에 박혀 '섬'으로 존재하는 제도적인 기억들과 싸우고 있다. 핏줄에 대한 갈망이 순혈민족에 대한 열망으로 이어진 세계에서, 그녀는 새로운 관계의 '틈새'를 발견하려고 한다. 하지만 그녀가 발견해야 할 틈새는 「틈새」라는 소설에 나타나는 대로, 죽음과 삶의 경계를 가로질러야 도달할 수 있는 장소이다. 제도적으로 부여된 삶을 거부해야만 그 틈새가 나타나는 것이라면, 그것은 "생의 주도권"(『틈새』, 134쪽)을 쟁취하려는 존재들의 자유의지가 없으면 결코 도달할 수 없는 장소이다. 가족의 '바깥'을 향한 이혜경의 소설적 사유는 바로 이 지점에서 시작되고 있는 셈이다.

4. '바깥'을 향한 사유의 씨앗

이혜경의 최근 소설은 가족이라는 제도적 굴레가 어떻게 사회적 문제로 표출되고 있는가에 관심을 기울이고 있다. 그녀의 소설에 나타나는 새로운 관계에 대한 열망은 실상 새로운 관계를 부정하는 사회적 현실을 비판적으로 묘사함으로써 보다 명료하게 표현된다. 「물 한 모금」(『틈새』)에서 이혜경은 한국사회 외국인 노동자의 절망을 세심하게 다루고 있으며, 「문 밖에서」(『틈새』)라는 작품에서 그녀는 자신과는 다른 모습을 인정하지 않는 사람들을 비판적으로 그리고 있다. 「물한 모금」에 등장하는 외국인 노동자 샤프는 "손이 잘리고 다리가 잘리고 더러 빈털터리 주검이 되어 돌아온 이들"을 보면서도 복사가게를 운영하고자 하는 꿈으로 한국에 온다. 하지만 그에게 한국사회는 물 한 모금 제대로 마실 수 없는, 비정한 사회로 비쳐진다. 그는 외국인 노동자에 대한 차별을 인내하며 일을 하지만, 일을 할수록 복사가게에 대한 그의 꿈은 점점 멀어진다. 외국인 노동자는 한국사회가 지탱되기 위해서는 꼭 필요한 존재들이다. 그럼에도 그들이 한국사회에 뿌리내리는 것을 한사코 거부하는 한국사회의 현실은 그만큼 한국사회에 차별이 만연해 있음을 입증한다. 타자들의 꿈은 견고하게 구축된 차별구조에 의해 결코 이루어질 수 없는 꿈으로 남게 되는 셈이다.

외국인 노동자에 대한 차별이 내집단을 통한 외집단의 차별로 의미화된다면, 「문 밖에서」라는 작품에서는 내집단 내부에서 벌어지는 차별의 양상을 묘사하고 있다. 내집단 내부의 차별은 차이를 인정하지 않는 한국사회의 현실을 분명하게 반영한다. 차이는 일상적인 삶에서도 인정되지 않고 있거니와, 집단 내의 동일성을 강요하는 'P'라는 여성 인물의 행태는 일상 속에 침투한 차별의 논리를 예증한다 하겠다. 'P'는 벤처회사에서 받은 스톡옵션으로 경제적인 성공에 이른 인물이다. 그녀를 중심으로 다양한 유형의 여성들이 모이고, 그녀들은 때때로 모임을 갖고 자신들만의 고유한 세계를 꾸려간다. 하지만 모임 속의 개인은 자신만의 비밀을 간직할 수 없다. 'P'가 우연히 영화관에서 사랑에 빠진 'H'를 만나면서, H의 의사와는 상관없이 H의 사랑과 관련된 자질구레한 이야기들이 모임에서 오고간다. 이 소설의 중심인물인 'L'의 지적처럼, 그녀들은 "H가 말해줄 때까지 기다"리지 않고, 자신들의 생각으로 H의 사랑을 단정하고, 그에 따라 H에게 여러 가지 조언을 '퍼붓는다.' "짧은 대립과 난처한 웃음"으로 그런 상황에 대응하는 H의 마음 따위는 애초부터 그녀들에게는 관심사항이 아닌 것이다. 언뜻 타자에 대한 관심으로도 비쳐지는 이러한 상황은 실상 모임의 결속력을 강화하려는 'P'의 의도로 적절하게 통제되며 진행된다. "엄마가 물려준 십자가목걸이를 하고 다니는 S와 몸에 무언가를 붙이는 게 싫어서 시계도 안 차고 다닌다는 O"에게 별자리목걸이를 선물하고, 그 목걸이를 해야만 보내 준 사람에 대한 예의를 갖추는 것이라고 암묵적으로 강요하는 상황 역시 타자들의 삶에 드리워진 동일자의 논리를 드러내는 사례라 할 수 있을 것이다.

> 내가 어릴 때 살던 동네에 쌍둥이 형제가 있었어. 내 친구의 바로 위 오빠니까 나보다 세 살쯤 많았을 거야. 학교에서 돌아와 집으로 가려면 꼭 거쳐야 하는 골목이 있었는데, 마을 여자아이들은 골목 어귀에서부터 숨을 죽여야 했어. 그 쌍둥이가 길을 막고 못 가게 했으니까. 지들 마음에 들면 보내고 안 그러면 물을 끼얹기도 하고. 지들이야 장난이겠지만, 혼자 그 길을 지나야 할 때면 어찌나 겁이 났는지, 마음속이 꺼매지는 것 같았는데…… 언제부턴가, 우리가 모였다 헤어질 때면 어릴 적의 골목이, 그 골목을 지키고 있던 쌍둥이 형제가 생각났어.
> ― 『틈새』, 106쪽(고딕체는 원작 그대로)

인용문은 L의 생일을 축하하는 자리에 정작 L이 나타나지 않자, L의 집에 들른 S에게 L이 들려주고 있는 우화이다. 마음에 들면 그냥 보내고, 마음에 들지 않으면 짓궂게 사람들을 괴롭히는 쌍둥이 형제는 자신의 생각에 따라 타자의 삶에 개입하는 동일자의 논리를 상징할 것이다. L은 "내가 골목을 지키는 쌍둥이인지도" 모른다고 생각하며 P를 중심으로 한 모임에 참여하기를 꺼리고 있다. 모임 속에 내재된 동일자의 논리는 그 논리에서 벗어나려고 하는 사람마저도 동일자의 논리로 포섭하여, 결국 모임 구성원 전체가 자의든, 타의든 동일자의 논리로 통일되는 결과를 초래한다. 동일자의 논리는 그러므로 주체 스스로 자신의 삶을 되돌아보지 않는 한 누구나가 빠질 수 있는 존재의 수렁이다. 자신이 그토록 부정했던 "쌍둥이들"이 바로 자신일 수도 있다는 깨달음은 이혜경이 이야기하는 '바깥'의 사유가 자신(주체)에 대한 철저한 성찰을 통해 펼쳐질 수 있음을 예시한다. 거기에는 어느 누구도 동일자의 논리에 빠질 수 있다는 섬뜩한 자기인식이 있지만, 동시에 그 섬뜩한 자기인식만이 동일자의 논리에 "틈새"를 낼 수 있다는 작가의 소설적 사유가 담겨 있다.

비교적 최근에 발표된 「망태할아버지 저기 오시네」(『틈새』)와 「늑대가 나타났다」(『틈새』) 두 작품에는 작가의 이러한 사유가 우의적인 수법을 빌어 표현되고 있다. 두 소설에서 어린 시절의 기억은 설화적인 배경과 어울려 내부세계의 편협한 자기동일성의 논리를 비판하는 매개로 작동하고 있다. 「망태할아버지 저기 오시네」는 어린 시절 무서운 꿈에 곧잘 등장하던 "망태할아버지"를 "안락한 내 집 어딘가에 숨어 있을 바퀴벌레"에 비유하여, 이유도 모른 채 공포에 떠는 사람들의 현실을 풍자하고 있다. 자신의 삶을 위협한다고 생각한(각인된) 대상들이 왜 위협의 대상인지를 전혀 생각하지 않는 사람들에게, 망태할아버지나 바퀴벌레는 원래부터 그렇게 인식되어 왔기 때문에 위협적인 대상일 뿐이다. 사람들의 안락한 삶 뒤편에 도사리고 있는 무반성적 삶의 현실은 동일자의 논리가 현실세계를 지배할 수밖에 없는 정황을 설명해준다. 「늑대가 나타났다」에서 이러한 논리는 "어른들이 가지 말라는 곳에 갔다간 단박에 늑대에게 잡혀갈 거다"라는 말을 통해 변주되어 나타난다. 늑대는 경계의 외부에 있는 존재이다. 어른들의 말(관습)을 따르지 않는, 다시 말해 경계의 외부를 넘보는 아이들에게 '늑대인간'은 결코 본받아서는 안 될 '금기'를 상징한다. 중요한 것은 늑대인간이 왜 금기의 대상이고, 늑대인간이 과연 어떤 행동을 했는지를 주체는 모르고 있다는 점이다. 모르지만 늑대는 무서운 대상이고, 모르지만 늑대는 함께 존재해서는 안 될 대상이다. 하지만 "저수지 너머에서 사는 아이들"처럼 마을 '바깥'에는 분명 사람들이 살고 있다. 보이는 것을 보지 못하게 하는 상황만큼 인간의 호기심을 자극하는 것이 있을까? 경계의 외부를 향한 호기심(욕망)은 주인공으로 하여금 집을 떠나 경계의 외부로 나아가게 한다. 그녀는 경계의 외부에서 아내가 죽은 다음 '처제와 함께 사는', 그래서 '늑대'의 친척이라고 불리는 병태 아저씨를 만난다.

> 아저씨 못 만났으면 어쩔 뻔했냐. 아이 혼자 돌아다니다간 큰일난다. 그가 고개를 살짝 뒤로 돌리며 말했다. 늑대와 친척인 그가 늑대 이야기를 하는 게 신기했다. 어쩌면, 마을 어른들이 그를 잘못 본 것인지도 모른다는 생각이 들었다. 어스름녘, 들판을 혼자 걸어가는 아이에게 말을 걸어준 사람은 마을 안에서 늑대 취급을 받던 그뿐이었다. 먹빛으로 더 짙어진 가로수들이 이제 무섭지 않았다. 나는 슬그머니 그의 허리춤을 잡으며 그의 등에 몸을 기댔다.
>
> ─ 『틈새』, 234쪽

"들판을 혼자 걸어가는 아이에게 말을 걸어준 사람"이 마을 안에서 늑대로 취급받던 병태 아저씨뿐이라는 점에 주목하자. 경계의 외부에 존재하는 인물이 주인공을 경계의 내부로 되불러들이는 존재로 나타난다는 역설 앞에서, 그녀는 비로소 어른들의 말 이면에 숨겨진 진실을 보게 된다. 경계의 외부에 늑대는 있었지만, 그 늑대는 경계의 내부에 존재하는 사람들이 그토록 무서워했던 '늑대'는 아니었다. 스스로 "내가 나 아닌 아기늑대인 것 같"다고 생각하는 그녀는 이제 경계의 내부와 외부를 넘나드는, 말 그대로의 '늑대인간'이 되었다. 새롭게 탄생한 이 늑대인간은 어떻게 될까? 마을에서 '멋쟁이'로 통하던 영희 언니처럼, "탑에 갇힌 공주처럼 저녁마다 공들여 빗던 머리채를 잡힌 채 질질 끌려서" 집으로 돌아와 어둠이 깔릴 무렵마다 '으어헝' 소리를 외치는 존재로 돌변하게 될까? 작가는 아기늑대의 탄생을 이야기하고 있을 뿐 그 아기늑대의 후일담에 대해서는 일체 입을 다물고 있다. 소설 자체가 우의적이므로 그것은 독자의 상상력에 맡길 수밖에 없다는 것일까? 어린 시절의 기억 속에 투영된 '늑대인간'의 이야기는 독자들의 끊임없는 상상력을 촉구한다. 마을에 새겨진 금기는 이 상상하는 독자들의 힘이 모여야만 새로운 맥락으로 거듭날 수 있을 것이다.

하지만 우화라는 형식에 담긴 이러한 이야기가 우리 사회의 견고한 차별구조를 내파하는 틈새로 작용할 수 있는지에 대해서는 의문을 제기하지 않을 수 없다. 내면의 '섬'에 갇힌 인물들이 유독 많이 나타나는 이혜경 소설의 특징과 우화의 형식은 서로 연관되지 않을까. 우화 속에서 경계의 내부와 외부를 넘나드는 인물이 실제의 현실 속에서는 폐쇄된 내면에 갇힌 채 살아간다면, 그것은 그만큼 '경계의 외부'를 향한 이혜경의 소설적 상상력이 소설의 담론 내부에 갇혀 있음을 예시한다. 이런 점에서, 「멀어지는 집」의 등장인물 선영이나 「노래하는 여자 노래하지 않는 여자」에 나타나는 경미언니와 같은 인물들의 삶에 작가는 좀 더 관심을 기울일 필요가 있다. 그들은 우화의 세계를 넘어 현실 속에서 경계의 내부와 외부를 가로지르고 있으며, 그러한 가로지르기는 그녀들의 주체적인 삶 속에서 실현되고 있기 때문이다. 차별이 일상화된 사회를 예리하게 성찰하고 있는 이혜경 소설을 생각한다면, 이러한 요구가 작가에게 큰 부담으로 작용하지는 않으리라 생각한다. 이혜경은 지금 우화와 현실 사이에서 작가로서의 심각한 고민에 빠져있는 듯싶다. 작가가 우화의 세계에서 깨달은 진실을 현실 속에서, 현실의 인물과 더불어 진지하게 펼쳐내기를 간절하게 기대한다.

◆ 『문학마당』 16호(2006. 가을호)에 수록

문학과 현실의 소통 가능성

— 박범신의 『나마스테』를 중심으로

유경수

문학에 재현된 현실은 현실 자체를 뒤바꾸지 못할지도 모른다. 그러나 문학과 현실
이 소통할 수 있는 가능성은 열어줄 수 있다. 문학은 현실과의 소통을 통해서 세상
의 단절된 벽에 작은 균열을 가하고 틈새를 만든다. 그 틈새가 세상을 바꾸는 힘이
될 것이다.

1. 머리말

한국에 이주노동자들이 일하러 들어오기 시작한 것은 1980년대 후반부터[1]이다. 그 전까지 우리는 러시아, 미국, 독일 등으로 돈을 벌기 위해 이주노동자가 되어서 떠나갔다. 당시 한국 정부의 해외 이민 정책과도 맞물려 외국으로 나간 이들의 노동력은 외화를 벌어들이는 데 혁혁한 공을 세웠다. 여러 나라에서 이주노동자를 받아들이던 선진국들은 장기간에 걸쳐 그에 맞는 제도를 정비했다. 그러나 우리는 80년대에 아무런 제도적 뒷받침 없이 갑자기 이주노동자들을 받아들이기 시작했고 그에 맞는 정책이 체계적으로 마련될 만큼의 시간 여유가 없었다. 실제 한국에서 이주노동자들을 지원하는 활동은 1990년대부터 이루어졌는데 그것도 대부분 종교 활동에 의거한 것이었고 국가의 정책적인 차원은 아니었다.

본고에서는 이러한 이주노동자의 처우 문제에 대해서 직접적으로

---

1) 박경태, 「이주노동자를 보는 시각과 이주노동자 운동의 성격」, 『경제와 사회』 67호, 한국산업사회학회, 2005, 88쪽 참고

다루려 하는 것은 아니다. 이주노동자의 처우 개선에 대한 문제나 정책적 차원에서의 변화 등은 사회학적 논문에서 다루어질 내용이다. 본고에서는 문학작품, 특히 소설에 재현된 이주노동자의 모습을 통해서 문학과 현실과의 소통 가능성을 찾고자 한다. 문학은 직접적으로나 간접적으로 현실의 재현이다. 물론 상상력에 의해 환상적인 것을 만들어내기도 하지만 대부분 현실에 근거를 둔 것이다. 따라서 문학에 재현된 상황은 현실에서 일어날 수 있는 가능성이 농후한 것이 많다.

작가 박범신은 TV에서 크리켓 선수 출신으로 코리안 드림을 쫓아 한국에 온 서른한 살의 스리랑카인 다르카의 자살 장면을 보고 이 작품을 집필하게 되었다고 한다. 계속되는 외국인 노동자들이 죽던 겨울에 이 작품을 시작하게 되었다는 작가의 말에서 그가 현실을 대하는 태도를 알 수 있다. 문학은 현실을 개혁하거나 바꿀 수 있을까? 문학이 있어온 이래 이에 대해 수많은 의문이 제기되었지만 여전히 그 답은 미지수이다. 하지만 분명한 것은 아무것도 하지 않는 것보다는 현실을 재현하고 재구성해서 보여주는 것이 필요하다는 사실이다. 외국인 노동자의 현실에 대해 TV나 다큐멘터리를 통해서 보고 그저 관망하는 것보다는 무언가 하려는 움직임이 이 작품을 탄생시킨 동인일 것이다.

본고의 2장에서는 중심인물인 카밀, 신우, 사비나의 인물 분석을 통해 이들의 현실 대응 방식과 의식 변화에 대해서 탐구하도록 하겠다. 다음으로 3장에서는 신우 가족이 과거에 겪은 아메리칸 드림의 상처와 현재 한국의 이주노동자에게 되풀이 되고 있는 코리안 드림의 허상을 통해 문학에 재현된 현실에 대하여 논의할 것이다. 마지막으로 이러한 상처의 치유 방식으로 이 작품에서는 어떤 해결책을 제시하는

지에 대해서 살펴보도록 하겠다. 본고는 단순히 한국에서 일을 하고
있는 이주노동자의 현실을 재현하는 것이 아니라 이의 재현을 통해서
문학이 현실과 어떻게 소통할 수 있는가에 대해서 논의하려 한다는
점에서 그 의의가 있다.

2. 인물의 현실 대응 방식

본장에서는 카밀과 신우 그리고 사비나의 인물 분석을 정치하게 하
고자 한다. 본장의 목적은 중심인물인 세 사람의 의식 변화를 통해서
이들이 현실을 어떻게 대응해 나가는지에 대해서 탐구하고자 하는 것
이다.

2.1. 의식화 과정을 통해 개인적 자아에서 사회적 자아로
나아간 카밀

카밀은 사랑에 대해 믿었고 세상을 받아들였으며 그가 품고 있는
신들을 경배하던 인물이었다. 네팔에서 부유층이었던 그는 한국으로
돈을 벌기 위해 떠난 사비나를 찾으러 한국에 오게 되었다. 그는 본
성이 착하고 세상을 환하게 보는 긍정적인 사고방식을 지닌 인물이었
다. 한국을 찾은 그에게는 처음에 밝고 긍정적인 면만 있었고 그가
사람들에게 하는 '나마스테'라는 인사는 만남의 의미이자 사람과 사람
사이에 다리를 놓는 소통의 시작이었다.

사비나와 함께 신우의 뒷방에서 살게 된 스물다섯 살의 네팔 청년
카밀은 한국에 온 지 3년이 되었다. 세계를 유지하는 비슈누 신을 믿

는 그는 서른 살의 신우가 다 상실하고 만 것들을 여전히 지니고 있
는 사람이었다. 그에게 있어서 코리안 드림은 돈을 벌기 위한 것이
아니라 사랑을 위한 것이었다. '카트만두 돌아가면 한국 음식점 하나
내고 싶어요. 한국식 온돌이 있는 여관도요. 한국에서 여행 오는 사람
들 누구나 잘 먹고 편히 자고 갈 수 있도록요.'(120쪽)[2]라고 말하는 그
는 네팔로 돌아간 후의 꿈을 구체적으로 현실화시킬 수 있는 사람이
었다.

그러나 한국에서 외국인 노동자들의 현실을 점차 접하게 되면서 그
는 조금씩 변하기 시작한다. 외국인 노동자 강제 추방이 발표되고 그
것 때문에 절망에 빠진 외국인 노동자들이 자살을 하게 되자 그는 점
차 현실을 개혁해야 한다는 생각을 하게 된다. 개인적인 행복만을 추
구하며 살던 그는 차츰 개인적인 삶으로부터 공동체적인 삶으로 나아
가는 길을 추구하게 되었다. 사비나에 대한 사랑이 삶의 전부였던 카
밀은 이제 자신의 개인적인 삶에서 탈피해서 공동체를 위한 삶을 살
기로 결심을 하지만 이미 카밀의 아이가 있는 신우는 그를 가족의 품
으로 돌아오게 하려는 생각을 품게 된다. 그러나 결국 카밀은 다르마
와 방글라데시인 비쿠가 연속 자살한 다음날부터 시민단체들과 함께
강제추방반대농성을 시작하게 되었다.

카밀이 한국에 와서 잃은 것은 참으로 많다. 사비나와의 사랑을 이
루지 못했고 한 다리를 절뚝거리게 되었으며 마음속에 가득했던 희망
을 잃었다. 그러나 그런 그가 얻은 것은 '생각하는 힘'이다.

　　"…그러면서, 그러나 얻은 거, 당신, 애린 있어요. 당신, 애린만큼, 아

---

2) 박범신, 『나마스테』, 한겨레신문사, 2005. 이후부터는 쪽수만 표기.

니 그보다 오히려 더 소중한, 얻은 거, 또 있어. 바로 생각하는 힘…이
야. 한국 오기 전에 나, 생각하는 힘 없었어요. 의미없이 반항하거나 그
냥 굴복하는 식이었으니까. 그렇지만 이제 카밀, 생각해요. 한국이 그거
가르쳐주었어.…생각하는 힘은 앞날을 생각하는 힘이라고, 난 생각해
요." (338쪽)

　카밀은 자신만을 위한 농성이 아닌 한국의 소수자를 위한 농성을
시작한다. 그것은 넓게 보면 현재 한국에 있는 외국인 노동자만의 문
제는 아니다. 카밀과 농성을 하는 사람들이 궁극적으로 원하는 것은
한국에 있는 모든 가난하고 힘없는 사람들이 편하게 살 수 있는 세상
을 만드는 것이다. 그는 투쟁을 통해서 한국 사회가 보다 발전할 수
있다고 믿고 연대 투쟁을 전개하는 것이다. 가난하고 어려운 사람들
이 살기 어려우면 좋은 사회가 될 수 없다는 것이 그의 믿음이었다.
처음에는 자신의 이익을 위해 시작한 농성이었지만 이들은 점차 사회
적 각성의 단계를 거쳐 자신들의 입장만이 아니라 세상을 위한 투쟁
을 계속한다. 카밀은 농성을 하면서 많은 것을 배우게 되고 한국에서
다시 태어났다고 말한다. 그리고 자신에게 주어진 운명을 깨닫고 신
우와 애린이라는 가족의 틀을 넘어선 범세계적 시각을 갖게 된다. 자
신의 역할을 꼭 지켜내야만 한다는 신념 있는 카밀의 주장을 통해 그
의 의식 변화를 느낄 수 있다.
　강제추방 반대를 위해 시작한 농성은 카밀의 개인적인 의식을 사회
적인 의식으로 바꾸어 놓았고 그는 자신의 카르마를 느끼고 한국에서
의 농성을 계속한다. 다르카가 죽었을 때만 해도 카밀은 분노로 가득
차 있었는데 농성을 계속 하는 과정에서 그의 분노는 헌신으로 바뀐
다. 그의 마음속에 타오르는 불꽃은 이제 분노의 불꽃이 아니라 타인

의 삶에 헌신하고 싶은 불이 된 것이다. 그래서 그는 결국 이주노동자의 현실을 바꾸고자 자신의 목숨을 내놓는 모습을 보여준다. 이 작품은 이처럼 카밀의 의식화 과정을 잘 보여주고 있다. 개인적인 삶에서 사회적인 삶으로 나아가는 카밀의 모습을 통해 한 개인의 각성이 사회에 미칠 수 있는 영향력에 대하여 알 수 있다.

2.2. 세상의 상처를 모성으로 승화시킨 신우

신우는 세상은 차갑고 잔인한 구조로 단단히 짜여 있고 믿을 건 아무 것도 없다고 생각하며 살고 있던 서른 살의 여자였다. 사랑을 믿지 않고 세상이 자신에게 상처를 주었다고 생각하는 그녀는 짧은 결혼생활과 미국에서의 경험으로 지쳐 있는 상태였다. 아버지는 미국에서 흑인의 총에 맞아 그 후유증으로 죽었고 어머니 또한 건강의 악화로 머지않아 죽을 것이며 신우는 비루한 서른 살의 날들을 보내고 있었다.

그녀가 미국에서 보낸 청소년기는 너무나 어둡고 부정적이었고 집안에서 벗어나려는 생각 끝에 한 결혼은 실패로 끝났다. 그녀에게 처녀가 아니었다며 자신을 만나기 전 어떤 놈하고 잤는지 말해 보라는 남편(51쪽)은 술만 마시면 거친 섹스를 하고 폭력을 행사하는 사람이었다. 자신에 대한 애정도 타인에 대한 애정도 남아있지 않던 신우는 결국 이혼을 택하게 되었다. 그렇게 사람에 대한 사랑도 믿음도 남아있지 않은 냉소적인 그녀에게 카밀은 다른 모습으로 다가온다. 전남편과는 달리 카밀은 사비나가 노루보와 동거하는 사실을 알면서도 뤼(몸)은 떠난 후에 남은 것이고 우리는 뒤에 잠시 머무는 여행자와 같다며 삶은 우리가 떠난 후에도 계속된다(50쪽)고 말한다. 정신이 중요하지 육체는 중요하지 않다고 생각하는 것은 쉽지만 그것을 실제 실천하기는 쉬운 일이 아니다. 그런 카밀을 만난 후 신우는 '세상의 한 귀퉁이가 새치름히 환해지고 있다(45쪽)'고 느끼게 되고 그것을 카밀의 선물이라고 생각하게 된다.

결국 카밀의 카르마가 사비나의 카르마를 쫓듯 신우의 카르마가 카밀의 카르마를 쫓고 있다고 느끼며 신우는 카밀에 대한 사랑을 키운다. 아니 카밀은 신우에게 있어서 사랑이라기보다 새로운 삶의 길을 비추는 환한 등불 같은 존재가 되었다.

> 나는 타고 남은 재 같은 여자였다. 적어도 카밀을 만나기 전까진 그랬다. 고통이 깊을수록 재가 되는 게 아니라 오히려 환해지는, 이상한 세계에서 온 그를 만나고 나서부터, 나는 나의 가슴속에도 그 어떤, 사랑의 불씨가 남아 있다고 생각하게 되었다. 그것은 불모의 빈 터에서 새 풀이 자라나는 걸 볼 때처럼 경이로운 발견이 아닐 수 없었다. (136쪽)

신우는 자신이 이미 죽은 나무라고 생각해 왔으며, 죽은 나무로 썩어 문드러지는 게 자신의 할 일이라고 생각해 왔다. 그래서 자신의 영혼이 혹 어느 때 사랑을 부른다고 해도, 그 부름과 갈구 자체가 죄라고 여겼다. 그런데 카밀을 사랑하게 된 신우는 세상에 대한 인식을 바꾸게 된다. 신우에게 있어서 카밀은 세상의 빛을 되찾아 준 존재이다. 자신의 몸에 붙어 있는 상처들을 씻어낼 수 없다고 생각하면서 살던 신우는 카밀과의 만남을 통해서 자신의 내면을 열게 된다. 자신에 대한 사랑을 되찾고 자신을 용서하는 것으로부터 시작된 신우의 변화는 카밀로 인한 것이다.

그러나 신우가 카밀을 향해 느끼는 사랑은 이성을 향한 사랑이라기보다는 모성적인 사랑에 가깝다. 신우는 카밀을 보며 '오랫동안 품에 안아 키운 눈물겨운 피붙이 같은 느낌'(67쪽)을 받기도 하고 '모성이라고 불러도 좋을 눈물겨운 사랑'(68쪽)을 느끼기도 한다. 그래서 카밀을 보면서 젖을 꺼내 물리고 싶은 충동을 느끼기도 하고 무한한 모귀를 움트게 만든다고 생각하기도 한다. 또한 카밀도 신우가 마르파에서 이별한 엄마같은 생각(85쪽)이 들기도 하는데 신우가 카밀에게 느끼는 모성이나 카밀이 신우에게서 느끼는 어머니의 감정은 서로 일맥상통하는 면이 있다.

　신우는 카밀을 통해서 비로소 단독자가 되었다고 느끼며 단독자로 부딪칠 세상이 더 이상 두렵지 않다고 생각하게 된다. 자신을 둘러싼 단단한 상처의 껍질을 스스로 깨고 나오면서 그녀는 인생에 대해서 새롭게 의식 전환을 하게 된다. 카밀이 의식화의 과정을 통해 성장하는 동안 신우는 절망적 현실에서 벗어나서 가족 안에서의 사랑을 느끼게 되었고 모성으로 그 모든 것들을 감싸 안게 된다.

　카밀이 농성을 하는 것에 대해서 신우는 처음에는 한 집안의 가장으로서, 한 아이의 아버지로서의 자리를 지켜주길 바라는 마음에 그가 나아가려는 세계로부터 분리시키려 한다. 신우에게 있어서는 그것이 그를 세계로부터 지켜내서 가정 안으로 들어오게 하는 방법이라는 생각이 들었기 때문이다. 물론 이것은 남자와 여자의 차이라기보다는 처음 의식에 눈뜬 사람과 모성을 추구하는 사람과의 차이라고 보아야 겠다. 그러나 신우는 카밀의 굳은 의지를 깨닫고 곧 모성으로 모든 것을 감싸 안으면서 농성에 임하는 카밀을 지지한다. 카밀이 개인적 상처를 통해 사회적 자아로 나아가게 된 반면 신우는 사회적 제도 때문에 개인적 상처를 입게 되었고 자신의 상처로 인해 세상을 신뢰하지 않게 되었다. 그러다가 카밀을 통해 그러한 상처를 극복하고 모성을 통해 세상을 싸안는 모습을 보여준다.

2.3. 가족을 위해 희생하는 사비나

카밀과 신우가 점차 변화하는 과정에 있는 인물이라면 사비나는 초지일관 변하지 않는 인물이다. 사비나는 시바신을 섬기는데 시바신은 새로운 창조를 위해서 파괴를 하는 신이다. 동생이 일곱이나 되는 사비나는 한국에서 번 돈을 거의 다 카트만두에 보낸다. 카밀은 그런 사비나를 '히말라야 노새'(60쪽) 같다고 말한다. 그녀는 돈을 벌기 위해서는 어떤 일도 마다하지 않고 심지어는 카밀의 통장을 훔쳐서 도망치기도 한다.

사비나에게 있어서 한국은 애정을 가지고 대할 대상이 아니라 오히려 증오에 가득 찬 대상이다. 그러나 그런 증오를 감추고 사비나는 돈을 벌기 위한 자신의 목적만을 위해 살아간다. 카트만두에는 병든 부모와 줄줄이 딸린 동생들이 있고 이들의 뒷바라지에 사비나는 모든 걸 희생하며 살아가고 있다. 하지만 그럼에도 불구하고 그것을 희생이라고만 생각하지는 않는다. 우리에게도 60~70년대 산업화의 과정에서 동생의 학비를 위해서 공장에서 스무 시간이 넘게 기계를 돌리던 누나들이 있었다. 사비나는 이런 우리의 누나들의 모습을 대변한다.

사비나는 방세를 아끼려고 노루보와 동거를 하기도 하고 필요에 따라서는 유흥가에서 술을 따르는 아르바이트를 하기도 한다. 그러나 그녀의 이런 행동들이 정당화 될 수 있는 것은 그녀에게는 분명한 목표의식이 있고 꿈이 있기 때문이다. 카트만두에 있는 가족들에게 보낼 돈을 벌기 위해서 그녀는 제 몸이 만신창이가 될지라도 상관하지 않고 버텨낸다. 그런 사비나는 어쩌면 가족들에게 있어서는 관음보살이요, 여신 락슈미일지도 모른다.

신우는 사비나가 돈을 아끼기 위해 남자와 동거하는 행동을 처음에는 이해하지 못하나 점차 사비나에 대해 알게 되면서 사비나가 꿈을 위해 사는 사람이라는 것을 알게 된다. 한국에서의 6년이란 짧지 않은 세월 동안 사비나가 어떤 어려움도 다 견딜 수 있게 해 준 힘은 동생들의 뒷바라지를 해서 가족의 꿈과 자신의 꿈을 동시에 이룰 수 있게 하는 희망이 있었기 때문이었다. 그래서 사비나는 농성 대신 숨어 지내다가 다시 돈을 버는 길을 택한다.

> 농성장, 나는 안 가요. 나는 일하러 한국 왔어요. 돈 벌러 왔어요. 단속이 조금 덜해지면, 우리 사장님, 내게 전화한다고 했어요. 그럼 돈 벌러 가야지요. (272쪽)

물론 다른 외국인 노동자들의 눈에는 지극히 개인적이고 이기적인 행동으로 비춰질 수도 있지만 이것은 가족을 위한 희생이다. 사비나는 자신의 몸이 아무리 힘들어도 그 희생을 통해서 가족이 행복해지고 발전할 수 있다면 기꺼이 한 몸 희생하는 인물이다. 카밀과 신우는 의식이 점차 변화된 반면 사비나는 처음부터 목표의식이 분명하고 신념에 찬 인물이다. 이들의 행동 방식 중 어떤 것이 옳고 어떤 것이 그르다고 말할 수는 없다. 이 세 인물들은 모두 이 작품에서 자신의 모습을 분명히 표현하고 있을 뿐이다.

3. 문학에 재현된 이주노동자의 현실

국제 노동력 이동이 이루어진 배경에는, 세계 자본주의의 전개와 그로 인간 각국 사회의 불균등 발전, 보다 나은 삶의 기회를 찾으려는 개인의 선택, 이주노동자를 보낸 사회와 받아들인 사회의 대응 등의 요인이 작용3)하고 있다.

본장에서는 우리가 과거에 겪은 아메리칸 드림과 현재 한국에서 같은 방식으로 되풀이되는 코리안 드림의 현실이 어떻게 문학에 재현되었는지를 논의하고자 한다. 현대는 국제화 시대이고 이주는 끊임없이 되풀이되는 것 중의 하나이다. 과거의 강제적 이주도 있었지만 현재에는 자발적 이주도 많은 부분을 차지하고 있다. 우리 역시 미국 등 선진국으로 자발적 이주를 한 경험이 있고 이때 겪은 이주노동자로서의 현실은 여전히 상처로 남아 있다. 현재에도 다른 나라에서 되풀이되고 있을 상처를 알고 있으면서도 우리는 한국에 이주해 온 노동자들에게 자신이 겪은 것을 똑같이 되갚아 주고 있는 것이다.

3.1. 신우 가족이 겪은 아메리칸 드림의 상처

미국에 가기 전의 신우 아버지는 환하게 소리없이 웃던(26쪽) 사람이었다. 목재일을 잘 해서 그네 등을 만들어 주기도 하는 다정한 사람이었으나 희망을 품고 떠난 미국에서 그를 기다리는 것은 거친 현실뿐이었다. 아메리칸 드림을 좇아서 미국으로 갔다가 이상과 현실을

---

3) 설동훈, 「외국인 노동자 문제의 배경」, 『실천문학』 74, 2004년 여름호, 실천문학사, 221쪽.

다 버린 아버지의 삶을 통해 신우는 상처로만 남아 있는 미국에서의 삶을 떠올린다. 어머니가 죽기 전에 꼭 한 번은 봐야겠다는 '그 놈의 땅'은 남편과 막내아들을 빼앗아간 땅이었다. 신우의 어머니가 죽음에 임박해서도 미국행 비행기에 오르는 이유는 미국을 용서하지 않기 위해서이다. 신우의 가족들에게 미국은 용서가 되지 않는 악몽의 공간이다.

성냄과 욕망과 무지가 세 가지 독약이라고 생각한 아버지는 미국 이민을 결심했을 때, 조국에서 받았던 상처들과 상처를 보상받으려는 성공에의 갈망 때문에, 자신이 성냄과 욕망과 무지로 가득 차 있었다고 후회한다. 신우 아버지의 실패는 본질적으로 욕심 때문이었다. 가슴 속에 가득 찬 분노 때문에 미국에서의 삶은 행복하지 않았고 결국 흑인 폭동에 연루되어 죽음을 맞게 된 것이다.

미국은 구조적으로 불평등한 나라이다. 사실 자본주의는 이주노동자들과 제3세계의 공장 노동자들을 착취하는 만큼이나 서구의 노동자들도 착취⁴⁾한다. 미국 사회의 구조적 불평등 때문에 폭동이 일어나게 되는 것이다. 사람들은 미국을 기회의 나라라고 생각하고 있지만 열심히 살아도 정직하게 보상받을 수 없는 나라가 미국이기도 하다. 흑인과 황인종은 아무리 열심히 일해도 백인들 주류 사회에 들어가서 구심점 역할을 할 수가 없다. 백인들의 인정을 얻어낼 수가 없고 흑인 폭동 같은 문제가 터지면 미국 정부는 정의보다는 수습을 위해서 진실을 외면하는 것이다.

열심히 일하면 반드시 보상이 있을 것이라고 생각하던 신우네의 꿈

---

4) 로버트 영, 김택현 역, 『포스트식민주의 또는 트리컨티넨탈리즘』, 박송철출판사, 2005, 31쪽.

은 미국 사회의 짜여진 구조에 접근할 수 없었고 결국 좌절하게 된다. 이런 일을 미국에서 직접 겪은 신우의 오빠는 카밀과 신우의 사이를 반대한다. 그런 오빠에게 신우는 넓은 시각을 요구하지만 이는 받아들여지지 않고 결국 오빠와의 사이만 나빠지게 된다. 신우의 오빠도 물론 우리나라에 와 있는 네팔 등의 외국인 노동자들의 현실이 자신이 LA에 있을 때와 같다는 것을 모르는 것은 아니다. 그러나 같은 일을 겪은 신우와 신우의 오빠는 서로 다른 관점으로 외국인 노동자들을 대한다. 따라서 자신이 상처를 입었으니 그 상처를 이해하려는 신우와 그 상처를 피해가려는 오빠의 의견은 대립될 수밖에 없다.

신우 가족의 아메리칸 드림의 실패는 비단 한 가족의 실패만이 아니다. 미국에 이민을 갔던 수많은 한국인들이 겪은 현실이었으며 이를 극복하지 못한 사람들은 여전히 늘어나고 있다. 이런 상처를 간직한 신우는 한국의 외국인 노동자의 입장을 이해할 수 있었고 이들의 지지자가 되는 것이다.

소수자들은 다양한 투쟁들을 전개한다. 법적 제도개선투쟁을 비롯하여 표준적 생활방식과는 전혀 다른 삶의 방식을 실천해 가려고 하기도 한다. 이 과정에서 소수자 운동은 전체 사회 혹은 다수자 사회에 동화되면서 통합되어 기존 사회를 좀 더 다양한 다원사회로 만들어가는 방향으로 나아갈 수 있다. 그에 반해 소수자 운동은 색다른 삶의 방식들을 실천하면서 기존 사회에 통합되지 않고 분리주의적 색채를 띠면서 기존 사회에 통합되거나 동화를 거부하고 차이를 강조하면서 전혀 다른 삶의 방식을 추구해 나갈 수도 있다.5) 신우는 물론

---

5) 윤수종, 「소수자 운동의 특성과 사회운동의 방향」, 『경제와 사회』 67호, 한국산업사회학회, 15쪽.

미국에서 다양성을 존중받는 소수자가 되지는 못했지만 미국에서의 경험을 토대로 한국의 이주노동자들을 다양성을 지닌 존재로 인정할 수 있게 되었다.

3.2. 한국 이주노동자의 코리안 드림의 허상

이 작품은 섣불리 '만국의 노동자여 단결하라!'는 구호를 외치고 있지는 않다. 그러나 우리는 이 작품에서 '한국의 외국인 노동자여 단결하라'는 카밀의 외침을 듣게 된다. 우리에게는 아메리칸 드림을 꿈꾸며 미국에 건너가 갖은 고생을 하고 실패한 과거의 상처가 남아 있다. 60~70년대 공장의 노동자들이 외치던 것들을 이제는 고스란히 3D 업종의 외국인 노동자들이 외치고 있다. 어쩌면 격변하는 사회 속에서 과거를 기억하자는 외침은 힘을 더할 수 없을지도 모른다. 하지만 아메리칸 드림의 상처를 고스란히 코리안 드림의 상처로 대물림하는 것은 문제가 있다.

'이주노동자' 제도는 이민의 시대가 종료된 후 출현하였다. 20세기 들어 국제 노동력 이동의 주요 형태는 '외국인에게 국적을 제공하지 않고 노동력만 이용하는' 이주노동자 제도로 정착되었다. 이민자는 이주한 나라의 국민이 되어 영주하는 것을 보장받는 데 반해, 이주노동자는 '외국인으로서 일정 기간 일한 후 본국으로 귀국'하는 것을 조건[6)으로 한다.

한국 사회에는 '삼중의 인종주의'가 작동하고 있다. 그것은 기업가에 의한 경제적 차별, 한국인 노동자와 시민에 의한 사회적 차별, 그

---

6) 설동훈, 앞의 글, 222쪽.

리고 정부에 의한 제도적 차별 등 복합적 차별주의다. 더 놀라운 것은 이러한 인종주의적 현실을 대부분의 사람들이 묵인하거나 부인하는 '자기기만'을 일삼고 있다는 사실[7]이다.

한국은 이미 자본주의 경쟁 논리에 의해 산성화된 사람들이 단단한 카르텔을 이루고 있는 구조화된 세계이다. 코리안 드림을 찾아서 오는 사람들은 많으나 그들을 기다리는 것은 착취하는 제도와 멸시뿐이다. 진정한 코리안 드림은 운이 보태져야 이룰 수 있는 것이다. 오자마자 여권을 뺏기고 여자의 경우 상사와 러브호텔에 가야 하는 현실은 이미 무를 수도 없는 코리안 드림의 현주소이다. 카밀은 사비나가 살고 있던 '희망로'를 네팔과는 다른 세상이고 상그리라로 가는 입구라고 여겼으나 실제 한국에서의 현실은 참으로 참담한 것이었다.

이들은 프레스기에 손가락이 잘리고 손가락 썩는 것을 제때에 치료하지 못해서 손목을 자르는 경우도 있었고 여성 노동자의 경우 강간을 당하기도 한다. 사비나가 한국에 와서 가장 처음 당한 일도 강간이었다. 이들에게 있어서 삶의 일부분을 차지한 것은 일터에서 당한 욕설, 구타, 그리고 월급 떼이기 등이었다. 한국인 노동자와 외국인 노동자 사이에서 다툼이 벌어지면 그동안 쌓아왔던 이들간의 우정은 모두 소용이 없었다. '우리는 직원, 너희는 노동자. 우리는 주인, 너희는 노비'였다. 그런 대접을 받지 않으려고 귀화한 덴징의 친구는 한국에서의 편견의 벽이 얼마나 단단한 것인지 깨닫는다.

덴징의 친구가 한국에서의 편견이 국적 문제가 아니라 피부색에서 비롯된다는 걸 알기까진 긴 시간이 필요하지 않았다. 일터에서나 거리

---

7) 강수돌, 「이주노동자의 삶의 자율성과 정체성」, 『실천문학』 74, 2004년 여름호, 실천문학사, 245쪽.

에서나 아무도 그를 한국인으로 받아들여 주지 않은 것이었다. (226쪽)

한국은 특히 겉모습에 민감한 나라이다. 우리의 마음속에는 서구 지향적인 의식이 자리잡고 있고 동양인에 대한 배척 의식 또한 존재한다. 그래서 귀화를 한 외국인을 보더라도 한국 사람의 껍데기로 완전히 바뀔 수 없다면 한국 사람으로 받아들이지 않는다. 물론 겉모습을 보고 이들을 판단하고 무시하는 한국인들의 처사는 부당하다. 네팔에도 해가 뜨냐고 묻는 과장님처럼 한국 사람들이 치사하다고 말하는 사비나의 모습(56쪽)에 '한국에도 꽃이 피고 새가 우느냐'고 묻던 흑인에게 조소당하는 아버지의 모습이 겹쳐진다. 미국에서 한국에 대한 편견을 가지고 한국인을 무시하는 것과 한국에서 네팔에 대해 잘 알지도 못하면서 네팔인을 무시하는 것은 같은 논리이다.

> 니네 나라, 텔레비전도 있냐.
> 니네 나라, 비행기 있냐.
> 그런 한국 사람들은 한 가지 생각밖에 안 해요. 부자, 아니면 가난뱅이요. 세상은 더 부자와 더 가난한 사람, 두 종류밖에 없고, 네팔은 가난한 거지의 나라이니, 거지들은 사람이 아니다 라고 생각하는 거예요. (101쪽)

다른 누가 아니라, 바로 우리가 좀 더 잘 살자고 데려오고, 오게 만든 외국인 노동자들이었다. 배고프지 않은 우리가 하기 싫은, 더럽고 위험하고 힘든 일들을 시키기 위해, 온갖 불법적인 구조와 착취의 시스템을 우리 스스로 만들어놓고서 그들을 불러들인 후, 이제 구조개선을 명분 삼아 그들을 무자비하게 내몰겠다는 한국의 논리는 부당하다. 그래서 한국의 이주노동자들은 한국에서 농성을 시작하게 된 것이다. 이들이 원하는 것은 '제발 일하게 해 달라'는 단순한 것이다. 이들의 코리안 드림은 아직 끝나지 않았다. 꿈과 희망을 가지고 가족의 전송을 받으며 떠나온 한국은 그들에게 너무도 큰 절망을 주었지만 이들은 아직도 희망을 품고 있다.

한국 정부는 생산직 인력난에 대처하기 위해서라는 명목으로 미등록 노동자를 방치해 두다가 '산업연수생'을 받아들이는 산업연수제도를 1991년부터 시행하게 된다. 이는 인력 수입은 용이하게 했으나 실제로 노동자들에 대한 대우는 전혀 하지 않는 제도였다. 결국 불법 체류나 인권 침해 등의 문제가 터지기 시작하자 정부는 새로운 제도를 모색하게 되었다. 그 결과로 국회는 2003년 8월 '외국인 근로자의 고용 등에 관한 법률'을 제정하였고 2004년 8월 17일부터 외국인 노동자에게도 노동3권을 보장하는 고용허가제가 실시[8])되게 되었다.

레닌은 자본주의 사회의 성격 자체에서 발생하는 파업은 자본주의 사회체계에 대항한 노동자계급투쟁의 시작을 의미한다고 말한다. 특히 노동자들이 집단적으로 파업을 할 경우 파업은 항상 자본가들의 지배를 문제 삼기 때문에 자본가들을 공포로 몰아넣는다[9])고 한다. 한국의 이주노동자들의 파업이 자본가들을 공포로 몰아넣지는 못했지만 적어도 이들의 현실을 알리는 데는 일조했다. 이들 이주노동자들은 인종적 편견과 함께 3D 직종이라는 이중적인 차별을 받고 있다. 우리는 우리와 이주노동자들을 '다르다'고 생각하면서 우리는 우월하고 그들은 열등하다고 생각한다. 이는 잘못된 의식에서 비롯된 것이므로 바꾸어 나가야 한다.

---

8) 설동훈, 앞의 글, 227~228쪽 참고.
9) 윤수종, 『자유의 공간을 찾아서』, 문화과학사, 2002, 165쪽.

4. 상처의 치유 방식

4.1. 유년 시절에 대한 그리움과 이상향의 추구

한 개인이나 사회의 상처 치유 방식은 여러 가지가 있다. 본장에서는 이 작품에 재현된 상처 치유 방식에 대해서 살피고자 한다. 우리는 모두 유년 시절에 대한 아득한 그리움을 지니고 있다. 신우는 아버지가 그녀를 만들어 주던 어린 시절로 돌아가고 싶어한다. 그것은 미국에 이민가기 전 한국에서 보낸 가난하지만 행복했던 유년기의 기억 때문이다. 신우가 어린 시절을 그리워하듯 카밀도 어린 시절을 그리워한다. 마르파에서 카트만두로 이사한 후 카밀의 아버지는 재혼을 하고 사장이 된다. 그러나 돈만 아는 사람이 되어 버린 아버지를 보면서 카밀은 마르파와 어머니를 그리워한다. 그러나 그런 그리움이 해소되지 않자 카밀은 점점 엇나가게 되고 희망도 없고 무엇을 해야 할지도 모르는 상태로 방탕한 나날을 보낸다. 그러던 중 사비나가 카밀에게 '포허르 깨따(더러운 놈)'이라고 말하는 것을 듣고 정신을 차리게 된다.

카밀과 신우는 모두 유년 시절을 그리워하지만 그 시절로 돌아갈 수는 없다. 상처가 없고 행복했던 그 시간은 이미 이들의 기억 속에만 존재하는 시간이다. 하지만 이들은 여전히 이상향을 추구한다. 이상향에 대한 희망은 이들의 삶을 지탱하게 하고 상처를 치유해 준다.

샹그리라는 원래 '언덕 저쪽'이라는 뜻으로 히말라야 고산지대에 사는 사람들의 상상력이 만들어낸 꿈같은 이상향이었다. 어느 햇빛 고운

날, 밭에 가는 걸음으로 언덕 하나 훌쩍 넘어가면 영원히 늙지 않는 샹
그리라에 들 수 있다는 것이었다. 고통을 통해 일상의 모든 카르마를
깨끗이 쓸어낸 사람만이 누릴 수 있는 축복일 터였다. (148쪽)

신우와 카밀이 궁극적으로 원하는 것은 '고통을 통해 일상의 카르마
를 깨끗이 쓸어낸 사람'이 되어서 샹그리라라는 이상향에 안착하는 것
이다. 고통도 없고 사랑과 행복만이 가득한 유년의 기억이 가득한 그
곳을 향해 이들은 현실을 고통을 기꺼이 감내하고 희생한다. 카밀과
신우의 상처 치유의 방식은 죽음을 통해 이상향에 안착하는 것이다.

4.2. 네팔, 다양성을 포용하는 공간

네팔을 단순히 세계 최빈국으로 보는 시각도 있지만 이것은 네팔의
진정성을 보지 못한 것이다. 네팔은 60여 개 이상의 민족이 사는 다
민족 국가이면서도 서로의 다양성을 인정해 주는 나라이다. 네팔에는
수많은 신이 있지만 각자 자신이 신봉하는 신을 믿고 다른 사람들의
신을 존중해 준다. 네팔에서는 티베트 불교 사원과 힌두교 사원이 한
울타리 안에 있다. 이들은 나와 다른 것을 받아들이는 의식이 트여있
는 것이다. 이에 반해 한국은 단일민족 단일 국가이고 한민족에 대한
긍지와 자부심이 높다. 그러나 이것이 다른 것을 배척하고 다양성을
받아들이지 않는 동인이 되는 것은 한국 사회의 부정적인 면이다. 네
팔은 다른 민족에 대한 배타성이 별로 없는 나라이다. 불교와 기독교
가 공존하면서도 서로를 전혀 인정하지 않는 한국과는 달리 네팔은
서로의 다양성을 인정하는 나라이다.

그곳 사람들은 신앙과 생활에 아무런 경계가 없다고 했다. 신앙과 생활에 경계가 없으니 사원에 가는 자와 사원에 가지 않는 자의 경계도 없었다. 그러므로 우리가 신자라고 부를 때 무의식적으로 전제되는, 비신자에 대한 배타성도 물론 존재하지 않았다. (174쪽)

물론 이 작품에서 네팔에 대한 무조건적인 긍정성을 인정하는 것이 아니다. 하지만 작품에 형상화 된 네팔이라는 공간이 가지고 있는 다양성에 대한 포용은 현실의 상처를 치유하는 하나의 방식으로 제시될 수 있다. 다른 것을 틀린 것으로 생각하지 않고 다른 것 그 자체로 인정하는 것은 오늘의 우리가 가져야 할 인식이다.

4.3. 가족의 사랑을 통한 상처 치유와 소통

신우와 카밀은 애린을 낳고 그 아이를 통해서 남녀 간의 사랑을 넘어선 더 큰 무언가를 얻게 된다. 즉 아이를 통해서 자신의 상처를 치유할 힘을 얻게 된 것이다. 신우가 남녀 간의 관계를 넘어선 가족의 힘을 깨닫는 것은 아이의 태동을 느낀 순간이었다.

아이가 고유한 존재임을 내게 증명해 보여주려고 다양한 신호를 보낸다고 생각했기 때문이었다. 나는 그 신호에 화답했다. 아이와 내가 쌍방향 소통의 길을 틀 때 아이와 나 사이에 카밀의 존재는 중요하지 않았다. 아이와 나 사이의 관계는 은밀했으며 또 고유한 것이었다. (182쪽)

아이와의 소통을 느끼며 신우는 카밀에 대한 사랑으로부터 독립된 존재로 설 수 있게 되었다. 남녀 간의 사랑을 넘어선 더 큰 세계로 빌돋음을 하게 된 것이다. 임신을 했다고 해서 신우의 외로움이 덜해지는 것은 아니었지만 이제 신우가 느끼는 외로움은 예전에 느꼈던 외로움과는 달랐다. 그것은 가족이 생겼기 때문이다. '하나의 바르도' 란 '거꾸로 매달린 것'이니 실존적 위기가 왜 없을까마는, 눈물겹고 질긴 가족이 함께 있을진대 무엇이 두렵겠는가(216쪽)'라는 신우의 말에서 가족을 통해 그녀의 상처가 치유되고 있는 것을 알 수 있다.

또한 애린은 틀어진 신우와 신우 오빠와의 사이도 부드럽게 해 주는 역할을 한다. 신우의 오빠는 신우와 카밀 문제로 등을 돌리게 되었지만 조카가 태어나자 아이를 보고 싶은 마음을 억누르지 못하고 신우를 찾아오게 된다. 애린의 탄생으로 하나의 가족이 구성되었고 그 가족은 기존의 가족 질서 안에서 작은 원으로 구성된다. 서로에 대한 상처를 극복하지 못하고 깨졌던 가족 관계는 애린이 태어나면서 새로운 가족 관계의 생성으로 재결합된다. 신우는 카밀이 던진 '세상이 환해요'와 '나마스테' 속에 소통과 사랑이 포함된다는 걸 알지 못했으나 이제 그 두 단어를 통해서 세상과 소통하는 법에 대해서 배우게 된 것이다.

5. 맺음말

본고에서는 카밀, 신우, 사비나의 모습을 통해서 문학에 재현된 이주노동자의 현실과 이의 치유 방식에 대해서 논의하였다. 그러기 위해서 먼저 중심인물의 현실 대응 방식에 대하여 분석하였고 아메리칸 드림과 코리안 드림의 대비를 통해서 이주노동자의 모습을 어떻게 재현했는지에 대해서 살펴보았다. 그리고 마지막으로 이러한 현실을 극복하고 상처를 치유하기 위해서 이 작품에서는 어떤 방법을 제시하고 있는지에 대해서 논의하였다.

이 작품은 카밀과 신우의 사랑 그리고 카밀과 사비나의 사랑을 기본 골조로 해서 네팔인인 카밀과 사비나가 한국에서 외국인 노동자로 살아가는 모습에 대해서 보여주고 있다. 네팔에서 부유층에 속하는 카밀이 한국에 와서 육체노동을 하며 살아가게 된 것은 사비나에 대한 사랑 때문이었다. 사랑 때문에 먼 길을 떠났고 고통스러운 생활을 하면서도 그는 괴롭지 않았다. 그러던 중 카밀은 신우와 가까워지게 되고 마음 한켠에는 사비나에 대한 사랑을 품은 채 신우와 아이까지 낳게 된다.

네팔에서 자아를 찾지 못하고 방황하던 카밀은 사비나의 충고를 통해 첫 번째 각성을 하게 되고 한국에서 외국인 노동자로 살아가면서 그 현실을 체험하고 이를 개혁하기 위해 투쟁하면서 두 번째 각성을 하게 된다. 첫 번째 각성이 개인적인 각성이라면 두 번째 각성은 사회적인 각성이다.

이 작품에는 카밀이 한국에서 이주노동자의 현실을 경험하고 이를 개혁하기 위해 투쟁하는 과정이 잘 그려져 있다. 또한 신우의 모성적 사랑이 모든 것을 포용하는 모습도 드러나 있고 한국의 외국인 노동자에 대한 처우를 보여주기도 한다. 그리고 이 과정에서 카밀의 의식 변화에 대해서 분명하게 드러나 있다. 카밀은 농성을 통해 투쟁을 하고 그 투쟁이 별다른 소득 없이 마무리되려 하자 죽음으로써 자신의 메시지를 전달한다.

카밀은 자신의 명분을 위해서 '더 이상 죽이지 말라'는 말을 남기고 죽게 되고 신우는 건물에서 떨어지는 카밀을 받아 안으려다가 식물인간이 된다. 그러나 이들의 죽음이 결코 헛된 것만은 아니다. 이들의 딸 애린은 '아버지와 어머니가 생전에 꿈꾸던 길이기 때문만이 아니라 나의 참된 정체를 찾아가는 길이기 때문에' 네팔을 찾게 되고 이복동생 카밀을 만난다. 애린이 미국에서 명문대학에 진학할 수 있었음에도 불구하고 한국의 대학을 선택한 것은 자신의 정체성을 찾기 위해서였다.

카밀의 희생과 신우의 사랑은 이들의 상처를 치유하기 위한 하나의 방식이었고 이는 사회적으로 확산되어 현실을 조금 더 나은 세계로 바꾸어 놓는 데 큰 역할을 했다. 여린 나팔꽃 줄기가 히말라야 산맥을 넘어 세계의 중심인 카일라스에 닿는 것처럼, 카밀과 신우의 부드럽고도 강한 움직임은 분명 세상을 한 걸음 더 나아가게 했다.

문학에 재현된 현실은 현실 자체를 뒤바꾸지 못할지도 모른다. 그러나 문학과 현실이 소통할 수 있는 가능성은 열어줄 수 있다. 문학은 현실과의 소통을 통해서 세상의 단절된 벽에 작은 균열을 가하고 틈새를 만든다. 그 틈새가 세상을 바꾸는 힘이 될 것이다.

◆ 『Comparative Korean Studies』 16호(2008.12)에 수록

■ 저자 소개

■ 오홍진   대전대학교 국어국문학과를 졸업하고, 충남대학교 대학원에서 한국 근대문학을 공부하고 있다. 2003년 <문화일보> 신춘문예에 평론 「죽음을 통해 죽음을 넘어 화해하는 길 : 황석영의 『손님』론」으로 등단하여, 현재 문학평론가로 활동하고 있다. 주요 평론으로 「언어의 심연」, 「문학의 정치학, 비평의 윤리학」 등이 있다.

■ 고영진   충남대학교 국어국문학과를 졸업하고 동 대학원에서 「한국 현대소설의 환상기법 연구」(2004)로 석사학위를 받았다. 동 대학원 박사과정을 수료하고 현재 충남대, 단국대 등에서 강의를 하고 있다.

■ 김정숙   충남대학교 국어국문학과를 졸업하고 동 대학원에서 「한국 현대소설의 호명시학」(2004)으로 박사학위를 받았다. 『경계와 소통, 탈식민의 문학』(공저)과 주요 논문으로 「근대어문의 자각과 문학담론의 변화 연구」, 「주석적 상상력과 독창적 언어의 경계적 글쓰기」, 「이문구 문학의 시원」 등이 있으며, 현재 청주대학교 국어국문학과에 재직하고 있다.

■ **김현정** 대전대학교 국어국문학과를 졸업하고 동 대학원에서 「백철의 휴머니즘 문학 연구」(2000)로 박사학위를 받았다. 현재 대전대, 우송대에서 강의를 하고 있다. 평론 「원초적 체험, 현실 극복의 근원적 힘」, 「고향 그리고 금강, ‘삶의 문학’의 시원」 등과 저서 『백철 문학 연구』, 『한국 현대문학의 고향담론과 탈식민성』 등이 있다.

■ **김화선** 충남대학교 국어국문학과를 졸업하고 동 대학원에서 「한국 근대 아동문학의 형성과정 연구」(2002)로 박사학위를 받았다. 현재 배재대학교에 재직 중이다. 주요 논문으로 「동화와 페미니즘의 만남」, 「『만선일보』에 수록된 일제 말 아동문학 연구」 등이 있으며, 공저로 『문학으로 읽는 성과 사랑』, 『친일문학의 내적 논리』 등이 있다.

■ **남기택** 충남대학교 국어국문학과를 졸업하고, 동 대학원에서 「김수영과 신동엽 시의 모더니티 연구」(2003)로 박사학위를 받았다. 2007년 『현대시』에 평론 「악한, 광장에 서다」로 등단하였고, 현재 강원대학교 교양학부에 재직 중이다.

■ **박현이** 목원대학교 국어국문학과를 졸업하고, 충남대학교 대학원에서 박사과정을 수료했다. 현재 목원대와 충남대에서 강의하고 있으며, 「자아정체성 구성으로서의 글쓰기 교육 연구」, 「‘공간’의 재발견을 통한 교양교육으로서의 글쓰기 사례 연구」 등이 있으며, 공저로 『즐거운 삶을 위한 글쓰기』 등이 있다.

■ **서혜지**　건양대학교 국어국문학과를 졸업하고 충남대학교 대학원에서 「이문구 소설의 담론 연구」(2003)로 석사학위를 받았다. 동 대학원 박사과정을 수료하고 현재 충남대, 건양대 등에서 강의를 하고 있다.

■ **오연희**　충남대학교 국어국문학과를 졸업하고 동 대학원에서 「황순원의 『일월』 연구」(1996)로 박사학위를 받았다. 『서사론』, 『논리적 독서법』 등의 역서와, 「박태원의 초기 단편소설의 담론 연구」, 「오정희의 「옛우물」론」, 「복합성의 시학」 등의 논문이 있다. 현재 목원대, 나사렛대 등에서 강의를 하고 있다.

■ **유경수**　충남대학교 국어국문학과를 졸업하고 동 대학원에서 「한승원 소설의 크로노토프 연구」(2003)로 석사학위를 받았다. 동 대학원 박사과정을 수료하고 현재 충남대, 건양대 등에서 강의를 하고 있다. 주요 논문으로는 「국가장치에서 전쟁기계로 탈주하는 욕망의 정치학」, 「다원적 소통을 향한 디아스포라적 가능성」 등이 있다.

■ **이강록**　배재대학교 국어국문학과를 졸업하고 동 대학원에서 「한국 현대시의 산문화 양상」으로 석사학위를 받았으며, 박사과정을 수료하였다. 주요 논문으로는 「아우토노미아의 가능성」, 「영화 '천년학'과 소설 '청학동 나그네'의 서사비교」가 있다. 현재 배재대, 우송대에서 강의를 하고 있다.

한국문학과 대중문화

2009년 6월 15일 초판 인쇄 2009년 6월 25일 초판 발행

지은이 오홍진·고영진·김정숙·김현정·김화선·남기택·
　　　　박현이·서혜지·오연희·유경수·이강록

펴낸이 한봉숙 **펴낸곳** 푸른사상

기획 심효정 **편집** 김세영 **디자인** 지순이 **마케팅** 김두천, 강태미

출판등록 1999년 7월 8일 제2-2876호

주소 서울시 중구 을지로3가 296-10 장양B/D 701호

대표전화 02) 2268-8706(7) **팩시밀리** 02) 2268-8708

이메일 prun21c@hanmail.net / prun21c@yahoo.co.kr

홈페이지 http://www.prun21c.com

ISBN 978-89-5640-702-9 93810

값 18,000원

☞ 인지는 저자와의 협의 아래 생략합니다.
☞ 21세기 출판문화를 창조하는 푸른사상은 좋은 책을 만들기 위해 노력하고 있습니다.